KB057556

한 여자를 사랑하였다

한 여자를 사랑하였다

박 경 숙 장편소설

문이당

작가의 말

그때는 왜 그렇게 '사랑'이란 단어에 매달렸을까.

오래전이었다. 이 소설을 처음 썼던 때가……

IMF로 세상이 온통 어수선하던 시절, 나는 회색 터널에 갇힌 듯 하루하루 이 소설을 써 내려갔다. 내가 나를 견디는 숙련 기간이었고, 어쩌면 그 어려운 시간 속에 내가 살아가는 방식이었다.

돌아보니 그때만이 쓸 수 있는 소설이다. 지금의 나는 도저히 쓸 수 없는.

책의 절반 부분을 써놓았지만 성에 차지 않았다. 원고를 읽어본 누군가가 그 신부님은 어디로 갔냐고 물었다. 나는 '아, 그렇구나. 그럼 그 뒷얘기를 써야겠네.' 그렇게 맘먹고 있을 때 마침 연재의 기회가 찾아왔다.

혼자서 작업시간을 정해놓고 쓰는 것보다 매달 마감날짜에 맞춰 한 챕터씩 원고를 쓰는 일은 더 어려웠다. 당시엔 신문 칼럼과 다른 글을 써야할 일이 많던 때라 이 소설은 매달 마감을 며칠 앞두고 밤을 새워 써 보냈다. 연재소설의 특성상 챕터와 챕터가 어우러지지 않으면 어쩌나 걱정도 했다. 하지만 너무 오랜 세월, 원고를 붙들고 만지작거리다 보니 문장이 저희끼리 어우러져 있다.

교정지로 다시 읽어보는 나의 오래전 원고는 좀 부끄럽기도 하고 기특하기도 하다. 내가 가진 것이 온통 감수성뿐이었던 시절에 이런 흔적이라도 남겨두었던 걸 다행이라고 생각해야 하나?

모든 것은 지나가면 흐려지고 잊혀진다. 나는 그만 그 시절의 감성을 잊고 말았으나 소설이 나를 일깨워 돌아보게 한다. 문득 살아가는 순간, 순간의 의미를 무엇으로든 남겨놓지 않으면 우리는 좋았거나 아팠던 기억들도 다 잊어버릴 수 있다는 걸 깨닫는다.

오래전 창가에 참나무가 우거졌던 나의 집, 24시간 내 작업실이었던 그 공간이 새삼 그리워진다. 그리고 당시 연재의 기회를 주셨던 월간 〈예술세계〉 주간님께도 다시 감사드린다.

대학시절 나의 감수성을 감지하고, 이토록 긴 세월이 흐르기까지 꼭 좋은 소설쓰기를 기원해준 옛 친구에게 깊은 고마움을 전한다. 친구의 그 맘을 입지 못했다면 나는 벌써 소설쓰기를 포기했을지도 모른다.

소설을 붙들고 살다 보니 나이를 먹었다. 그래도 나는 늘 시작점에 있는 듯하다. 아직 더 써야 할, 쓰고 싶은 것들이 많기 때문이다. 마음의 불씨가 꺼지지 않는 것도 은총이라 믿는다. 언제가 내 가슴속 불씨가 활활 타올랐으면 좋겠다.

2023년 봄, 사철 꽃이 피는 이국의 땅에서
박 경 숙

차례

작가의 말

마디 없는 대나무

- 길수의 말, 1994년

공항에서 빌린 렌터카는 성능이 좋은 편이었다. LA 시내에서 북 서쪽으로 뻗어난 101번 프리웨이를 달리는 느낌이 쾌적했다.

차창 앞으로 펼쳐진 널따란 산야가 낯선 길을 달려가는 내게 가벼 운 충격을 일으켰다. 완만하고 긴 능선, 곳곳마다 색조를 달리하는 다채로운 산빛은 환상적이었지만 왜 그런지 두려운 느낌이 들게 했 다. 이 땅이 얼마나 넓은가를 암시하듯 긴 능선으로 이어진 둔중한 산의 모습 때문일까. 아니면 내가 유난히 봉우리가 뾰족한 산들이 모여 앉은 산골 마을에서 태어났었기 때문일까.

고향 마을에는 동리 한복판을 동서로 가로질러 시냇물이 흘렀다. 마을의 서쪽을 성곽처럼 둘러싼, 산등성이가 가파른 골짜기에서 흘 러내린 물이 금강으로 흘러 들어갔다. 마을은 입구에 자리 잡고 있 었다.

뙤약볕이 시냇가 조각 밭의 검푸른 호박잎을 녹여 내릴 듯 뜨거운 여름날이면, 동리 아낙들은 갯물에 하얗게 삶아낸 빨랫감을 펀펀한 돌 위에 올려놓고, 엉덩이를 들썩대며 빨래를 했다. 아이들은 그 곁을 맴돌며 흙탕물을 일구다가, 아낙들이 빨랫방망이를 치켜들고 금방 내리칠 듯 화를 내면, 물살을 헤집고 도망치느라 더 짙은 흙탕물을 일구어 놓곤 했다.

남의 집 장작을 패주고 어슴푸레한 저녁녘에 집으로 돌아오던 내 아버지는 그 시냇가 방죽에 잠시 앉아 늘 필터도 없는 싸구려 담배를 피워 물었다. 담배 한 개비가 타들어 가는 동안 어슴푸레하던 하늘은 금세 깜깜해져 버리고, 아버지의 손가락 사이에선 빨간 담뱃불이 반딧불처럼 가물거렸다. 그럴 때면 나는 어머니의 재촉에 못 이겨 아버지를 부르러 나가곤 했다.

"저녁 잡수시래요!"

한 마디를 횡하니 던져놓고 돌아서려면 늘 아버지의 무거운 한숨이 나를 붙들었다.

"학교를 가야 할 틴디……."

아버지의 한숨 속엔 늘 이 말 한마디가 섞여 있었다. 열 살이 되도록 초등학교도 입학을 못 한 내 키가 자꾸 멀쑥하게 커 가는 게 아버지에겐 걱정거리였다.

세끼 밥을 먹는 사람과 못 먹는 사람으로 부자와 가난한 자를 구분 짓던 시대였다. 남의 땅은 아니었지만 두세 마지기 전답을 갈아 겨우 먹고살던 우리 집은, 내 아래위로 형제 남매가 일곱이나 되었다. 아버지는 들일을 일찍 마치는 날은 으레 윤 씨 댁 일을 거들어주고, 몇 푼 품삯을 벌어 막걸리 한 되를 들이켜 모자라는 양식을 사곤 했다.

윤 씨 댁은 조상 대대로 내려오는 기름진 전답을 소유한 동리의 부농이었다. 서울에서 공부하는 인물 좋은 아들 셋 밑으로 어린 딸이 하나 있는데, 나는 언제부터 그 계집아이를 알게 됐는지 정확한 기억이 없다. 하지만 그 아이를 내 가슴에 새기기 시작한 날은 또렷하게 기억하고 있다.

뜨거운 햇빛에 모든 것이 녹아내릴 듯한 여름이었다. 나는 검푸른 잎사귀가 무성하게 펼쳐진 시냇가 그늘에 비스듬히 누워 있었다. 햇빛은 바람에 파문 지는 냇물 속에 반짝거리며 일그러지고, 그날따라 빨래하는 아낙들도 없는 냇가 돌멩이들은 한없이 햇빛에 달궈져 갔다. 어디선가 네댓 명의 계집아이들이 재잘거리며 나타났다. 물가에 이른 아이들은 이내 겉옷을 홀랑 벗어 던지고 팬티 바람으로 물속에 뛰어들었다. 나는 막 감기려던 눈을 게슴츠레 뜬 채 아이들이 하는 양을 훔쳐보았다. 마른 나뭇가지처럼 검게 여윈 계집애들 사이에서 유난히 통통한 한 아이가 윤 씨 댁 딸이란 걸 금방 알아차렸다. 아이들은 납작한 돌멩이를 주어다 물속에 돌둑을 쌓기 시작했다.

아이들이 하는 짓을 바라보다가 햇살에 눈이 부셔 잠시 고개를 돌렸을 때, 동네 개 한 마리가 호박밭 저쪽에서 한쪽 다리를 치켜들고 오줌을 갈기는 게 보였다. 볼일을 마친 개가 어슬렁거리며 곁을 지나는가 싶었는데, 갑자기 '악' 하는 비명에 나도 모르게 벌떡 일어나 앉았다. 덩치가 어린 송아지만 한 개가 더위를 못 이겨 물속에 뛰어든 것이다. 놀란 계집아이들은 햇살에 달구어진 돌멩이 위로 젖은 발을 잽싸게 날리며 뿔뿔이 도망쳤다.

그러나 윤 씨 댁 아이는 물속에 남아 있었다. 그 애는 배꼽까지밖에 차지 않는 냇물에 주저앉은 채 작은 몸을 부르르 떨었다. 동네 개는 벌써 냇물 건너 풀숲에서 어슬렁대고 있는데도 계집아이는 퍼렇게 질린 입술을 달달 떨며 울지도 못했다.

나는 코가 닳은 검은 고무신을 물속에 첨벙대며 계집아이에게 다가갔다. 아이는 나를 바라보며 금방 울음이 터질 듯 입술을 실룩거렸다. 나는 잠자코 계집아이를 안아 일으켰다. 갈색으로 햇빛에 익은 작고 귀여운 몸이 물속에서 건져 올려졌다. 물을 잔뜩 머금은 그 애의 꽃무늬 팬티가 물을 뚝뚝 뱉어내며 허벅지께로 쳐져갔다.

아이는 그제야 '와~앙' 하고 울음을 터트렸다. 조그만 발뒤꿈치에서 피가 흐르고 있었다. 놀라 넘어지면서 돌 모서리에 베인 것 같았다. 나도 모르게 계집아이를 둘러업었다. 물기에 젖은 아이의 맨 가슴이 깡마른 내 등에 착 달라붙었다. 내 낡은 러닝셔츠가 그 애 가슴팍의 물기를 흡수하며 축축이 젖어 들었다. 나는 정신없이 큰길가에 있는 윤 씨 댁으로 달려갔다. 계집아이는 내 등 뒤에서 계속 앙앙거렸고, 나는 오동통한 계집아이의 무게에 헉헉대며 아직도 물기를 떨구는 그 애의 꽃무늬 팬티를 거머쥐었다.

계집아이를 받아 안은 윤 씨 댁에선 한순간 소란이 빚어졌다. 몇 번은 들어가 본 윤 씨 댁 안마당, 번들거리는 대청마루에 눕혀진 아이를 바라보며, 나는 판판하게 잘 골라진 그 댁 넓은 마당 한구석 우물곁에 우두커니 서 있다가 슬며시 집으로 돌아왔다. 열 살배기 배고픈 소년에겐 잊을 수 없는 여름이었다.

이듬해 봄, 빨간 가죽가방을 등에 메고 하얀 손수건을 접어 옷핀으로 가슴팍에 매단 그 귀여운 계집아이와, 멀쑥하게 키가 커버린 나는 같이 초등학교에 입학했다. 윤 씨 댁에서 선물로 보내준 밤색 비닐 가방을 마른 어깨에 짊어진 나는 신입생 대열 맨 뒤에서 멀뚱멀뚱 희푸르게 깨어 가는 3월의 하늘을 바라보았다. 사실 그때부터 그 애에게로의 나의 길들임은 시작되었다.

비가 많이 내린 날엔 등굣길의 무른 흙은 수렁이 됐다. 그런 날이면 나는 그 아이의 반짝거리는 비닐 구두가 흙 속에 빠지지 않게, 내 검은 고무신 속에 똥처럼 물컹거리는 누런 흙덩이를 채우며 그 애를 업고 학교에 갔다. 학교 운동장에 두 개밖에 없던 그네는 쉬는 시간이면 언제나 빌 틈이 없었다. 그 애가 자기 차례가 돌아오지 않아 손가락을 입에 물고 시무룩하게 서 있을 때면, 나는 늦게 입학한 큰 키를 무기 삼아 무조건 그네를 잡아 멈추고, 그 아이에게 그넷줄을 건네주었다.

내가 그렇게 해주지 않으면 그 애는 언제고 내 비닐 책가방을 빗물에 물컹해진 수렁 속에 집어 던지며 앙앙거렸고, 운동장 구석에서 아이들과 제기차기에 빠진 나를 찾아와 깡마른 내 옆구리를 마구 꼬집어댔다.

몇 년째 그 아이에게 그렇게 길들어져 가고 있던 어느 날, 계집아이는 홀쩍 고향마을을 떠나버렸다.

'말은 나면 제주도로 보내고 사람은 나면 서울로 보내라고 하드면. 계집아이지만 영리하기가 사내 뺨치니 내 한번 잘 가르쳐 보고 싶구먼!'

윤 씨 영감님은 손바닥에 침을 퉤퉤 뱉어가며 도끼로 장작을 패는 내 아버지에게 그렇게 말했다고 했다.

그 애가 떠나고 나서 비 온 뒤의 수렁을 건널 때면 내 발걸음은 자연히 가벼워졌다. 그러나 나는 내 낡은 고무신 사이에서 물컹거리는 흙을 바라보며, 그 아이의 무게가 느껴지지 않는 등이 이상스레 허전해 왔다.

그 시냇가에 몇 번인가의 여름이 오가고 다시 또 여름이 왔던 어느 날부터 나는 엷은 어둠 속에서 반딧불처럼 가물거리던 아버지의 담배 불빛을 볼 수 없었다. 아버지는 늘 어두운 방구석에서 한여름에도 때가 낀 겨울 이불을 덮고 누워 있어야만 했다.

가망 없이 드러누운 아버지의 피골이 상접하고, 좁은 방안에 아버지의 뼛속에서 번져 나온 메케한 죽음의 냄새가 내 코를 막히게 했을 무렵, 나는 윤 씨 영감님의 부름을 받고 큰길가 기와집을 향해 시린 발걸음을 옮겼다. 꽁꽁 얼어붙은 냇가엔 아이들이 모여 썰매를 지치고 있었다.

"너희 아버진 오래 못 갈 거구먼. 사람은 좋은디 워낙 가진 것 없이 고생을 해서 몸이 삭았을 것이여. 니가 공부를 잘한다고 하니 내가 니 아버지하고의 정분을 생각해서 너 하나는 가르쳐 볼 테니께 공부 열심히 하거라. 내년 봄엔 중학교엘 가야 할 것 아니냐?"

윤 씨 영감님은 두툼한 스웨터 속 주름진 목을 빼고 윗목에 무릎 꿇고 앉은 나를 건너다보았다. 늘어진 눈까풀 속에 박힌 영감님의 눈이 겨우 수박씨만 했다. 늙은 윤 씨 영감님은 살아 있는데, 그보다 훨씬 젊은 내 아버지가 먼저 죽어야 하는 것에 슬그머니 부아가 치밀었다. 내 아버지가 윤 씨 댁 장작을 패주느라 힘을 쏟아낸 만큼 윤 씨 영감님의 명을 늘려준 것만 같았다. 그러나 나는 내색 없이 아버지 약값에 보태라며 영감님이 내민 돈을 받아 쥐고 돌아왔다.

이듬해 봄, 나는 어른만큼 키가 다 자란 중학생이 됐고, 아버지는 얼은 땅이 녹기를 기다렸다는 듯 서둘러 땅속으로 누워버렸다. 윤 씨 댁 계집아이가 고향 마을을 떠난 지 3년쯤 뒤의 일이었다.

나는 방학이 돌아올 때마다 가끔 그 아이의 모습을 볼 수 있었는데, 그 애는 날이 갈수록 내 등에 업혀 악다구니를 쓰던 어린 시절의 모습에서 멀어져 갔다. 갈 빛으로 그을렸던 피부는 서울의 수돗물에 탈색이나 된 듯 하얗게 변했고, 오동통하던 살집은 가슴과 엉덩이로만 몰렸던지, 불룩한 가슴과 팡파짐해진 엉덩이에 비해 허리는 한 줌밖에 안 돼 보였다. 그 아이는 어쩌다 마주치면 부리나케 내 눈길을 피해 도망가곤 했다.

그런 시간만 계속되었다면, 나는 지금 희림을 찾아가느라 이렇게 낯선 길을 달릴 필요는 없었을 것이다.

희림은 대학 캠퍼스 안 등나무 벤치에서 내가 이해할 수 없는 갖가지 이유로 인해 곧잘 시무룩해졌다. 그러나 얼마 지나지 않아 그녀는 똑같은 자리에서 이 세상의 온갖 행복을 거머쥔 사람처럼 환한 얼굴로 온종일 까르륵거렸다. 그 시절, 그녀는 내게 정말 애물이었다.

명석한 두뇌를 빛내기 위해 일찍부터 고향을 떠나 교육을 받아온 희림과, 그녀 집안의 학비 보조를 받으며 시골 학교에서 수석을 맴돌던 나는 서울의 한 대학에 나란히 입학했다. 그때부터 오랜 세월 동안 비워두었던 그녀에게로의 내 길들임은 다시 시작되었다.

그녀는 미술대학에, 나는 상과대학에 입학하면서 내 아버지가 그녀 집 장작을 패주었듯, 나는 그녀의 예측할 수 없는 사고 속에 놀아나야 하는 또 다른 머슴으로 길들여져 갔다. 희림이 원할 때면 언제고 그녀의 아틀리에로 달려가 그 끝도 없는 사변을 들어줘야만 했다. 그럴 때면, 나는 남달리 예리한 그녀의 사고력에 감탄을 하다가도, 그 언어의 치열성에 기가 질려 현기증이 일곤 했다.

나는 날 때부터 그랬던지 도통 내 생각이나 기분을 표현하는 데 습관이 되지 않은 사람이었다. 그저 입을 꾹 다물고 견디는 것에만 길들어진 나의 우둔함이 오히려 희림의 그 뒤엉킨 사변을 부채질하고 있는지도 몰랐다. 그러나 그녀는 붓을 쥐고 작품을 시작하면 통입을 떼지 않았다. 물론 나를 찾는 일도 없었다. 그녀를 만날 수 없을 때면 내 귓속에선 그녀의 목소리가 꿀벌의 날갯짓처럼 윙윙거렸고, 쉴 새 없이 움직이는 그 입술이 눈앞에 아른거렸다.

바람 속에 지펴진 불길처럼 파드득 타오르다가도 빗줄기를 만난 듯 꺼져가기도 하던 그녀의 열정은, 대학 3학년 가을 국전에서 장려상을 따내었다. 대학 안에서 그녀의 존재는 미국 대통령 부인만큼이나 유명해졌다.

캠퍼스 안에서 희림이 화제의 주인공으로 떠오르자 나는 괜히 외로워졌다. 내 주위를 맴맴 돌던 희림을, 이제 여러 사람과 함께 바라봐야 한다는 사실이 내 가슴을 서늘하게 만들었다. 마치 방 안의 따뜻한 공기가 갑자기 열린 창문을 통해 그만 빠져나가 버리듯이.

나는 그런 서늘함을 안고 그녀의 작품이 전시된 덕수궁 미술관을 찾아갔다. 그녀의 작품은 40호 캔버스 위에 유화물감으로 그려진 서양화였다. 재질은 분명 서양화인데 조촐한 색상의 그림에선 왜 그런지 동양화 같은 분위기가 풍겨왔다. 멀찍이 푸른 대숲이 우거진 앞에 뒷짐을 지고 한 노인이 서 있었다. 세모시 두루마기를 입은 말끔한 모습이 언뜻 윤 씨 영감님처럼 보였다. 그러나 자세히 보니 그 노인은 한구석이 허술해 보이는 윤 씨 영감님의 푸근함이 없었다. 얇은 입술을 지그시 다물고, 안경 속 눈길을 비스듬히 내리깐 모습이 푸르스름하게 뻗은 대숲과 어우러져 있었다.

때론 망나니처럼 철없이 구는 그녀에 비하면, 그 그림에선 생소할 정도로 성숙하고 차분한 분위기가 풍겼다. 나는 희림을 잘 알고 있다고 생각했지만, 그 깊은 내면엔 내가 도저히 감 잡을 수 없는 무엇이 숨어 있는 것 같아 문득 그녀가 낯설게 느껴졌다. 내가 그렇게 그녀를 낯설게 생각했던 때문일까. 그날 이후 그녀는 정말 내게서 멀어져 갔다.

그녀의 그림이 덕수궁에 오랫동안 전시됐던 그 가을 즈음부터 이듬해 여름이 되기까지, 나는 단 한 번도 그녀의 호출을 받지 않았다.

나는 그녀로부터 자유로워졌다고 생각했다. 그 자유 속에 부지런히 도서관만 오가던 내 미련한 성실성이 운명이라면, 그녀에게 길들어짐 또한 운명이었다. 나는 서서히 가슴 한가운데에 고름이 잡힌 듯한 통증을 느끼며 홀로 술을 마시는 날이 많아졌다. 아버지로부터 대물림된 머슴 본능에서였을까. 몇 시간이고 지껄였다, 웃었다, 시무룩했다, 울었다, 하는 그녀 앞에 앉아 있어 싶어 견딜 수가 없었다.

그것은 정말 그녀를 향한 내 머슴 본능일 뿐이었다. 나는 단 한 번도 그녀의 날씬한 허리나 하얀 살결을 탐내본 적이 없었고, 지칠 줄 모르고 지껄여대는 그녀의 사변을 옳다고 생각해 보지도 않았다. 하지만 머슴으로 길들어진 사람은 자신의 욕구를 주저앉히는 것에도 길들어져 있었다. 나는 그 대학 시절의 마지막 여름이 다 가도록, 도서관이 아니면 허름한 하숙방의 손바닥만 한 들창으로 불어오는 후덥지근한 바람에 의지하며 책상 앞에 앉아 있었다.

개강을 며칠 앞둔 날의 초저녁이었다. 희림이 벌컥 내 방문을 열어젖혔다. 소매 없는 귤색 원피스 차림에 긴 머리카락을 아무렇게나 묶은 그녀는, 무덥고 끈끈한 어둠을 뒤로 하고 서서 나를 노려보고 있는 듯했다. 나는 공연히 가슴이 흠칫해져 벌떡 일어섰다. 그 순간 힘이 다 빠져나간 그녀의 목소리가 들려왔다.

"오빠, 술 먹으러 가아~."

그녀는 말을 던지자마자 금세 몸을 돌려 대문을 나가버렸다.

때로 그녀는 불쑥 나타나 술을 마시자고 하곤 했다. 하지만 막상 술집에 들어서면 나에겐 한 모금도 마시지 못하게 하고서, 그녀 혼자 거푸 술잔을 비워대곤 했다. 웬만큼 취기가 오르면 그녀는 혀 꼬부라진 소리로 온갖 말을 늘어놓다가, 결국 자신의 아틀리에가 있는 골목 어귀 가로등 밑에서 정신없이 토해댔다. 그리곤 등을 두들기는 내 손을 뿌리친 채 납빛처럼 창백한 얼굴로 혼자서 휘청휘청 아틀리에로 걸어 들어갔다.

그날, 그녀는 내가 술을 마시도록 내버려 두었다. 전과 달리 말이 없을 뿐 어지간히도 마셔대는 그녀의 술버릇은 여전했다. 얼마 후 그녀가 자신의 아틀리에가 있는 골목 어귀 가로등 밑에서 왝왝 토해댈 것을 눈앞에 뻔히 보며 나도 지지 않고 술잔을 비웠다.

얼마나 마셨을까. 몽롱한 정신 속에 그녀가 토하는 소리를 들은 것 같았다. 다시 정신을 가다듬고 보니 그녀가 훌쩍대는 소리였다. 가로등 밑이라 생각했는데 그녀의 아틀리에였다. 화구가 어질러진 아틀리에 한가운데에 놓인 팔걸이 의자에서 나는 어느새 다리를 쩍 벌리고 누운 듯 앉았고, 그녀는 납빛 같은 얼굴로 내 앞에 서 있었다.

"짜아식, 죽여 버릴 거야! 죽여 버리고 말겠어!"

그녀는 내가 이해할 수 없는 말을 중얼대고는 벽에 머리를 쑤셔 박고 울기 시작했다.

나는 회칠한 벽 위에서 그녀의 귤빛 원피스가 춤을 추는 듯한 현기증에 천천히 눈을 감았다 떴다. 울부짖는 그녀의 목소리가 아틀리에 안을 휘돌아 오르는가 싶더니 무겁게 내 가슴으로 떨어져 내렸다. 그동안 그녀에 대한 그리움으로 욱신대던 내 가슴 고름 자리가 툭 터져 버리는 아픔과 시원함 속에 나는 그만 잠에 빠져들고 말았다.

아틀리에 창가 침대 위에 그녀가 창백한 얼굴로 잠들어 있는 모습을 보며, 그곳을 나온 새벽엔 시간에 밀려가는 여름의 꽁무니 끝으로 서늘한 바람이 불고 있었다. 나는 느릿느릿 내 하숙집을 향해 걸어가다가 간밤에 울부짖던 희림의 목소리를 떠올렸다.

'누굴 죽여버린다고? 누구를?'

책 속에만 처박혀 소문에 둔하던 내 귀를 세우고, 개강한 캠퍼스

안을 며칠 헤집고 다녔다. 결국, 나는 그녀가 죽여 버릴 그 자식의 존재를 알아내고야 말았다. 그 자식은 허여멀쑥한 얼굴에 도수가 높은 안경을 낀 의과대학생이었다. 녀석은 희림의 예술성과 아름다움에 반해 끈질기게 따라다니다 결국 사랑을 얻고 그녀를 농락했다고 했다. 하지만 놈은 자신이 반했던 희림의 예술성에 질려 그녀를 금방 버리고 말았단다. 누군가는 오히려 그녀가 그 자식을 농락하고 걷어차 버렸다고도 했다.

고름이 터져 나간 내 가슴 자리에 흥건한 슬픔이 고였다. 대학 시절의 마지막 한 학기를 내가 도서관에 앉아 견디고 있을 때, 그녀는 혼자 등나무 벤치에 앉아 무표정한 얼굴로 가을을 맞고, 보내고 있었다. 그녀에게 나는 이미 잊혀진 듯했다.

내가 졸업 직후 군에 입대해 있는 동안 그녀 주변엔 많은 변화가 있었다. 제대해 고향마을에 들렀을 때 그녀의 아버지, 윤 씨 영감님은 고령을 못 이겨 이미 세상을 떠난 뒤였다. 그녀의 오라비들은 조상 대대로 내려오던 고풍스런 기와집과 기름진 전답을 팔아 고향을 떠났고, 그녀 또한 어디론가 시집을 가버렸다고 했다.

나는 슬프지 않았다. 단 한 번도 그녀가 내 아내가 되리라는 생각은 해보지 않았기 때문이다. 다만 대학 졸업 후 만날 수 없던 그녀를 한 번쯤 볼 수 있었으면 하는 생각에 우연이란 것에 은근한 기대를 갖기도 했었다.

사람들이 많이 오가는 거리의 어느 오후쯤에 혹 부닥치지 않을까.

유명 화가의 개인전에서라면 그녀가 만나질까.

하지만 그녀와 나의 운명 안엔 우연이 아예 존재하지 않는 것 같았다. 우연이란 게 인간의 운명 안에 불어넣은 신의 비상수단이라면, 그녀와 나 사이엔 그 우연 자체가 필요 없었는지도 모른다. 내가 지금 이렇게 그녀를 찾아갈 수밖에 없을 만큼 그녀는 언제나 내게 필연적 존재였기 때문이었다.

내가 미련하게도 우연의 필연성에 목을 매며 큰 빌딩 안의 월급쟁이가 되어 있을 때, 같은 사무실에 근무하는 얼굴이 잘생긴 타이피스트가 연애를 걸어왔다. 알고 보니 그녀는 도시 확장계획의 정보를 미리 알아내, 땅을 헐값에 사들였다가 엄청난 값에 팔아 부자가 된 영리한 졸부의 맏딸이었다.

나는 그 졸부의 딸에게 장가들어 버렸다. 고생에 찌든 내 어머니를 구박하지 않고 잘 모셔주겠노라는 다짐 때문이었는지. 아니면 건장한 체구인 아내의 펑퍼짐한 엉덩짝을 바라보며 노총각의 성욕을 더 감당할 수 없어서였는지.

"임마! 장가 잘 간다! 미인에, 돈에."

결혼식장에 선 멍청한 내 표정 위로 친구 녀석들의 이죽댐이 날아왔다.

나는 매일 밤 아내를 성실하게 껴안고 잠들며 꿈속에선 고향 마을의 시냇물이 흐르는 소리를 들었다. 내 월급의 액수가 차츰 높아가도, 날마다 땅을 튀겨 큰돈을 벌어대는 처가 집에서 얻어오는 돈에 비하면 군것질 값이 되고 마는 속에 두 아들이 태어나고, 내 배엔 기름이 끼기 시작했다. 그래도 꿈속에선 여전히 그 시냇물이 쉼 없이 흐르고 있었다.

그녀의 소식을 다시 듣게 된 건 지난 추석, 아버지 산소에 성묘하기 위해 고향을 찾았을 때였다. 맑게 흐르던 시냇물이 더러운 개천으로 변해 버린 건 이미 오래전이었다. 윤 씨 댁 기와집이 있던 큰길가 자리엔 이미 3층짜리 건물이 들어서서 층마다 양품점, 다방, 당구장으로 변해 있었다.

초등학생이 된 아들 녀석들이 아버님 산소 앞에서 찧고 까불며 한시도 가만히 있지 않는 걸 바라보며, 나는 문득 검은 피부에 깡마른 몸집으로 시냇가 호박잎 사이에 쪼그리고 앉았던 내 소년기의 모습이 그리워졌다. 아내와 아이들을 누이 집에 팽개쳐 두고 혼자 나온 나는 동리 술집을 찾아갔다. 혹 알 듯한 얼굴이 있을 것만 같아 술집 안을 두리번거렸다. 하지만 그 세월 사이 노인들은 죽고, 젊은이들은 도시로 떠나고 말았는지 슬리퍼를 끌며 홀을 오가는 늙은 여주인의 발걸음 소리만 쓸쓸하게 들려왔다.

혼자서 소주를 두어 잔째 비우고 있을 때 막 들어서는 초로의 사내와 눈이 마주쳤다. 그는 어딘가 낯이 익어 보였는데, 그편에서도 나를 기억하는지 뭔가 말을 할 듯 입을 달싹거렸다. 그는 이내 성큼 다가와 내 손을 덥석 쥐었다.

"어이구! 이게 누군가? 길수 자네 신수가 훤하네 그려!"

그의 정감 어린 목소리엔 그래도 끈끈한 고향 인심이 아직 남아 있는 듯했다. 그는 윤 씨 댁 먼 친척뻘 되는 사람이었다. 어쩌다 그 댁에 들르면 아래채 툇마루에 걸터앉아 한가롭게 담배를 피워 물던 그의 모습이 기억났다. 장년이었던 그도 이제는 반백이 된 머리에 얼굴 위엔 깊은 고랑이 패어 있었다.

몇 번 술잔을 부딪치고 나자 그는 묻지도 않은 이야기들을 늘어놓았다. 윤 씨 댁 아들들은 성묘 때가 되어도 고향에 한 번 내려오는 일이 없다고. 윤 씨 영감님의 산소에 잡초가 한 자나 자랐는데, 이번 추석에도 윤 씨 아들들은 내려오지 않았다고. 그 댁 덕택으로 대학까지 나온 나라도 영감님의 산소를 돌보는 게 도리가 아니겠냐고 하더니 결국 희림의 이야기를 꺼냈다.

"영감님이 늘그막에 얻은 그 딸이 팔자가 세구먼! 어릴 때부터 고집통에다 안하무인이더니 시집가서 제대로 못 살고 몇 년 전 미국으로 갔다더만."

그가 술에 취한 눈을 게슴츠레 뜨고 무심히 내뱉던 말을 듣던 순간, 어린 시절의 맑은 시냇물이 콸콸 소리를 내며 내 가슴을 급히 흘러가는 소리를 들었다. 기억 안에서 멀찌감치 비켜선 듯했던 그녀의 존재는, 내 꿈속에서 날마다 흐르던 그 시냇물 소리에 숨겨져 있었다.

나는 결코 희림을 잊은 게 아니었다. 다만 잊지 않았음을 스스로 눈치채지 못할 만큼, 기름진 내 몸뚱이가 방향도 없이 헤엄치고 있었을 뿐이었다. 모처럼 공술 얻어먹을 자리를 만나 거나하게 취해버린 그에게, 그녀의 미국 연락처를 알아 오도록 다짐을 받아냈다. 그리곤 이따금 돌아오는 미국 출장을 얼마나 기다려 왔던가.

그녀가 전화에서 일러준 대로 프리웨이에서 빠져나와, 오른쪽으로 회전한 길을 10분쯤 올라갔다. 곧 짙은 갈색의 2층짜리 목조 건물이 늘어선 아파트 단지가 나타났다. 1월인데도 아파트 입구엔 하얀 배꽃이 화사하게 피어 있었다. 나는 그녀가 살고 있는 이곳이 상상의 무릉도원처럼 사시사철 꽃이 널린 곳이란 걸 새삼 실감했다. 자동차를 주차하고, 그녀 집 호수를 확인하느라 두리번거리고 있는 사이 따갑던 햇살의 열기가 잦아들었다. 하늘은 벌써 저녁으로 갈 채비를 하고 있었다.

나는 빛이 사위는 하늘을 등지고 선 채 그녀가 살고 있는 집의 도어 벨을 눌렀다. 벨을 누르는 내 검지가 파르르 떨려왔다. 잠시 후 문이 열리고 한 여인이 늦은 오후의 여릿한 햇살을 얼굴 가득 받으며 나타났다. 그녀였다. 긴 머리를 목 뒤로 느슨하게 묶고, 청바지에 칼라가 없는 하늘색 티셔츠를 입은 호리호리한 몸매의 희림이 빙긋 웃고 서 있었다.

"길수 오빠아!"

희림은 덥석 내 목을 끌어안았다. 그녀의 돌연한 포옹에 내 볼이 달아올랐다. 코끝으로 스며드는 향긋함이 그녀의 현관 앞에 피어난 꽃 내음인지, 그녀의 향기인지 구별되지 않았다. 상기된 내 표정에 아랑곳없이 그녀는 내 손을 덥석 잡고 집안으로 들어섰다.

세 평은 됨직한 리빙 룸 안엔 열 살 전후로 보이는 아이들이 테이블에 둘러앉아 그림을 그리고 있었다. 그녀는 미술지도 중인 모양이었다. 세 아이는 한국 아이들로 보였지만, 한 여자아이는 흰 살결에 속눈썹이 긴 혼혈아였다.

아이들이 그림 공부를 마치기까지 30분가량 동안, 나는 낯선 길을 운전했던 피로감에 소파에 등을 기대고 잠시 눈을 감았다. 아이들의 붓질에 참견하는 그녀의 목소리가 쉼 없이 들려왔다.

"아이쿠! 이봐라! 물감이 번지고 있잖니? 한쪽이 마른 다음에 그 옆을 칠해야지!"

"이건 너무 색깔이 진해! 물을 좀 더 섞어봐!"

"넌 아직 이것밖에 못 했어? 좀 있으면 네 엄마가 데리러 올 텐데 오늘 네가 게으름 피우느라 그림 완성 못 했다고 일러줄 거야!"

그녀와 아이들 사이의 실랑이가 마치 재재거리는 새 소리처럼 내 귓속을 파고들었다. 한동안 더 부산스러워지더니, 스케치북이며 물감 도구를 챙기는 소리를 끝으로 아이들이 모두 돌아갔다.

갑자기 조용해진 공간에서 나는 감았던 눈을 뜨고 새삼 주위를 둘러보았다. 그중 한 아이쯤은 그녀의 아이가 아닐까 하고 기대했던 내 눈에, 아이들이 물감으로 더럽혀놓은 테이블을 닦는 그녀의 모습만 호젓하게 들어왔다. 나와 눈이 마주친 그녀가 빙긋이 웃었다.

"오빠! 뭐 좋아하더라? 내가 저녁 맛있게 지어 줄게."

나는 그녀가 아이를 낳았다는 말을 들은 적이 있기에 궁금증을 참지 못하고 물었다.

"네 아인 두고 왔니?"

그녀는 금세 머금고 있던 웃음을 거둬버렸다. 잠시 시무룩하게 서 있던 그녀가 갑자기 내게 소리 질렀다.

"오빠아! 밥 안 먹고 술 먹고 싶어? 응?"

말투는 화가 난 듯했지만 그녀는 장난꾸러기 같은 표정으로 웃고 있었다.

결국, 우리는 밥 대신 술을 마시기로 하고, 그녀가 얼음이 덜그럭거리는 유리컵 두 개와 내겐 상표가 낯선 위스키 한 병을 가져 왔다. 밤으로 가는 햇살이 동쪽으로 난 창을 우중충하게 만들었다. 그 희끄무레한 빛 속에서 나는 새삼 그녀가 사는 공간을 둘러보았다. 처음엔 선명한 핑크빛 꽃무늬였을 것이나 이젠 색이 허옇게 바랜 낡은 소파와 광택이 벗겨져 표면이 매끄럽지 못한 나무 식탁, 리빙 룸 한 가운데 놓인 낡은 등나무 흔들의자, 모두가 허름한 것들뿐이었다. 흰 페인트가 칠해진 벽엔 달력 하나와 그림 배우는 아이들의 것인 듯 서투른 수채화가 몇 점 붙어 있었다.

나는 낡은 카펫을 딛고 선 그녀의 맨발을 물끄러미 내려다보았다. 조그만 발뒤꿈치에서 피를 흘리며 시냇물 속에서 앙앙 울어대던, 그 순간의 기억이 그녀의 맨발 어디에 남아 있는지. 괜스레 가슴이 저려왔다. 그녀는 서른여섯 살이었으나 처연한 아름다움이 있었다.

"네 아이는 어디 있니?"

나는 마치 희림의 아이를 찾기 위해 이곳까지 온 사람처럼, 그 말이 아니면 다른 할 얘기가 없는 것처럼 다시 물었다. 그러나 그녀는 내 말을 못 들은 듯 딴전을 피웠다.

"그래 출장 업무는 잘 마쳤수?"

그녀는 리빙 룸 가운데 놓인 등나무 흔들의자를 끄덕이고 앉아, 조금씩 취기가 오르는 내 눈을 빤히 바라보았다. 술잔을 들고 녹아드는 얼음을 이리저리 굴릴 뿐 그녀는 단 한 모금도 술을 마시지 않았다.

실내의 우중충한 빛이 스르르 짙어져 갔다. 희림은 불을 켤 생각이 없는 듯 흔들의자만 끄덕거렸다. 그녀의 맨발이 흔들리는 의자를 따라 내 눈앞에서 시소를 탔다. 나는 자꾸 술만 머금었다. 봇물처럼 터져 나올 그녀의 목소리를 기다리며…….

집안에 완전히 어둠이 깃들었다. 커튼이 드리워지지 않은 창밖에서 아파트 뜰 외등이 빛을 냈다. 누군가 창 밑을 지나는 기척이 났다. 영어로 지껄이는 분명치 않은 말소리가 발걸음 소리와 함께 그녀 집을 스쳐갔다. 나는 그때야 그녀와 함께 앉은 이곳이 한국말을 쓰지 않는 남의 나라 땅이라는 걸 실감하며 언뜻 정신이 들었다.

"오빠아! 나 얼마 전에 백화점 갔다가 아주 조그맣고 예쁜 하얀 구두를 보았어. 그 신발을 보는 순간 그것을 신길 아이가 있었으면 좋겠다고 생각했어. 오빠아! 나 아이 낳게 해줄 수 있어?"

어둠 속에서 그녀가 느릿느릿 말했다. 순간, 나도 모르게 내 남성적 본능이 움찔 일어섰다. 그러나 나는 그것이 그녀 특유의 장난기라는 걸 곧 알아차리고 속으로 웃음을 머금었다.

"이거 미안한 걸! 난 씨 없는 수박이 된 지 이미 오래라고!"

자못 심각한 목소리로 말했지만, 나는 웃음이 터져 나오려는 표정을 어둠 속에 숨기고 있었다. 역시 그녀는 까르르 웃어 젖혔다.

"어휴! 억울해! 오빠의 그 과묵함과 내 재기발랄함을 합쳤으면 아주 우수한 아이를 만들 수 있었을 텐데…….”

그녀는 한숨까지 쉬며 중얼거렸다.

“불행 중 다행이지. 반대로 너의 그 요사함과 내 미련함이 합쳐진 실패작이 나오면 어디다 쓰겠니?”

우린 세계의 석학 아놀드 토인비와 맨발의 무용가 이사도라 덩컨의 대화를 흉내 내고 있었다. 덩컨이 자신의 아름다운 외모와 토인비의 명석한 두뇌를 가진 아이를 갖고 싶다고 제안했을 때, 토인비는 그 반대로 자신의 추한 외모와 덩컨의 아둔한 두뇌를 닮은 아이가 나올 수도 있다며 거절했다는 얘기를 말이다.

그녀는 웃음을 멈추지 않은 채 흔들의자에서 일어섰다. 창가에 놓인 스탠드 식 램프의 스위치를 켠 그녀가 이미 새까매진 유리창에 커튼을 달았다. 나는 갑자기 환해진 불빛에 눈이 부셔 실눈을 뜬 채 흔들의자에 도로 앉는 그녀를 바라보았다. 깔깔대던 웃음소리와는 달리 그녀의 표정은 몹시 우울했다. 서늘한 놀라움이 내 가슴에 내려앉았다.

“오빠아! 오빠는 아기가 만들어지는데 다만 생물학적 합성만이 필요하다고 생각해? 영혼의 조화가 없이 말이야?”

그녀는 나지막이 묻고 나서 한동안 조용했다. 나는 아무 말도 하지 않았다. 그녀가 침묵하는 것은 내 대답을 기다리는 게 아니라, 불쑥 불거져 나오려는 자신의 감정을 가지런히 하느라 애쓰고 있는 까닭임을 알기 때문이었다. 잠시 후 그녀는 아주 천천히 입을 뗐다.

“내 아인…… 내 아인 늘 아프기만 했어. 그러더니 결국…… 죽고 말았어.”

나는 그 말끝으로 그녀의 울음이 와~ 하고 터지기를 기다렸다. 차가운 얼음덩이가 내 가슴 위를 스치는 듯한 아픔을 감당하기 힘들었다. 그러나 그녀는 오히려 빙그레 웃고 있었다.

"영혼의 조화가 없이 태어난 아이, 다만 생물학적 합성만으로 태어난 아이는 세상과 조화를 이루지 못했던 모양이야. 그 아이가 죽고 나서 난 이곳으로 왔어. 내게 익숙해져 있던 생활의 모든 것들이 내 등을 떠미는 것 같았어. 자식을 잃은 어미의 슬픔이란 게 무뎌진 내 감수성을 몽땅 살아나게 했거든."

그녀는 다시 웃어 젖혔다. 나는 뭐라 말을 해야 할지 몰라 자꾸 술잔만 입으로 가져갔다. 그녀가 웃고 있었지만, 사실은 가느다란 목을 떨며 슬픔에 젖어 있다는 걸 나는 알 수밖에 없었다. 내가 무슨 말을 해줘야 했을까. 나는 그저 술기운에 충혈된 눈으로 그녀를 노려보았다. 그리고는 비명처럼 절박한 한 마디를 내뱉었다.

"그림을 그려!"

내 단호한 한 마디에 그녀는 눈에 물기를 머금은 채 울음인지 웃음인지 모를 표정을 지었다.

"그림을 그리란 말이다. 그 왜 '노인과 대나무'……. 옛날에 네가 그렸던 그런 그림을 그리란 말이다!"

나는 말하고 나서야 그녀가 그렸던 그림을 떠올렸다. 오랜 세월이 흘렀는데도 그 그림이 선명하게 생각났다. 대밭을 배경으로 선 세모시 두루마기의 단아한 노인, 안경 속의 눈을 비스듬히 내리깐 채 입술을 지그시 다문 모습이 대나무 줄기처럼 곧고, 고결해 보이던 노인. 그때서야 나는 노인의 모습이 대나무와 같은 상징임을 깨달았다. 그녀는 노인이 아니라 대나무를 표현하려 했던 것이다.

"대나무를 그리란 말이다!"

나도 모르게 소리치며 그녀를 노려보았다.

그녀는 젖은 눈을 내리깔고 등나무 흔들의자에 가만히 등을 기댔다. 그리곤 아무 말이 없었다. 그 모습이 취기에 어린 내 눈 속에서 푸르게 뻗은 대밭과 어우러졌다. 뒷목을 의자에 기댄 채 살짝 치켜 든 턱, 내리깐 눈길이 그림 속 노인의 단아함과 겹쳐졌다. 오랜 세월 동안 내 가슴을, 내 머리를 떠나지 않던 그녀에게 단 한 번도 내 남성의 손길을 뻗칠 수 없었던 건 저 뜻 모를 단아함 때문인가. 아니면 유독 그녀를 향해서만은 지독한 억제에 길들여진 내 절제의 습성 때문인가. 그녀를 아이처럼 안아 주고 싶은 충동이 치솟았다. 그러나 언제나 습성은 의지를 앞서기 마련이었다. 나는 그녀에게 다가가는 대신, 오히려 소파에 등을 기대며 지그시 눈을 감아버렸다.

"그래! 그림을 그릴 거야. 내가 살아 있음을 확인하기 위해서 도……. 오빠 말대로 대나무도 그리겠지. 푸르게 하늘을 향해 뻗은 대나무를. 이 세상의 아무것과도 타협할 줄 모르는 대나무, 오직 하늘을 향해서만, 그 한 가지만을 위해서 뻗어 오른 대나무를 말이야. 그런데 내가 그릴 그림의 대나무는 마디가 없어. 왜냐면 그 대나무는 같은 대나무 속에서도 조화를 이루지 못하는 돌연변이거든. 대나무는 한 가지 뜻으로 하늘로 뻗되 군데군데 마디가 있지. 뻗어 오르다 아픔을 만나면 거기에 마디를 그어 망각을 배우고 나서 다시 뻗어 오르는데, 유독 한 대나무만은 아무것도 잊을 줄 모른 채 뻗어 오르기만 하고 있어. 세상으로부터의 상처를 잊지 못하고, 하늘로 자꾸 치솟기만 하는 미련한 대나무……. 그렇게 특별한 모습으로 뻗어 그 대나무가 과연 하늘에 닿을 수 있을까? 최종 목적지가 하늘이어야 한다면 말이야."

그녀의 중얼거림이 낯익은 시냇물 소리처럼 나지막하게 내 가슴을 흘러갔다.

눈을 감은 채 그 소리에 귀 기울이고 있는 내 머릿속에서 정말 마디가 없이 미끈하게 뻗은 한 줄기 대나무가 맑은 시냇물 속에 비쳤다. 아니 대나무는 한 줄기가 아니라 두 줄기였다. 옆에 있는 또 다른 대나무도 마디가 없는 모습으로 냇물에 비쳤다.

그녀가 하늘을 향해 망각의 타협 없이 뻗어 오른 대나무라면, 나는 그녀를 향해 마디 없이 뻗어 오르는 또 다른 대나무였다. 어쩌면 나는 하늘로 뻗어 오르는 그녀를 따라 하늘에 닿고자 하는지도 모른다. 그녀를 통하지 않고는 하늘에 도달할 수도 없는 내 순수치 못한 영혼이 그렇게 희림에게로 향할 수밖에 없게끔 운명 지워졌는지도 몰랐다.

덜 순수한 것은 더 순수한 것에게로 쏠릴 수밖에 없는 것이 영혼의 법칙이라면.

눈을 뜨니 그녀가 나를 바라보며 빙그레 웃고 있었다.

"이제 잠이 깼어? 술 취하면 잠드는 버릇은 여전하네! 오늘 오후 비행기랬잖아. 어서 서둘러야지!"

아침 햇살을 담뿍 안은 그녀의 얼굴 위로 몇 가닥의 고운 주름이 잡혔다. 그녀는 지난밤의 처연함에 아침의 해맑음을 더한 아름다운 모습으로 그렇게 서 있었다. 나는 소파에서 잠이 든 탓에 뻣뻣해진 뒷목을 손으로 주무르며 일어섰다. 할 수만 있다면 그녀의 아침 안에 그냥 머무르고 싶었다. 그러나 매사에 철두철미한 나의 습성은 그녀의 해맑간 아침을 오래오래 바라보고 싶은 욕구를 밀쳐내었다.

LA 시내 호텔로 돌아가 짐을 꾸리기 위해 서둘러 차를 몰았다. 그녀를 등지고 동쪽으로 달리는 내 차창 앞으로 햇살이 쏟아졌다. 햇빛은 산줄기 위에 물살처럼 흐르고, 나는 문득 그 길고 완만한 산등성이에서 고향 마을의 맑은 시냇물이 조용히 흘러감을 보고 있었다.

흔들리는 땅
-희림의 말

하얀 햇살이 창 안으로 부서져 들어온다.

그는 하룻밤 사이 유년의 추억을 몰고 와서는, 내 삶의 공간에 슬픔을 가득 채워주고 돌아갔다. 잊어버렸던 얼굴, 내 철없던 젊음 안에서 제 몫을 다하고 자기 갈 자리로 떠나버렸던 얼굴이었다. 그의 돌연한 방문은 나를 뒤흔들어놓았다. 내 아픔들 위에 살짝 덮어놓은 위장의 지푸라기들을, 그는 단 한 번의 가벼운 입김으로 날려버린 뒤 고스란히 내 아픔을 들추어놓고 떠났다.

혜승이……. 내 가엾은 딸을 생각한다. 지금은 떠나버린 나의 혜승이를……. 선천적 심장질환으로 가만히 누워 있어도 숨 쉬는 것조차 힘들어하던 나의 아가는, 그 작은 가슴을 톱으로 쪼개고 두 차례나 수술을 받았다. 어른 손으로 한 뼘도 안 되던 작은 가슴을 힘겹게 들먹이다, 두 번째 수술에서 숨을 멈춰버린 가엾은 혜승이는 나 스스로 인생을 내던졌던 가소로움의 당연한 결과였다.

겨우 4년을 살고, 두 번씩이나 톱날이 닿았던 연한 뼈가 아물기도 전에 아이는 창백한 얼굴로 떠나버렸다. 그 아이가 그렇게 고통 속에 떠남으로써 나는 갑자기 나의 닫힌 감각들을 인식하기 시작했다.

혜승이가 내 곁을 떠난 후 슬픔 속에 울부짖던 나는, 어느 날 스스로 버리고 가두었던 내 특유의 감각과 사고의 물결이 나를 덮쳐 옴을 느꼈다. 일상은 나와 무관한 일처럼 생각됐다. 창밖을 멍청하게 바라보다 하루를 보내고 나면, 집안에서 저녁밥 짓는 음식 냄새를 기대하며 퇴근하던 남편은 우거지상을 지었다. 어느 땐 세수도 안한 얼굴로 아침 일찍 외출해 거리를 쏘다니다 어둠이 짙어진 다음에야 집으로 돌아오곤 했다.

어린 시절 언젠가부터 내 곁엔 까만 피부에 키가 멀쑥하게 큰 가난한 소년, 길수가 있었다. 그는 내리막길에선 내 앞을 걸어가며 나를 돌아다보았고, 오르막길에선 내 뒤를 받쳐주었다. 방죽 밑 움푹 파인 땅에 함석대문이 달랑대는 두 칸짜리 오막살이에 살던 길수는 어제 돌연 서울 거리의 메케한 매연 흔적을 뒤집어쓴 허연 얼굴로 나를 찾아왔다. 지난날의 가난한 모습에서 이제는 자리 잡은 도시의 중산층으로 변한 그는, 단지 낯선 방문객일 뿐이었다. 그가 차라리 그 옛날의 가난을 정겹게 풍기며 찾아왔다면 나는 그 앞에서 서럽게 울어버렸을지도 모른다.

그는 부유하고 안정된 도시의 생활인이고, 나는 어떤 의미에서건 일상을 파괴해 버린 낙오자였다. 그런데도 그는 지난날 내 손에 들린 비스킷을 바라보던 가난한 소년의 눈빛을 하고 있었다. 어쩌면 그는 불안한 미래를 이고 이국땅까지 밀려온 나를 보고 있는 게 아니라, 지난날 자신이 헌신했던 한 잔망스런 계집아이만을 떠올렸는지도 모른다. 그의 눈은 알 수 없는 분노로 가득 차 있었다. 네가 왜 이렇게 살고 있느냐고, 어떻게 네가 이런 운명에 놓일 수가 있냐며 화를 내는 듯했다.

그는 나를 노려보며 엉뚱하게도 그림을 그리라고 하지 않았던가. 어쩌면 그는 정상궤도에서 이탈된 내 운명에 대해, 분노를 터트릴 수 있는 유일한 출구가 그 말뿐이라고 생각했는지도 모른다.

사랑이란 것을 체험했던 젊은 날, 사실 그림을 그릴 수 있는 나의 에너지는 몽땅 산화해 버렸다. 사람이 다른 한 사람을 향해 그렇게도 걷잡을 수 없이 자신을 태울 수 있다는 걸 경험했던, 그 길지 않은 사랑의 기억 속에 나의 에너지는 다 타 없어지고 말았다. 헤어짐이란 단어로 사랑이 끝났을 때, 나는 그 타오르던 연기의 잔해와 회색빛 재까지도 다 매장해 버렸다. 그리고 다시는 열지 못할 침묵의 자물쇠를 채워버렸다. 거기엔 슬픔도 그 어떤 그리움도 없었다. 다만 내 대학 생활의 마지막 가을날에, 길수가 멀리서 나를 보던 모습이 기억 속에 무심히 박혀있을 뿐이다.

내가 현실과 손을 잡고 윤택한 결혼생활에 뛰어들 때 길수는 어디에 있었는가. 그때 왜 그는 불쑥 내게 나타나 그림을 그리라고 말해주지 않았던가. 나의 혜승이가 사경을 헤매며 병원에 누워 있을 때, 슬픔에 젖은 나를 찾아와 그는 왜 그림을 그리라고 말해주지 않았던가. 자식을 잃고 일상을 저버린 여인을 더 이상 아내로 납득할 수 없다며 남편이 이혼을 요구해 왔을 때, 그는 왜 내게 나타나 그림을 그리라고 말해주지 않았던가. 남편이 던져준 얼마간의 돈을 들고 뿌연 서울 거리를 방황하다가, 그 돈의 밑바닥이 들여다보일 때쯤 홀로 미국행 비행기를 탈 때 그는 왜 달려와 나에게 그림을 그리라고 말하지 않았던가. 하필이면 내가 이 척박한 땅에다 머리를 쑤셔 박고, 의미를 잃어버린 삶을 그저 연명하기 위해 전전긍긍할 때야 찾아와 그림을 그리라고 말하고 간 것일까.

젊은 날 잃어버린 예술을 찾는 길만이 너의 찌그러진 운명에 대한 변명이 될 뿐이라는 듯 왜 그렇게 형이상학적인 말을 뿌리고 간 것인지. 어쩌면 안정의 몫은 자신의 것이니, 너는 그저 방황 속에서 예술이나 생산하라는 무책임한 충고였는지도 모른다.

나의 일상은 보통 때와 하나도 달라진 게 없다. 나는 여느 때처럼 혼자서 커피를 끓이고 빵을 구워 간단한 아침을 먹는다. 그리곤 일과처럼 해온 산책을 위해 운동복 차림으로 집을 나선다. 반짝이는 햇살, 그 따스함이 목 언저리를 애무해 오는 이 캘리포니아의 겨울은 문득 고향의 늦은 봄을 생각나게 한다.

'이번 겨울은 유달리 덥네요. 지구가 가열되면 종말이 온다던데……. 아무리 계절의 변화가 없는 곳에 살지만, 이번 겨울은 정말 이상기후예요.'

문득 명혜의 말이 떠오른다. 자기 아이를 데리러 올 때면 재재거리며 입을 쉬지 않는 티파니 엄마. 거무스름한 피부에 균형 잡힌 탄탄한 몸매, 굽실거리는 긴 머리카락을 허리까지 늘어뜨린 그녀는 늘 매혹적이다. 대학 재학 시 유학을 왔다가, 프랑스 혈통의 미국인과 열애를 했다던 그녀. 아이를 임신했을 때 벌써 티파니 생부와 결별을 했다고 했다. 명혜는 미국식당에서 시간제 웨이트리스로 일하며, 한국의 부모님으로부터 송금을 받기도 한다. 그녀는 티파니를 학교에 보내고 난 아침이면 가끔 나를 찾아와 커피를 마시다 가곤 하는데, 오늘 아침 어쩌면 문을 두드릴지도 모를 그녀의 방문을 피해 나는 서둘러 집을 나선다.

내가 그녀를 알게 된 2년 남짓 동안 그녀의 애인은 세 번 바뀌었다. 처음엔 컴퓨터 엔지니어인 블론드 헤어의 유부남과 만나고 있었다. 두 번째는 연하의 자동차 세일즈맨이었다. 그리고 한동안은 60세가 넘은 돈 많은 사업가와 만났다. 그와 헤어지고 나서 지금 누군가와 데이트를 시작한 지 벌써 두어 달은 된 것 같은데 명혜는 통 입을 떼지 않았다.

딴엔 그동안 자주 바뀌던 애인에 대해 너무 털어놓았던 게 무색했던지, 지금 데이트 상대에 대해서는 입을 다물려 애쓰는 게 느껴졌다. 요즘 들어 양 볼에 홍조를 띠고 좀 들뜬 듯한 그녀의 모습에서 분명 새 애인이 생겼다는 걸 직감했다. 그녀가 선호하는 대상은 늘 여자에게 예의 바르고 친절한 미국 남자였다. 그러나 결별의 시간이 오면, 끈끈한 정을 가진 한국 남자들보다 그들이 얼마나 냉정하게 돌아서는지 번번이 경험하고도 그녀는 정신을 못 차렸다.

터덜거리는 자동차를 몰고 산책로가 있는 호숫가에 도착했다. 아침 햇살이 잔잔한 수면 위에서 슬며시 기지개를 켜고, 이마가 반쯤 벗겨진 키 큰 백인 남자가 미소를 지으며 내 곁을 스쳐 갔다. 어느 때 와보아도 부지런히 걷거나 뛰는 사람들이 꼭 한둘은 있는 이 호숫가에서, 운동복 차림의 사람들과 미소로 인사를 나누는 것에 나도 이제는 익숙해졌다.

호수 주변에 그림처럼 들어선 백인 부자들의 저택 앞 물 위엔 그들의 개인 보트가 집마다 매어져 있다. 내가 이 백인 촌에 발을 붙이게 된 건 철저한 체념에서였다. 아무도 없는 사막의 모래밭에 나를 묻고 싶은 마음에 연고도 없는 이곳을 찾아왔다. 아무리 백인 보수 지역이라지만 드문드문 한국 사람들이 살고, 어쩌다 만난 명혜를 통해 아이들 미술지도라도 하게 된 건 그나마 다행이었다.

명혜는 때때로 적막한 내 집에 들이닥쳐 삶의 새 희망으로 눈빛을 빛내곤 한다. 그녀의 삶을 유지 시키는 건 언제나 새로운 사랑에 대한 기대이다. 어쩌면 나는 그녀의 그 반짝거리는 눈빛을 보며 그래도 내가 살아 있다는 걸 가끔씩 자각하는지도 모른다.

이런저런 생각 속에 30분쯤 걸은 것 같았다. 되돌아 걸으려고 몸을 돌린 순간, 나는 그만 바로 뒤에서 걷고 있던 남자와 부딪치고 말았다. 어깨와 옆구리를 연달아 부딪쳤다. 순간이었지만 사람의 따뜻한 체온이 느껴졌다.

"미안합니다!"

당황한 나머지 내 입에선 '익스큐즈 미'라는 영어 대신 불쑥 한국말이 튀어나왔다.

"아이쿠! 이거 미안합니다!"

그 남자도 한국말로 사과했다.

얼결에 지나쳐 걷다가 뒤를 돌아보니, 그도 나를 돌아보고 있었다. 흰 바탕에 감색 스트라이프 무늬가 있는 모자를 눌러쓰고, 지나치게 테가 큰 구식 선글라스를 쓴 모양이 조금은 촌스러웠다. 눈이 마주친 게 멋쩍어 서로 실없는 웃음을 흘리다 돌아섰다.

이 호숫가의 산책을 시작하고부터 나의 삶은 침침함에서 조금씩 밝은 빛이 스며드는 듯했다. 나름 평범했던 일상 안에 어제 길수의 돌연한 방문이 일구어 놓은 파문을 지우려, 나는 더욱더 호수에 내리쬐는 아침 햇살을 음미해 본다.

산책을 끝내고 자동차에 올라 시동을 걸었을 때, 내가 걷던 길을 되짚어 오는 동양 남자가 손을 흔들었다. 그는 조금 전 어깨를 부딪쳤던 남자였다. 조금 거리를 두고 보니 테가 너무 커서 촌스럽다 느끼던 선글라스가 그런대로 어울려 보였다. 그는 이상하게 나이를 가늠할 수 없는 모습이었다. 어찌 보면 젊은 청년인 것도 같고, 여유 있게 손을 흔드는 모양이 장년 같기도 했다. 운전하며 생각해보니 산책 중 몇 번 스친 것도 같았다. 이 구석 백인 동네에 그는 무엇 하러 왔을까. 혹 나처럼 삶의 도피를 꾀하느라 온 건 아닌지.

나는 핸들을 잡은 채 쓸데없이 남모르는 사람의 인적사항을 헤아리다 그만 내 집 입구를 지나쳐 버렸다.

여느 날과 다름없는 하루가 지나고 다시 저녁이다. 집안 구석 어디에도 길수가 다녀간 흔적은 남아 있지 않다. 하지만 마음 안에 한 가닥 쓸쓸한 바람이 불었다. 나는 어제 길수가 먹다 남긴 위스키 한 방울을 오렌지주스 잔에 떨궈 들고 텔레비전 앞에 앉았다. 리모컨으로 이리저리 채널을 돌리다 찰리 채플린 일대기 영화에 고정했다. 찰리 채플린이 우스꽝스럽게 엎어지고 자빠지는 장면을 보며, 위스키가 섞인 오렌지주스를 조금씩 입에 흘려 넣었다. 알싸한 맛이 혀 끝에 와 감겼다. 그 알싸함이 목을 타고 넘자 어젯밤 잠을 설친 탓인지 갑자기 졸음이 밀려왔다. 긴 하품과 함께 소파에 비스듬히 몸을 기댔다. 스르르 감기는 눈 속에서 찰리 채플린이 뒤뚱거리며 걷다 뒤로 자빠졌다.

누군가가 나를 심하게 흔드는 것 같은 느낌에 눈을 떴다. 환하게 밝혀진 할로겐램프의 불빛 안에서 흔들리고 있는 건 나뿐이 아니었다. 이미 끝나버린 찰리 채플린 영화 대신 벌거벗은 남녀가 뒤엉킨 에로 무비의 텔레비전 화면이 흔들리고, 벽에 붙은 액자들이 덜컹거렸다. 온 집안이 콩을 볶는 듯한 소음 속에 달달 떨고 있었다. 부엌 싱크대 문짝이 덜컹대더니 그릇들이 와르르 쏟아져 바닥에 내동댕이쳐졌다. 그때야 지진이구나!, 생각하는데 갑자기 전원이 끊어지며 사방이 칠흑으로 변했다.

나는 마치 작은 성냥갑 안에 갇힌 한 마리 날벌레처럼, 캄캄한 시야에서 땅의 진동을 따라 흔들렸다. 두려운 건 한순간에 숨이 끊어지는 죽음이 아니라, 이렇게 흔들리는 어둠 속에 몸을 뒤틀면서 살

아남아야 한다는 것이었다. 간간이 들려오는 벽 너머의 희미한 비명
들, 얼굴도 잘 모르는 이웃들의 비명이 간헐적으로 들려왔다. 나는
마치 코끼리울음 같은 소리를 내며 카펫 바닥으로 나동그라졌다. 바
닥에 나뒹구는 내 몸이 그물에 걸린 물고기처럼 펄떡거렸다. 아~
아~ 이번엔 발성 연습하는 성악가 같은 소리가 터져 나왔다.

얼마를 흔들렸던가. 진동이 조금씩 가라앉으며 땅이 진저리를 치
는 듯하더니 사방이 조용해졌다. 아주 잠깐 소리는 어둠과 조화를
이루며 칠흑처럼 가라앉았다. 내가 겨우 몸을 일으켜 소파 밑에 넣
어둔 플래시 라이트를 찾아냈을 때, 밖에서 아우성치는 사람들 소리
가 들려왔다. 그때야 내가 혼자라는 것에 생각이 미쳤다. 잠옷 바람
으로 플래시 라이트를 켜 들고 밖으로 뛰쳐나갔다. 촛불을 밝혔거나
나처럼 플래시 라이트를 든 백인 이웃들이 저희끼리 모여 뭐라 지껄
이고 있었다. 나는 그중 눈에 익은 옆집 백인 청년에게, '아엠 얼론!'
하며 내가 혼자라는 걸 말했다. 보통 때는 미소도 잘 흘리던 그였는
데, 나를 한 번 흘낏 보았을 뿐 관심이 없어 보였다. 청년이나 다른
사람들의 당황한 표정 안엔 이웃의 동양 여자가 눈에 보이지도 않는
듯 냉랭함만 감돌았다.

흔들리던 때의 공포감보다 더 무서운 외로움이 등줄기에 흘렀다.
이 고난을 나누어 얘기할 사람이 아무도 없다는 사실이…… 결국
저 백인들의 친절은 대국적인 풍요의 여유에서 비롯되었을 뿐, 생사
의 기로에서 삶에 대한 더러운 애착을 드러내기는 모든 인간이 마찬
가지라는 생각이 들었다. 나는 얼른 명혜를 떠올렸다. 그녀하고라도
이 두려움을, 외로움을 나눠야 한다는 생각에 집안으로 들어와 수화
기를 들었다. 그러나 전화는 언제부턴가 불통이었다.

또 한 번의 진동이 밀려왔다. 타타닥, 액자가 벽에 부딪는 소리,

문짝이 덜커덩대는 소리와 함께 밖에 있는 사람들도, 안에 있는 나도 똑같이 비명을 질렀다. 흔들림 속에서 벽을 잡고 몸을 꼿꼿이 세운 채 입을 앙다물었다. 부엌에서 또 그릇 깨지는 소리가 들렸다. 밖에 있는 사람들이 이리 뛰고 저리 뛰는 모습이 가물대는 불빛들 속에 어렴풋이 보였다. 주차장에 세워둔 자동차들의 경보장치가 작동돼 여기저기서 경적이 울려왔다.

가보지 못한 지옥의 공포가 이런 것일까. 두 번째 진동은 첫 번 것보다 좀 짧은 듯했다. 땅이 부르르 떨며 진저리치기를 멈추었다고 생각됐을 때, 플래시 라이트로 용케 바닥으로 떨어지지 않은 벽시계를 비춰 보았다. 새벽 4시 30분, 위스키가 든 주스를 홀짝거리다 텔레비전을 켜놓은 채 나는 자정쯤 소파에서 잠이 들었던 것 같았다.

술에 취한 벌건 얼굴로 소파에 고꾸라져 잠을 자던 길수의 모습이 떠올랐다. 차라리 그가 내 곁에 있을 때 지진이 났더라면, 아니 그가 아니라도 좋았다. 적어도 나 혼자가 아닌 누군가와 함께일 때 이런 일이 일어났더라면 이토록 두렵지는 않을 것 같았다. 지금쯤 하늘을 날고 있을 길수가 야속하게 느껴졌다. 지난날 어느 곳에서건 내 바람막이가 돼주었던 그는, 이제 재난과 외로움을 내게 떠맡기고 자신은 새처럼 날고 있었다.

내가 두려워하고 있는 건, 지진이라는 재난이 아니라 혼자라는 내 운명인 것 같았다. 내가 원해서 이 사막과 같은 낯선 땅을 찾아들었으면서도 말이다. 어둠 속에서 얼굴이 축축하게 젖어왔다.

어렴풋한 만남

지진이 있고 나서 세상은 얼마간 술렁거렸다. 잠시는 아무도 삶에 대해 욕심을 부리지 않는 것 같았다. 텔레비전엔 지진 피해로 무너진 집들이 비치고, 목숨을 잃거나 다친 사람들의 사연을 방송하기에 바빴다. 멀쩡하던 부동산 부자가 하루아침에 거지가 되고, 한인 중에도 목숨을 잃은 사람이 있었다.

명혜는 그다음 날 아침, 내 집 문을 벌컥 열고 들어와 호들갑을 떨었지만, 끝내 새 애인의 얘기는 함구한 채 돌아갔다. 한동안은 영 생활의 리듬이 잡히지 않는 게 나도 그녀도 마찬가지였다. 미술 지도를 받으러 오던 아이들도 발길을 끊었고, 늘 새로운 사랑의 기대에 차 있던 명혜의 눈빛도 삶에 대한 두려움으로 잦아들었다.

다시 호숫가를 찾은 건 그 일주일 후였다. 그 엄청난 땅의 흔들림이 지나갔건만, 호숫가 버들가지엔 작은 알갱이 같은 푸른 싹들이 돋고 있었다. 호수는 잔바람을 안은 채 아침 햇살에 반짝거리고, 오리 떼는 저희끼리 헤엄치다 사람이 가까이 가면 뒤뚱거리며 뭍으로 걸어 나와 먹이를 달라고 꽥꽥거렸다. 나는 오랜만에 가슴에 가득 차오는 평온함에 심호흡을 하며, 천천히 산책로로 들어섰다.

한동안 걷기를 쉬었던 탓일까. 얼마 걷지도 않아 숨이 차올랐다. 하는 수 없이 걸음을 멈추고 보도블록 난간에 걸터앉았다. 숨을 몰아쉬고 있는데, 갑자기 하얀 나이키 운동화가 내 앞에 멈춰 섰다. 나는 얼결에 그 나이키 운동화의 주인을 올려다보았다. 테가 커다란 선글라스를 쓴 남자가 푸른 스트라이프 무늬가 있는 흰 모자를 쓴 채 나를 내려다보고 있었다.

"어디가 불편하십니까?"

그는 일주일 전 서로 부딪쳤을 때 '미안합니다'라고 말했던 것처럼 담담하게 물었다. 백인 천지인 호숫가 산책로에서 나를 걱정하는 그의 한국말이 낯설었다.

"네, 나오셨군요. 오랜만에 걸어서 그런지 좀 어지러워서요."

그를 올려다보며 멋쩍게 웃는 내 얼굴로 햇살이 비쳐들었다. 무심결에 표정이 찡그려졌다. 그가 공연히 내 주위를 왔다 갔다 하더니 내 옆 보도블록에 약간 거리를 두고 앉았다.

"지진 피해는 없으셨습니까? 저는 그날도 산책을 쉬지 않았는데 그 이후 한동안 안 나오시더군요. 혹 지진 땜에 불편한 일을 당하셨나 했지요."

내게 공연한 관심을 보이는 그는 필경 몹시 외로운 사람일 거라고 생각했다. 아니면 남을 친절하게 대하는 데 습관이 된 사람인지도 몰랐다. 나는 그를 빤히 바라보았다.

선글라스에 가려진 눈의 윤곽이 하얀 아침 햇살 속에 둥글게 드러났다. 검은 안경알 사이로 바르게 선 콧날과 선이 뚜렷한 얇은 입술, 다소 완강해 보이는 턱을 지녔으나 전체적으로 좋은 인상을 가진 남자였다.

"언제부턴가 이 아침 산책로에 동양인이 나 말고 또 있다는 걸 알게 됐습니다. 그렇지만 한국 사람이라고는 생각하지 않았지요. 지난번 부딪쳤을 때 사실 깜짝 놀랐습니다. 반갑기도 했고요."

나는 그저 고개를 끄덕였다. 뭐라고 해야 할지 알맞은 말마디가 생각나지 않았다. 나는 이런 우연한 만남에서 자연스레 대화하는 것에 전혀 익숙지 않은 사람이었다.

그와 나는 나란히 걷기 시작했다. 가볍고도 경쾌하게 발걸음을 떼는 그를 곁눈질하며, 나는 새삼 그가 무엇을 하는 사람인지 궁금해졌다. 그의 모습엔 왜 그런지 삶의 어떤 무거움도 깃들여 있지 않아 보였다.

"지진에 온통 세상이 흔들리고 있을 때, 세계 최강의 나라 미국도 자연의 위력 앞에서는 별수 없구나! 하고 생각을 했지요. 나는 미국에 온 지 3개월밖에 안 된 사람이거든요."

"네 그러시군요. 혹 유학을 오셨나요?"

나는 마침 궁금증이 일던 터라 그렇게 묻고 말았다.

"유학을 왔다고 치면 그런 셈이지요. 아니라면 아니지만요. 그런데 여기에서 오래 사셨습니까?"

나는 대답하지 않았다. 3년을 살았다고 간단히 말해버리면 그만이지만, 그 3년이란 숫자에 애써 다독거린 내 쓸쓸한 삶이 딸려 나올 것만 같았다. 그가 눈길을 땅에 떨군 내 옆얼굴을 가만히 바라보는 게 느껴졌다.

내 좁은 보폭에 맞춰 천천히 걷던 그가 조금씩 나를 앞서가기 시작했다. 서너 걸음쯤의 거리로 나를 앞섰을 때, 그가 어색한 웃음을 흘리며 돌아봤다. 그는 천천히 앞을 향해 뛰기 시작했다. 점점 멀어지는 그를 보며, 내 가슴으로 알 수 없는 서운함이 내려앉았다.

그 아침 이후 가벼운 감기 기운을 느낀 나는 아침마다 이불 속에 웅크린 채 산책을 나가지 않았다. 창을 통과한 아침 햇살이 내가 누운 침대를 환히 비추어 이불을 뒤집어썼을 때 도어 벨이 울렸다. 나는 부스스 일어나 당연히 명혜일 거라 짐작하며 현관문을 열었다. 역시 금방 샤워를 하고 온 듯한 그녀가 은은한 향을 풍기며 나를 바라봤다.

"아니 여태 자고 있었어요? 요즘 웬일이에요? 이렇게 게으름을 부리시고, 혹 실연이라도 당하신 것 아니에요?"

명혜는 집안으로 들어서며 목소리 톤을 높였다. 그녀의 화제는 언제나 사랑 얘기로 시작해 사랑 얘기로 끝났다. 나는 하품을 머금으며 털썩 소파에 앉았다.

"무슨 실연? 언제 내가 연애라도 했나? 명혜 씨처럼 사랑이라도 할 수 있다면 벌써 팔자 고쳤게?"

나보다 세 살 아래인 그녀에게, 나는 늘 아주 반말도 아닌 엉거주춤한 말투로 대하곤 했다.

"그러게 아직 젊고 예쁜 여자가 왜 팔자는 못 고쳐요? 더 늦기 전에 온몸이 휘어질 정도로 뜨거운 연애라도 한 번 해보지. 사랑이 얼마나 여자를 아름답게 하는지 알기나 해요? 누군가를 사랑하지 않고 산다는 건 정말 끔찍한 일이에요. 여자로서의 탄력을 잃는 거와 같아요. 언니가 이렇게 건조하게 살면서도 그 예쁜 모습을 유지할 수 있는 게 나는 이해가 안 되네요."

그녀는 가무스름한 얼굴 속 검고 큰 눈을 빛내며 나를 보았다. 나는 다시 하품을 머금다 실없이 웃고 말았다.

"예쁜 건 내가 아니라 명혜 씨지. 명혜 씨는 아직 싱싱하고 예뻐서 식인종이나 남자들의 식욕을 돋우는 먹잇감이 아니겠어? 나는 허옇

42

게 말라비틀어져 매일 살아야 하나 죽어야 하나만 중얼대는 여자 햄릿처럼 오히려 식욕을 떨어지게 하는 사람이지."

나는 명혜와 사귀어오면서 그녀의 수다에 맞장구를 치는 습성이 생겨 너스레를 떨었다. 명혜가 허리를 비틀며 자지러지게 웃어댔다.

"아이고! 우스워라! 남자들이 식인종과 같단 말예요?"

"그럼 여자를 보고 침을 흘리는 속성은 같지 않고? 식인종은 몸의 살을 발라 먹겠지만 남자들은 여자 몸의 진을 빼먹지 않겠어? 때론 영혼의 진까지 빼먹는 남자들도 있겠지만, 커피 한잔할 테야?"

나는 그녀의 대답을 기다리지 않고 부엌으로 갔다. 명혜의 눈길이 나를 따라오며 웃음을 띤 채 반짝였다.

"영혼의 진을 빼먹는 남자요? 글쎄! 무슨 말인지 이해가 갈 것 같아요. 옛날엔 몰랐거든요. 그 영혼의 교류라는 것을요. 그런데 요즘 나는 그런 걸 느껴요."

커피 가루를 퍼 여과지에 담던 나는 잔잔히 가라앉는 그녀의 생소한 목소리에 언뜻 돌아보았다. 그녀는 게슴츠레 눈을 뜬 채 허공을 보고 있었다. 나는 그녀가 정말 누군가를 사랑하고 있다는 걸 알아차렸다. 여태껏 그녀의 애인이 몇 번씩 바뀌었지만 한 번도 저런 눈빛을 한 적이 없었기 때문이다. 나는 부엌을 나와 그녀를 다그칠 양으로 바짝 다가앉았다.

"말해봐! 누구야? 이번엔 좀 다른 것 같은데! 정말 사랑하는 거야?"

그녀는 배시시 웃음을 흘리며 고개를 저었다.

"뭐가요? 누가 사랑한대요? 넘겨짚기는요. 그런 게 아니에요. 뭔가 내가 변해 가는 것 같아요. 이제 철이 난다고 할까. 삶에 대한 호기심과 모험심보다는 어떤 심오함 같은 것. 이제는 침대 속 재미나

탐하는 그런 연애 같은 건 하고 싶지 않아요."

"오! 명혜 씨가 이제 어른이 되나 보지? 혹 종교에 귀의했나? 뭔가 색깔이 틀리다! 평소의 대화하곤 말이야."

무심코 던진 내 말에 그녀가 화들짝 놀라며 무릎을 쳤다.

"어머! 어떻게 알았어요? 사실은요. 요즘 교회 문지방을 넘나들고 있거든요."

나는 고개를 갸우뚱했다. 명혜가 교회를 나간다는 게 어쩐지 어울리지 않았기 때문이다. 내 표정이 의문에 차 보였던지 그녀는 빠른 설명을 덧붙였다.

"제가 피아노 좀 친다는 것 아시죠? 졸업은 못 했지만, 음대에서 피아노를 전공했잖아요. 요 앞 교회에서 반주자를 구한다기에, 그것도 무료가 아니고 소액의 봉사료도 준다고 해서 한두 번 갔었지요."

커피 메이커가 삐삐~ 소리를 냈다. 나는 다 우려져 나온 커피를 가져오기 위해 일어섰다. 그녀의 눈길이 부엌으로 들어가는 나를 따라왔다.

"그래서 몇 번 찬송가 반주를 하다 보니 신의 사랑에 감읍해, 지금 신과 영혼적 사랑에 빠졌다는 얘기야?"

나는 약간 빈정대듯 말했지만 기특하다는 눈길로 그녀를 바라보았다.

"뭐, 그렇다기보다는, 내 삶을 다른 방향에서 생각해보게 됐다는 얘기지요. 그렇게 종교적으로 사는 사람들 속에서……."

그녀는 끝말을 얼버무리며 커피가 가득한 머그잔을 받아들었다.

"그렇다면 신과의 사랑에 빠진 게 아니라 신을 사랑하는 사람 중에서 누군가를 발견했다는 얘기야? 아니면 신을 사랑하는 사람들 속에 자신의 삶을 비춰 본다는 얘기야?"

나는 그녀의 말을 물고 늘어졌다.

"그냥 그렇다는 얘기예요. 나도 뭐가 뭔지 모른다니까요. 그냥 산다는 것의 초점을 다른 것에 맞추었다고요."

그녀는 좀 귀찮다는 표정이었지만 열에 들뜬 듯 빙그레 웃었다.

"자기가 몰입하고 있는 게 사랑도 아니라면서 왜 나보고 사랑하라고 하지? 알 수가 없네. 아름다워지기 위해 사랑을 하라면서?"

내가 다시 다그치자 그녀는 눈을 질끈 감고 소파 위로 벌렁 드러누워 버렸다.

"아이쿠! 그만 해요! 나는 언니처럼 그렇고 복잡하고 논리적인 머리를 가진 사람이 아니에요. 나는 식인종이 좋아하는 먹잇감이고, 언니는 말라비틀어진 여자 햄릿이니까."

그녀의 말에 우리는 둘 다 아무 의미도 없는 폭소를 터뜨리며 목에 넘기다 만 커피를 뿜어냈다.

사실 우리는 고독했다. 홀로 사는 삼십 대의 두 여인을 표피처럼 둘러싼 고독은 그렇게 허망한 웃음으로 내 작은 삶의 공간에 발산되었다. 공연히 깔깔대느라 눈물까지 고인 눈 가장자리를 손가락 끝으로 찍어내다, 나는 문득 '사랑하고 싶다'는 나지막한 읊조림이 내 가슴 안에서 울려옴을 들었다. 가슴 복판에 한 줄기의 찬물이 흐르는 듯한 서늘함에 눈을 감았다. 그 순간 가슴 안에서 돌연 알 수 없는 한 얼굴이 고개를 내밀었다. 그는 엉뚱하게도 아침 산책에서 무심히 몇 마디를 주고받았던 남자였다. 나는 스스로 기가 막혀 머리를 저었다.

산책을 다시 시작했을 때 미지근한 겨울이 지나간 호숫가엔 봄의 느낌이 완연했다. 일찍 떠오른 해는 호수면 위에서 강렬한 빛으로 반짝거리고, 산책하는 사람들도 많아진 듯했다. 나도 거추장스러운 운동복 점퍼를 벗고 반소매 티셔츠 차림이 됐다. 반바지를 입은 미국 남자 서너 명이 빠른 걸음으로 나를 스쳐 갔다. 햇빛에 반사된 노오란 털이 그들의 튼실한 종아리에 부슬거렸다.

나는 연푸른 하늘 위에 빗살처럼 번진 하얀 구름을 바라보며 천천히 걷기 시작했다. 산책로를 절반쯤 걸었을 때, 뭔가가 내 등을 꾹 찔러왔다. 깜짝 놀라 돌아보는 내 눈에 언뜻 낯익은 하얀 모자가 스쳤다. 파란 스트라이프 무늬가 있는 그 모자였다.

"오랜만입니다. 한동안 통 안 보이셔서 이사 가셨나 했지요."

그의 얼굴에 어린 반가움이 아침 햇살만큼이나 반짝거렸다. 모자를 쓴 건 여전했지만, 구식 선글라스 대신 잿빛 뿔테 안경을 낀 그의 둥근 눈매에 이상하게 마음이 편안해 왔다.

"아, 네! 그 동안 좀 쉬었어요. 가끔씩은 자신의 균형 잡힌 생활 리듬에 반항해 보고 싶은 욕구 같은 거 있잖아요."

가볍게 대답을 한다는 게 그만 너무 지껄이고 있는 것 같아 나는 얼른 입을 다물었다.

"다시는 못 뵙나 했지요. 여기 산책길에서 만나는 한국 사람들이 어디 있어야지요. 사람을 만나기 위해 아침마다 산책하는 건 아니지만요. 하지만 같이 걷는 길에서 서로 인사를 주고받는 것 참 좋은 일 아니겠어요?"

어느새 그와 나는 나란히 걷고 있었다. 그에게서 남성용 스킨로션 냄새가 은은히 풍겨왔다. 나는 공연히 불편해져 그를 앞서려고 조금 걸음을 빨리했다. 내 좁은 보폭에 맞춰 천천히 걷던 그가 자연스레 나를 따라왔다. 스쳐 가는 바람결에 그의 스킨로션 냄새가 또다시 코끝으로 날아왔다. 나는 갑자기 내가 바른 선크림의 향기를 그가 감지하고 있을지 모른다는 생각이 들었다. 어색함을 지우려고 한

마디 던졌다.

"산책길에 인사를 주고받는 즐거움을 누리려면, 그 대상이 꼭 한국 사람이어야 한다는 법은 없잖아요. 그런 가벼운 인사를 나누기엔 미국 사람들이 더 편할 텐데요."

그가 웃음을 머금었다.

"역시 날카로우시군요. 첫인상이 그랬으니까요. 숫돌 위에 지나치게 날을 갈아 도저히 사용하기에 엄두가 안 나는 예리한 칼날처럼 그런 인상이었어요. 세상 사는데 그럴 필요가 있을까 싶더군요. 그래요! 가벼운 눈인사가 아닌 조금은 깊은 인사가 필요하기에 그래도 한국 사람을, 한두 번 인사라도 나눴던 여자를 기다렸던지도 모르겠군요. 이제 됐습니까?"

이번엔 내가 웃었다.

"외로우신가 보군요. 누군가를 기다리고 있다는 것, 별 의미도 없는 대상을 기다리고 있다는 것 말이에요. 그런데 저를 고작 숫돌에 벼린 칼날에 비유하셨단 말예요? 겨우 몇 번 만났을 뿐인데 너무 벼려서 사용도 못 할 칼날로 저를 보셨다니요? 혹 심미안이라도 갖고 계신 건가요?"

나는 속으로 웃음을 머금고 있다가 그만 푸하하 웃어버렸다.

"심미안을 가졌냐고요? 그런지도 모르죠. 말 나온 김에 한 가지만 더 물어보죠? 혹 예술가신가요?"

그가 정색하고 나를 바라봤다.

"글쎄요! 예술을 하긴 했었지요. 지금은 예술가도 아니고 아닌 것도 아니고……."

"거봐요! 모르긴 해도 너무 지나치게 갈았어요. 예술인이든 생활인이든 그렇게 날카롭게 연마할 필요가 없는 건데요. 그러니까 어쩌면 예술에도 생활에도 사용하지 못하고 있는지도 몰라요."

나는 좀 의아한 기분이 들어 그를 빤히 바라봤다.

"무얼 말이죠? 뭘 사용하지 못한다는 거예요?"

"당신 자신을요."

나는 멈칫 걸음을 멈췄다.

"정말 운명철학가이신가요? 차라리 평범한 질문을 하시지 그래요? 나이는 몇 살이냐? 결혼은 했느냐? 아이가 있느냐? 그런 걸 묻지 그래요?"

"내가 그런 것에 관심이 없다면요?"

맹랑한 그의 눈빛에 나는 어이가 없어졌다.

"당신이 그런 것에 관심이 있고 없고는 나도 관심 없어요. 아니 도대체 지금 무슨 얘기를 나누고 있는 거죠? 아침 산책의 가벼운 눈인사를 나누는 대목에서……."

순간 발끈해진 심정에 나는 바람을 일으킬 만큼 빠른 속도로 그를 지나쳐 앞서 걷기 시작했다. 그의 말장난에 걸려든 것만 같아 얼굴이 달아올랐다. 보기보다 보통 사람은 아니구나, 생각하는데 자꾸 걸음이 뒤뚱거려졌다. 마치 그의 맹랑한 눈빛이 내 발뒤꿈치를 쫓아오고 있는 듯한 착각에서…….

어떻게 집으로 돌아왔는지도 모르게 마음이 온통 어수선했다. 늘 잿빛으로 살던 내 생활에 어떤 충격의 빛이 들어온 듯한 느낌이었다. 거울을 보았다. 막 산책에서 돌아와 땀으로 번들거리는 얼굴에 생기가 돌았다. 거울 속 내 얼굴에 소롯한 웃음이 머금어졌다. 하지만 나는 그의 무례함을 용서한 건 아니었다.

"도대체 나를 언제 보았다고 사용할 수 있느니 없느니 하는 거지? 분명 돌팔이 운명철학가가 분명해! 요즘 그런 사람들이 미국까지 원정을 온다더니 그 사람도 젊은 나이에 신이 내렸나?"

나는 생각나는 대로 중얼거렸다. 가슴에 알 수 없는 설렘이 잔바람처럼 불고 있었다.

오후가 되자 아이들이 하나둘 모여들었다. 티파니를 데리고 온 명혜는 오늘따라 유난히 들뜬 미소를 지었다.

"언니! 나 오늘 저녁 외출하려는데 우리 티파니 좀 맡아주지 않을래요?"

나는 그녀가 또 어떤 미국 남자와 데이트를 하려는 것이려니 생각했다.

"그래! 너무 늦게 오지만 않는다면 얼마든지……. 아직 내게 고백하지 않은 애인 만나러 가는 거야?"

장난삼아 던진 내 말에 명혜가 갑자기 앙칼지게 내뱉었다.

"무슨 애인은? 언니는 지난번 내가 그게 아니라고 애기했는데도 아직도 나를 그렇게밖에 생각 못 해요? 정 못 믿겠다면 티파니 데리고 따라와요!"

그녀의 날이 선 목소리가 바늘처럼 내 얼굴로 박힐 것 같아, 나는 고개를 뒤로 젖히며 일부러 놀란 표정을 지었다.

"어딜 따라가? 명혜 씨 데이트하는 데 나보고 티파니 데리고 가란 말야?"

그녀가 더 발끈했다.

"계속 놀리기에요? 그게 아니라고 했잖아요. 사실은 데이트가 아니고, 내가 가끔 피아노 반주 해주는 교회에서 음악회가 있어요. 내가 오늘 반주를 맡았는데 누가 티파니를 봐줘야지요. 언니가 음악회 따라가서 티파니 봐주면 되겠네. 그렇게 해요."

그녀는 자신의 아이디어가 대견하다는 듯 눈을 빛냈다.

"그래, 저녁에 준비되면 우리 집에 들러서 나랑 같이 가든지."

명혜와 내가 이야기를 나누고 있는 문간으로 아이들이 몰려와 우리 사이를 비집고 안으로 들어갔다. 명혜는 이따 만나자는 눈짓을 하고는 돌아갔다.

아이들은 어느새 테이블 위에 스케치북과 물감을 늘어놓고 수선을 피웠다. 수채화를 그리는 건 아이들에겐 한바탕의 물놀이처럼 즐거운 일이었다. 물감을 튀겨가며 물질을 하는 것이 그림을 그리는 게 아니라 영락없이 물장난하는 모습이었다. 이제 만 일곱 살이 된 티파니는 서양인의 피가 섞여 있는 만큼 발육상태가 좋았다. 여느 한국 아이의 아홉 살배기 정도로 보였다. 눈처럼 흰 피부에 갈색 머리칼과 커다란 갈색 눈은 제 아비를 닮았지만, 작고 귀여운 코와 조금 돌출한 동그란 입술은 명혜를 닮았다. 학교에 다니기 시작했어도 영어보다는 한국말 쓰기를 좋아하는 티파니를 볼 때면 나는 어쩔 수 없이 나의 혜승이를 떠올렸다. 살아 있었더라면 티파니보다 두 살은 많을 테지만, 체격은 지금 티파니만이나 되지 싶었다. 나도 모르게 티파니의 갈색 곱슬머리를 자꾸 쓰다듬었다.

아이는 내 손길에 아랑곳없이 어제 손질하다 만 꽃 화분 그림을 그리기에 바빴다. 아이들은 무엇이든 형체를 그리라고 하면 신나 하다가도 바탕을 메우라면 몸을 비틀며 늑장을 부렸다. 형체를 그려내는 창조의 기쁨이 없기 때문인지도 모른다. 사실은 바탕을 잘 칠해줌으로써 창조된 그림에 생명력을 불어넣는다는 걸 아이들이 알 리 없었다.

어쩌면 나의 혜승이는 생명의 원리에 의해 사람이 되었어도, 내가 바탕색을 칠해주지 못해 삶을 얻지 못했는지도 모른다. 그 아이의 삶을 바쳐 줄 사랑의 바탕이 있어야 했는데……. 자꾸 붓이 삐뚤게 나가는 티파니의 손을 잡아주다가 눈물이 핑 돌았다.

아이들을 보내고 나서, 나는 모처럼 옷장을 열어놓고 이 옷 저 옷 뒤져보았다. 미국에 올 때 최소한의 짐을 꾸리느라 절반 정도의 옷을 버리고 왔지만, 그래도 쓸 만한 것들이 남아 있었다. 그중 레몬 빛 모슬린 원피스를 골랐다. 미국에 온 후에 한 번도 입지 않은 옷이었다. 그동안 체중이 줄었는지 허리께가 헐렁했지만, 그런대로 말쑥하게 어울렸다. 연하게 화장을 하고 긴 머리를 살짝 틀어 올려 핀으로 고정했다. 그동안 손길이 닿지 않아 먼지가 내려앉은 칠보 보석함 뚜껑을 열고 에메랄드 귀걸이를 꺼냈다. 그래도 내가 재력 있는 집안으로 시집을 갔었다는 흔적이 남아 있는 건 이 보석 상자뿐이었다.

몸단장의 마무리로 은은한 향의 향수 한 방울을 귀 뒤에 문지르고 있을 때 명혜가 벨을 울렸다. 그녀는 현관문을 열어주는 나를 보더니 뒤로 넘어지는 시늉을 했다.

"우아! 언니가 이렇게 아름답다니! 이건 너무 충격인데? 좀 불만스러워! 언니가 오늘 저녁 나보다 예쁘다는 게……."

그녀는 피아노 반주에 어울림 직한 하늘빛 롱드레스 자락을 펄럭이며 너스레를 떨었다.

명혜의 자동차를 타고 10분쯤 달렸을 때 그녀가 가고 있는 곳이 가톨릭교회라는 것을 알았다. 그것도 아주 규모가 작은 한인교회라는 말에, 그 작은 음악회에 내가 너무 성장을 한 것 같아 맘이 불편해졌다. 명혜야 반주를 맡은 입장이니 그 정도 차려입는 게 당연하지만, 겨우 객석의 한 자리를 차지할 내가 너무 눈에 띄는 건 아닌가 싶었다.

걱정했던 대로 출입구를 들어설 때부터 사람들이 나를 흘깃거리는 게 느껴졌다. 백인들 천지의 이 골짜기에 겨우 백여 명 남짓한 이 한인교회 사람들은 차림새로 치면 오히려 촌스러운 편이었다.

어디에서 무엇을 하며 사는 사람들인가. 그들은 어떤 사연을 안고 고국을 떠나 이곳에 살고 있단 말인가. 어떤 이유로든 막다른 골목에 처한 상황이 아니면 쉽게 바꿀 수 없는 게 땅이란 배경 아니던가. 내가 자포자기의 막다른 골목에서 이 땅을 선택해 왔듯 말이다.

잠시 생각에 잠겨 있는 동안 음악회가 시작됐다. 사회를 맡은 젊은 남자가 단상 위로 올라서 개회를 알렸다. 그리고 이 천주교회의 주임신부를 소개했다. 검은 상의에 목에는 하얀 로만칼라를 세운 젊지도 늙지도 않은 남자가, 맨 앞줄에서 몸을 일으켜 세웠다. 그가 인사를 하기 위해 몸을 돌렸을 때, 섬뜩한 충격이 내 가슴을 휙 스쳐갔다. 그는 오늘 아침 산책에서 나와 잠시 실랑이를 벌였던 남자가 아닌가. 운동복이 아닌 정식 신부복을 입은 그의 모습은 전혀 다른 사람으로 보였다.

그랬구나! 그는 이 성당의 신부였구나! 어딘지 모르게 너무 당당하고 남다른 분위기를 풍긴다 했더니…….

서늘함이 내 가슴으로 내려앉았다. 명혜는 하늘빛 드레스 자락을 끌며 단상으로 올라가, 요염한 웃음을 띤 채 피아노 앞에 앉았다.

음악회는 주로 교회의 성가대가 부르는 종교 음악으로 이어지다가, 간간이 학생들의 서투른 통기타 소리와 함께 팝송이 들려오기도 했다. 티파니는 어느결에 내 무릎에서 잠이 들고, 음악회의 마지막 순서로 명혜의 반주에 맞춰 모두 '고향의 봄'을 부르기 시작했다. 노래를 부르는 동안 작게 흐느끼는 소리가 들려왔다. 내 옆에 앉은 초로의 여인이 울고 있었다. 고향이란 단어가 저토록 사람의 마음을 눈물에 젖게 만드는 것인가. 나는 여인의 울음에 전염이라도 된 듯 몹시 울적해졌다.

가슴속으로 한 줄기 차가운 물살이 흘렀다. 그 물살 속에서 작은 계집아이가 킬킬대며 물장구를 쳤다. 그 옆엔 검은 피부에 몸이 바싹 마른 소년이 큰 키를 구부정히 기울여 계집아이를 내려다보고 있었다. 고향은 언제나 그 시냇물과 가난한 소년 길수를 떠오르게 했다.

음악회가 끝나자 주임신부는 미소를 띠고 출입구에 선 채 한 사람 한 사람과 악수로 헤어졌다. 나는 명혜가 오길 기다리며, 잠이 든 티파니를 안고 그대로 앉아 있었다. 명혜는 한참 전에 단상에서 내려왔는데도 어디로 간 것인지 보이지 않았다. 주위의 좌석들은 어느새 텅 비어 있었다.

"안녕하세요?"

낯설지 않은 목소리가 뒤에서 들려왔다. 나는 슬그머니 고개를 돌려 그를 바라봤다.

"탁민영 신부입니다. 이렇게 아름다우신 줄 몰랐습니다. 품에 안고 있는 아이는 따님인가요?"

그는 마치 동네 유지의 부인을 대하는 듯 예의 바르고 온화한 표정으로 말했다.

"아니요. 이 아인 아까 피아노 반주를 하던 사람의 딸이에요. 저는 그 사람의 친구이고요."

말을 해놓고 보니 티파니가 내 딸이 아니라는 걸 너무 강한 어조로 부인한 것 같아 얼굴이 달아올랐다.

"아, 그러셨군요. 여기서 이렇게 만나게 돼 반갑습니다."

그가 잔잔히 웃는데, 명혜가 긴 치맛자락을 펄럭이며 어디선가 뛰어나왔다. 그녀는 양 볼에 홍조를 띤 채 탁민영 신부에게 꾸벅 인사했다.

"안녕하세요? 신부님! 전에 제가 피아노 반주하러 왔을 때 몇 번 뵌 적 있었지요?"

그녀의 톤이 높은 목소리에 그는 슬쩍 미소를 흘리며 고개를 끄덕였다. 명혜가 잠든 티파니를 내 품에서 받아 안자, 탁 신부는 참석해 줘서 고맙다는 말을 남기고 그 자리를 떠났다.

아이를 안고 뒤뚱거리며 걷는 명혜와 함께 교회 건물을 나오며, 알 수 없는 서운함이 내 가슴을 스치는 걸 느꼈다. 주차장에서 차 뒷좌석에 티파니를 눕히던 명혜가 멀거니 밤하늘을 올려다보는 나를 바라봤다.

"언니! 저분 알아요?"

나는 어둠 속에서도 호기심으로 반짝거리는 명혜의 동그란 눈을 보며 피식 웃음을 흘렸다.

"알긴…… 아침 산책에서 몇 번 부딪쳤을 뿐이야."

"그랬구나! 하긴 여긴 넓은 땅이지만 우리가 사는 범위는 극히 제한되어 있으니까 이리저리 다 얽히고설키지. 그래서 내가 한국 사람들과 접촉하기를 이제껏 피하며 살아왔는지도 몰라요. 나 같은 사람, 사람들 모인 곳에 가봤자 구설에 오르내리기 십상이거든요. 그래서 이제껏 피해온 사람들인데……."

초롱초롱하던 그녀의 눈에 슬픈 빛이 감돌았다. 나는 조수석에 앉아, 시동을 걸고 차를 출발시키는 그녀의 동작을 물끄러미 바라봤다. 늘 철없이 발랄해 보이던 그녀에게도 자신의 위치에 대한 슬픔이 숨어 있던 모양이었다.

신호등에 걸려 자동차가 멈출 때마다, 깊이 잠이 든 티파니의 쌔근대는 숨소리가 뒷좌석에서 들려왔다. 나는 듬성듬성 별이 돋은 밤하늘을 차창 너머로 바라보았다. 문득 가슴이 뻐근히 아파 왔다.

열려지는 시간들

명혜와 헤어져 들어와 벌써 자정이 넘었는데 잠이 오지 않았다. 내 메마른 육신의 한구석에 조그만 틈이 열리고 숨어 있던 물기가 조금씩 새어나가는 듯한, 뭔가 낯선 리듬이 나를 간지럽혔다. 나는 지금 아주 아스라하고 불투명한 것을 잡으려고 조금씩 손을 내젓기 시작했는지도 모른다. 길고 날카로운 바늘 끝이 폐부를 찔러오는 듯한 아픔, 그러나 거기엔 몸과 마음이 허공으로 떠오르는 듯한 쾌감이 있었다.

베개에 얼굴을 파묻고 잠을 청해보았지만 잠이 오지 않았다. 얼마간을 엎치락뒤치락하다가 거실로 나와 불을 켰다. 세 평이 안 되는 나의 적요한 공간이 불빛 속에서 초라하게 고개를 들었다. 거기에, 애써 건조함으로 동여맨 지난 몇 년간의 내 삶이 갑자기 아우성치며 묶인 끈을 풀려고 용트림하는 환상이 스쳤다.

언뜻 식탁 위로 눈길이 멎었을 때, 그림 그리던 아이들이 놓고 간 스케치북 하나가 눈에 띄었다. 그것은 아직 한 장도 사용하지 않은 새것이었다.

가만히 스케치북의 하얀 면을 들여다보던 나는 갑자기 무엇인가 그리고 싶은 충동을 느꼈다. 연필을 들고 아무렇게나 선을 그렸다. 옆으로 아래로 사선과 곡선을 무심히 그어나가다 보니 아까 음악회에서 명혜의 몸짓을 따라 펄럭이던 그녀의 드레스 자락이 되었다. 연필 끝이 더듬듯 그 치맛자락을 따라 올라갔을 때 명혜의 풍만한 둔부와 잘록한 허리선이 그려졌다. 길고 구불거리는 머리카락이, 실루엣처럼 그녀의 콧날이 아슴푸레 스케치북을 채워갔다.

생각 없이 연필을 움직이던 나는 내가 그림을 그리고 있는 것에 깜짝 놀랐다. 미국에 와서 하는 수 없이 아이들의 그림지도를 시작했지만, 스스로 그림을 그리기는 정말 얼마 만인지. 지독한 아픔이 내 열정을 산화시켰던 날 이후 나는 아무것도 그릴 수가 없었다.

그 철없던 젊음 속에서 나는 사랑이란 것에 너무 많은 힘을 사용해 버렸다. 사랑을 지속시키는 데 사용한 에너지보다는, 사랑이 끝나버렸을 때 아픔을 추스르느라 더 많은 에너지를 써버렸다.

명혜를 스케치한 그림을 넘기고 새 백지를 펼쳤다. 아무렇게나 손이 가는 대로 연필을 움직였다. 그저 둥글게 움직여지던 연필 끝엔 한 남자의 얼굴이 그려졌다. 둥그스름한 눈매, 선이 뚜렷한 입술, 나이를 가늠할 수 없던 표정……. 탁 신부의 얼굴이 그려져 갔다. 나는 스케치북을 덮어버렸다. 오랫동안 건조했던 내 가슴 안으로 습기 가득한 더운 바람이 몰려드는 낯섦……. 스케치북 위에 얼굴을 파묻었다. 내 감정이 두려웠다. 그러나 나는 알고 있었다. 사람의 감정이란 그 방향을 억지로 다른 데로 돌리려고 하면 더 나쁜 일이 생기고 만다는 걸.

연거푸 도어 벨이 울리는 소리에 잠을 깼다. 새벽녘에야 잠이 들었다가 늦잠을 잔 모양이었다. 커튼이 쳐져 있었지만, 유리창에 밀착되지 못한 한 귀퉁이로 햇빛이 날카롭게 스며들었다. 잠이 덜 깬 얼굴로 문을 열자 명혜가 다람쥐처럼 팔짝거리며 뛰어들었다.

"언니! 또 늦잠이유? 거 참 이상하네! 요즘 계속 게으름이라니까!"

그녀는 눈을 가늘게 뜬 채 나를 낯설다는 듯 바라봤다.

"요즘 이상한 게 아니라 이게 내 기본 리듬이야. 잠깐 아침부터 산책이랍시고 부산을 떨었던 거지."

명혜가 이해가 안 간다는 듯 고개를 갸우뚱하며 소파에 앉았다. 커피를 만들려고 주방으로 들어가는 내 귀로 어느새 톤이 높아진 그녀의 목소리가 날아왔다.

"어제 음악회는 어땠어요?"

돌아보니 그녀의 검은 두 눈이 호기심으로 반짝거리고 있었다.

"어떻긴 좋았지 뭐."

툭 내뱉은 말에, 그녀가 장난기 가득한 얼굴에 웃음을 머금었다.

"내가 어제 무대에서 내려와 악보를 챙기는 사이에 사람들이 언니가 누구냐고 묻습디다. 아주 미인이라고 말야. 샘이 나서 혼났네! 나 다시는 언니 안 데리고 갈 거예요!"

그녀는 정말 심통이 난 표정으로 입술을 불쑥 내밀고 나를 흘겨보았다.

"무슨 소리야? 내가 어떻게 명혜 씨의 매력을 따라가겠어? 교회 사람들의 속성이란 게 새로운 사람이 나타나면 잡아두려고 관심 두는 것 몰라?"

나는 커피 잔을 건네며 나직이 말했다.

"그런데 언니! 그 탁 신부님이란 사람, 나는 언니가 그분을 알고 있으리라고는 생각도 못했어요."

명혜의 검은 눈이 호기심 반, 장난기 반으로 반짝거렸다.

"알긴! 얼마큼 안다고 그래? 그저 몇 번 부딪쳐서 안면이 있을 뿐이라니까!"

나는 그녀의 호기심이 더 집요해질까 봐 일부러 퉁명스레 말했다. 명혜는 잠시 생각에 잠기는 듯하더니 정색을 하고 나를 바라봤다.

"그런데요. 언니도 정말 나랑 그 교회 나가지 않을래요? 언니! 이렇게 사는 거 외롭지 않아요?"

그녀는 검은 눈에 조금은 슬픈 빛을 띠고 빤히 나를 보았다.

"외롭냐고? 어디 하루 이틀 일인가? 외로움을 자꾸 인식하다 보면 더 외로워지는 것 몰라? 사람들이 많이 모인 곳에 가면 자신이 혼자라는 게 더 두드러지게 느껴지잖아. 나는 사양할 테야. 명혜 씨나 열심히 다니라고! 거기에다 아침 산책에서 운동복 바람으로 뛰던 사람을 갑자기 근엄한 성직자로 대하려니까 영 실감이 안 나. 그 사람을 먼저 본 건 운동복 바람이었으니까."

내가 아무렇지도 않게 대꾸해 버렸는데도 명혜는 끈질기게 내 기색을 살폈다.

"그래, 그 탁 신부님, 운동복 바람이 더 좋습디까? 아니면 어제 정복을 입은 모습이 좋습디까?"

"좋긴! 어느 쪽도 안 좋아! 운동복 차림일 때는 조금 버릇없고 당돌해 보이더니 어제는 그 당돌함이 뒤집혀 차라리 근엄해 보이던데. 그 사람 운동복 입고도 왜 그렇게 버릇없어 보이던지 이제는 알 것 같아. 자신의 특별한 신분의식이 운동복을 입고도 나타난 것 아니겠어?"

내 말투가 조금 누그러지자 역시 명혜의 목소리 톤이 또 높아졌다.

"어머! 당돌해 보였다구요! 그 인자해 보이는 분이……."

그녀는 뭔가 헤아려보는 듯 눈을 가느스름히 떴다. 그 모습을 바라보던 내 입에서 생각지도 않은 말이 나왔다.

"명혜 씨! 혹시 요즘 사랑의 대상이 그 사람 아니야? 이번엔 뭔가 다른 사랑을 하고 있다더니⋯⋯."

그녀가 갑자기 펄쩍 뛰며 내 어깨를 마구 두들겨댔다.

"아이구! 그게 아니에요! 아니라니까요!"

그녀는 얼굴을 붉히더니 갑자기 갈 곳이 있다며 내 집을 나가버렸다.

명혜가 가고 나자 다시 적요함이 감돌았다. 갑자기 온몸의 피부 위로 보이지 않는 벌레가 기어 다니는 듯 못 견딜 감각이 느껴져 왔다. 그녀가 그렇게 가버렸다는 것, 내가 다시 이 공간 안에 혼자라는 게 견딜 수 없어졌다. 참 이상한 일이다. 내가 혼자인 것은 어제오늘의 일이 아니건만⋯⋯. 명혜 말대로 정말 이제는 사람이 모여 있는 곳을 찾아 나가야 하지 않을까. 더는 이런 생활을 할 수 없는 한계에 부딪힌 것인지도 모른다.

아이들이 미술 지도를 받으러 오기까지 아직 긴 시간이 남아 있었다. 창밖엔 햇살이 퍼져 내리고, 푸르게 피어 가는 나뭇잎들이 잔 바람결에 하늘거렸다. 나는 마치 봄의 감흥을 참을 수 없어 하는 바람난 여자처럼, 후닥닥 세수하고 밖으로 뛰쳐나갔다.

어디로 가야 할 것인가.

마땅히 갈 곳이 없었다. 아는 사람도 아는 장소도 없었다. 내가 어떻게 이런 식으로 짧지 않은 시간을 이곳에서 살아왔는지 스스로 기가 막혔다. 머릿속에서 언뜻 떠오른 곳은 이따금 들르는 조그만 동양 식품점이었다. 중년의 주인 여자가 손님에게 보일락 말락 웃음을 지어 보이다가, 몇 가지 물건을 골라 카운터에 내밀면 말없이 계산을 해주고 문을 나가는 등 뒤에서 '탱큐'라는 말 한마디를 던지는 곳. 그곳밖에 갈 곳이 없었다.

터덜거리는 내 자동차가 외진 길 한 모퉁이 쇼핑몰에 멎었다. 차에서 내려 그래도 몇 가지 살 것을 가늠하며 동양 식품점 앞에 다다랐을 때, 초로의 여인이 양손에 비닐 쇼핑백을 들고 나왔다. 그녀를 지나쳐 막 출입문을 밀려는데, 여인이 나를 돌아보며 말을 걸었다.

"어제 만났던 사람 같은데……."

나는 물끄러미 그녀를 바라봤다. 곱게 늙은 얼굴은 해맑기만 했다. 누군지 얼른 기억이 나지 않아 그대로 서 있으려니 그녀가 미소를 지으며 한 걸음 다가왔다.

"어제 음악회에서 내 옆에 앉아 있었잖아요. 그 왜 예쁜 여자아이 안고서……."

나는 그때야 고향의 봄을 부를 때 흐느끼던 울음소리를 기억해냈다.

"아, 네. 그렇군요. 제 옆에 계셨지요."

내가 자신을 알아보자 그녀는 갑자기 조심스러운 눈빛으로 나지막이 속삭였다.

"그런데 바깥양반이 미국 사람인 모양이에요. 아주 예쁜 딸을 두셨던데요."

그녀는 짐작했던 걸 말할 기회가 생겨 잘 됐다는 듯 냉큼 쏟아놓았다.

"그 애는 제 딸이 아니에요. 어제 피아노 반주했던 사람 있잖아요. 그 사람 딸이고요. 저는 그 친구예요."

나는 똑같은 말을 반복하는 자동인형처럼, 어제저녁 탁 신부에게 했던 말을 그대로 하고 있었다.

"오~라! 그 얼굴이 가무잡잡하고 눈이 큰 색시 말이지요? 아직 처녀 같던데 그렇게 큰딸이 있어요?"

그녀는 과장된 표정으로 놀라는 시늉을 했다. 뭔가 무거운 물건이 들은 듯한 비닐 백이 양손에서 처지고 있는데도 그녀는 자리를 떠나려 하지 않았다. 내가 그만 식품점으로 들어가려 하자 그녀가 또 말을 걸었다.

"댁은 아이가 없수? 어제 젊고 예쁜 여자가 내 옆에 앉았는데 외국인 피가 섞인 아이를 안고 있기에 내 유심히 봤지요. 아마 어제 처음 본 것 같아요. 우리 교회에 나오지 그래요?"

역시 그녀는 전도부인의 기질을 드러냈다.

"기회가 닿으면 그렇게 하지요. 그럼 이만……."

가볍게 목례하고 다시 돌아서려는데 그녀가 또 나를 붙들었다.

"그 친구란 사람도 얼마 전부터 우리 교회에 출석하기 시작했어요. 친구 따라 강남 간다는데 같이 나오지 그래요. 서로 어우렁더우렁 이렇게 모여 사는 거지요."

나는 그녀의 끈질긴 말투에 난감한 기분이 돼 아무 말 없이 서 있었다. 내 눈길이 무심히 그녀의 양손에 들린 비닐 백에 닿았다. 그 순간, 오른손에 들려 있던 비닐 백 밑이 툭 터지며 종이에 싸인 둥그스름한 것이 떨어져 내렸다. 나는 반사적으로 두 손을 내려 그것이 바닥에 닿기 전에 아슬아슬 받쳐 들었다. 폭신한 종이뭉치 속에 뭔가 둥글고 딱딱한 것이 감촉됐다.

"아이쿠! 이런! 큰일 날 뻔했네. 그러게 내가 두 겹으로 넣어 달랬는데 주인 여자가 괜찮다고 하더니 이거 박살이 날 뻔했잖아. 오늘 우연히 이 가게에 들르고 보니 한국에서 들여왔다는 하얀 백자 주발 세트가 한 벌 있지 않겠어요? 격식 차려 상 봐 먹고산 지도 오래됐지만, 그저 옛날 생각이 나서 샀지요. 색시 아니었으면 박살 날 뻔했네. 고마워요, 고마워!"

그녀는 그 물건을 내 손에 남겨둔 채 자신의 자동차로 걸어갔다. 나는 하는 수 없이 백자 주발 세트가 들어 있다는 종이뭉치를 들고 그녀의 늦은 발걸음을 따라갔다. 족히 몇 년은 타고 다닌 것 같은 잿빛 도요타 승용차에 다다랐을 때 그녀가 나를 돌아봤다.

"색시 바쁘지 않으면 우리 집에 가서 차 한 잔하고 가지 그래요. 여기서 겨우 5분 거리라우. 내가 이따가 다시 여기까지 태워다 드리리다."

그녀는 마치 엄마를 조르는 아이 같은 눈빛으로 나를 빤히 바라봤다. 나는 그녀의 청을 거절할 용기가 나지 않았다. 그녀의 주름진 눈매를 바라보며, 가끔은 눈물을 글썽이며 나를 그리워하고 있을 내 어머니를 생각했다.

"바쁠 일은 없지만요. 폐가 되지 않을까요?"

"폐는 무슨 폐? 오히려 처음 본 색시한테 내가 주책 부리는 것 같아서 좀 미안하네만 왜 그런지 색시가 한눈에 좋아지는구먼. 이 불쌍한 늙은이하고 차 한 잔해주구려!"

그녀는 애걸하듯 말했다.

그녀의 집은 바로 다음 블록에 있는, 전형적인 미국 중산층 주택이었다. 나는 종이뭉치에 싸인 주발 세트를 손에 든 채 그녀를 따라 집안으로 들어섰다. 깔끔하게 정돈된 실내엔 좀 오래되긴 했어도 값나가는 가구들이 알맞게 놓여 있었다. 명혜 외에는 별로 말을 나눌 사람도 없이 살아온 나는 사실 한국 사람이 살고 있는 주택을 방문한 게 처음이었다. 홀로 사는 명혜나 나는 겨우 방 한 칸에 거실과 부엌이 딸린 아파트에서 생활하고 있기 때문이다.

"잠깐만 기다려요. 내가 찻물을 얹어놓으리다."

그녀가 서둘러 부엌으로 들어가자, 나는 크림색 천 소파 위에 살그머니 앉았다. 말끔히 닦인 환한 유리창 밖으로 눈길을 던졌다. 아담해 보이는 뜰엔 채 손질이 안 된 잔디가 들쑥날쑥했지만, 나지막한 나무 울타리 둘레에 형형색색 키 작은 꽃들이 아름답게 피어 있었다.

저렇게 꽃이라도 가꿀 뜰이 있는 집에서 살았던 때가 언제던가. 서울의 도심 생활은 콘크리트 베란다에 겨우 들이치는 조각난 햇빛에, 몇 개인가의 화분을 정성 들여 가꾸어 보아도 꽃들은 피기도 전에 줄기부터 말라가기가 일쑤였다. 어쩌면 나는 어떤 종류의 생명이건 그것을 가꾸는 데는 소질이 없는 사람인지도 모른다. 내 손에서는 화분도 말라 죽어갔고 혜승이도 죽었으니까 말이다. 도대체 나는 무엇을 위해 세상에 태어난 사람일까. 무엇을 위해서 이 땅까지 왔으며 어쩌자고 이 여인을 따라 이 집에까지 들어선 것일까. 주책을 부리는 쪽은 저 초로의 여인이 아니라 젊은 내 쪽인지도 모를 일이었다.

"자 한 잔 마셔 봐요. 이건 우리 아들이 보내준 일본차라우."

멀거니 창밖을 내다보던 내 앞에 그녀가 찻잔을 내려놓았다.

"그런데 뭐라고 불러야 하우? 나는 여기서는 캐롤 킴이라고 부른다우. 내가 미국 온 지가 벌써 30년인데 시민권 딸 때 아예 미국 이름으로 바꿨지. 이름이야 부르라고 지은 것인데, 미국 사람들이 발음하기 어려운 김순자란 내 이름이 촌스럽기도 해서 말이야."

"저는 윤 씨에요. 이곳에선 남편 성을 따라 부른다던데 저는 남편도 없고요. 그렇다고 미혼도 아니니까 그냥 좋으신 대로 부르세요."

금세 그녀의 눈에 호기심이 어렸다.

"남편도 없고 미혼도 아니라면? 그럼, 사별이 아니면 생이별했겠구먼!"

그녀는 끌끌 혀를 찼다. 나는 찻잔을 두 손바닥 안에 감싸 쥔 채 고개를 숙였다.

"아이고! 어쩌다가? 생이별이든 뭐든 간에 그래 자식은 없구?"

가만히 고개를 저어 보이는 내 가슴 언저리가 슬며시 아파 왔다.

"저런! 저런! 하여간에 나는 색시를 미세스 윤으로 부를 테니 색시는 나를 마음대로 부르구려! 캐롤 아줌마라고 해도 좋고 순자 아줌마라고 해도 좋고……. 이왕이면 순자 아줌마라고 불러줘요. 젊을 때는 그 이름이 촌스럽고 부끄러운 것 같더니 이제는 누가 좀 불러주었으면 싶구려!"

나는 자꾸만 가슴이 싸하게 아파와 찻잔에 절반이나 남은 차를 그대로 두고 일어섰다.

"저 그만 가볼게요. 얼른 몇 가지 식품을 사서 돌아가야겠어요. 저를 다시 태워다 주실 필요는 없어요. 운동 삼아 천천히 걸을게요."

나는 그 집 현관을 나와 빠른 걸음으로 걷기 시작했다.

"그럼 잘 가요! 미세스 윤! 일요일에 교회에서 봅시다!"

순자 아주머니가 갈라지는 음성으로 내 등 뒤에서 외쳤다. 결국, 그녀는 전도부인의 역할을 하기 위해 나를 자기 집까지 불러들였던 걸까. 남모르는 사람 집을 경솔하게 들어섰던 무안함 위로 배신감 같은 것이 훅 끼쳐왔다. 나는 쓸쓸한 기운을 떨쳐버리려고 걸음을 더 빨리했다.

벌써 한 달이 훌쩍 지나갔다. 계절은 봄을 건너뛰어 여름으로 접어든 듯했다. 나는 한 달 내내 스케치북 두 권에 닥치는 대로 스케치했다. 그렇게 하지 않고는 서 있을 수도 앉아 있을 수도 없었기 때문이다. 무엇이 나를 그렇게 만들고 있는지 알 수 없었다.

명혜는 여전히 내 집을 들락거렸지만, 예전처럼 호들갑을 떨지 않았다. 그녀는 이따금 찾아와 멀거니 창밖을 바라보다 돌아가곤 했다.

내가 탁 신부를 사랑하는 게 아니냐고 농담처럼 물었을 때, 화가 난 사람처럼 급히 돌아가 버렸던 그녀는 그 이후부터 표정의 변화를 일으켰다. 그녀가 정말 탁 신부를 사랑하고 있는지도 모를 일이었다.

그렇다면 나의 변화는 무엇 때문이란 말인가. 십수 년 동안이나 그리지 않았던 그림을, 그나마 연필 스케치일지라도 정신없이 그려 대고 있는 건 내 가슴 안에 지금 무슨 일이 일어나고 있기 때문인가.

명혜는 내 가슴의 반란을 눈치 못 채고 있지만 나는 그녀의 변화를 놓치지 않았다. 명혜에겐 다른 사람의 가슴을 가늠할 수 있는 더듬이가 없었다. 그녀는 늘 자신의 감정에 충실할 뿐 상대의 변화를 눈치 챌 만큼 영민하지 않았다. 명혜보다 열 배쯤 분산된 내 쓸데없는 감각의 더듬이들이 온통 들고 일어나는 고통스러움에 나는 두 손으로 머리를 감쌌다.

나는 또 스케치북 위에 연필을 휘둘렀다. 알 수 없는 얼굴들이 마구 그려져 갔다. 형태도 분명치 않는 얼굴들이 둥근 고무공처럼 물 위에 떠 있었다.

우리는 이렇게 알 수 없는 사람들과 함께 이 삶이란 바다 위를 떠다니는 건 아닐까. 파도의 방향에 따라 언제 어디로 휩쓸려, 어떤 사람과 만나게 될지도 모르는 채 그저 운명의 바다에서 표류하고 있는 것이다. 이미 한 차례의 파도에 휩쓸려 내가 이 자리까지 밀려 왔다면, 이제 이곳을 벗어나기 위해 나를 다른 곳으로 휩쓸고 갈 다음 파도를 기다려야만 했다.

다음 날 아침 나는 한 달여 만에 산책에 나섰다. 서늘한 아침 공기가 반소매 차림의 내 팔에 상쾌하게 감겨왔다. 요즘 들어 기온이 부쩍 올라갔지만, 사막 날씨 특유의 서늘한 아침 기운이 기분 좋게 몸을 감싸왔다.

한 걸음 두 걸음, 우아하게 걸음을 떼려 했지만 내 발걸음은 마음과 달리 뒤뚱거려졌다. 누군가 나를 바라보고 있는 것 같은 불편함에 자꾸 걸음이 어긋났다. 나는 이곳에 와 있을 탁 신부를 의식하고 있었다. 산책로 어딘가를 걷고 있을 그를 무시해 버린다는 게 오히려 내 걸음을 더 어색하게 만들었다.

얼마쯤 걸었을까. 등줄기에 땀이 흐르고 숨이 헉헉거려 왔다.

"힘들어요?"

잠시 서서 숨을 고르는데 낯익은 목소리가 들렸다. 탁 신부가 빙그레 웃으며 내 앞으로 와 섰다. 그의 출현을 예기치 못한 건 아니었으나, 나는 적이 당황했다.

"오랜만이에요! 그 동안 뭘 했어요? 미세스 윤!"

멍청히 선 나를 보며 빙글거리는 그의 말끝이 '미세스 윤'으로 끝나자, 나는 마치 바늘에 찔린 사람처럼 화들짝 정신을 차렸다. 내가 언제 그에게 내 이름 석 자를, 아니 행여 성씨라도 말한 적이 있던가.

"뭐라고요? 제 이름을 아시나요?"

내 말이 더듬거리며 터져 나오자, 그가 재미있다는 표정으로 웃었다.

"그럼요! 다 아는 수가 있지요. 나는 가만히 있어도 누군가가 온갖 소리를 귀에 물어다 줍니다. 마치 어미 새가 날 줄도 모르는 새끼를 둥지에 두고 먹이를 물어다 주듯……. 사람들은 날개도 없는 나를 둥지에 가두고 자기들이 날아다니며 수집한 얘기들을 들려준답니다."

그의 너스레를 듣는 순간, 나는 한 달 전 만났던 순자 아주머니를 떠올렸다. 아니면 일요일마다 교회에 나간다는 명혜가 그보다 더한 소리를 이미 전했는지도 모를 일이었다.

"젊은 새가 나에 대한 정보를 물어다 줬는지, 아니면 늙은 새가 물어다 줬는지 모르겠지만 신부님이 날개가 없으신 줄은 몰랐습니다."

"젊은 새? 늙은 새?"

그는 잠시 고개를 갸웃했지만 이내 장난스런 표정으로 되돌아갔다.

"신부님 주위엔 쓸데없는 정보나 물어다 주는 새들만 사나 보죠? 그렇게 해보아도 내가 교회에 나가는 건 어림도 없는 일인데요."

"누가 교회 나오랬어요? 넘겨짚지 말라고요. 본인이 나오고 싶나 보군요."

그의 느긋한 말투에 나는 발끈해졌다.

"정말 넘겨짚지 마세요! 날개도 없으신 분이 남의 속을 어찌 아신단 말예요?"

그가 갑자기 푸하하 웃음을 터뜨렸다.

"그래요! 나는 확실히 날개가 없지요. 세상을 날아다닐 자유가 없단 말입니다. 그렇지만 그게 불편하다고 생각하지는 않아요. 이제는 길이 들어버렸으니까."

웃음을 거두는 그의 표정 끝으로 쓸쓸한 기운이 희미하게 내려앉다 사라져갔다. 그 여운이 슬며시 내 가슴을 스쳤다.

"날개는 스스로 꺾으셨던 게 아닌가요? 남보다 거룩한 삶을 위해서요."

나는 말투를 좀 누그러뜨렸다.

"글쎄요! 거룩한 삶? 어쨌거나 난 미세스 윤 교회 나오시라고 지금 이렇게 서 있는 건 아닙니다. 내가 이렇게 반바지 입고 서서까지 내 직분을 인식해야 합니까? 오히려 교회 일원이 아닌 사람이 하나쯤 내 주위에 있어서 교회 사람들과는 다른 역할의 새가 돼준다면 내게 더 도움이 될 거요."

그는 조금 진지해진 채 눈길을 멀리 호수로 던졌다.

"저도 날개가 없는데요. 아니 있어도 영 신통치가 않아요. 너무 오랫동안 꽁꽁 묶어놓았더니……."

나는 좀 진심으로 얘기한다는 게 그만 어린애 응석 같은 투가 되고 말았다. 그가 다시 웃음을 터뜨렸다.

"하여간 댁은 좀 특이한 데가 있어요. 미세스 윤 말고 다르게 부를 이름은 없나요? 어쩐지 한국 사회에서 건달들이 남용하는 사모님 소리 비슷해 영 거슬리는군요."

"뭐 별도리 있나요? 그렇게 부르시기 싫으면 안 부르면 되고요. 안 부르려면 서로 볼일이 없으면 되고요. 그래도 부르시겠다면 성씨를 뗀 이름이 있긴 있지요."

계속 장난처럼 말하는 내 마음을 알 수 없었다. 내 목소리가 공중에서 헤엄을 쳤다.

"그 이름이 뭔데요?"

그가 나를 빤히 바라봤다. 나는 고개를 돌리고 가만히 웃었다.

"희림이라는 이름이 있는데 여기선 아무도 불러주지 않지요."

"쓸 만한 이름인데 아무도 불러주지 않는 이유는 뭐죠?"

나는 대답할 만한 말이 얼른 생각나지 않아 다시 걷기 시작했다.

"아무한테도 이름을 알려주지 않은 모양이군요. 뭐 그렇게 귀한 이름이라고? 보나 마나 계집 '희'자에 수풀 '림'일 텐데……."

그가 내 걸음을 따라왔다.

"이름을 불러 줄만큼 아는 사람이 없답니다."

그렇게 말하고 보니 마음이 좀 쓸쓸해 왔다.

"옛날엔 누군가가 정답게 불렀던 이름이었겠죠? 지난날 그대가 더 아름다웠을 때……."

그가 다시 장난스레 말했다. 그의 장난기에 나는 또 발끈해졌다.

"지금 시를 쓰시나요?"

그가 슬며시 나를 바라봤다.

"성경의 시편만 한 시가 이 세상에 또 있으려고요. 나는 말하자면 시를 공부한 사람입니다. 그 성경을 끼고 산 세월이 내 생애 전부라 해도 과언이 아니지요. 그러니 자연히 시적 어구를 구사할 때가 있지요."

나는 고개를 끄덕일 수밖에 없었다.

"그렇군요. 저는 신앙인은 아니지만 그래도 이론은 좀 안답니다. 가톨릭 계통의 중·고등학교를 다녔지요."

이번엔 그가 고개를 끄덕였다.

"그럼 아주 벽창호는 아니군요! 그런 면에 너무 무식하면 내게 새의 역할을 제대로 할 수 있을까 걱정했는데……."

그는 어느새 또 빙글거렸다. 도저히 당해내지 못할 사람인 듯싶어 다시 발끈해지려는 내 성미를 누르며 간신히 대꾸했다.

"내가 언제 신부님 새 노릇 한댔어요?"

"하긴 날개도 제대로가 아니라면서……."

나는 그만 까르르 웃고 말았다. 터진 웃음 끝에 눈물이 눈 가장자리로 고여 왔다. 손가락 끝으로 눈물을 찍어내는 내 모습을 그가 보고 있었다.

"웃는 걸 보니 꼭 철부지 소녀 같군요. 나이는 보기보다 수월찮게 먹었다던데……."

나는 또 발끈했다.

"그건 또 어느 새가 물어다 준 거예요? 그 동네 새들 참 못쓰겠군요. 쓸데없이 남의 얘기나 하고……."

"남에게 관심이 있는 건 나쁜 게 아니에요. 사랑은 관심에서 시작되는 것 아니겠어요? 그들이 아마 희림 씨를 사랑하기 시작했나 보죠?"

"그들이라뇨?"

"지난번 음악회 이후 우리 교회에서 희림 씨가 조금은 관심의 대상이 됐어요. 이곳이 백인들에겐 좋은 곳일지 몰라도 우리 한국 사람들에겐 답답한 외지가 아닙니까? 그 작은 모임에 낯설게 나타난 성장한 여인이 관심의 대상이 되는 건 당연하지요."

나는 조금 난처한 심정이 됐다. 그 옛날 양반가의 규수가 얼굴을 가린 장옷이 벗겨져, 동네 사람들에게 얼굴을 들켰을 때의 심정이 이런 것일까.

"그 이후 희림 씨를 한 번도 볼 수 없게 되자, 누군가 슬금슬금 화제에 올리더군요. 하긴 나도 그래요. 산책에서도 만날 수 없게 되니 궁금하더라고요. 그래, 그동안 뭐 했어요?"

그는 오늘 처음 만났을 때의 질문으로 돌아갔다.

"뭘 하긴요. 그저 살았죠."

"뭘 하고 살았냐니까요? 무슨 심통으로 산책도 안 해요. 별로 건강해 보이지도 않던데 그 몸에 산책마저 안 하면 어떻게 되게요? 혹시 나 보기 싫어서 안 오나 했지요."

나는 다시 웃음이 터져 나오려는 걸 간신히 참고 있었다.

"그림 좀 그려봤어요. 아주 오랜만에요."

"그렇군요! 내가 예술 하냐고 했었죠? 어쩐지 예술가적인 못된 기질이 온몸에 스며있더라고요."

"뭐라고요? 못된 기질요? 그 교회 새들이 내가 그림지도 한다는 얘기는 못 물어다 준 모양이군요."

그가 조금 의외라는 표정을 했다.

"그림지도를 한다고요?"

"호구지책이죠. 그냥 애들하고 노는 거예요."

"이제 신상명세에 대해서는 알 만큼 알았군요. 괜히 그림 그린다고 뻗대지 말고 내일부터 산책에 열심히 나와요. 내일 나오면 희림 씨의 어떤 부분이 못된 예술가 기질로 보이는지 말해주리다. 물론 공짜지요."

그의 너스레에 다시 웃음이 솟는데 우리는 어느새 호숫가에 다다라 있었다. 이미 산책로 왕복을 다 걸어와 버린 것이다.

"서로 가야 될 시간인 것 같은데요."

나는 걸음을 멈추고 말했다. 그가 아무 말 없이 호수로 눈길을 던졌다.

"그렇죠. 시간을 다투는 일은 없지만 그만 가야겠군요."

그가 나와 반대 방향으로 가려고 천천히 몸을 돌렸다. 그의 몸짓에 조금은 아쉬움이 묻어났다. 나는 재빠르게 내 자동차로 걸어갔지만, 이미 틈이 나버린 건조한 가슴으로 알 수 없는 서운함이 자꾸만 번져왔다.

다가설 수밖에 없는 일들

　사철 꽃이 흔한 캘리포니아의 4월은 한국의 가슴 설레는 봄과 열기에 찬 여름을 섞어놓은 듯했다. 꽃들이 흐드러지게 피어나고 강렬한 햇볕이 내리쬐었다. 아침부터 유리창을 뚫을 듯 눈부시게 내리쬐는 햇빛 속에 눈을 뜬 나는 세수를 하고 서둘러 운동복으로 갈아입었다. 더운 날씨 때문에 거추장스러워진 긴 머리칼을 하얀 운동모자 속에 쑤셔 넣고, 크림색 반바지에 칼라가 달린 하늘빛 티셔츠를 입었다. 가늘고 볼품없기만 하던 내 종아리가 그동안 하루도 빼놓지 않았던 산책 때문인지 조금은 단단해진 느낌이었다. 하얀 면양말의 목 부분을 접어 발목에 걸치고, 운동화 끈을 단단히 묶었다. 운동화의 폭신한 감촉에 기분 좋게 조여 오는 두 발의 탄탄함에서 삶이 힘있게 고동치는 듯했다.

　늘 호숫가에 먼저 도착해 장난기 어린 표정으로 나를 기다리는 그의 모습이 떠올랐다. 시계를 들여다보았다. 지금 나가면 오늘은 그가 도착하기 전에 먼저 가서 기다릴 수 있을 것 같았다. 갑자기 마음이 급해져 왔다. 그를 앞지르기 위해 나는 서둘러 차를 몰고 호숫가로 갔다.

눈부신 햇빛이 바람에 파문 지는 호수 위로 둥글게 번져갔다. 산책로를 따라 색색의 꽃들이 피어나고, 호수 주변의 잔디는 푸르게 수면을 에워싸고 있었다. 그 풍경은 몹시 평화로웠다. 낯선 나라에서 낯설게 시작했던 내 생활이 이제 향기로운 과일처럼 익어 가는 느낌이었다.

나는 천천히 산책로를 걸으며 그를 기다렸다. 여느 때처럼 백인들이 내 주위를 걷고 있었다. 어느 때는 인종적 거리감이 완전히 좁혀진 채 마음 편하게 그들 사이를 걸었다. 그러나 나는 때때로 이방인의 외로움을 깊이 느꼈다.

산책로를 끝까지 걸었는데도 그를 만나지 못했다. 내 뒤에서 그가 곧 장난스레 튀어나올 것만 같아 자꾸만 등 언저리가 간지러웠다. 슬며시 뒤를 돌아봤지만, 그는 어디에도 보이지 않았다.

강도를 더해 가는 햇살 속에 호수는 하얗게 빛을 내 뿜었다. 청둥오리들이 그 눈부심 속을 헤엄쳤다. 평화로운 아침은 서서히 내 가슴 안에서 무너져 갔다. 그토록 아름답고 설레던 아침은 그의 부재로 인해 갑자기 잿빛 우울로 내게 돌진해 왔다. 햇살을 안은 채 커다란 거울처럼 반짝거리는 호수와 연푸른 하늘, 산책객들의 평화로운 표정에도 아랑곳없이 내 가슴속엔 서운함이 회색 그림자처럼 번져 갔다.

차라리 그를 알기 전, 나 혼자 걸었던 아침 산책이 그리웠다. 만날 사람도 없이, 기다릴 사람도 없이 그저 습관적으로 행해왔던 그 행위가 그로 인해 환희가 되었다. 그러나 오늘 그 환희는 오히려 나를 어둡게 만들어 버렸다. 자신의 인생에 빛을 뿌려줄 대상이 있다는 건 그만큼 깊은 어둠을 감지할 위험이 있었다. 환한 빛의 아름다움에 익숙해져 버린 눈동자는 그 대상을 바라볼 수 없을 때 아주 쉽게 어두움을 감지해 버리는 것이다.

나는 호숫가에 선 채 멀거니 하늘을 올려다봤다. 연푸르던 하늘빛이 점점 강렬한 푸른빛을 띠어갔다. 산책객들이 하나둘 물러가고, 나는 햇살 아래 버려진 고아처럼 그곳에 서 있었다. 땡볕 아래 망연히 선 내 모습에 수치감이 확 끼쳐왔다. 나는 빠른 속도로 자동차가 있는 곳으로 걸어갔다.

집에 도착하니 명혜가 문 앞에 선 채 나를 기다리고 있었다. 매일 아니면 하루건너 한 번쯤은 볼 수 있는 그녀였지만, 오늘 아침은 부쩍 낯선 모습이었다. 크고 검은 눈은 어쩐지 흐리멍덩했고, 늘 윤기를 뿜던 그녀의 피부도 건조해 보였다. 명혜는 현관 옆 벽에 기대선 채 문에 열쇠를 꽂는 나를 물끄러미 바라봤다.

"산책 갔다 오는 거유?"

집안으로 들어서는 내 발걸음을 그녀의 힘없는 목소리가 따라왔다.

"그렇지 뭐! 내가 어디 갈 데가 있다고……."

나는 퉁명스레 말했다. 초점을 잃은 그녀의 눈이 반쯤 내려 감겨 있었다.

"오늘도 탁 신부님 만났어요?"

툭 터지는 듯한 그 목소리에 나는 운동화 끈을 풀던 손을 멈췄다. 슬그머니 올려다본 그녀의 게슴츠레한 눈에 알 수 없는 기운이 어려 있었다.

"아니, 오늘은 못 만났어."

나는 태연하게 말했으나 나도 모를 작은 한숨이 새어 나왔다.

"그랬을 거야. 어젯밤 거의 잠을 안 자다시피 했는데……."

그녀의 말에 갑자기 내 얼굴 근육이 땅겨왔다.

"그건 무슨 말이야? 그걸 명혜 씨가 어떻게 알아? 그분이 밤새 잠을 자지 않았다는 걸."

그녀는 대답 대신 길게 하품을 했다. 눈 가장자리로 스며 나온 눈물을 손가락으로 찍어 누르며 그녀가 중얼대듯 말했다.

"어젯밤 나도 안 잤는걸."

"뭐라고?"

나는 발끈하다가 명혜에게 심정을 들켜 버린 것 같아 얼른 표정을 감췄다. 그녀는 내 반응엔 관심이 없다는 표정이었다.

"어제 교회에 다니는 사람 집에서 파티가 있었거든요. 저녁만 먹고 온다는 게 먹고, 마시고, 떠들고, 노래하다 보니 티파니를 그 집 침대에 재운 채 그만 밤을 홀딱 새지 않았겠어요. 그런데 그 끝까지 잠을 안 자고 논 사람 중에 탁 신부님이 있었어요."

그녀는 왜 그런지 살짝 얼굴을 붉혔다.

"실컷 노느라고 잠도 못 잤다면서 그냥 잠이나 잘 일이지 뭐 땜에 나를 기다리고 있었어?"

내 목소리가 적잖게 튕겨 나왔다.

"아이! 언니! 나도 자고 싶어요. 그런데 탁 신부님이 오늘은 산책을 못 가겠다고 언니한테 얘기해 주라잖아요. 집에 돌아와 전화 걸었더니 받지도 않고…… 그냥 누워버리면 잠이 들 것 같아 여기 와서 기다리고 있었던 거예요. 신부님 명령인데 어떻게 어겨요?"

그를 기다렸던 상처 난 내 자존심 안으로 한 줄기 안도의 바람이 불었다. 나는 태연스레 말했다.

"뭐 그렇게 대단히 전할 말이라고 잠도 못 잤다면서……."

말이 아직 끝나지 않았는데 그녀가 갑자기 내 팔을 잡고 늘어졌다.

"언니! 탁 신부님이 나한테 처음으로 개인적인 부탁을 했는데 내가 어떻게 어길 수가 있어요. 언니! 나 그분 좋아요. 그냥 그분을 대하면 뭔가 싱그러운 기운이 내 안으로 밀려오는 것 같아요. 이거 뭐예요? 어떤 감정이에요? 이거 사랑이야? 나 탁 신부님 사랑하는 걸까?"

그녀는 내게 매달리며 졸린 목소리로 웅얼거렸다.

그녀가 그를 사랑하고 있으리라는 건 짐작했던 바였지만, 막상 솔직한 심정을 듣고 보니 당황이 됐다. 명혜의 삶에 싱그러운 바람을 가져다주는 사람, 그러나 그는 나에게도 그런 기운을 불어넣고 있지 않은가. 그렇다면 그는 나와 명혜뿐만 아니라 다른 사람들의 삶에도 그런 바람을 불어넣고 있는지도 모를 일이다. 그의 직업은 많은 사람의 삶을 위로하는 일이 아니던가.

쓸쓸함이 가슴속으로 번져왔다. 나는 마음을 가다듬었다. 남자를 향해 항상 무모하게 상승하는 명혜의 바람기를 잡을 양으로 일부러 냉정하게 말했다.

"그거 사랑 아니야! 명혜 씨는 그분을 존경하고 있을 뿐이야. 그 인격과 신분을 말이야."

그녀가 잠기운이 가득한 눈을 동그랗게 떴다. 그녀의 초점 없는 눈동자엔 조금은 수긍할 수 없다는 빛이 감돌았다.

"존경? 사랑이 아니라고……."

그녀는 졸음으로 꺼질 듯한 목소리로 중얼거렸다. 명혜의 목소리에서 슬픈 기운이 전해져 왔다.

"어쩌면 명혜 씨가 갑자기 접하게 된 종교적 분위기 안에서 느끼는 일종의 위로일 수도 있어. 새로운 환경으로부터 오는 위로, 그것이 그분을 향한 연정인 것처럼 생각될 수도 있지. 그분은 그 분위기를 주도하는 사람이니까. 마치 학창 시절에 선생님을 좋아하던 것처럼."

나는 그렇게 말했지만 이미 부풀기 시작한 탁 신부에 대한 그녀의 사랑을 어떤 말로도 억제할 수 없다는 걸 알고 있었다.

"선생님을 좋아하는 것처럼? 그래! 언니 말이 맞을지도 몰라."

그녀는 졸음을 참지 못하고 눈을 감은 채 중얼거렸다.

명혜는 곧 나지막하게 코를 골며 소파에서 잠이 들었다. 나는 담요를 가져다 비스듬히 누운 그녀의 가슴께에 덮어주고, 무릎이 벌어진 채 널브러진 두 다리를 소파 위로 올려주었다.

'알아! 네가 그를 사랑하는 걸……. 하지만 내가 어떻게 그걸 인정해 줄 수 있겠어? 그가 나에게 미치는 영향을 너에게 설명할 수가 없는데……. 만약 내가 사랑을 인정해 버린다면, 결국 너도 잃고 그도 잃게 될 거야.'

잠든 명혜의 모습을 바라보는 내 눈에 눈물이 고여 왔다.

티파니가 학교를 파할 시간쯤 명혜를 깨워 보내고, 나는 그녀가 누웠던 자리에 누웠다. 그녀의 체온이 미지근하게 느껴졌다. 탁 신부에 대한 그녀의 사랑이 그 체온에 묻어 있는 것만 같았다. 가슴이 답답해 왔다. 나는 소파에 남은 명혜의 체온 위에 내 몸을 비비며 뒤척였다. 마치 그녀의 고독에 나의 고독을 뒤섞듯이…….

설핏 잠이 든 것 같은데 전화벨이 울렸다. 수화기를 드니 오랜만에 듣는 큰오빠의 목소리였다. 목이 좀 잠긴 듯했지만, 나이 먹어가는 탓이려니 생각하는데, 그가 돌연 흐느끼기 시작했다. 순간 불길하고도 서늘한 예감이 내 가슴을 스쳤다. 눈앞에 늙은 어머니의 얼굴이 떠올랐다.

"무슨 일이야? 혹시 어머니가?"

나는 설마 하면서 떨리는 목소리로 물었다. 그는 잠시 아무 말이 없었다. 이번엔 확실한 예감이 나를 찍어 눌렀다.

"그래! 어머니가 운명하셨다. 네 이름을 부르시다가……. 장례는 다 치렀어. 네가 못 나올 것 같아서 일 다 치루고 이제야 전화한다. 어제 아버님 옆에 모셨다. 이미 다 끝난 일이니 나올 생각하지 말고 네 삶이나 잘 추슬러라. 그게 어머니도 바라시는 바가 아니겠니? 한 번 나오면 다시 들어갈 수도 없을 텐데……."

그가 다시 흐느꼈다. 나는 멍하니 서서 그의 울음소리를 듣고 있었다. 슬픔의 충격으로 멍청한 내 머릿속으로, 이 미국에서 불법 체류자란 떳떳하지 못한 내 신분이 뾰족이 고개를 내밀었다. 한 번 나가면 다시 미국에 들어오기가 어려운…… 그래서 어머니 장례를 치르고 나서 소식을 전하는 오빠의 처사가 야속했지만, 무엇 하나 떳떳하지 못한 내 삶이 어머니의 죽음보다도 더 슬퍼졌다.

"네 심정이 어떠리라는 건 안다. 하지만 낙심하지 마라. 어머니는 그래도 이제껏 잘 사셨고 당연히 돌아가실 나이였으니까. 다만 네가 제대로 사는 걸 못 보고 가시는 게 마음에 걸리더구나. 하지만 나는 네가 네 인생을 잘 추스르리라는 걸 안다. 너는 어릴 때부터 똑똑한 아이였는데……. 내가 형편이 닿으면 너를 보러 한번 그곳에 가마."

그는 내 흐느낌이 터지기도 전에 전화를 끊었다. 이미 조각나버린 동생의 인생에 대해, 그저 똑똑함을 믿는다는 무책임한 말로 나를 팽개치고서……. 형편이 되면 방문하겠다는 흐릿한 약속 한마디를 얼버무리며.

걷잡을 수 없는 오열이 나를 덮쳤다. 나는 소파에 얼굴을 묻고 흐느끼기 시작했다.

"어머니! 어머니!"

처음으로 말을 배워 입을 뗄 때는 아이처럼 어머니를 불렀다. 마치 오늘 아침, 산책로에서 눈부셨던 호수의 표면처럼 어머니의 이름이 내 전신에 물결쳤다. 그러나 그 반짝이는 물결 사이로 슬며시 고개를 드는 건, 주름 깊은 얼굴에 하얗게 바랜 머리카락마저 숱이 빠진 어머니의 모습이 아니었다. 엉뚱하게도 맹랑한 눈빛으로 아침마다 내 삶을 흔드는 탁 신부의 얼굴이었다. 충격적인 내 슬픔 사이에서도 굳건한 그의 존재감에 순간 가슴이 섬뜩해 왔다.

나는 위로받고 싶은 것이다. 견딜 수 없는 슬픔 속에서 벌써 나를 위로해 줄 대상을 수배해 놓고, 지금 그 존재를 확인하느라 눈물 속에서 부산을 떨고 있을 뿐이었다.

정신없이 옷을 찾아 입었다. 내가 정말 슬픈 것인가. 스스로에 대한 모멸감이 몰려왔지만, 나는 그를 향해 달려가야겠다는 욕구를 주저앉힐 수 없었다. 흘러내리는 눈물 사이로 알 수 없는 희망이 고개를 쳐들었다. 이 감당할 수 없는 슬픔을 털어내 줄 대상에게 달려갈 수 있다는 희망이었다.

그 자그만 교회 건물은 오후의 햇빛 속에 초라하게 서 있었다. 주차장을 겸해 쓰는 작은 뜨락엔 야생화처럼 보이는 꽃들이 손질이 안 된 채 들쑥날쑥 피어 있었다. 출입문을 향해 천천히 걸어가는 동안 한 줄기 바람이 가느다란 꽃가지를 흔들고, 내 스커트 자락을 흔들었다. 나도 그렇게 흔들리고 있는 듯했다.

도어 벨을 누르고 한참이나 기다렸지만 아무 소리도 들리지 않았다. 한순간 세상이 숨을 멎고 정지된 듯했다. 나는 흡, 숨을 들이마신 채 호흡을 멈췄다. 머릿속에선 어머니의 죽음이 까맣게 지워져 가고, 오직 사람의 기척을 감지하려는 내 촉각만이 날카롭게 날을 세웠다.

그 순간, 문이 열리며 그가 얼굴을 내밀었다. 잠을 자고 있었던 듯 부스스한 얼굴에 막 안경을 걸치고 있었다. 그는 나를 보자 반가움인지, 놀라움인지 모를 표정을 지었다. 곧 그의 얼굴에 긴장감이 어렸다.

"웬일이에요?"

그의 목소리가 냉랭하게 귓전을 때렸다. 내 가슴으로 서운함이 번졌다. 공연히 그를 찾아왔다는 후회감이, 아침나절 그를 기다리다 이미 다쳐버린 내 자존심에 아프게 박혀왔다.

"이야기를 좀 하고 싶어요. 신부님의 직업은 영혼을 구하는 일이 아니던가요?"

아무 일도 아니라고 그만 돌아서야 한다고 생각하는데, 떨리는 내 목소리가 터져 나왔다. 눈물이 주르륵 볼을 타고 내렸다. 안경 속 그의 눈이 휘둥그레졌다.

"무슨 일인데요? 그럼, 잠깐 들어오시지요."

나를 그 자리에 그냥 세워둘 듯하던 그가 잡고 있던 미닫이문을 활짝 열어젖혔다.

낯선 공간이 햇빛 속에 조도가 맞춰진 내 눈앞으로 컴컴하게 다가왔다. 나는 무엇에 빨려들 듯 그의 발걸음을 따라 어두운 공간으로 들어섰다. 마치 미지의 동굴을 탐험하려는 것처럼……. 나는 정말 내가 모르는 세계로 발을 내딛고 있었다. 실상 내가 따라가고 있는 건 그가 살고 있는 이 교회 건물 안이 아니라, 낯선 그의 세계일지도 몰랐다.

긴 복도를 지나 오른쪽으로 꺾이는 곳에 문이 열린 방이 있었다. 서향 창이 열린 채 오후의 기운이 그대로 느껴질 만큼 환한 방이었다. 거기 놓인 소파 하나와 두 개의 팔걸이의자는 색깔과 무늬와 디자인까지도 달랐다. 나무로 된 낡은 커피 테이블이 그사이에 놓여 있었다. 그때서야 그가 나를 돌아보았다.

"무슨 일 있어요?"

그의 얼굴 위로 약간의 누그러짐이 지나갔다. 나는 대답 대신 천천히 소파에 몸을 앉혔다.

"차라도 한잔하겠어요?"

그가 선 채로 물었다. 그는 눈물이 타고 내리는 내 볼 언저리를 물끄러미 내려다보았다.

"물이나 한 컵 주세요."

나는 힘없는 말 한마디를 겨우 내뱉었다. 그의 입가에 보일 듯 말 듯 한 미소가 떠올랐다. 그가 천천히 몸을 돌려 방을 나갔다. 잠시 후 멍청히 앉은 내게 그가 물이 담긴 유리컵을 내밀었다.

"그만 울고 무슨 일인지 얘기해 봐요."

그의 눈빛이 지그시 나를 향했다. 나는 물컵을 받아 쥐었다. 차가운 유리컵엔 그의 손이 닿았던 자리에 미지근한 체온이 남아 있었다. 나는 그의 체온을 내 손으로 감싸며 벌컥벌컥 냉수를 들이켰다. 마치 내가 흘린 눈물에 대한 습기를 보충하려는 듯이, 아니면 갈증으로 갈라져 버린 내 가슴 안에 그의 존재를 들이켜 버리려는 듯이······.

그는 내가 앉은 소파 맞은편 팔걸이의자에 비스듬히 앉았다. 아직도 어깨를 들먹이는 나를 그가 물끄러미 바라봤다.

"무슨 일이에요? 어서 말해 봐요."

눈물 때문에 뿌연 내 시야에서 그가 빙긋 웃음을 머금었다.

"어머니가 돌아가셨어요. 벌써 장례도 치렀대요. 오늘에야 알았어요. 내가 갈 수 없다는 걸 알고서 이제야 전화를 했대요."

울음 때문에 불거져 나오는 내 목소리에 그의 얼굴이 굳어졌다.

"갈 수가 없다니요? 어머니가 돌아가셨는데?"

그가 이해가 안 간다는 표정을 지었다.

"모르시는군요. 저는 이 미국이란 땅에서 합법적인 체류가 아니란 말입니다. 제가 이렇게 아무렇지도 않게 말할 수 있는 건, 저 같은 경우가 한국 사람 중에도 비일비재하기 때문이죠. 돌아갈 수는 있겠지요. 내 나라니까요. 그러나 이곳으로 다시 돌아올 수 있는 권리는 없답니다."

말을 하는 동안 내 울음이 한결 수그러들었다. 그는 잠시 생각에 잠긴 듯하더니 조심스럽게 입을 열었다.

"돌아갈 수 있다면 문제가 없잖아요? 여기 꼭 있어야 할 이유가 없다면……."

나는 그만 슬쩍 웃어버렸다. 이미 퉁퉁 부어오른 내 눈 위로 볼썽사나운 쓴웃음이 어렸을 것이다.

"그렇게 간단히 꼭 여기 있어야 할 이유가 없다고 말씀하실 수 있나요? 신부님께서 내 인생에 대해 얼마나 안다고……."

그가 겸연쩍게 웃었다.

"그렇죠. 내가 얼마나 알겠습니까? 아침마다 산책길에서 몇 마디 얘기를 나누다가 돌아설 뿐인데……. 내가 희림 씨의 인생에 대해 캐물어야 할 자격도 없고요."

그가 셔츠 주머니를 뒤져 담배 한 개비를 빼 물었다. 바지 주머니에서 라이터를 꺼내 불을 붙이고 나서 그는 그제야 생각난 듯 내게 물었다.

"아, 참! 담배 좀 피워도 되겠지요? 이곳은 내 왕국과 같은 곳이라 아무도 상관을 안 하지만 희림 씨가 손님이란 걸 잊었군요."

연기를 훅 내뿜는 그의 얼굴 위로 개구쟁이 같은 미소가 어렸다.

"남의 왕국에 들어와 있는 내가 무슨 자격으로······."

그가 갑자기 웃음을 터뜨렸다.

"왕국요? 사실은 감옥이죠. 어쩌면 나는 왕이 아니라 노예일지도 모릅니다. 한 인간으로서의 모든 감성적 권한을 빼앗긴 특별난 노예인 셈이지요."

웃음을 거두는 그의 얼굴 위로 씁쓸한 기운이 고였다.

"자신의 노예 신분은 자청하셨던 일이 아닌가요?"

나는 어느새 물기가 말라 가는 눈으로 그를 빤히 바라보았다.

"글쎄요? 그 얘기는 우리 나중에 합시다. 지금은 희림 씨의 슬픔에 대해 얘기하는 시간 아닌가요?"

그가 담배 연기를 내뿜으며 얼른 표정을 고쳤다.

"꼭 여기 살아야 하냐고요? 그렇게 물어보신다면 여기에 살아야 할 절박한 이유는 아무것도 없는 것이죠. 일종의 도피였다는 것밖에는······. 이런 기분으로 왜 신부님을 찾아왔는지 저 자신도 알 수가 없군요."

내 목소리만큼이나 힘이 없는 그의 웃음이 피식 터져 나왔다.

"우리 교회 일원들은 힘든 일이 있을 때 종종 나를 찾아오지요. 마치 내가 만능 해결사나 되는 듯이요. 하지만 나는 사실 그들보다 더 약한 존재인지도 모릅니다. 내 직업의식은 그들의 엄청난 슬픔을 감싸주는 듯한 분위기를 연출합니다. 그 분위기 속에서 그들은 위로를 받고 돌아가죠. 결국, 내 직업적인 연출에 나도 속고, 그들도 속고 문제는 다 해결된 듯합니다. 그러나 모든 해결의 열쇠는 당사자 가슴에 있는 것이죠. 내가 어떻게 희림 씨의 엄청난 슬픔에 해결의 실마리를 던질 수 있겠어요? 더구나 나는 희림 씨 앞에선 직업적인 신분도 연출할 수 없는 산책 친구일 뿐인데요."

그가 조금은 서글픈 웃음을 지었다.

"내가 신부님을 다만 산책 친구로만 생각한다면 여기에 이렇게 앉아 있지 않을 겁니다. 어쩌면 신부님이 직업적으로 연출하신다는 그 위로의 분위기에 젖고 싶어서 여기까지 온 것인지도 모르겠어요. 해결요? 해결할 수 있는 건 사실 아무것도 없습니다. 다만 나는 이 슬픔의 충격을 무사히 지나가게 해줄 어떤 위로가 필요할 뿐입니다."

그가 빤히 나를 바라보았다.

"그렇게 생각한다면 그럼 한 번 얘기 해봐요. 하고 싶은 이야기들을 모두요. 내가 연출하는 위로의 분위기는 고작해야 참을성 있게 상대의 이야기를 들어주는 것뿐입니다."

그는 의자 등받이에 비스듬히 기댔던 등을 바로 펴며 빙긋이 웃음을 머금었다. 내 가슴속에서 슬픔의 충격이 조금씩 잦아드는 게 느껴졌다.

엉킨 실타래처럼 뭉쳐 있던 내 인생의 편린들이 두서없이 풀려나왔다. 이미 뒤엉켜버려 다시는 바르게 감을 수 없을 것 같던, 내 삶의 아픔들은 생각보다 쉽게 풀어졌다. 아이를 잃고 나서, 대낮에도 컴컴한 영화관에서 눈을 혹사시키며 시간 가는 줄도 모르던 일……. 세상이 영화관처럼 캄캄해진 다음에야 삶이란 또 다른 영화를 관람하려는 사람처럼 일상 안으로 돌아왔던 일……. 그 방황과 평범한 삶에의 결별, 그리고 미국행 등을 나는 그에게 술술 풀어냈다.

눈을 내리깔고 가만히 내 이야기를 듣는 그의 모습에 내 가슴이 차분하게 가라앉았다. 이제는 모두 해결돼 버린 아득한 전설을 얘기하듯, 내 생의 엉킨 실타래는 그 앞에 금빛 실 줄기처럼 풀어져 내렸다.

그가 가만히 나를 건너다봤다. 그의 입가엔 형용하기 어려운 미소가 서려 있었다.

"얘기해줘서 고맙습니다. 오늘 그런 안타까운 소식을 접하지 않았다면 내게 이런 얘기를 털어놓을 기회도 없었겠죠?"

그의 얼굴에 이상하게도 반가움 같은 것이 어렸다. 어쩌면 그는 아침마다 만나는 미지의 여인에 대한 궁금증을 해소하는 쾌감을 누리고 있는지도 몰랐다. 그런 생각을 했던 때문인지 엉뚱한 말이 내 입에서 터져 나왔다.

"이제 속이 시원하세요?"

"뭐가요?"

그는 그렇게 되묻고 나서야 내 말뜻을 알아차렸는지 갑자기 나지막한 웃음을 터뜨렸다. 밖으로 쏟는다기보다는 안으로 삼키는 듯한 그 웃음소리, 그는 자신의 웃음마저도 그렇게 삼키는 것에 습관이 돼 있는지도 몰랐다. 창밖의 햇살이 잦아들었다. 빛을 삼키는 하늘이 조금씩 붉어져 갔다. 그의 얼굴 위로 하늘의 붉은 기운이 내려앉았다.

그와 나는 잠시 아무 말 없이 앉아 있었다. 어둠에 먹혀드는 빛의 몸부림이 하늘 자락에서, 그와 내가 앉은 방 안으로 붉게 뻗쳐 들었다. 바람마저도 멈춰버린 듯한 시간, 언뜻 감미로운 음악이 그 방을 휘돌고 있는 듯한 착각이 들었다. 그때 교회 뜰로 들어서는 자동차 엔진소리가 났다. 그가 천천히 일어나 창가로 갔다. 밖을 살피던 그는 두 손을 바지 주머니에 찔러 넣은 채 나를 돌아보았다.

"나에게 먹이를 주러 오는군요. 늙은 새가요."

나도 슬며시 몸을 일으켜 창가로 갔다. 뜰 안에 세워진 자동차에서 한 여인이 내리고 있었다. 그녀는 뒷좌석 문을 열더니 음식 용기가 들었음 직한 비닐 백을 꺼내 들었다. 그 꾸무럭거리는 모습이 어쩐지 낯이 익었다. 그 여인은 두 달 전 동양 마켓 앞에서 만났던 순자 아주머니였다.

"저 새들이 세상에 관한 정보만 신부님께 물어다 주는 게 아니라, 음식까지 날라다 주는지는 몰랐는데요."

내가 중얼대듯 말하자, 그가 피식 웃음을 날렸다.

"정보만 먹고 살 수 있는 사람이 세상에 어디 있어요? 나도 오장 육부를 갖춘 사람이라고요. 실질적인 제공을 받지 못한다면 단 하루 인들 연명할 수 있겠습니까? 내가 저 새들의 왕이 되었다 노예가 되었다 하는 것도 호구지책이죠. 희림 씨도 아이들 그림지도 하는 게 호구지책이라면서요?"

그의 입가에 쓴웃음이 어렸다. 웃음 끝에 곧 일자로 다물려 버리는 그의 입매를 무심히 바라보던 나는, 그제야 정신이 들었다.

"저는 이만 가봐야겠어요. 아이들이 그림지도 받으러 왔다가 허탕을 치고 돌아갔을 거예요. 오늘 제가 정말 정신이 없었네요."

그에게 급히 인사를 던지고 막 방을 나오려는데, 타박타박 복도를 걸어오는 순자 아주머니의 발걸음 소리가 들렸다. 그녀는 이내 컴컴한 복도에서 적당히 살찐 몸을 드러냈다. 잠시 멀뚱히 나를 보던 그녀가 대뜸 내 손을 잡았다.

"이게 누구야? 미세스 윤 아니유? 그렇지 않아도 궁금했는데 여기서 만났구려! 단 한 번 우리 집에서 차를 마셨을 뿐인데 웬일인지 색시 생각이 종종 나더군요. 그런데 여기 웬일이에요? 아이쿠! 신부님도 여기 계셨네요!"

그녀는 창가에 기대선 탁 신부를 보더니, 내 손을 놓고 음식이 든 플라스틱 그릇들을 테이블 위에 늘어놓기 시작했다.

"제가 좀 늦었어요. 동경에 있는 아들놈한테 전화가 와서요. 전에 제가 말씀 안 드렸던가요. 미국 전자회사 동경지점에 나가 있는 우리 아들 말이에요. 신부님 또래지요. 3년 전에 상처하고 지금은 혼자예요. 아홉 살배기 딸 하나가 있는데 죽은 며느리 친정에서 키우고 있지요. 내가 키워도 되지만 아이들이 많은 저희 처남댁이 낫다며 그곳에 맡기고 동경 간 지가 벌써 1년이네요. 착실하게 살아온 놈인데 어쩌다가 제 처가 몹쓸 병을 얻어 가지고⋯⋯."

순자 아주머니는 말끝으로 눈물을 훌쩍거렸다. 탁 신부는 이미 그 넋두리에 익숙해져 온 듯 어두워져 가는 방 안에서 희미하게 미소 지었다. 그가 성큼 출입문 쪽으로 걸어가 실내등의 스위치를 올렸다. 번쩍 켜지는 형광등 불빛이 순자 아주머니가 풀어놓은 플라스틱 그릇들 위로 하얗게 쏟아져 내렸다. 나는 그제야 순자 아주머니의 넋두리에 내 발걸음이 묶여 있는 걸 깨달았다.

"그럼 저는 이만 가볼게요."

인사를 하고 막 돌아서려는데 어느새 울음기가 말끔히 가신 순자 아주머니의 목소리가 다시 나를 붙들었다.

"아니! 미세스 윤! 잠깐만요. 나 전화번호 하나 주겠어요? 우리 틈나면 전화도 하고, 점심도 같이 먹고 그럽시다."

그녀가 핸드백을 뒤져 수첩을 펼쳤다. 나도 모르게 탁 신부를 바라보았다. 이미 어두워진 창밖을 뒤로하고 선 그의 얼굴에 무심한 웃음이 번졌다. 나는 번호를 말하는 대신 그녀에게로 다가갔다.

"제가 적어 드릴게요."

그녀가 순순히 수첩과 볼펜을 내밀었다. 그녀의 수첩엔 보통 글씨의 한배 반쯤 되는 큰 글씨들이 줄을 맞춰 적혀 있었다. 나는 그 글씨에 맞게 내 전화번호를 적어 넣었다.

"내 꼭 전화하리다. 우리 자주 만납시다."

수첩을 건네주는 내 손을 그녀의 손이 감싸왔다. 주름진 피부 위에 곱게 입힌 화장에서 은은한 향이 풍겼다. 웃음을 머금고 있었지만, 눈물을 머금은 것 같은 그녀의 눈매에서 알 수 없는 슬픔이 내게로 건네져 왔다. 순간, 나는 그녀의 손을 빠져나온 내 마른 손으로 얼굴을 가리고 황급히 그 방을 나와 버렸다.

어머니! 어머니!

그제야 탁 신부의 마술에 걸려 있던 내 가슴 안으로 걷잡을 수 없는 슬픔이 밀려들었다. 급히 교회 건물을 나왔다. 허공을 딛고 있는 듯 걸음이 휘청거려졌다. 그가 아직도 창가에 선 채, 마치 물속을 허우적대는 듯한 내 뒷모습을 바라보고 있을 것 같았다.

불빛 속의 라스베이거스

부활절이 지난 월요일 아침, 나와 탁 신부와 순자 아주머니 그리고 순자 아주머니의 아들은 그 집의 잿빛 토요타 승용차 앞에 서 있었다. 탁 신부와 또래라고 했지만, 그보다 족히 서너 살은 더 먹어 보이는, 몸이 호리호리한 남자가 아침볕에 면도 자국이 파르스름한 턱을 드러내며 좀 어색한 미소를 머금었다. 그는 순자 아주머니의 재촉에 내게 악수를 청했다.

"처음 뵙겠습니다. 김한식이라고 합니다."

나는 얼떨결에 손을 내밀었다. 단숨에 그의 커다란 손아귀로 들어가 버리는 내 가냘픈 손목을 탁 신부가 물끄러미 바라봤다. 나는 얼른 김한식의 손안에서 내 손을 빼냈다. 미국 전자회사 엔지니어라더니 실무직인지 그의 손바닥은 거칠었다.

서로 인사도 주고받지 않은 채 자동차 앞자리에 나누어 타는 탁 신부와 순자 아주머니의 아들은 서로 구면인 것 같았다. 아마도 그는 휴가차 동경에서 도착하자마자 순자 아주머니의 손에 이끌려 교회로 직행했을 것이다. 운전석에 앉은 아들 뒤에 나를 앉히고, 순자 아주머니는 탁 신부의 뒷자리에 앉았다. 안전벨트를 매려고 몸을 돌리던 탁 신부의 눈이 무심히 나와 마주쳤다. 그의 눈에 장난기 어린 웃음이 스쳐 갔다.

여섯 시간 동안의 자동차 여행에서 점심을 먹기 위해 단 한 번 정차했을 때, 탁 신부와 순자 아주머니의 아들이 운전석에 바꾸어 앉았다. 이른 아침부터 여행 준비를 서둘렀을 것이 분명한 순자 아주머니는 점심 식사 후의 노곤함을 참지 못하고 자동차가 달리기 시작하자 이내 잠들어버렸다. 탁 신부였는지 순자 아주머니의 아들이 틀었는지 경쾌한 세미클래식이 차 안에 울려 퍼졌다. 차창밖엔 따가운 햇살이 광활한 사막을 비추고 있었다.

차창에 얼굴을 대고 하염없이 창밖을 내다보는 내 귀에 나직한 탁 신부의 목소리가 들려왔다.

"뭐해요? 자고 있어요?"

나는 자지 않는다는 표시를 하느라 차창에서 얼굴을 떼고 고개를 앞 좌석으로 빼 보았다. 탁 신부의 모습보다 잠에 빠진 순자 아주머니의 아들이 먼저 눈에 들어왔다. 그는 어머니와 앞뒤로 나란히 앉은 채 깊은숨을 내쉬었다. 아마도 동경에서부터 온 여독이 풀리기도 전에 다시 떠나야 했던 이 여행이 피곤한 모양이었다.

"아니요. 자지 않았어요."

나는 탁 신부의 얼굴을 바라볼 수 없는 대신 룸미러에 비친 그의 눈을 보았다.

"피곤하면 자지 그래요. 다 잠들었는데……. 이 친구도 어지간히 피곤한 모양입니다."

그가 고개를 돌려 김한식을 흘낏 바라봤다. 나는 김한식의 잠든 얼굴을 스쳐 가는 그의 눈길을 쫓다가 다시 룸미러를 보았다. 그의 눈이 웃고 있었다.

"왜요? 이 남자가 자신의 인생을 바꿔 줄 것 같은 느낌인가요?"

그가 한층 목소리를 낮춰 물었다.

"그건 무슨 말씀이세요?"

나는 거울 속 그의 눈을 흘기며 톡 쏘듯 내뱉었다.

"내가 저 늙은 새의 심중을 모를 줄 알았어요? 사람들은 대부분 목적의식 없이는 인간관계를 맺으려 하지 않지요. 지금 저 늙은 새는 희림 씨한테 대단한 목적을 갖고 접근했다는 걸 내가 훤히 다 알아요."

"너무 넘겨짚지 마세요. 내가 이 여행에 동참한 건 저 낯선 남자 때문이 아니에요."

나는 불쑥 말하고 나서 얼른 거울 속 그의 시선을 피해 얼굴을 차창에 붙였다.

"그러면요? 혹 나 때문에 이 여행에 오겠다고 했어요?"

그가 낮은 목소리로 다그치듯 물었다. 나는 얼굴을 창에 붙인 채 그만 눈을 감아버렸다. 따가운 햇살이 거침없이 내 얼굴을 스쳐 갔다. 그 햇살만큼이나 열기 높은 무엇이 가슴을 스쳤다. 그도 아무 말이 없고, 잠이 든 순자 아주머니와 김한식의 깊은 숨소리 사이로 음악만이 흘렀다. 슈만의 '트로이메라이'가 막 끝나고 사라사테의 '치고이네르바이젠'이 울려 나왔다. 바이올린의 선율이 물살처럼 내 몸으로 퍼져 들었다. 가슴속이 편안해져 왔다. 문득 내가 사랑받고 있다는 느낌이 들었다.

어느새 잠이 들었던지 옆에서 두런대는 순자 아주머니의 목소리에 눈을 떴다.

"저기 좀 봐요. 세상에 저 불빛이라니……."

어느덧 해가 기울고 있는 차창 밖 광활한 사막은 마치 어두운 안
개에 잠긴 듯했다. 그 여릿한 어둠 전면으로 부챗살처럼 기다란 빛
의 줄기가 수없이 뻗쳐 들었다. 환락의 도시, 라스베이거스의 불빛
은 원거리에서도 감지가 될 만큼 휘황했다.

"아직 삼십 분은 더 가야 되지요?"

탁 신부가 김한식에게 물었다.

"네. 피곤하시면 제가 운전을 할까요?"

탁 신부가 손을 내저었다.

"아닙니다. 제가 하지요. 마치 빛을 향해 달려가고 있는 것 같아
신이 납니다."

차창 밖 어둠이 짙어질수록 빛줄기의 광채는 점점 강해졌다. 탁
신부와 김한식에게선 뭔가 들썩거리는 기운이 감돌았다. 점점 가까
워지는 도시가 내뿜는 강렬한 빛줄기는 앞자리의 두 남자를 흔들어
놓기 시작했다. 그들은 벌써 자기들끼리 슬롯머신을 잡아당기는 시
늉을 해가며 내가 알아들을 수 없는 카드놀이의 용어들을 남발했다.

차창 밖에 짙은 어둠이 깔리고 나서야 우리 일행이 탄 자동차는
어둠 속에 인조태양을 매단 듯한 라스베이거스 시가로 들어섰다. 순
자 아주머니가 예약해 놓은 호텔은 그 번쩍이는 도시 한가운데에 있
었다. 프런트데스크에서 열쇠를 받아 7층 복도에 나란히 붙은 두 개
의 방에 나누어 들었다.

순자 아주머니는 방에 들어오자마자 그만 침대 위로 벌렁 누워버
렸다. 어색하게 선 나를 그녀가 피곤한 눈으로 올려다봤다.

"미세스 윤! 내가 이 늙은 몸으로 이런 도박장이 좋아서 온 줄 알
아요? 나 같은 늙은이가 여행을 갈라치면 산 좋고 물 좋은 자연이
좋지요. 내가 뭐 땜에 이곳을 왔겠어요. 다 젊은 사람들 좋으라고 온

거지."

나는 엉거주춤 침대에 걸터앉으며 그저 어색한 미소를 지어 보였다.

"인생이란 짧은 거라우. 나는 미세스 윤이 맘에 들어요. 이 기회에 우리 한식이한테 한 번 정을 들여 보려오?"

나는 그저 웃고 있었지만 '정을 들여 보려오?' 하는 그녀의 마지막 말은 적잖게 부담이 됐다. 내 마음에서 빠져나간 감정의 실타래 끝은 그녀의 아들이 아닌 탁 신부에게로 진작부터 풀려나가고 있지 않은가.

저녁 식사를 마치자 탁 신부와 김한식은 급한 일이 있는 것처럼 카지노 홀로 가버렸다. 피곤하다는 순자 아주머니를 방으로 올려보내고, 나도 슬그머니 그들이 놀이에 빠진 카지노 홀로 갔다. 실내는 온통 기계와 사람들이 만들어 내는 소음과 담배 연기로 가득했다. 그 사이를 은빛 쟁반을 받쳐 든 웨이트리스들이 분주히 오갔다. 쟁반 위에는 빨간 체리가 띄워진 칵테일 잔이나 얼음이 덜그럭거리는 소다 컵이 올려져 있었다. 그녀들은 영화에서나 볼 수 있을 법한 하녀 복장을 하고 있었다. 손수건만 한 앞치마 속 짧은 스커트는 거의 엉덩이가 보일 듯했다. 굽이 높은 하이힐 위로 쭉 뻗은 두 다리가 꼬꾸라질 듯 불안하게 사람과 기계 사이를 헤집었다.

환불 카운터 커브를 돌아서자, 서너 개의 테이블 위에서 블랙잭이 한창이었다. 숙련된 솜씨로 카드를 나누는 딜러의 손놀림에 눈알을 번득이는 여러 인종 사이엔 말이 필요 없었다. 그들은 다만 손놀림과 눈짓만으로 카드를 뒤집고, 칩을 챙기며 허망하게도 자신들의 주머니를 털어냈다.

초록색 유니폼을 입은 백인 남자 딜러의 손에서 막 카드가 나눠지는 테이블을 지나고 있을 때 낯익은 얼굴이 내 눈을 스쳤다. 나는 멈칫 걸음을 멈췄다. 입에 문 담배를 뻐끔거리며 김한식이 두 손으로 카드를 뒤집고 있었다. 그는 담배 필터를 앞니로 깨문 채 양쪽 입술 끝을 벌려 하얀 연기를 뱉어냈다. 그의 눈은 숨 가쁘게 돌아가는 게임과 담배 연기에 혼을 빼앗긴 듯 게슴츠레하기까지 했다. 그가 함부로 뱉어낸 담배 연기가 붉게 조명된 카지노의 음험한 공간으로 퍼져나갔다. 그는 흐릿한 눈으로 카드와 칩 사이를 오가느라 내가 마주 보이는 곳에 서 있는 것도 모르는 것 같았다. 순간, 한번 정을 들여 보려오? 하던 순자 아주머니의 목소리가 떠오르고 갑자기 소름 비슷한 것이 온몸으로 끼쳐왔다.

다시 슬롯머신 사이를 헤집고 다니기 시작했다. 나는 탁 신부를 찾고 있었다. 지나쳐 가는 슬롯머신 앞에 몸집이 바위만 한 흑인 남자가 앉아 있었다. 빨간 민소매 셔츠 밖으로 나온 검고 우람한 팔이 기계의 손잡이를 잡아당겼다. 그는 돈을 잡아먹기만 하는 기계에 대고 상스러운 말을 중얼거리다 주먹질까지 했다. 그 옆에선 헝클어진 파마 머리에, 그저 주부로밖에 보이지 않는 중년의 백인 여자가 기계에 동전을 넣으며 자못 심각한 표정을 했다. 내가 그들을 지나고 있을 때 어디선가 환호성과 함께 동전이 떨어져 내리는 소리가 났다. 찰랑, 찰랑, 찰랑 동전의 물결 소리 사이로 누군가가 휘파람을 불었다.

나는 그 소리를 따라갔다. 잭팟이 터진 기계 근처는 축제가 벌어진 듯 들뜬 표정의 사람들이 모여 있었다. 잭팟을 터트린 백인 남자는 대머리를 흔들며, 자신의 행운을 믿을 수 없다는 표정이었다. 헐어빠진 블루진 바지가 빈약한 그의 엉덩이에 간신히 걸쳐진 모습이 왜 그런지 애처로워 보였다. 나는 그 행운의 남자를 지나쳐 갔다.

기계 행렬을 몇 줄 지나쳤을 때 슬롯머신에 얼굴을 파묻은 듯한 낯익은 등덜미가 보였다. 탁 신부는 내가 살그머니 그 옆에 서자 얼른 뒤를 돌아봤다.

"우아! 순식간에 돈을 잡아먹는군요. 거 참!"

그의 얼굴엔 실망감이 역력했다. 나도 모르게 짜증스레 내뱉었다.

"그만 하세요. 잃을 게 뻔한데 뭣 하러 이런 짓을 하죠?"

순간 그의 얼굴이 일그러졌다.

"그럼 여긴 왜 왔어요? 여기까지 와서도 문자 쓰는 행셀 하라고요?"

처음엔 장난한다고 생각했는데, 그는 정말 화가 났는지 고개를 휙 돌려 기계 앞으로 몸을 바싹 당겨 앉았다. 그의 등덜미에 찬바람이 부는 듯했다. 내가 그를 찾기 위해 이 카지노장을 얼마나 헤매고 다녔는지 그가 알 리 없지만 나는 금방 울음이 터질 것 같았다. 방으로 올라가려고 막 몸을 돌리는데 그의 손이 내 어깨에 얹혀왔다.

"어디 가려고요? 화났어요?"

실내의 붉은 조명이 그의 안경 위로 어려 왔다. 불빛 때문에 그가 웃고 있는지, 화를 내는지 그 눈빛을 가늠할 수 없었다.

"그냥 방에 가서 쉬려고요."

"돈을 잃어서 한참 화가 나 있던 참이었어요. 괜히 희림 씨한테 분풀이했네요. 여기 공기도 안 좋은데 우리 호텔 밖으로 나가 바람 쐬고 올까요?"

어깨에 얹혀 있던 그의 손이 미끄러져 내려와 내 손을 잡았다. 도대체 노동이라고는 모르는 그의 손바닥이 어쩌면 내 손보다 더 부드러운 것 같다고 생각하는데, 그가 내 팔을 당겼다.

"어서 나가요. 바람 쏘이고 기분 전환하고 나서 다시 하면 잘 될지도 몰라요."

우리는 마치 나쁜 짓을 하고 도망치는 사람들처럼, 기계 행렬과 사람들 사이를 이리저리 비집으며 서둘러 카지노 홀을 빠져나왔다.

호텔 문을 나서자 제법 서늘한 바람이 불었다. 카지노 홀의 담배 연기와 기계의 소음으로 혼탁하던 머릿속이 시원해져 왔다. 내 손은 아직도 그의 손안에 있었다. 그는 거리에 명멸하는 네온사인의 화려한 불빛에 넋을 잃고 있는 듯했다. 그가 슬그머니 내 손을 놓았다. 그의 체온을 잃은 내 손에 서늘한 바람 한 줄기가 스쳐 갔다. 나는 갑자기 아주 귀한 보석을 쥐고 있다가 떨어뜨린 것처럼 안타까운 기분이 되었다.

"우리 저기로 가볼까요?"

그는 사람들이 모여 웅성거리는 곳을 가리켰다. 그의 팔이 살며시 내 어깨를 감싸왔다. 한밤중인데도 태양을 매단 듯 눈이 부신 거리를 사람들이 가득 메우고 있었다. 언뜻 서울의 복잡한 거리가 생각났다. 그 수많은 사람 사이를 아무리 걸어보아도 금이 간 내 삶을 회복시킬 수 없을 만큼 외로웠던 그 거리, 균열이 간 내 삶을 접착시켜 주지 못하고 끝내 조각 내 버린 곳.

이 거리를 메운 인파는 가히 서울 한복판을 방불케 했지만, 아무도 서두르고 있지 않았다. 나는 그의 손에 어깨를 둘린 채 인파 사이를 걸었다. 네온사인의 유혹적인 눈부심 속에서, 그의 따뜻한 체온에 감싸인 나는 알 수 없는 행복감에 젖어 들었다. 내 몸 안에 감추어져 있던 모든 감각이 거리의 불빛에 정체를 드러낸 듯했다.

우리는 어느새 유난히 인파가 몰려선 곳에 다다랐는데 '보물섬'이란 이름의 호텔 앞에서 옥외 해적 극이 한창이었다. 실지로 움직이는 배 위에서 험상궂은 해적 복장을 한 남자가 화약총을 탕탕 쏘아 댔다. 주위엔 메케한 화약 냄새와 하얀 연기까지 자욱했다. 구경꾼들은 모두 보물섬을 찾아가는 모험심 깊은 어린아이가 된 듯, 해적이 총을 맞고 쓰러지자 신이 나서 박수를 쳤다.

배우들이 퇴장한 뒤 보물섬 호텔 앞에 서 있던 사람들도 하나둘 흩어져 갔다. 우리는 특별히 갈 곳도 없어 그대로 거기 서 있었다. 아침 산책의 동행자인 그와 내가 어떻게 이 환락의 도시에 여행을 와 있는지, 새삼 신기하기만 했다. 그가 살며시 내 허리에 팔을 둘렀다.

"우리 어디 가서 뭐라도 좀 마실까요? 목이 마른데……."

그가 정말 갈증을 느끼는 듯 입을 쩝쩝거렸다. 나는 그의 팔에 허리를 안긴 채 길 건너편 레스토랑으로 들어섰다. 저녁 식사를 하기엔 늦은 시간이었지만, 널찍한 홀엔 사람들이 제법 앉아 있었다. 우리는 웨이터의 안내로 거리가 훤히 내다보이는 창가에 자리 잡았다. 웨이터가 내미는 메뉴판을 바라보며 무엇을 마셔야 할지 난감해 있을 때, 그가 혓바닥이 평평한 한국식 발음으로 주문을 했다.

"투 글라스 오브 레드 와인!"

웨이터가 메뉴판을 넘겨 보이며 어떤 종류의 레드 와인을 마시겠냐고 물었다. 메뉴를 들여다보던 그의 얼굴에 난처함이 고였다. 나는 웨이터의 눈길을 나에게 돌리려고 테이블을 가볍게 두들겼다.

"위치 원 캔 유 레코맨드 휠 아스? 위 윌 활로우 댓."

내가 어떤 것을 네가 권할 수 있냐? 우리는 너의 의견에 따르겠다고 말하니, 웨이터는 고개를 끄덕이며 메뉴판을 들고 돌아갔다. 탁 신부가 나를 보며 좀 비꼬는 듯한 표정으로 웃었다.

"생각보다 제법 영어를 할 줄 아는군요. 난 또 벙어린 줄 알았지."

나는 살짝 그를 흘겨보았다.

"어이구! 그래도 신부님 발음보다는 낫지요. 붉은 와인 두 잔 달라는 그 발음을 그래도 웨이터가 알아들은 게 다행이지요."

"피장파장인 주제에 자기가 그래도 나보다 낫다고 생각하는 모양이지?"

둘이서 실없이 까르르거리고 있을 때 붉은 포도주 두 잔이 테이블로 날라져 왔다. 검붉게 찰랑대는 포도주잔을 들며 그가 나를 그윽하게 바라보았다.

"자! 잔을 들고 나를 따라서 해봐요."

그가 내 잔에 꼭 잔의 길이만큼 자신의 잔을 치켜들며 부딪쳤다. 쨍그랑! 유리잔이 부딪는 소리가 경쾌하게 울려왔다.

"이상은 높게!"

그는 속삭였다. 이번엔 그가 꼭 잔의 길이만큼 밑으로 자기 잔을 내렸다. 다시 그의 잔이 내 잔에 부딪쳤다. 쨍그랑! 소리와 함께 유리잔 속 붉은 와인이 흔들렸다.

"사랑은……."

그가 나를 바라보았다. 나는 얼떨결에 말했다.

"사랑은 낮게?"

마치 어린아이를 나무라는 것 같은 표정으로 고개를 젓던 그가 다시 잔을 부딪쳤다. 쨍그랑! 울려오는 소리 사이로 그가 낮게 속삭였다.

"사랑은 깊게!"

나는 갑자기 얼어붙은 듯 조용해졌다. 그런 내 모습을 잔잔히 웃으며 바라보던 그가 이번엔 내 잔과 같은 높이로 그의 잔을 부딪쳤다. 쨍그랑, 소리가 꿈속처럼 감미롭게 또 울렸다.

"잔은 평등하게."

그가 천천히 검붉은 포도주를 입술로 가져갔다. 나는 마치 그의 최면에 걸린 사람처럼 그를 따라 포도주를 조금씩 입안에 흘려 넣었다. 알싸한 포도주 맛이 혀끝에서 목구멍으로 번졌다.

포도주가 반쯤 줄었을 때부터 그는 창밖으로 시선을 던지고 있었다. 분주히 거리를 오가는 사람들의 발길이 그의 눈에 어른거리다 사라졌다.

"무얼 그렇게 바라보세요? 사람 구경하시는 건가요?"

불쑥 물은 내게 그가 피식 웃음을 날렸다.

"창에 비친 희림 씨가 나를 바라보고 있는 것 같아요."

나는 얼른 창문을 바라봤다. 온갖 네온사인의 화려함과 거리를 걷는 사람들의 발길 사이로 우리 모습이 어슴푸레 비쳤다. 그는 아까부터 거리를 내다보던 게 아니라 유리창에 비친 내 모습을 보고 있었다. 그가 갑자기 반이나 남은 포도주를 단숨에 마셔버렸다. 그리곤 내게 말했다.

"우리 그만 나갈까요?"

얼결에 나도 남은 술을 입어 털어 넣었다. 물끄러미 내가 하는 양을 바라보던 그가 웃음을 머금었다.

밖으로 나오니 인파는 조금 전보다 더 붐비는 듯했다. 밤이 깊을수록 성황을 이루는 도시였다. 급히 마셔버린 포도주가 내 몸에서 효력을 발하는지 공연히 기분이 들떠왔다. 휘황한 네온사인과 웅성대는 거리의 사람들과 그리고 어느새 내 허리를 껴안고 있는 그의 팔 안에서 나는 세상에서 제일 요염한 탕녀가 된 듯 온몸이 달아올랐다.

내 허리를 감은 그의 손끝이 희미하게 떨려왔다. 그가 갑자기 내 어깨를 돌려 마주 세우더니 그만 끌어안아 버렸다. 그의 입술에서 포도주 냄새가 풍겨왔다. 순간 나는 두 팔로 그를 떠밀어 버린다는 게 그의 목을 휘감고 말았다. 몸이 마음의 명령을 거부하고 있었다. 아니면 몸은 마음 더 깊은 곳의 솔직한 명령에 움직이고 있는지도 몰랐다.

거리 한가운데에서 껴안고 있는 우리 옆으로 사람들의 발길이 무심히 지나쳐 갔다. 반가움의 표시를 그 정도의 포옹으로 하기 예사인 미국 사람들의 눈엔 새삼스러울 것도 없는 광경이었다. 그가 나를 안은 채 거리 옆 한적한 골목으로 들어섰다. 골목이라고는 했지만, 주도로에 비해 좁을 뿐 거리의 휘황한 불빛이 들이치기는 마찬가지였다. 내 허리를 감고 있는 그의 두 손에 힘이 주어졌다. 안경 속 그의 눈에서 애처로운 갈망이 타고 있었다. 그의 손에서 벗어나야 한다고 생각했지만, 오히려 나는 그의 팔 안에서 힘없이 흐느적거렸다.

그의 입술이 포도주 향을 머금은 채 살며시 다가왔다. 가볍게 한 번 내 입술을 스치는 그의 입술이 꺼칠하게 타고 있는 게 느껴졌다. 그의 깊은 숨소리가 내 귓불을 어지럽혔다. 왠지 모를 절박함이 내 가슴을 짓눌렀다. 그리고 그의 입술이 내 입술을 덮쳐왔다. 내 눈에서 눈물이 흘러내렸다.

'아! 이것은 정말 사랑인가?'

그 긴 입맞춤이 끝났을 때 내 얼굴은 눈물범벅이 되었다. 그가 내 양 볼을 두 손으로 감싼 채 자신의 엄지손가락으로 눈물을 닦아주었다. 아무 말도 할 수 없었다. 그저 그의 손길에 얼굴을 맡기고 그렇게 울고 있을 뿐……. 내 안에서 용트림하던 열정의 불씨가 조금씩 불길을 일구기 시작하는 소리가 들려왔다.

호텔 문을 들어서자, 순자 아주머니가 프런트데스크 앞에 오도카니 서 있다가 화들짝 놀라는 몸짓으로 우리에게 다가왔다.

"아니, 어디 있었어요? 우리 한식이가 두 사람을 찾으려고 아까부터 호텔 안을 다 뒤지고 다녔는데……."

순자 아주머니가 탁 신부와 내 얼굴을 번갈아 봤다.

"아, 네! 제가 바깥 구경 좀 시켜달라고 했지요. 영어만 하라면 벙어리가 되는 나보다는 희림 씨가 훨씬 나을 것 같아서…… 한식 씨는 아까 보니 블랙잭에 빠져 있는 것 같던데 언제 우리를 찾으러 다녔어요?"

그가 너스레를 떨자 순자 아주머니는 고개를 주억거렸다.

"우리 아들이 다 착해도 그놈의 카드게임이라면 사족을 못 쓰고 딴사람이 되어버린답니다. 이 호텔에서 기가 막힌 쇼를 한다기에 표를 미리 사놓고 시간 맞춰 여기서 만나자고 했는데, 두 분한테는 얘기도 안 한 모양이군요. 아마 표 사러 갔다가 그냥 포커테이블에 주저앉아 버린 모양이에요. 저 혼자 덜렁 왔기에 두 분을 찾아오라고 지금 쫓아 보냈지요."

그녀가 조금 겸연쩍은 표정으로 탁 신부를 바라봤다. 그녀는 그동안 탁 신부와 나 사이에 일어났던 일을 전혀 짐작 못 하는 눈치였다. 그가 호주머니를 뒤져 담배를 빼 물었다. 담배가 끼워진 그의 손가락 끝이 가늘게 떨고 있었다.

그가 담배 한 개비를 거의 피워가고 있을 때 김한식이 피곤한 표정으로 어디에선가 걸어 나왔다. 아침나절에 파릇하게 면도 자국이 나 있던 갸름한 턱엔, 어느새 바늘 같은 검은 수염이 돋아 있었다. 카지노장의 담배 연기와 칵테일에 취해버린 흐릿한 눈, 탁 신부와 나를 찾느라 온 카지노를 다 헤매고 다닌 듯한 그의 지친 모습은, 쇼 관람엔 흥미가 없어 보였다. 그는 마지못해 우리를 쇼 공연장으로 안내했다.

온통 붉은 주단이 깔린, 조명등까지 어슴푸레한 쇼 관람장에서 우리가 안내받은 자리는 무대 중앙을 바라볼 수 있는 앞쪽 테이블이었다. 나는 김한식과 같은 쪽에 앉고, 탁 신부와 순자 아주머니가 나란히 앉았다. 담뱃진이 섞인 김한식의 콧김이 느껴질 만큼 자리는 좁았다. 탁 신부와 나는 자연스레 테이블 사이로 서로를 마주 보았다.

자리에 앉고 얼마 지나지 않아, 그렇지 않아도 어슴푸레하던 붉은 조명등의 조도가 더 낮아졌다. 사방에서 울려오는 음악 소리와 함께 쇼가 시작됐다. 번쩍거리는 의상을 입은 무희들이 미끈한 다리로 엉덩이를 실룩대며 무대 구석에서 튀어나왔다. 색색으로 번쩍대는 무희들의 짧은 치맛자락이 속옷이 보일 듯 위태롭게 찰랑댔다. 깊이 파인 앞섶에선 그녀들의 탐스러운 가슴이 조명의 빛깔이 바뀔 때마다 색깔을 바꾸었다. 나는 언뜻 탁 신부를 건너다보았다. 잠잠히 그저 쇼를 구경하는 것처럼 보였지만, 알 수 없는 열기가 그의 눈에서 새어 나오는 게 느껴졌다.

첫 번째 쇼가 끝나고 두 번째 쇼가 시작되었을 때부터, 무희들은 아예 꼭 가슴 자리만 도려낸 듯한 의상을 입고 출연했다. 동양 여자들의 왜소함에 비하면 풍만하기만 한 그녀들의 젖가슴이 조명 속에서 무대를 누볐다.

그토록 고혹적인 자세로 라스베이거스의 밤을 누비는 무희들을 바라보며, 나는 차마 탁 신부의 얼굴을 바라볼 수 없었다. 억제되어야 할 그의 열정을 부채질하는 이런 쇼 관람이 그에게 가혹하다는 생각이 들었다. 내가 굳이 그 열정의 대상이 되어야 한다면, 나도 그를 가해하는 대상의 하나일 뿐이었다.

늦은 아침이 밝아왔다. 순자 아주머니는 벌써 욕실에서 샤워를 마치고 경대 앞에 서 있었다. 커튼을 제쳐놓은 창으로 햇살에 초라해져 버린 라스베이거스의 전경이 들어왔다. 어젯밤 그토록 휘황한 불빛으로 온 사람의 마음을 들뜨게 하던 환락의 시가는, 햇살 아래 잿빛 시멘트 건물들이 즐비한 평범한 도시로 바뀌어 있었다. 마치 짙은 밤 화장으로 사내를 유혹하던 여인을 하룻밤 끌어안고 잔 방탕한 남자가, 아침 햇살에 드러난 여인의 늙은 얼굴을 내려다보는 심정이었다.

어젯밤 열기 어린 쇼를 관람하고 나서, 김한식과 탁 신부는 다시 카지노장으로 향하고, 순자 아주머니와 나는 방으로 돌아왔다. 그녀는 침대에 눕자마자 코를 골며 잠이 들었다. 나는 잠을 이루지 못하고, 순자 아주머니의 깊은 숨소리를 들으며 엎치락뒤치락하다 동이 틀 무렵에야 겨우 잠든 것 같았다. 시계는 벌써 11시에 가까워 있었다. 순자 아주머니가 거울 앞에서 화장을 마무리하다가 부스스 몸을 일으키는 나를 돌아봤다.

"이제 일어났어요? 곤히 자고 있어서 내가 안 깨웠지. 남자들 방에도 가보았더니 아직 한밤중이에요. 카지노장에서 밤을 홀딱 샜는지……."

나는 늦잠을 잔 게 부끄러워 얼른 욕실로 들어갔다.

화려한 호텔 욕실의 전면 거울에 후줄근한 잠옷을 걸친 내 모습이 비치어졌다. 헝클어진 머리칼, 부스스한 얼굴과 마른 몸집, 도대체 이런 모습을 지닌 여자가 사랑을 시작했다니……. 나도 모르게 한숨이 새어 나왔다. 모든 게 부질없는 짓이라는 생각이 들었다. 혼자인 내 삶을 더 이상 버티기 어려울 것 같으면, 차라리 순자 아주머니의 아들에게 기대 남은 인생을 아무렇게나 살아버리는 게 나을 것 같다는 생각을 했다.

거울에 비친 내 피곤한 얼굴에서 허전한 웃음이 쏟아졌다. 이 화려하고도 넓은 호텔 욕실은 나를 볼품없고 서글픈 동양 광대로 연출시켰다. 잠옷을 벗어 던지고 샤워기의 물을 틀었다. 알몸을 들이밀고 샤워기 밑에서 하염없이 물맞이하던 나는 뻗쳐 내리는 물줄기 사이에서 팽팽하게 돌출된 내 가슴을 내려다보았다. 문득 어젯밤 무대에서 춤을 추던 무희들의 풍만하던 가슴이 떠올랐다. 비누 거품을 문지르는 내 손 안으로 옆구리에서 둔부로 내려가는 허리선이 그대로 쓰다듬어졌다.

사랑이 꼭 욕망을 동반해야 한다면, 나는 아직 가치를 잃지 않은 쓸 만한 사랑의 매체라는 생각이 들었다. 문득 내가 들떠 있는 게 사랑인지, 아니면 단순한 욕망인지 스스로 의문이 갔다. 어젯밤 내 허리를 끌어안던 그의 떨리는 손길이 느껴져 왔다. 그 거칠던 입맞춤, 그리고 타는 듯했던 그의 입술에서 풍겨오던 달콤한 포도주 향이 그대로 내 코끝을 스치고 지나갔다. 뜨거운 물줄기 속에 있는데도 마치 찬물을 맞는 듯 온몸이 부르르 떨려왔다.

12시가 지나서야 탁 신부와 김한식이 겨우 식당으로 내려왔다. 그들은 거의 밤새도록 카지노장에 붙어 있었지만 별 재미를 못 본 눈치였다. 환락에 패배당한 흔적이 선연한 그들의 피곤한 얼굴을 마주하며 브런치를 먹었다. 자동차를 출발시켰을 때는 이미 오후의 햇살이 도시에 가득 차 있었다. 운전대를 잡은 김한식이 늘어지게 하품을 했다. 도시는 어젯밤의 그 번쩍거림이 간 곳 없었다. 하늘 높은 줄 모르고 뻗쳐 올라간 호텔 건물들과 아직도 건축 중인 건물들 사이로 한산한 인파가 햇빛에 얼굴을 찡그린 채 거리를 걷고 있었다.

자동차가 잠시 신호등에 걸려 정차를 했을 때 길가 레스토랑이 눈

에 들어왔다. 실내가 훤히 들여다보이는 유리창 안, 어젯밤 그와 내
가 앉았던 자리에 백인 남녀가 마주 앉아 있는 게 보였다. 나는 거기
서 멀지 않은 골목을 두리번거렸다. 화려함이 탈색한 초라한 거리에
서, 어젯밤 한순간의 열정이 자취도 없이 사그라지고 있는 게 느껴
졌다.

엇갈리는 감정들

김한식이 휴가를 마치고 떠나기 전날 밤, 나는 명혜와 함께 순자 아주머니의 집에 초대되었다. 운전하는 명혜에게서 기분 좋은 향내가 풍겨왔다. 내가 향수 이름을 물으려고 고개를 돌렸을 때, 그녀는 지그시 입을 다문 채 막 미소를 짓는 중이었다. 뭔가 즐거운 생각을 하는 듯했다. 나는 향수 이름을 묻는 대신 생각지 않았던 말을 했다.

"뭐 좋은 일 있어?"

그녀가 미소를 담은 얼굴로 흘깃 나를 바라보았다.

"그럼 좋은 일이지. 이렇게 저녁 초대를 받는다는 게……. 거기에다 신부님까지 오시는데!"

순간 내 가슴이 내려앉았다.

"신부님이? 그럼 오늘 이 자리는 명혜 씨와 나만 초대된 게 아니란 말이야?"

재빠르게 쏟아진 내 물음에 그녀가 의아한 표정을 했다.

"모르고 있었어요? 신부님뿐만이 아니에요. 순자 아주머니와 친분이 있는 교회의 몇몇 사람들도 초대되었을걸요."

나는 난처한 감정을 감추지 못하고 다시 물었다.

"누가? 어떤 사람들이? 나는 모르는 사람들 아니야? 모르는 사람들 사이에 끼고 싶지 않아. 그냥 집으로 돌아갈까 봐."

"왜 그래요? 애같이……. 그렇게 어색할 것 같으면 이제부터 교회의 일원이 되면 되잖아요? 안 그래요?"

나는 교회의 일원이 되라는 그녀의 말에 심사가 뒤틀려 왔다.

"명혜 씨가 그 교회에 나가는 진짜 이유가 뭐야? 정말 신을 사랑하기 시작한 거야? 아니면 인간을 사랑하기 시작한 거야?"

그녀는 잠시 뾰로통한 채 말이 없다가 혼잣말처럼 중얼거렸다.

"둘 다지 뭐! 신도 사랑하고 사람도 사랑하고……."

"그럼 나도 명혜 씨처럼 신도 사랑하고 사람도 사랑하면서 그곳의 일원이 되라고?"

쏘아붙이는 내 말에 그녀가 정색을 하고 나를 바라봤다.

"언니! 신을 사랑하는 것은 인간을 사랑하기 위해서고, 인간을 사랑하는 건 신을 사랑하는 것을 배우기 위해서래요."

나는 어울리지 않게 논리를 꿰는 그녀의 말에 잠시 아연해졌다.

"누가 그런 맹랑한 소리를 했어? 그럴듯한데!"

그녀가 갑자기 핸들을 잡았던 한 손을 내려 내 무릎을 쳤다.

"언니! 함부로 말하지 말아요. 이 말은 탁 신부님이 한 말이라고요."

그녀의 손바닥이 제법 매섭게 내 무릎을 치고 지나갔다. 아픔의 여운이 싸하게 느껴져 왔다. 나는 그녀의 손매에 입을 다물라는 경고를 받은 사람처럼 조용해졌다.

아담한 목조 가옥들이 늘어선 순자 아주머니의 집 근방은 조용하고 한산했다. 그 길로 들어서며 내 가슴은 웬일인지 더 쓸쓸해 왔다.

어쩌면 곧 탁 신부를 볼 수 있다는 희망 때문에 나는 더 외로워진 것인지도 몰랐다.

명혜가 순자 아주머니의 집 앞에 거칠게 차를 세웠다.

"마미! 나 깜짝 놀랐잖아."

뒷좌석에 앉아 그림책을 보던 티파니가 제 엄마에게 소리를 질렀다. 먼저 차에서 내린 나는 무심히 티파니를 안아 내리는 명혜를 바라봤다. 뭔지 모를 당당함이 어린 그녀의 뒷모습에 나는 자꾸만 초라한 기분이 됐다. 딸의 손을 잡고 앞서 걷는 그녀를 따라 현관문 앞에 이르자, 빼꼼히 열린 문틈으로 음식 냄새가 풍겨왔다. 그녀는 벨을 누를 것도 없이 티파니를 앞세우고 성큼 집안으로 들어섰다. 나도 그녀를 따라 안으로 들어설 수밖에 없었다.

동양 마켓 앞에서 순자 아주머니를 우연히 만났던 날, 한 번 와 본 곳이었지만 집안 풍경은 그날보다 더 낯설게 다가왔다. 서너 명의 젊은 여인들이 주방에서 서성였고, 순자 아주머니는 탁 신부와 함께 거실 소파에 앉아 있었다. 목에 하얀 로만 칼라를 세운 검은 정복을 입은 그가 슬며시 눈을 들어 우리를 바라봤다. 명혜를 거쳐 한순간 나를 쏘아보는 듯하던 그의 눈길이 이내 티파니에게 멎었다.

"아이고! 어서 와라! 꼬마 아가씨 더 예뻐졌구나!"

티파니가 수줍은 듯 꾸벅 인사를 했다. 나는 그저 멋쩍게 서 있었다. 순자 아주머니가 달려와 내 손을 잡았다.

"어서 와요. 처음 와 보는 집도 아닌데 어색해 하지 말아요."

주방에 있는 여인들이 호기심 어린 눈길로 나를 바라보는 게 느껴졌다. 그중 한 여인이 냉큼 다가와 순자 아주머니에게 물었다.

"누구신가요? 처음 뵙는 분 같은데요?"

순자 아주머니가 내 손을 잡고 거실로 가려던 방향을 바꿔 부엌으

108

로 들어섰다.

"인사들 해요. 이쪽은 미세스 윤이라고 티파니의 미술 선생님이라오. 그리고 여기 이 사람들은 모두 우리 교회의 예쁜이들이오."

나는 그녀가 굳이 예쁜이들이라고 부르는 여인들을 바라보았다. 네 명의 여인 중, 두 사람은 중키에 날씬한 몸매를 가졌으나 한 여인은 키가 작고 뚱뚱한 대신 다른 한 여인은 키가 크고 몸이 마른 편이었다. 어디를 보아도 예쁜이들이라고 불릴 만큼 그녀들의 모습이 화사하지는 않았다. 그러나 중키인 두 여인 중 한 여인은 고운 피부에 볼우물이 파인 모습이 귀여웠다. 그녀는 내 나이와 비슷하거나 좀 어리게 보였다. 그녀가 함빡 웃음을 띠며 내게 악수를 청했다.

"반갑습니다. 아주 미인이시군요. 우리 보고 예쁜이들이라 했지만, 사실 예쁜이란 이름은 저 하나만 기억해 주시면 된답니다."

그녀의 말에 옆에 섰던 다른 여인들이 에이프런 주머니에 찔렀던 손을 빼내어 그녀의 팔을 꼬집어 댔다.

"왜 제인만 예쁘니? 다 예쁘지. 젊다는 게 예쁜 것 아냐?"

아마도 자칭 예쁜이라는 그 여인의 이름이 제인인 모양이었다.

거실로 들어서자 탁 신부와 티파니가 뭔가 즐거운 놀이를 하고 있었다. 아이가 탁 신부의 손을 잡고 붉은 잇몸을 드러내며 함빡 웃었다. 명혜는 팔짱을 끼고 앉아 마치 부녀지간의 다정함을 감상하는 주부처럼 웃음을 머금었다. 탁 신부가 슬며시 눈을 들어 나를 바라보았다.

"어서 오세요."

지극히 짧은 그의 한 마디가 차갑게 내 가슴을 스쳐 갔다. 자기 아이의 재롱을 보느라 웃음을 머금고 있던 명혜가 갑자기 벌떡 일어섰다.

"어머나! 내 정신 좀 봐! 부엌일을 도와야지. 이러다간 눈치 받겠네!"

그녀가 짧은 스커트 밑 쭉 뻗은 다리로 뛰는 시늉을 하며 부엌으로 들어서자, 여인들 사이에선 깔깔거림이 터져 나왔다. 명혜는 어느새 그 여인들과 그만큼 친밀해져 있는 듯했다. 나는 명혜가 앉았던 자리에 멋쩍게 앉았다. 탁 신부는 티파니와 눈을 맞추고 장난을 계속하고, 순자 아주머니는 자는 아들을 깨운다며 방으로 들어갔다. 김한식은 어제저녁 처가에 맡긴 딸을 만나러 갔다가 오늘 낮에야 돌아왔다고 했다.

나는 탁신부와 티파니를 바라보았다. 티파니의 하얀 피부와 갈 빛 곱슬머리, 긴 속눈썹이 그늘진 커다란 눈에 비하면 탁 신부는 전형적인 동양 남자였다. 어울려 보이지 않는 남자와 아이 사이로 오가는 행위가 자세히 보니 좀 과장된 게 느껴졌다. 아빠가 없는 아이는 억지로 응석을 떨어댔고, 탁 신부의 태도도 자연스럽지 못했다. 명혜가 그토록 행복한 표정으로 그들을 바라보던 자리에 앉아 나는 조금씩 서글픈 기분이 되어갔다. 결국, 그들의 다정함 속엔 서로에게 부재된 아빠와 자식의 자리가 허전하게 확인될 뿐이었다.

그가 눈을 들어 나를 잠시 바라보았다. 그의 입술이 한순간 움찔대더니 알 수 없는 미소를 만들어 냈다. 그를 따라 웃으려던 나는 오히려 싸늘한 표정이 되어버렸다. 그때 김한식이 침실이 있는 복도에서 거실로 걸어 나왔다. 막 잠을 깼는지 얼굴이 부스스했다.

"오셨습니까?"

그는 내게 짧게 고개를 숙여 보이고는 탁 신부와 악수했다. 금방 양치질을 하고 왔는지 내 옆에 털썩 앉는 그에게서 치약 냄새가 났다.

"엊저녁 처가에서 선잠을 잤더니 피곤해 눈을 좀 붙였습니다. 오랜만에 만난 처남하고 한잔했지요."

아무렇지도 않게 처가에 다녀온 이야기를 늘어놓는 김한식의 목
소리가 슬며시 내 자존심을 할퀴고 지나갔다. 내가 아무리 자기에게
별 관심이 없다지만, 그렇게 죽은 부인의 친정 이야기를 내 앞에서
해도 되는가 싶었다. 어쩌면 그도 나만큼이나 마음이 딴 곳에 가 있
는지도 몰랐다.

탁 신부와 김한식이 어느새 나란히 담배를 빼 물었다. 하얀 연기
가 실내로 퍼지자 티파니가 질색을 하며 소리쳤다.

"노우 스모킹! 밖에 나가서 피우라고요!"

두 남자는 얼결에 몸을 일으켰다. 부엌에 몰려 있던 여인들에게
서 또 한바탕 웃음이 터져 나왔다. 처음엔 그녀들이 하찮은 일에도
소녀처럼 까르르 웃어대는 이유가 탁 신부 때문이라는 걸 나는 알지
못했다.

식탁이 다 차려졌을 때 나는 조금 어색한 기분으로 순자 아주머니
옆자리에 앉았다. 김한식이 나와 마주 앉고, 탁 신부는 나와 사선인
위치에서 제인과 마주 앉았다. 제인을 비롯한 여인들이 튀기고 볶아
낸 음식이 식탁 위에 소담스럽게 차려졌다.

김한식이 모두의 잔에 붉은 포도주를 따랐다. 사실 그 자리는 내
일이면 다시 일본으로 떠날 김한식을 송별하는 자리였다. 그가 포
도주잔을 들어 살며시 내 잔에 부딪혀 왔다. 얼결에 그의 잔에 부딪
힌 술잔을 들고 있는데, 탁 신부가 힐긋 나를 바라봤다. 그는 자신의
잔을 제인의 잔에 부딪쳤다. 제인이 고운 볼에 보조개를 지으며 함
빡 웃음을 지었다. 나는 그가 곧 제인에게 '이상은 높게!'라고 말할
것 같은 생각에 가슴이 조여 왔다. 그가 라스베이거스의 레스토랑에
서 내게 했듯 그녀에게도 그렇게 한다면……. 정말 그 밤의 입맞춤

은 도시의 마법에 의한 실수였을 뿐인가. 가슴으로 허무감이 밀려왔다. 그러나 그는 잠잠히 술잔을 입으로 가져갔다. 내 입에서 소리 없는 한숨이 새 나왔다.

나도 모르게 급히 술잔을 비워 버렸다. 김한식이 빙긋한 웃음을 머금으며 내 잔에 다시 포도주를 채웠다. 내가 몇 잔째인가 포도주를 마셔버렸을 때 식탁엔 이야기가 무르익어 갔다. 제인은 앞에 앉은 탁 신부에게 뭐라고 떠들어대고, 탁 신부가 열심히 그 얘기에 귀를 기울이는 게 느껴졌다.

여인들은 무심히 담소하는 것 같았지만 잠시라도 탁 신부의 시선을 끌려는 몸짓이 두드러졌다. 특히 자신이 한 여성으로서 조금은 매력적임을 스스로 알고 있는 명혜와 제인은 그의 관심을 받고 싶어 안달하는 게 역력히 느껴졌다. 탁 신부도 다른 여인들보다는 명혜와 제인에게 유난히 빙글거리며 그녀들의 말장난을 받아냈다. 나는 마치 참기 어려운 굴욕을 당하고 있는 듯 얼굴이 달아올랐다. 붉어진 내 얼굴이 단지 포도주 탓이라고만 짐작하는지, 그들 중 아무도 나를 눈여겨보지 않았다.

나는 슬그머니 몸을 일으켜 뒤뜰로 나갔다. 잠시만이라도 차가운 공기를 쏘이고 싶었다. 식탁의 여인들은 눈에 불꽃을 피우며 즐거워하고, 나는 그녀들과 탁 신부 사이의 열기에 그만 질식할 것만 같았다.

'모든 여인의 애인을 사랑하다니…… 내가 정말 어리석은 짓을 했구나!'

뜰로 나서자 차가운 밤공기가 서글프게 내 몸으로 덮쳐왔다. 창을 통해 보았던 뜰은 막상 들어서니 생각보다 넓었다. 외등은 켜져 있지 않지만 안에서 비쳐 나오는 불빛 땜에 어둡지는 않다. 틈새가 벌어진 나무 울타리 사이로 간간이 길을 지나는 자동차 불빛이 비쳐들었다. 그 나무 울타리가 마주 보이는 방향으로 야외용 철제 테이블 세트가 놓여 있었다. 나는 밤하늘을 올려다봤다. 그저 검기만 한 하늘에 갈퀴처럼 구부러진 조각달이 노랗게 걸려 있었다. 비행선 하나가 빛을 내며 조각달 근처를 천천히 흐르며 지나갔다.

별조차 인색한 밤이었다. 포도주에 달아오른 몸이 찬 공기에 오슬오슬 떨려왔다. 그러나 도로 식탁으로 돌아가 앉고 싶지 않았다. 지금쯤 여인들과의 담소에 즐거움이 고조되었을 탁 신부를 생각하니 마음이 밤하늘처럼 깜깜해져 왔다. 나는 긴 한숨을 토하며 철제의자에 앉았다. 차가운 의자에서 아랫도리와 등께로 선뜻한 한기가 밀려왔다. 자꾸 눈물이 솟으려 하는데, 갑자기 뜰과 실내를 연결하는 유리문이 드르륵 열렸다. 김한식이 담요를 들고 내게 걸어왔다.

"밤공기가 찬데요. 추우실 것 같아서요."

그가 겸연쩍은 미소를 지었다. 나는 담요를 받아 어깨에 둘렀다. 찬 공기 때문에 움츠러들었던 어깨가 조금 편안히 내려앉는 것 같았다. 그가 슬며시 내 맞은편 의자에 앉았다.

"오늘 이 자리가 좀 불편하신 것 같군요."

나를 마주 보는 그의 눈 안으로 한 줄기 불빛이 스쳤다. 길을 지나는 자동차가 새가 벌어진 울타리 사이로 빛을 쏘며 지나갔다.

"편하지는 않네요. 이 댁 어머님과 저 사람들은 종종 이런 시간을 갖는 모양이지요?"

"글쎄요! 어머니가 외로우셔서 그런가 봐요. 하지만 오늘은 어머니께서 희림 씨와 나를 자연스럽게 만나게 한다는 게 이렇게 된 모양입니다. 우리 어머니의 의도를 알고 계셨겠지요?"

그가 담담히 물으며 호주머니에서 담배를 빼 물었다. 묻기는 했지만, 그는 시선을 내리깐 채 내 대답을 기대하는 것 같지도 않았다.

"알고는 있었어요. 하지만 사람의 인연이란 게 그렇게 쉽게 맺어지는 건가요?"

천천히 흘러나온 내 목소리에 그의 시선이 내 눈동자 높이까지 딸려 올라왔다. 그가 여릿한 웃음을 지었다.

"희림 씨는 매력 있는 여성입니다. 나같이 무덤덤한 홀아비가 사랑을 하고 싶을 만큼……. 그런데 왜 그런지 다가갈 수 없는 거리감 같은 게 느껴집니다. 그것이 인연이 있고 없고의 차이인지?"

그의 목소리가 왜 그런지 좀 애처롭게 내 가슴을 스쳐 갔다.

"부인을 몹시 사랑하셨던가 봐요."

나도 모르게 그렇게 물었다. 그가 긴 숨과 함께 담배 연기를 하얗게 내뿜었다.

"죽은 아내를 생각하면 가슴이 아픕니다. 내가 아내를 못 잊어서 재혼을 안 한다고 분명 우리 어머니께서 말씀하셨겠지요? 하지만 정반대입니다. 그 여자에 대한 속죄를 내 나름대로 하고 있는 거지요. 사랑해 주지 못했던 죄책감 때문에……."

그가 필터 가까이 타들어 간 담배를 아무렇게나 뜰 가운데로 던졌다. 아직도 빨갛게 타고 있는 담배꽁초가 잔디밭 한가운데에서 파르르 떨다 제풀에 빛이 사위어 갔다.

"아내와 나는 서로를 사랑하기 이전에 그저 상대에게 사랑을 바라는 상처받은 영혼들이었습니다. 유년기에 남의 나라에서 언어조차 뒤바뀌어 버린 삶 속에서 힘겹게 어른이 되었던 우리는, 각자 자신의 상처를 내밀며 싸늘하게 살아갔습니다. 사랑에 인색한 건 아내보다도 내가 더 심했습니다. 아내는 내 사랑을 목말라하다가 마음의 병이 들었습니다. 마약을 하기 시작했지요. 하지만 나는 거들떠보지도 않았습니다. 사인은 자꾸 복용량이 늘어가던 코카인으로 인한 심장마비였습니다."

그가 다시 주머니를 뒤져 담배를 찾아 물었다. 그의 라이터에서 기다란 불꽃이 담배 끝에 옮겨붙고 있을 때, 실내로 통하는 유리문이 열리며 불빛을 등진 탁 신부의 검은 실루엣이 뜰로 들어섰다.

"여기들 계셨습니까?"

태연히 물으며 우리가 앉은 테이블로 다가오는 그의 옆얼굴로 집 안에서 흘러나온 빛이 스며들었다. 그가 슬쩍 나를 바라봤다.

"이제 술 좀 깼어요? 술주정할까 봐 걱정돼서 혼났네! 설마 여기서 미스터 김한테 주정한 건 아니겠지요?"

그의 너스레에 내가 뭐라 반응하기도 전에, 김한식이 입에 물었던 담배 연기를 검은 뜰로 내뿜으며 소리 내어 웃었다.

"주정은 제가 했던 것 같습니다."

김한식이 나를 보며 겸연쩍은 표정을 지었다.

탁 신부가 담배를 빼어 물며 김한식에게 불을 청했다. 그들이 담뱃불을 나누고 있는 동안, 길을 지나는 자동차 불빛이 벌어진 나무 울타리로 스며들었다. 긴 담배 끝을 맞댄 채 거의 얼굴이 닿을 듯한 그들의 모습이 사이좋은 형제처럼 보였다. 마치 한 여자를 나누어 가져도 상관이 없던 원시사회의 일원들처럼…….

내 옆에 선 채 연기를 내뿜는 탁 신부에게서 익숙한 체취가 풍겨 왔다. 순간, 밤공기 속에 오므려져 있던 내 몸의 모공들이 화들짝 놀라며 감각을 열어젖혔다. 내 몸은 어느새 그의 체취에 흉물스러운 반응을 일으키고 있었다. 나는 눈을 감았다. 다시 한 줄기의 담배 연기가 내 얼굴을 휙 스쳐 갔다. 김한식이 내뿜는 연기였다.

나는 그들이 내뿜는 담배 연기 사이에서 두 남자에게 공유 당하는 것 같은 수치감과 묘한 쾌감이 가슴 안에서 뒤범벅되는 걸 느꼈다. 자리에서 벌떡 일어섰다.

"전 그만 들어갈게요. 두 분은 담배 다 피우고 들어오시지요."

내 말에 김한식이 피우던 담배를 급히 발밑에 던지며 일어섰다.

"저도 그만 들어가죠. 뭐. 몸이 으슬으슬한데요."

그가 두 팔로 어깨를 감싸 안으며 춥다는 시늉을 하자, 탁 신부가 가만히 미소 지었다.

"그러시지요. 저는 좀 있다 들어가겠습니다."

그를 어두운 뜰에 남겨두고 돌아서는 등 뒤로 아쉬운 여운이 끈끈이처럼 나를 잡아당겼다.

어긋나는 감정들……. 아무도 자신의 감정에 솔직해질 수 없는 시간 안에서, 탁 신부와 나와 김한식은 서로에게 분명치 않은 사선을 그으며 하나의 삼각형을 그려내고 있었다.

사랑과 욕망 사이

아침 호수는 햇빛을 껴안은 채 금빛으로 빛났다. 그 빛 속을 청둥오리 떼가 떠다니고, 호숫가 버드나무는 푸른 잎이 풍성한 가지를 잔 바람결에 휘청댔다. 나는 숨을 깊이 들이마셨다. 이른 아침의 상쾌한 공기가 폐부에 가득 차 왔다.

"뭐해요? 숨쉬기 운동해요?"

그가 어느새 내 뒤에 와 있었다.

"호수가 너무 아름다워서 그만 빨아 마시고 싶어요."

그에게로 돌아서자 환한 그의 미소가 눈에 부셨다.

"저런! 꼭 자기 생각만 한다니까! 이 아름다운 광경을 여러 사람과 공유해야지 혼자 다 마셔버리면 다른 사람들은 어쩌라고?"

"숨을 깊이 들이마신다고 저 호수가 내 가슴속으로 다 들어오기나 한대요? 누구나 공유할 수 있는 걸 내 숨 속에 조금 나눠 가지려 할 뿐이라니까요. 마치 어떤 사람의 기운을 여러 갈급한 사람들과 나누어 가지듯이……."

장난기가 어렸지만 좀 가시 돋친 내 말에 그가 의아하다는 표정을 했다.

"그게 무슨 소리예요?"

그는 정말 모르겠다는 듯 나를 빤히 바라봤다.

"모르시겠어요? 모든 여자들의 연인인 자신을요? 나는 다른 목마른 여자들과 함께 신부님의 기운을 공유하는 하찮은 미물일 뿐이라고요."

장난으로 시작한 말이었지만 왜 그런지 마음이 쓸쓸해 왔다. 지난번 순자 아주머니 집에서 여자들에 둘러싸여 즐거워하던 그의 모습이 내 머릿속을 스쳐 갔다.

"무슨 엉뚱한 소리야?"

그가 미간을 찡그리며 정말 화가 난 것처럼 나를 노려보았다. 나는 그를 외면한 채 몸을 돌려 산책로를 걷기 시작했다. 그의 발걸음이 천천히 나를 따라왔다. 한 줄기 실바람이 그의 체취를 가만히 내코끝으로 날라줬다. 문득 울음이 솟구칠 만큼 그의 품에 안겨버리고 싶은 충동이 일었다. 그가 슬며시 내 어깨에 팔을 둘렀다.

"못된 여자인 줄은 처음부터 알았지만, 오늘은 아침부터 사람 기분을 이상하게 만들어 놓는군, 그래. 일본에 있는 그 친구한테서 연락은 왔어요?"

나는 얼결에 걸음을 멈추고 그를 올려다봤다. 웃음을 머금은 그의 눈이 웬일인지 나를 쏘아보는 것만 같았다.

"아니요. 그런데 그 사람 얘기를 왜 묻죠? 내가 그 홀아비한테 시집이라도 가길 바라시나요?"

툭 뱉어진 내 말에 그의 표정이 슬그머니 일그러졌다.

"그대가 행복할 수 있다면⋯⋯."

"어떻게 그런 말을 하죠?"

나는 울음이 터질 것 같아 고개를 돌려버렸다. 그가 내 어깨를 두 손으로 다잡았다.

"그럼 내가 어떻게 해? 내게 그대를 행복하게 해 줄 아무런 능력이 없는데……."

그의 힘없는 목소리가 아침 햇살 속으로 연기처럼 퍼져 들었다.

"그만 하세요. 됐어요. 나는 지금 행복해요. 이 시간이 말이에요."

나는 그만 그의 가슴에 얼굴을 처박고 말았다. 울지 않으려 했지만, 자꾸만 어깨가 들먹여졌다. 그의 가슴에서 강하게 고동치는 심장박동이 내 볼에 느껴져 왔다. 그가 나를 가만히 품에서 떼어냈다.

"볼 사람이야 없겠지만 여기는 라스베이거스가 아니야."

나는 갑자기 불에 덴 사람처럼 화들짝 몸을 움츠리며 그에게서 떨어져 나왔다.

"그럼요! 여기는 라스베이거스가 아니죠. 그 특별한 시간은 그곳이 환락의 도시였던 때문이었겠지요. 장소에 따라 색깔을 바꾸는 카멜레온! 장소에 따라 신분을 바꾸는 것도 대단한 능력이군요."

내 거침없는 말에 그의 눈에 날카로움이 서렸다.

"함부로 말하지 마! 도대체 오늘 아침은 왜 이렇게 비비 꼬인 거야?"

그의 눈은 어느새 슬픈 빛을 띠고 있었다.

마음껏 태울 수 없는 사랑의 욕구 때문에 내가 이렇게 삐뚤어진 말을 한다는 걸 그는 짐작할 수 없으리라.

다시 눈물을 터트릴 듯 일그러지는 내 얼굴을 보던 그가 빙긋이 웃음을 머금었다.

"내가 카멜레온 아니었으면 이 직업을 계속할 수나 있을 것 같아? 그리고 이 세상에서 나만 카멜레온인 줄 알아? 사회적 직업을 가진 사람들이 사실은 자기 변모에 더 능숙하지. 만나는 상대에 따라 색깔을 바꾸는 능숙함 말이야. 그런 사람들에 비한다면 고작 장소에 따라 색깔을 바꾸는 나는 좀 순수한 편 아닐까?"

나는 픽 코웃음을 치며, 다시 산책로를 걷기 시작했다.

"혼자 많이 순수하세요. 순수한 카멜레온이 돼서 적당한 때 색깔을 잘 바꾸어 보시라고요. 나 같은 사람은 어디를 가든, 누굴 만나든, 늘 같은 내 색깔을 지니고 있어서 사는 것이 고달프죠. 라스베이거스의 밤과 이곳의 아침을 구별하지 못했던 실수를 용서하세요. 순수한 카멜레온 님!"

그가 내 발걸음을 따라오며 허망하게 웃는 소리가 났다.

"어이구! 이 못된 여자! 당신 최대의 단점은 적절히 자신의 색깔을 바꾸지 못한다는 데 있어요. 하지만 그것이 당신 최대 장점이기도 하지."

그가 다시 팔을 뻗쳐 내 어깨를 감싸왔다. 나는 공연한 심통에 그의 팔을 뿌리쳐 버렸다.

"왜 이러세요? 이곳은 라스베이거스가 아니라고요. 근엄하신 신부님의 업무장소에서 가까운 곳이라고요."

길 가장자리로 튕겨 나가는 나를 바라보는 그의 눈 안으로 아침햇살과 웃음이 같이 어우러졌다. 미소를 담은 그의 눈이 나를 지나쳐 먼 곳을 향했다.

"희림 씨! 저기 가봤어요?"

그가 손가락으로 가리키는 곳은 호수 건너편 레스토랑이었다. 호수가 바라보이는 테라스에 놓인 푸른색 파라솔 아래서 백인들이 모닝커피를 즐기고 있는 게 보였다.

"아니요. 가볼 일이 있어야지요."

"나는 가봤어요. 아주 멋진 곳이더라고요."

그의 눈이 레스토랑의 중세풍 건물을 향한 채 꿈을 꾸듯 초점을 잃어갔다.

"누구랑요?"

내 물음은 가히 돌발적이었다. 그가 슬며시 웃음을 지었다.

"난 카멜레온인걸요. 부잣집 마님들께서 식사 초대를 해올 때는 또 다른 카멜레온이 되어야 한답니다. 교회에 무시할 수 없는 돈을 기부하는 사람들의 비위를 잘 맞추어야 하니까요."

"그러시겠지요. 언제나 자신의 직업에 충실하시니까요."

나는 입을 비죽대며 팔짱을 낀 채 레스토랑을 건너다보았다.

"저기 가보고 싶지 않아요?"

"언제요? 지금?"

그가 살며시 고개를 흔들었다.

"아니요. 저기서 저녁 같이 먹자고요. 오늘 저녁은 나도 카멜레온일 필요가 없겠네. 항상 똑같은 색깔의 그대와 함께 나도 내 본래의 색깔을 가지고……. 이따가 저기서 만날래요?"

나는 마치 독한 술 한 잔을 단숨에 들이켠 것처럼 갑자기 기분이 얼떨떨해 왔다.

"저기서 저녁을……."

얼버무리는 내 어깨에 그의 두 손이 다시 얹혀왔다.

"그렇게 해요. 내가 사주는 거예요."

내가 얼결에 고개를 끄덕이는데, 바람 한 줄기가 호수 표면을 쓸고 지나며 그와 나의 머리카락을 흩날렸다.

탁 신부와의 저녁 약속 때문에 아이들 미술 지도도 하는 둥 마는 둥 하고 있을 때 명혜가 좀 이르게 티파니를 데리러 왔다. 아이들은 테이블에 앉아 재잘대며 파스텔화를 그리고 있었다. 손가락에 파스텔의 온갖 색깔을 다 묻혀놓은 티파니의 머리를 쓰다듬던 명혜는 소파 위로 털썩 주저앉았다.

"언니! 오늘 왜 이렇게 마음이 쓸쓸하지? 이제까지는 사는 게 쓸쓸하다는 생각은 별로 들지 않았는데 요즘 들어 이상해. 정확히 말하면 교회를 나가기 시작하고 나서부터였던 것 같아요."

나는 아이들이 앉은 테이블 뒤에서 팔짱을 낀 채 잠자코 그녀를 바라봤다. 눈을 감고 소파에 비스듬히 기댄 그녀의 목소리가 맥없이 계속됐다.

"이제껏 내가 느끼지 못했던 내 내면의 어떤 곳이 조금씩 아파온다 싶더니, 요즘 들어서는 가끔 걷잡을 수 없을 정도로 힘들어요. 내가 이런 얘기 탁 신부님한테 상담한 일이 있었거든. 그랬더니 쓸쓸함은 은총의 시작이래요. 무한한 신의 행복을 나누어 받기 위해서는 사람의 마음을 비워내는 쓸쓸함이 먼저 찾아오는 게 당연한 것이라나요. 그것이 신의 부르심이래요. 글쎄! 나는 신의 사랑은 받고 싶지만 이런 상태는 정말 힘들어서 더 이상 못 견디겠어요."

명혜의 커다란 눈이 물기를 머금고 나를 올려다봤다. 그녀의 그런 내면이 나와 공감대를 이루는 것 같아 마음속이 고적해 왔다.

하긴 그녀가 요즘에야 느낀다는 그 쓸쓸함을 나는 날 때부터 타고 났는지도 모른다. 그렇다면 신의 사랑이 채워야 할 곳을 비워둔 채, 나는 내 내면을 추스르지 못하는 어리석은 삶을 살아왔는가. 지금 내 가슴은 신의 사랑이 점령할 틈이 없다. 늘 비어 있던 그곳에 가득 찬 것은, 인간에 대한 사랑……. 공교롭게도 지금 명혜가 화제를 삼는 탁 신부의 존재가 점령하고 있었다.

명혜를 물끄러미 바라보는데, 그녀가 흐려졌던 초점을 내게로 모아들이며 갑자기 생각난 듯 말했다.

"언니! 나 여기서 저녁 먹고 갈래요. 어쩐지 집으로 돌아가기가 싫어. 언니하고 얘기하다 보면 복잡한 내 마음이 정리될지도 몰라."

그녀가 어리광부리듯 말투를 늘였다. 탁 신부와의 저녁 약속에 온 정신이 쏠려 있던 나는 둘러댈 말을 찾느라 당황할 수밖에 없었다.

"어떻게 하지? 내가 오늘 일이 좀 있는데…… 약속이 있어."

그녀의 눈에 금세 섭섭함이 담겼다.

"그래요? 무슨 약속? 언니한테 나 모르는 약속이 있나?"

그녀의 새침한 물음에 공연히 가슴이 두근거렸다.

"하여간 미안해! 우리 다음에 같이 저녁 먹자. 응?"

필요 이상의 다정함을 담고 그녀를 달래는 내 목소리가 스스로 듣기에도 역겨웠다.

마지못해 고개를 끄덕이던 명혜가 티파니를 데리고 나간 뒤, 다른 아이들도 찾아온 부모의 손에 이끌려 내 집을 비웠다. 아이들의 손길에 파스텔 가루가 범벅된 테이블을 닦아내는 내 손이 가늘게 떨려왔다. 설렘과 두려움이 가슴 안에 뒤섞인 채 심장이 강하게 고동을 쳤다. 갑자기 내 코끝으로 익숙한 체취가 날아왔다. 아침 산책에서 바람이 날라다 주던 그의 체취였다. 갑자기 그에 대한 그리움이 가슴에 사무쳤다. 그가 없는 공간 안에서 그의 체취를 감지하다니……. 얼굴이 화끈거렸다. 나는 테이블을 닦다 말고 두 볼을 감싼 채 욕실로 들어갔다. 찬물을 틀어 달아오른 얼굴을 씻어내다가 거울에 비친 내 모습을 바라보았다. 여윈 얼굴이 창백했지만 내 입가엔 희미한 미소가 어려 있었다.

4월 초부터 한 시간 빨라진 서머타임으로 인해 5월의 저녁은 늦도록 햇빛의 잔영을 안고 있었다. 그와 나는 레스토랑 창가에 앉아 붉은 노을이 번져가는 하늘을 바라보았다. 아직도 푸른 기가 남은 하늘에서 한 줄기 연분홍빛으로 시작된 노을은 어둠이 가까울수록 강렬한 적색으로 번져갔다. 점점이 떠 있던 잿빛 구름이 군데군데 불처럼 붉게 물든 채 하늘은 마치 공중에 환상의 산맥이 떠오른 듯했다. 레스토랑에서 반사되는 불빛과 길을 지나는 자동차 헤드라이트 빛이 비친 호수 속에 하늘보다 더 환상적인 붉은 산맥이 잠겨 있었다. 조금씩 그 색채를 더해 가는 하늘과 호수는 점점 붉고 어둡게 타올랐다.

마치 그 광경을 바라보기 위해 이 레스토랑에 온 듯 그와 나는 입을 다물고 창밖만 바라봤다. 곳곳에 앉은 백인 손님들의 웅얼거림 사이로 컨추리 풍의 음악이 낮게 흘렀다. 그의 잔에서 붉은 포도주가 흔들렸다. 그는 벌써 세 번째 잔을 손에 들고 있었다. 호수는 노을을 껴안은 채 붉어져 가고, 바람결에 붉게 찰랑이는 호수를 바라보며 그는 천천히 포도주잔을 흔들었다.

호수 빛깔이 검붉은 포도주만큼이나 어두워졌을 때 남은 음식을 치워도 되냐고 웨이트리스가 물었다. 우리가 주문한 파스타가 접시에 절반도 넘게 남아 있었다. 그와 나는 똑같이 꿈에서 깨어나듯 창에 고정되었던 시선을 돌렸다. 노란 머리카락을 가지런히 묶어 올린 백인 웨이트리스가 음식 접시를 치우는 동안, 그와 나는 마치 벌서는 아이들처럼 꼿꼿하게 앉아 어색한 미소를 머금었다.

언뜻 그를 바라보았다. 그의 얼굴은 어느새 평소의 굳은 얼굴로 되돌아가 있었다. 마치 미소를 짓기에 지쳤다는 듯이……. 마침내 테이블이 말끔히 치워졌을 때 나는 그만 웃음을 터트리고 말았다.

"뭐가 그렇게 우스워요?"

그가 영문을 모르겠다는 표정을 지었지만, 얼굴엔 나에게서 전염된 웃음이 번져갔다.

"백인 식당에서 손님 노릇 하기가 고역스러우신 것 같아서요."

그가 웃음을 머금은 채 나를 살짝 흘겨보았다.

"장난꾸러기 같으니라고…… 그냥 넘어가는 게 없다니까! 쓸데없이 웃고 있으려니 내가 꼭 바보가 된 기분이라서 중간에 그만뒀어요. 우리나라 사람들은 웃음이 헤프면 오히려 남한테 얕잡아 보인다는 것 알아요? 특히 나처럼…… 말하자면 나 같은 사람이 미국인들처럼 웃음이 헤펐다가는 문제가 생겨요. 표정 관리를 해야 하는 서글픈 신세지요."

"백인들의 미소도 일종의 표정 관리에요. 그들의 습성대로…… 화가 나고 역겨운 감정을 미소 속에 숨기는 거죠. 우리나라 사람들은 오히려 사랑하고 싶은 감정이 생길 때 그것을 감추려고 화를 내거나 무표정하게 가장을 하는 편이고요. 요즘 젊은 세대들은 우리와 다르겠지만 우리만 해도 고리타분한 문화에 젖어 있는 편이에요."

빠르게 조잘대는 내 말에 그의 눈에 짙은 웃음이 어려 왔다.

"희림 씨한테도 그런 표정 관리가 있나요? 아닌데……. 나는 그대 속마음을 다 짐작하겠던데……. 지금 그대는 행복하다, 틀려요?"

"이렇게 멋진 레스토랑에서 노을이 지는 창밖을 보며 앉아 있는 게 뭐 나쁜 기분을 줄 리 없잖아요. 하지만 행복하진 않아요. 가슴 한구석은 조금 불안한걸요."

나는 슬그머니 창밖으로 눈길을 돌렸다. 하늘은 더 어두워져 있었다. 그러나 잔 바람결에 밀리는 호수 표면은 레스토랑에서 반사되는 불빛이 더 선명히 빛났다. 그가 유리잔 바닥에 남았던 검붉은 포도주를 입안에 흘려 넣었다. 포도주를 삼키는 그의 목젖이 꿈틀거렸다. 빈 잔을 내려놓은 그가 뭔가 괴로운 듯한 표정으로 나를 보았다.

"뭐가 불안해요?"

"그냥요."

나는 태연히 대답했다. 그는 괴로워 보이던 표정 위로 슬쩍 웃음을 지었다.

"이 자리가 불안한 건가요? 미국인들 투성이라서?"

나는 고개를 저었다.

"아니요. 어쩌면 이 시간이 너무 즐거워서 자꾸 불안해지는 것인지도……."

내가 말을 끝내기도 전에 그가 낮은 웃음소리를 냈다. 마치 입안으로 소리를 삼키는 듯 절제된 웃음, 그를 만나러 교회에 갔던 날 나는 그의 그런 웃음소리를 들은 적이 있었다. 그가 갑자기 일어섰다.

"그만 나갑시다. 어디 아침에만 걷던 산책길이 밤에는 어떤 기분인지 한 번 걸어보자고요."

내가 자리에서 일어서기도 전에 그는 성큼성큼 걸어 나갔다.

레스토랑을 나오니 기분 좋은 밤바람이 내 녹색 원피스 자락을 흔들었다. 밤만 되면 서늘해지는 사막기후의 특성은 5월의 감미로움 안에서 부드러운 밤바람을 불어냈다. 레스토랑이 있는 곳에서 호수의 한쪽을 가로지르는 길을 따라 천천히 걷기 시작했다. 어느새 담배를 빼어 문 그가 나를 앞서 우리가 늘 걷는 산책로로 들어섰다. 한 걸음쯤 앞서 걷는 그의 어깨너머로 담배 연기가 어둠 속에 하얗게 피어올랐다. 마치 그의 가슴에서 하얀 연기가 솟아오르는 것만 같았다. 아침에는 사람이 끊이지 않는 산책로였지만 해가 져버린 지금, 걷는 사람은 그와 나 둘뿐이었다.

검은 호수 속에는 레스토랑에서 흘러나오는 불빛이 긴 불기둥이 되어 잠겨 있었다. 바람에 호수 표면이 흔들릴 때마다 불기둥이 굴절되며 물속에서 꿈틀댔다. 간간이 차도를 스쳐 가는 자동차 헤드라이트 불빛이 호수 표면에 사선을 그으며 불기둥을 잘라내다 사그라졌다.

어느덧 우리가 늘 자동차를 주차해 놓는 곳에 다다랐을 때 앞서 걷던 그가 멈추어 선 채 나를 돌아다봤다.

"우리 저기 앉아 볼까요? 호수 가까이에⋯⋯."

그가 버드나무가 늘어선 곳을 가리켰다. 그의 손가락 끝을 따라가다 보니 어두운 호수에서 청둥오리 몇 마리가 헤엄을 치는 게 보였다. 수면 위를 떠가다가 한 번씩 날개를 치켜들 때마다 물에 젖은 오리의 깃털로 불빛이 반짝거렸다. 물속에 세로로 잠긴 불기둥과 그 빛을 가로로 그으며 지나가는 자동차의 불빛은 호수 표면 위에 순간, 순간 빛의 모눈종이를 만들어 내고, 오리는 그 위를 헤엄치며 젖은 날개를 반짝였다.

우두커니 오리들을 바라보고 선 내 어깨를 그의 손이 감싸왔다. 산산한 밤바람 속에 그의 손에서 따뜻함이 내 어깨로 번졌다. 잠자코 그의 걸음에 끌려 버드나무 밑에 다다랐을 때 바람에 휘청이는 나뭇가지에서 싱그러운 내음이 풍겨왔다. 그가 양복저고리를 벗어 풀밭 위에 깔았다. 검은 양복을 벗고 베이지 색 셔츠차림이 된 그의 모습이 어둠 속에서 희뿌옇게 부풀어 보였다. 그가 갑자기 자신의 셔츠 위로 내 얼굴을 끌어당겼다. 나는 아무 저항 없이 그의 가슴 안으로 포근하게 빨려 들어갔다. 그의 두 손이 가만히 내 어깨와 등을 쓸어 내렸다. 그의 품에 안겨 있던 라스베이거스의 밤이 떠올랐다. 내가 또다시 밤의 마술에 걸려 있나 보다 생각할 때, 그의 입술이 천천히 내 입술을 애무해왔다. 다물린 내 입술을 집요하게 공격하는 그의 불같은 혀끝에 나는 그만 스스로를 통제할 힘을 잃고 말았다.

거부할 수 없는 기운…… 나는 그의 품 안에서 허물어졌다. 우리를 조정하는 것은 오직 감미로운 5월의 밤기운이었다. 우리는 금지된 장난을 시작하고 있었다. 신이 허락하지 않은 장난……. 내 가슴 안에서 일렁이는 사랑의 갈증은 그를 거부할 기운을 잃어버렸다. 그리고 그의 몸에서 뻗쳐 나오는 뜨거운 기운은 이미 신과 그의 의지 밖에 있었다.

호수를 떠다니는 오리 떼의 물질이 귓가를 스쳐 갔다. 버드나무 가지 사이로 비릿한 물 내음이 날아들었다. 웬일인지 길을 지나는 자동차도 뜸해지고 호숫가엔 고적감이 감돌았다. 그의 깊은 숨소리만이 더 크게 들려온다고 생각할 때, 내 가슴 안에서만 찰랑이던 그에 대한 갈증이 몸 안으로 뜨겁게 뻗쳐 들었다.

남자의 사랑은 몸의 자극에서 가슴으로 옮겨가지만, 여자의 사랑은 가슴에서 시작해 몸으로 옮겨가는가. 그동안 차곡차곡 개켜져 눌려 있던 나의 욕망들이 순식간에 기지개를 켜고 일어섰다. 그를 안고 있는 두 팔에 힘이 주어졌다. 마치 너를 잃고 싶지 않아! 너를 놓고 싶지 않아! 하고 말하듯. 마구 풀어 헤쳐진 내 옷자락 사이로 그의 성급한 몸짓이 쳐들어 왔다. 나는 그의 살갗에 파묻힌 채 꿈을 꾸었다.

우리의 몸이 밤이슬 속에 축축해졌다. 내 두 손으로 깍지 낀 그의 등에서 땀이 흘러내렸다. 끈끈한 내 목덜미에 얼굴을 묻은 그의 거친 숨결이 조용히 가라앉았다. 체온을 싣고 피부로 흘러내리던 땀줄기가 밤기운에 싸늘하게 식어갈 무렵, 후회인지 슬픔인지 모를 감정이 그와 나 사이로 덮쳐들었다.

밤이 깊어갔지만 우리는 그대로 호숫가에 있었다. 그는 몇 개비째 인지 모를 담배를 피웠다. 쉴 새 없이 하얀 연기를 내뿜던 그가 고개를 돌리고 슬며시 나를 바라보았다. 미소를 흘렸지만, 그의 표정은 몹시도 가라앉아 있었다.

"도대체 어디까지가 사랑이고 어디까지가 욕망이지?"

탄식처럼 말하는 그의 물음에 나는 공연히 마음이 다급해 왔다.

"사랑과 욕망은 하나예요. 정말 사랑하는 순간이라면 분명 그것은 하나일 거예요."

그가 고개를 떨구며 깊은숨을 내쉬었다.

"하나라고? 우리는 지금 사랑한 걸까? 아니면 욕망에 취했던 걸까?"

"사랑이었어요. 적어도 나에게는."

그의 낮은 웃음소리가 들렸다. 마치 흐느끼듯 입안으로 삼키는 웃음⋯⋯. 가슴이 쓸쓸해 왔다. 마치 스스로의 감정에 농락당한 듯이. 고개를 숙인 채 담배를 물고 있는 그의 콧날에 빨간 담뱃불 그림자가 어렸다. 나는 아스라이 아픈 가슴을 두 손바닥으로 누르며 그를 바라보았다.

"그렇게 두려운 일이었다면 여기 안 올 수도 있었잖아요?"

불거져 나오는 내 목소리에 그가 천천히 고개를 끄덕였다.

"그래! 안 올 수 있다는 것 알았지만⋯⋯."

이미 욕망을 발산해낸 남자의 허탈한 표정이 내 가슴을 서늘하게 했다. 욕망의 무게 때문에 내 곁에 내려앉았던 환상의 풍선이 이제 그 무게를 내려놓고 떠나는 듯한 안타까움이 밀려왔다.

새벽 기운의 서늘함에 온몸이 오들오들 떨려올 때 서야 그와 나는 잔디에서 몸을 털고 일어섰다. 두 사람의 무게에 깔려 있던 그의 양복저고리가 풀물에 젖은 채 축축해져 있었다. 레스토랑은 이미 불이 꺼졌고 밤하늘만큼이나 호수도 깜깜했다. 길을 달려가는 자동차도 거의 잠잠해지고, 오리 떼마저 사라진 호숫가에서 자동차가 주차된 곳으로 걷는 우리의 발걸음 소리만 크게 울려왔다.

그가 내 자동차 앞에서 걸음을 멈추었다. 양손을 바지 주머니에 찌른 채 나를 바라보는 그의 모습 위로 새벽의 어둠이 차갑게 내려앉았다. 내가 시동을 걸고 헤드라이트를 켜자 절반쯤 앞 단추가 풀어 헤쳐진 그의 베이지 빛 셔츠가 심하게 구겨져 있는 게 비추어졌다. 그는 웃고 있었다. 그러나 한 여인을 안아 버린 허무가 그 미소 속에 어려 있었다.

이내 자동차를 출발시킨 나는 채 몇 초도 달리지 않아 울음을 터트려 버렸다.

사랑한다! 사랑한다! 이렇게 해서도 너를 완전히 갖지는 못하는 걸까. 완전하게 사랑하고 싶다. 너의 무의식에서 일상까지도……. 너의 꿈과 생활까지 다 갖고 싶다. 나는 너의 습관 속에 하나의 행동이 되고 싶고, 너의 말과 생각 속에서 살고 싶다.

눈물에 젖은 뿌연 내 시야로 천천히 여명이 스며들었다.

북극의 바람

그와 호숫가에서 밤을 보내고 온 뒤부터 나는 거의 먹지도 자지도
못했다. 정말 그것은 가혹한 사랑의 열병이었다.

그날 이후 나의 아침 산책은 중단되었다. 그에 대한 그리움이 강
할수록 나는 그 앞에 나설 수가 없었다. 이제는 그저 그를 바라보는
것만으로는 목이 타서 견딜 수가 없었기에……. 거울을 보면, 광대
뼈가 불거져 버린 마른 얼굴 속 퀭한 눈이 무서우리만큼 깊은 광채
를 뿜어냈다.

완전한 소유에 대한 욕망, 내가 갖고 싶은 것은 그의 육신이 아니
었다. 그의 생각, 그의 영혼까지도 온전히 품고 싶은 것이다.

명혜를 통해 당분간 아이들의 미술 지도를 중단한다고 알렸다. 그
녀에게도 내 집을 드나들지 말라고 말했다. 커다란 눈을 깜박이며
영문을 몰라 하던 그녀는 그대로 내 말을 받아들인 채 돌아갔다. 혼
자라는 것의 자유, 나는 그 자유 속에서 그를 마음껏 그리워했다. 침
대 위에 스케치북을 펴들고 앉아 그의 얼굴을 수없이 그렸다. 그의
앞 얼굴, 옆얼굴, 뒷모습까지도……. 그를 알아 온 몇 개월의 시간

안에서 나는 한순간도 그의 모습을 놓친 적이 없었다. 그냥 지워져도 좋을 무심한 장면까지도 그의 모습은 고스란히 내 기억회로에 각인되어 있었다.

온통 어질러진 집안에서 그의 옆얼굴을 스케치하던 오후, 나는 겨우 식탁에 앉아 빵 조각을 베어 물었다. 내 손가락은 4B연필의 검은 흑연 가루투성이였다. 창밖은 푸른 6월이 가득 펼쳐지고, 내 집엔 근 한 달 동안 드나드는 사람이 없었다. 적요한 공간에 갑자기 벨 소리가 울렸다.

따르릉~ 따르릉~ 따르릉~.

나는 멍한 눈길로 전화기를 바라봤다. 벽에 걸린 붉은 플라스틱 전화기는 끈질기게 소리를 내며 야금야금 내 삶의 공간을 점령해 왔다. 전화가 걸려 있는 벽면에서 이상한 힘이 내게로 뻗쳐왔다. 식탁에 쪼그려 앉아 전화기를 바라보던 나는 빠르게 몸을 일으켰다.

막 수화기를 들었을 때 다급한 일을 당한 사람처럼 숨이 헉헉거려졌다. 그러나 수화기 저편에선 아무 말이 없었다. 누군가가 가만히 내 숨소리를 듣고 있었다. 이내 익숙한 목소리가 가만히 울려왔다.

"뭐해요? 어디 아파?"

그의 목소리가 들썩거리는 내 가슴으로 고요히 파고들었다. 욱! 복받치는 울음 때문에 아무 말도 못 하고 있는데 그가 다시 말했다.

"너무 만날 수가 없기에 걱정이 돼서⋯⋯. 어디 아픈 건 아니겠지?"

그의 나직한 목소리는 지난 몇 주 동안 내가 애써 쌓아온 극기의 성을 와르르 무너뜨려 버렸다.

"보고 싶어요. 보고 싶어⋯⋯."

불거져 나오는 내 목소리 사이로 그의 깊은 숨소리가 들려왔다.

"그래! 나도 보고 싶어. 그러면서 왜 산책엔 안 나온 거야? 지금
나와! 그 근처에 차를 대고 서 있을게."

그의 목소리는 나직했지만 거부할 수 없는 힘을 싣고 있었다.

수화기를 내려놓고 내 모습을 내려다봤다. 앙상한 몸에 구겨진 잠
옷을 걸친 채, 손엔 온통 검은 연필 가루가 묻어 있었다. 빗질도 안
한 머리카락은 어깨까지 늘어진 채 부스스했다. 서둘러 욕실로 들어
갔다. 욕실 바닥에 잠옷을 벗어 팽개치고 샤워기의 더운 물줄기에
몸을 들이밀었다.

스펀지에 비누를 칠해 온몸을 문질렀다. 폭신한 스펀지가 내 살갗
에 부딪혀 제 몸을 움츠리며 거품을 토해냈다. 하얀 비누 거품이 목
에서 어깨로, 어깨에서 가슴으로, 허리로, 아랫배로 그리고 두 다리
사이로 미끄러져 내려갔다. 허벅지에서 종아리를 거쳐 발끝까지 온
통 하얀 거품이 나를 감쌌을 때 나는 언뜻 내가 몸에 착 달라붙는 하
얀 드레스를 발목까지 입고 있는 듯한 착각에 사로잡혔다.

아, 내가 그의 신부가 돼 하얀 드레스를 입을 수 있다면!

환상은 덧없는 욕망을 만들었다. 거품 드레스는 물줄기 속에서 허
무하게 사그라들었다. 가슴에 얹혀 있던 거품이 씻겨 내리며 검은
유두가 드러났다. 거웃에 내려앉았던 거품마저 물줄기 속에 씻겨져
갈 때 공연히 허리에 힘이 주어졌다. 나는 가엾게도 욕망에 떨고 있
었다. 그렇다면 내가 이제까지 괴로워한 것은 사랑이 아니라 욕망
때문이던가. 그와 나는 사랑에 휘말린 게 아니라 단지 욕망에 휘말
렸을 뿐인가. 이제는 그것이 무엇이건 간에 나는 거부할 수 없었다.

몸을 헹구는 내 동작이 빨라져 갔다. 젖은 몸과 머리를 타월로 감
싸고 서둘러 화장을 시작했다. 얼굴 위로 분가루를 펴 바르고 여릿
하게 눈썹을 그려 넣었다. 얇은 눈까풀에 보랏빛 아이샤도우를 살짝

문질렀다. 핏기가 없는 내 입술이 거울 속에서 미소 지었다. 파리한 얼굴이 아름답다고 느껴졌다. 퀭한 눈에서 뿜어내던 고통의 광채는 어느새 잦아들고 내 눈은 꿈을 꾸듯 게슴츠레해졌다.

사랑! 아니 욕망이라도 좋았다. 그것은 가히 위대한 힘을 지닌 것이었다. 마귀할멈처럼 흉하게 일그러져 가던 내 모습을 신데렐라로 바꾸어 놓았으니 말이다. 아직 손이 가지 않은 입술 위에 핑크빛 립스틱을 문질렀다. 입술을 잔뜩 펴고 립스틱을 칠하는 내 모습이 남몰래 바람을 피우러 나가는 요부처럼 느껴졌다. 요부와 성녀의 차이는 어디에 있는가. 자신의 에너지를 완전하게 한 곳으로 몰두시킨다는 데서 그들은 같은 속성을 지녔다. 나는 어쩌면 요부의 길을 가든가, 성녀의 길을 가든가, 한 길을 벌써 택했어야 했는지도 모른다.

집을 나왔을 때 아파트 주차장에 차를 대놓고 있던 그가 핸들에 기댔던 머리를 들었다. 눈에 익은 그의 감빛 자동차는 먼지를 뿌옇게 뒤집어쓰고 있었다. 그가 슬며시 웃어 보였다. 자동차 문을 열고 조수석에 앉자 그가 덥석 나를 끌어안았다.

"보고 싶었어!"

그의 손이 내 등 뒤에서 파르르 떨었다. 나는 눈을 감고 그의 가슴에 얼굴을 묻어 버렸다. 꼭 두 사람밖에는 들어갈 수 없는 작은 공간에서 꼭 끌어안고 있는 듯 아늑함이 느껴져 왔다. 마치 숨바꼭질을 하느라 이불장에 숨어들어 몸을 움츠리고 있던 어린 시절의 한순간처럼…… 아니 그보다 더 먼 과거, 어머니의 자궁 속에 몸을 웅크리고 있던 태아 시절의 아늑함을 느끼고 있는지도 몰랐다.

어쩌면 아주 먼 옛날 너와 나는 하나였던 것 아닐까. 부둥켜안고 있는 이 순간이 이토록 편안한 것은 원래부터 우리는 하나였던 때문이겠지.

몸 안으로 퍼지는 나른한 기운에 졸음이 몰려왔다. 하긴 나는 그동안 잠다운 잠을 잤다고 할 수 없었다. 그가 나를 살며시 떼어냈다.

"그동안 형편없이 야위었군!"

그는 두 손으로 내 어깨에서 팔까지를 힘주어 더듬었다. 그의 얼굴도 수척하기만 했다. 핏발이 선 그의 눈 안으로 여릿한 물기가 어렸다. 그가 시동을 걸며 물었다.

"우리 어디 갈까?"

"아무 데나요."

길게 숨을 들이마시는 내 폐부로 그의 체취가 가득 차 왔다. 나는 그와 함께 있다는 안도감에 시트에 머리를 기댄 채 소르르 잠이 들었다.

얼마를 달렸을까. 세상의 모든 것이 멈춰버린 듯한 고요함에 눈을 떴다. 내 시야에 갑자기 붉은 기운이 넘실댔다. 처음엔 넘실대는 불길을 보고 있다고 생각했다. 다시 보니 불처럼 붉은 태양이 수평선에 걸린 채 바다를 물들이고 있었다. 온통 붉게 물든 하늘과 바다는 어디까지가 바다이고, 어디부터 하늘인지 구별할 수 없었다. 수평선 근처에 떠 있는 몇 척의 배가 마치 노을 가운데를 날아가는 비행선 같았다. 한 떼의 갈매기들이 열을 맞춰 하늘인지 바다인지 붉은 기운 속을 잽싸게 스쳐 갔다.

"여기가 어디지요?"

한동안 멍청하게 붉은 바다를 바라보던 나는 꿈에서 깨어나듯 물었다. 바다를 향했던 그의 시선이 가만히 아래로 내리깔아졌다.

"몰라! 그냥 마구 달렸어."

그와 내가 겨우 말 한마디를 주고받는 사이, 수평선에 걸려 있던 붉은 해가 절반쯤이나 바다 밑으로 빠져들었다. 반투명한 어둠이 우리를 덮어씌웠다. 거센 물결로 몸을 뒤치는 바다는 자꾸만 붉은 해를 잡아먹고, 반원형이던 해는 점점 작아져 갔다. 우리는 그 붉은 해가 수평선 밑으로 다 빠져들 때까지 그저 바다를 보고 있었다.

해가 완전히 자취를 감추었지만, 잿빛 하늘엔 아직도 제빛을 못내는 하얀 달이 일그러진 채 걸려 있었다. 그가 자동차 창문을 내렸다. 열린 창문으로 파도 소리가 급히 밀려들었다. 비릿함을 묻힌 습한 바람이 그의 옆 머리카락을 날렸다. 그가 말없이 담배를 피워 물었다. 그의 입술에서 하얗고 긴 연기가 뿜어져 나왔다. 연기가 내 입술을 간지럽히기 시작했다. 연기를 머금은 그의 입술이 다가왔다.

따뜻하고 부드러운 키스. 그의 입술 속으로 내 온몸이 빨려들었다. 마치 진공의 공간으로 빨려드는 공기처럼 그는 그렇게 나를 흡입했다. 나는 이미 그의 폐부에 살고 있었다. 호리병 속에 사는 연기 요정처럼 그의 폐 속에 내 보금자리를 마련해놓고 아늑함에 젖어들었다.

긴 입맞춤에서 깨어났을 때 하늘과 바다는 한결 어두워져 있었다. 하얗던 달에 빛이 실리고 드문드문 별이 뜨기 시작했다. 열린 창으로 어두운 바다에서 불어오는 바람이 그와 나를 차갑게 휘감았다.

"춥지?"

그의 짤막한 한마디가 어둠 속에서 울렸다. 내 대답을 듣기도 전에 그가 자동차에 시동을 걸었다. 차는 검은 바다를 옆구리에 끼고 어디론가 향했다. 마주 달려오는 자동차 불빛에 눈이 부셔 바다로 눈을 돌릴 때마다 어렴풋이 파도치는 움직임이 느껴질 뿐 바다는 깜깜하기만 했다. 바다만큼이나 어두운 하늘에 별들이 또렷하게 빛을 내기 시작했다. 별빛을 들러리 세운 채 노랗게 빛을 내는 달이 우리를 따라왔다. 달은 마치, 너희들 어디로 가는데? 하고 묻는 것 같았다. 나는 그에게 불쑥 물었다.

"어디 가는데요?"

그가 시선을 앞에 고정한 채 한숨만 뱉었다. 달빛이 어린 그의 옆얼굴이 무슨 결심을 한 사람처럼 차갑게 굳어져 갔다.

30분 남짓 달렸을 때 그가 네온간판이 붉게 반짝이는 한 건물 앞에 차를 세웠다. 길게 세워진 2층 건물은 바다를 향해 똑같은 모양의 발코니가 늘어선 모텔이었다. 나는 그를 바라보았다. 그의 옆얼굴에 가느다란 경련이 일었다. 백인 노인 한 쌍이 걸어 나오는 모텔 입구를 바라보던 나는 슬며시 자동차 문을 열고 밖으로 나왔다. 천천히 모텔 입구를 향해 걷는 내 곁을 백인 노부부가 스쳐 갔다.

"헬로!"

노부부가 미소를 지었다. 남자 노인은 베이지색 스웨터 주머니에 찔렀던 손을 들며 한쪽 눈을 찡긋해 보였다. 조여 오던 내 가슴이 그들의 미소로 말끔하게 펴지는 듯했다. 나는 움츠렸던 어깨를 펴고 모텔 입구로 들어섰다.

몸이 보통 사람의 두 배쯤 되는 중년 여인이 프런트데스크에서 미소 지었다. 꽃무늬가 현란한 블라우스 앞섶에 터질 듯 내민 그녀의 가슴이 얼굴보다도 먼저 내 눈앞에 다가왔다. 내가 여인에게 돈을 지불하고 열쇠를 받는 동안 그는 자동차 안에서 꼼짝도 하지 않았다.

나는 열쇠를 움켜쥐고 건물을 나와 그에게로 갔다. 그는 자동차에서 내려 차에 몸을 기댄 채 밤하늘을 올려다보고 있었다. 노란 달이 검은 하늘에서 그를 내려다봤다. 마치 너희들 여기에 왔구나! 하며 자동차를 따라올 때의 궁금증을 풀어낸 듯 달은 은은한 빛을 비추었다.

"여기 열쇠 받았어요."

웬일인지 내 음성은 또랑또랑했다. 그가 팔짱을 낀 채 물끄러미 나를 바라다봤다. 그는 망설이고 있지는 않았다. 우리는 모텔 입구를 향해 나란히 걷기 시작했다. 한 발, 두 발, 그의 발걸음과 나의 발걸음이 정확히 맞아 들어갔다. 실외로 뚫린 복도를 걸어가고 있을 때 한결 가까워 보이는 노란 달이 밤하늘에서 우리를 굽어보았다. 달 표면에 어스름한 검은 그림자가 노란 달을 마치 사람의 찡그린 얼굴처럼 보이게 했다.

너희들 그래도 되는 거니? 그래도 괜찮은 거니? 사랑의 떳떳함과 윤리의 부끄러움 사이엔 무엇이 있니? 거기엔 괴로움이란 엄청난 함정이 있다. 너희는 그 함정에 빠지지 않을 자신이 있어?

달빛은 온통 우리에게 쏟아져 내리며 내 발걸음을 휘청거리게 했다.

열쇠에 새겨진 번호의 방문 앞에 다다랐을 때, 그가 말없이 내 손에 들려 있던 열쇠를 잡아당겼다. 문이 열린 방은 바다 쪽으로 난 창의 커튼이 열려 있었다. 검은 바다의 파도 소리가 가득 찬 방이 순식간에 우리를 빨아들였다. 누가 먼저랄 것도 없이 몸을 부둥켜안은 우리 두 사람 사이에서 번쩍 섬광이 이는 것만 같았다.

밤바다의 파도 소리가 가득 찬 방 안에서 우리는 파도가 되었다. 사랑의 떳떳함으로, 당당함으로 파도가 되어 파도 소리를 냈다.

온몸이 젖은 채 깊은숨을 내쉬던 그는 금세 잠에 떨어졌다. 나지막이 코를 골며 잠이 든 그의 얼굴 위로 파도가 밀려왔다. 검고 광대한 몸을 늘이며 마치 우리를 삼킬 듯 창밖에서 밀려오던 파도는 하얗게 부서지며 되밀려갔다.

이대로 부끄러움 없이 아침 바다를 보리라.

나는 파도 소리와 그의 깊은 숨소리 사이에서 스르르 잠에 빠져들었다.

검게 밀려오던 파도는 어느새 하얗게 탈색되어 있었다. 푸르던 제 빛깔을 잃어버리고 하얗게 빛이 바랜 바다가 자꾸만 내게로 밀려들었다. 처음엔 창문 못미처 부서져 되밀려가던 하얀 파도는 조금씩, 내 가까이 밀려 왔다. 급기야 침대 밑까지 밀려오던 파도가 거세게 나를 덮쳐들었다. 하얀 파도 속에서 내 온몸이 하얗게 변해 갔다. 마치 흰색 페인트를 뒤집어쓴 것처럼 내 몸은 머리칼에서부터 발톱 끝에 이르기까지 하얗게 되고 말았다. 하얀 파도와 내 몸은 점점 하나가 되어갔다. 눈, 코, 입이 흰 빛깔 안에서 뭉개어졌다. 손가락들이 마디마디 뭉그러지며 그 하얀 파도 속으로 쓸려 들었다. 가슴이, 허리가, 다리가 그리고 두 발까지……. 나는 완전히 하얀 물결 속에 녹아버린 채 바다로 흘러들었다. 이리저리 휩쓸려 흐르면서 나의 존재감은 자꾸만 희미해졌다. 내가 없어져 가는 외로움…… 말할 수 없이 고독해 왔다. 그러나 다음 순간 고독하다는 느낌마저도 희미해지더니 점점 사라져갔다. 사방이 온통 하얀색으로 뒤덮인 채 세상엔 아무도 없어 보였다. 그저 하얗게 빛나고 있을 뿐…….

흰빛에 눈이 부셔 눈까풀을 찌푸렸다. 힘겹게 눈을 뜨니 하얀 햇빛이 창 안으로 쏟아져 들어오고 있었다. 꿈에서 본 세상만큼이나 모든 것이 하얗게 빛을 냈다. 아침 햇살을 담뿍 받은 바다는 하얗게 반짝거리며 파도를 몰고 창 앞으로 달려왔다. 그가 눈부신 창 앞에 뒷모습을 보이고 서 있었다. 셔츠를 걸치지 않은 그의 맨몸이 빛 속에서 하얗게 탈색된 듯했다. 살짝 목을 구부려 바다를 내려다보는 그의 뒷모습에 형용할 수 없는 쓸쓸함이 감돌았다. 내가 바라보는 걸 느꼈는지 그가 슬며시 몸을 돌렸다.

"잘 잤어?"

그가 웃고 있을 거라 짐작했지만, 햇빛을 등지고 선 그의 표정을 볼 수 없었다. 파도를 따라오던 햇빛 한 줄기가 그의 옆얼굴을 스치고 지나갔다.

"벌써 일어나 있었어요?"

나는 웃으려 했지만, 너무 눈부신 햇빛 때문에 얼굴을 찡그렸다.

햇빛을 등지고 섰기에 바라볼 수 없는 그의 표정, 햇빛을 받고 있기 때문에 찡그린 내 표정 사이에 형용할 수 없는 쓸쓸함이 감돌았다.

푸른 바다를 옆구리에 끼고, 왔던 길을 되짚어 집으로 돌아오는 차 안에서도 우리는 고독했다. 사랑의 앞면이 열정이라면, 뒷면은 고독인지도 몰랐다. 열정이 쏟아져 내린 사랑은 이렇게 더없이 쓸쓸한 것이고, 다시 열정이 고여 들 때면 우리는 이 고독한 뒷면을 잊어 버릴 것이다. 열정과 고독의 끝없는 순환……. 동전의 앞과 뒤처럼 얄팍한 사랑의 속성……. 온 가슴이 낡은 동전의 뒷면처럼 초라해졌을 때 그가 내 집 앞에 자동차를 세웠다.

"어서 들어가 봐. 생각해보니 오늘 내가 할 일이 많은 날이었어."

그가 슬며시 미소를 지어 보였다.

"그럼 어서 가보세요."

뭔가 더 말을 하고 싶었지만 나는 단숨에 차에서 내려 내 집 현관을 향해 걸었다. 가슴 안에 차가운 바람이 불고 있었다. 추위와 눈으로 덮인 하얀 북극만큼이나 시린 바람이…….

꿈속에서 온통 하얗던 세상이 떠올랐다. 그 하얀 세상은 북극처럼 추운 고독이라는 생각이 그제야 들었다. 온몸이 그 하얀빛에 해체되어 내 존재 자체가 사그라지던 고독감……. 사랑은 고독의 뒷면 때문에 자기 존재마저도 잃어가는 무서운 것이었다.

구부러진 길

바람 한 점 없는 호숫가는 아침부터 열기에 서려 있었다. 묵묵히 걷고 있는 그의 옆얼굴로 땀방울이 흘러내렸다. 그의 걸음이 조금씩 빨라졌다. 그를 따라가려고 걸음을 빨리하던 나는 숨을 헉헉대며 그만 멈춰서고 말았다. 그가 그대로 서너 걸음쯤 걸어간 후에야 나를 돌아보았다. 햇빛 때문에 찌푸려진 그의 얼굴이 땀기로 번들거렸다.

"왜?"

"내가 옆에 있다는 걸 알기는 했어요? 그렇게 빨리 걸으면 내가 어떻게 따라가라고요."

내 목소리가 불거져 나왔다. 그가 피식 웃음을 머금으며 몇 걸음 내게 다가왔다.

"그랬나? 딴생각하느라고."

나는 그만 보도블록 난간에 주저앉아 버렸다. 그가 난감한 듯 얼굴을 찡그렸다.

"뭐해? 어서 가지 않고?"

"먼저 가세요. 그 빠른 걸음으로 말이에요."

내가 팔짱을 끼고 앉아 눈을 흘기자, 그가 구부정하게 몸을 숙이고 나를 내려다보았다.

"이 땡볕에 앉아 있겠단 말이야? 그러지 말고 어서 일어나 걷자고. 내가 요즘 머리가 복잡해서 희림 씨 걸음이 늦다는 걸 깜박했군."

그가 내 손을 잡아끌었다. 환한 햇빛이 내려앉은 그의 얼굴 위로 한 줄기 그늘진 표정이 스쳐 갔다.

"혹시 제가 사라져 주길 바라고 계시나요?"

나도 알 수 없는 말이 튀어나왔다. 무슨 소린지 모르겠다는 그의 표정에서 고뇌의 빛이 역력하게 느껴졌다.

"이토록 괴로워질 거라는 것, 나는 알고 있었어요. 그러면서도 스스로 빠져든 거지요. 신부님은 모르셨지요? 사랑이 이렇게 괴로운 일이라는 걸요."

그가 대답 대신 한숨을 머금었다.

"가슴이 답답해. 오늘 산책은 여기서 그만 둘까? 어디 시원한 곳에 가고 싶다!"

호수를 스쳐 가는 햇살이 그와 나 사이로 비껴 흘렀다. 호수 가장자리에서 헤엄을 치던 청둥오리 몇 마리가 우리를 보더니 물에서 나와 뒤뚱거리며 다가왔다.

"어어, 얘들이 왜 이러지?"

그가 얼결에 내 허리를 감싸며 급히 걷기 시작했다.

"아니! 이 호숫가를 산책하신 게 하루 이틀도 아닌데 오리 떼의 프로포즈를 오늘 처음 받으셨단 말이에요? 쟤들은 배고픈 시간에 사람이 호수 가까이에 멈춰서면 먹이를 주는 줄 안다니까요."

그가 내 허리를 감았던 팔을 풀며 난처한 웃음을 머금었다.

"아니 그게 아니고, 생각에 잠겨 있다가 좀 당황을 했지."

그의 표정이 조금 어두워졌다.

"무슨 생각을 하셨어요? 이 윤희림이란 여자와 공연한 불장난을 시작했다는 생각을 하셨나요?"

빠르게 쏘아붙인 내 말에 그가 눈을 동그랗게 떴다.

"왜 그런 피해의식에 사로잡혀 있는 거지? 난 그런 걸 생각하고 있는 게 아니야. 그보다는 내 삶을…… 아니, 사람의 삶을 생각했다는 말이 더 어울리겠군. 세상을 살아가는 사람들의 삶이 참 여러 가지라는 생각을. 그중에서 내가 택한 삶의 방법, 아무리 생각해 봐도 이건 내 선택이 아니었어. 그래! 희림 씨와 만남 때문에 그런 걸 생각하게 된 건 사실이야."

나는 갑자기 가슴이 터질 듯 답답해 왔다.

"아까 어디 시원한 곳에 가고 싶다고 하셨지요? 산책 그만두고 우리 딴 데로 가요."

나는 그의 팔을 잡고 내 자동차가 주차되어 있는 곳으로 갔다.

"오늘은 제 차에 한 번 타보세요. 터덜대기는 하지만 가다가 멈춘 적은 한 번도 없답니다."

잠자코 차에 오른 그는 안전벨트를 매며 운전석에 앉는 나를 바라봤다.

"희림 씨 운전 솜씨를 믿어도 될까? 이래봬도 나한테 딸린 식구가 엄청난데……."

"처자식도 없는 분이 딸린 식구는요?"

"무슨 소리! 난 혼자 몸이 아니야. 교회 식구들을 책임져야 한다고!"

"아하! 그렇군요! 신부님에겐 엄청난 식구가 딸려있군요. 지금 속

한 교회의 식구들뿐만이 아니라 앞으로 구원하게 될 수많은 영혼까지도……. 그런 사람을 내가 혼자 독차지하려 했다니 나는 앞으로 벌을 받게 될 거예요. 당신의 그 하느님한테."

싸늘하게 새 나오는 내 목소리와 함께 자동차는 어느새 호숫가를 떠나고 있었다.

출근 시간의 복잡한 도로를 빠져나온 나는 어름어름 전에 그가 달렸던 길을 가고 있었다. 불같은 태양이 수평선에 걸려 있던 그 바닷가를 향해 내 낡은 차가 좁은 도로 위를 위태롭게 달렸다. 길은 유난히 좁고 구부러져 있었다. 그의 차를 타고 바다로 향할 때는 그 길이 그렇게 구부러진 것을 알지 못했다. 그리고 다음 날 아침 모텔을 나와 돌아올 때도 열정이 빠져나간 가슴이 너무 고독했던 때문에 커브가 심한 길이 감지되지 않았다.

핸들을 잡은 내 손에 땀이 끈끈했다. 정면에 펼쳐진 바다를 향해 산을 끼고 도는 길옆은 낭떠러지였다. 서툰 내 운전을 바라보던 그가 아무 말 없이 카스테레오의 스위치를 켰다. 고정해 놓은 클래식 전문 방송에서 오페라의 이중창이 울려 나오고 있었다. 가파른 언덕을 내려오느라 잔뜩 긴장하고 있던 나는 자동차가 좀 편안한 길을 달리게 되었을 때야 그것이 베르디의 '라트라비아타, 한 대목임을 알았다. 마침 사랑하는 남녀 주인공은 파리를 떠나자고 노래하는 중이었다. 나는 문득 그들처럼 사랑을 위해 어딘가로 떠나고 싶다는 생각을 했다. 그러나 어디로 가야 하나, 가슴이 막막해 왔다.

곧 눈앞에 바다가 펼쳐졌다. 아침 햇살에 하얗게 빛나는 바다가 차창 앞으로 파도를 몰고 왔다. 그가 차창 문을 조금 내렸다. 혹 불어 닥치는 바람과 파도 소리에 오페라 음악이 파묻혔다. 무심코 달리다 보니 그와 들었던 모텔 건물이 보였다. 나는 그 앞을 빠르게 지나쳤다. 언뜻 그의 한숨 소리가 들리는 것 같았다. 곧 자동차를 주차할 수 있는 곳이 나타났다. 편의점과 공중화장실 건물이 있는 곳이었다. 나는 주차장 입구로 들어서며 그를 바라봤다. 그가 여릿한 웃음을 머금었다.

"용케 목숨은 보존했네. 난 또 그 낭떠러지에서 그대로 구르나 했지."

아침 바닷가 주차장은 텅 비어 있었다. 그가 바다를 향해 기지개를 켜는 걸 보며 나는 편의점으로 들어가 커피 두 잔을 샀다.

"어때요? 가슴이 좀 시원해 져요?"

그가 커피 컵을 받아 들며 빙긋 웃었다. 그의 얼굴이 한결 상쾌해 보였다.

"바다와 커피와 여인이라……. 괜찮은 아침이군!"

"우리 저기 모래밭으로 내려갈래요?"

나는 그의 대답을 기다리지 않고 콘크리트 주차장에서 모래사장으로 내려가는 비탈로 발을 내디뎠다. 균형이 잡히지 않는 내 걸음에 손에 들린 종이컵에서 뜨거운 커피가 출렁거렸다. 그가 급히 나를 따라 비탈길로 내려왔다.

"조심해!"

그의 팔이 어느새 내 허리를 감고 있었다.

아침 햇살 속 모래는 눅눅했다. 잠시 모래 위를 서성이던 우리는 갈매기 떼가 모여선 작은 바위 옆으로 걸어갔다. 그곳엔 유난히 햇빛이 비쳐들고 있었다. 누가 흘리고 간 빵부스러기라도 있던지 부리로 모래밭을 찍던 갈매기들이 우리가 다가가자 놀란 듯 날아올랐다. 나는 갈매기 발자국이 찍힌 마른 모래 위에 털썩 앉았다. 아침볕을 받은 모래는 차갑지는 않았지만 그렇다고 따끈하지도 않았다. 바닷

바람에 목 언저리가 움츠려졌다. 그가 바위에 등을 기대며 나와 나란히 앉았다. 망연히 바다를 보고 앉은 그에게서 바다 냄새가 났다. 햇빛을 안고 달려오는 파도 그림자가 그의 얼굴에 어른거렸다. 침묵이 견딜 수 없어 내가 먼저 입을 뗐다.

"말해 봐요. 아까 하던 말을요. 당신의 선택이 아니었다고 했던 얘기요. 그럼 당신이 이 특별한 삶의 길을 가게 된 건 단지 신의 선택이었던가요. 당신의 의사와 관계없이……."

그는 한숨부터 쉬었다.

"그래! 그건 완전한 신의 선택이었어."

그가 잠시 말을 끊고 나를 바라봤다.

"희림 씨는 내 개인적 신상에 대해 알고 싶지 않아? 도대체 한 번도 묻지 않는군."

"때론 궁금하긴 했지만 뭐 그리 중요한 일인가요? 지금 당신이 내 앞에 있다는 사실에 모든 게 다 포함되는걸요. 말해주고 싶다면 어서 얘기해 봐요."

그가 담뱃갑을 찾는지 운동복 주머니를 더듬었다.

"아차! 내 차에 담배를 두고 왔군!"

담배 생각에 한동안 입을 쩝쩝대던 그는 체념한 듯 모래밭에 반쯤 묻힌 종이컵을 들어 커피를 마셨다. 빈 종이컵을 구겨 모래 위로 던지며 그가 깊이 숨을 들이마셨다.

"나는 우리 부모에게 갓난아이 때 입양이 되었대."

그는 말을 해놓고 잠시 입을 다물었다. 순간 서늘한 충격이 내 가슴을 스치고, 그의 입가엔 몹시도 쓸쓸한 웃음이 어렸다.

"나를 키워준 양부모님은 유복한 가톨릭 신자였어. 늦도록 아이가 없었나 봐. 그분들은 오십이 넘어서야 나를 입양했대. 아마 나는 어

146

띤 사연으로든 맺어지지 못할 청춘 남녀 사이에서 태어났겠지. 부모님은 내가 양자라는 걸 숨기려 하지 않았어. 그도 그럴 것이 나를 낳았다고 하기에는 어머니가 너무 늙어 계셨거든."

그가 말을 끊고 바다를 바라봤다. 바닷바람이 그의 앞머리를 쓸어 올렸다. 나는 슬며시 그의 어깨에 얼굴을 기댔다. 갈매기 한 마리가 그가 구겨놓은 종이컵 언저리를 서성이며 부리로 쪼아댔다.

"말을 배우면서 기도문을 외기 시작했지. 기도와 성경, 그것이 나의 세계였어. 양부모님과 교제를 맺고 있던 사람들도 온통 열심한 가톨릭 신자들뿐이었으니 나는 세상이 다 그런 줄만 알았지. 중학교를 마치고 기숙사가 있는 신학교에 입학을 했어. 나는 내 또래 신학생 중에서 유난히 자유주의적 기질을 갖고 있다는 걸 스스로 알게 됐어. 내가 입양됐다는 걸 알고 있는 학장 신부님이 어느 날 그러시더군. 어미 뱃속에서 그 뜨거운 피를 잠재우지 못하고 태어나서 그렇다는 거야. 아무리 어릴 때부터 신앙적 환경에서 자랐다 해도, 신앙이 없는 부모에게서 생겨났기 때문에 내가 들 망아지 같다는 거야. 글쎄, 그럴까? 후천적인 은총은 입었으되 선천적 은총을 받지 못해 내 갈 길이 어려울 거라는 말씀을 하더군. 내가 신부 서품을 받자 양부모님은 재산을 가톨릭 교육재단에 기부하고 차례로 돌아가셨어. 한평생 사제의 길을 갈 내게 사적 재산은 하나도 필요 없을 거로 생각하셨던 거지. 어쩌면 공들여 기른 내가 혹 삶의 방향을 바꿀까 봐 그렇게 하셨는지도 몰라. 난 내 인생을 바꿔 본다는 생각은 사실 해보지도 않았어. 내가 알고 경험한 건 신앙의 세계뿐이었거든. 아니 더 정확히 말하면 교회라는 세계뿐이었다고 할까? 엄밀히 말하면 신앙과 교회제도는 달라. 어쩌면 나는 종교적 직업을 갖고는 있지만, 아직 신앙인은 아닌지도 모르겠어. 그 선천적 은총을 입지 못한 탓에……."

그가 자기 어깨에 기댔던 내 얼굴을 두 손으로 감싼 채 나를 마주 봤다.

"내가 희림 씨에게 끌렸던 건, 당신은 선천적 은총을 받은 사람 같아서야. 물론 당신이 신앙이 없는 집에서 태어났다는 걸 알아. 하지만 그것과는 별도로 당신은 내게는 없는 순수가 있어. 당신의 삶이 힘겨운 건 바로 그것 때문인 것 같아. 세상은 그런 순수가 용납될 만한 곳이 아니거든."

그가 슬며시 웃으며 나를 품에 안았다.

"나는 오직 한 사람의 사제로서 사는 것만 배웠을 뿐, 한 남자로서 살아가는 능력은 이미 어릴 때 거세당하고 말았어. 어찌 보면 잔인한 얘기지. 평범하게 살 수 있는 한 인간을 오직 외길을 향해서 세뇌시킨 거니까. 내가 어떻게 다른 사람의 영혼을 구원할 수 있을까? 어쩌면 내가 먼저 구원을 받아야 할 불쌍한 영혼인지도 몰라. 희림 씨! 난 당신을 사랑해! 하지만 난…… 난 아무것도 해줄 수가 없어."

나는 그의 품에서 고개를 들었다.

"나는 알고 있었어요. 사랑이란 게 이렇게 아프고 괴롭다는 걸, 그리고 당신과 사랑을 시작해서도 안 된다는 것을요. 하지만 어쩔 수가 없었어요. 전에 누군가에게서 들은 적이 있어요. 이 세상에서 가장 참을 수 없는 두 가지가 있는데, 그것은 사랑하는 감정과 졸음이래요."

그가 바다로 향했던 눈길을 돌리며 빙긋 웃었다.

"잠을 자고 싶은 신체적 욕구와 사랑이 똑같이 참을 수 없는 거라고?"

"그래요! 졸음이 오면 잘 수밖에 없잖아요. 사랑을 느끼면 사랑할

148

수밖에 없는 거예요. 그 결과가 어떻든 간에요. 그냥 당신을 바라볼 수 있는 데까지 바라보고 싶어요. 더 이상 바라볼 수 없는 시간이 오면 뭔가 아픈 조짐이 우리에게 나타나겠지요. 그때가 오기까지 그냥 이대로 있고 싶어요. 너무 졸음이 와서 잠을 잘 수밖에 없는 것처럼……."

그는 아무 말이 없었다. 구겨진 종이컵을 부리로 쪼고 있던 갈매기가 겁도 없이 우리 앞으로 바싹 다가왔다. 갈매기는 행여 빵부스러기라도 던져줄 걸 기대하는지 주위를 서성였다.

"이런! 이 갈매기도 아까 호숫가의 오리들과 같은 수준이군! 도대체 얘들은 겁도 없어. 미국이란 땅이 이렇게 겁 없는 곳인가?"

그가 갈매기를 향해 손가락으로 모래를 튕겼다. 갈매기는 날갯짓하며 몇 걸음 뒤로 물러가다가 다시 다가왔다. 그가 손에 묻은 모래를 털어내며 쓴웃음을 웃었다.

"하긴 나도 겁 없이 사랑에 빠졌으니까. 정말 이 넓은 땅이 사람을 겁 없게 만드는군. 졸음이 오면 잔다. 사랑을 느끼면 사랑에 빠진다! 하지만 웬만큼 잠을 자면 저절로 깨게 되어있지. 사랑도 그럴까?"

그의 얼굴로 알 수 없는 냉정함이 흘렀다. 나는 공연히 가슴이 섬뜩하여 쏘아붙였다.

"그런데 정말 빠지기나 했는지 모르겠어요. 자신이 경험해보지 않은 이색적인 세계에 잠시 한눈을 팔고 있는 정도 아닌가요? 어느 정도 호기심을 채우고 나면 돌아서고 싶은 그런 정도의 연애감정을 갖고 내가 너무 심각하게 해석했나요?"

그의 표정이 굳어졌다.

"그만해! 됐어!"

그가 모래 위로 벌렁 누워버렸다. 나는 공연히 심통이나 그의 몸

위에 모래를 덮기 시작했다. 한동안 눈을 감고 누웠던 그가 모래를 헤치며 벌떡 일어나 앉았다.

"뭐야! 날 생매장할 생각이야?"

화가 난 듯 보였지만 그는 웃고 있었다. 나는 손안에 가득 쥐고 있던 모래를 그의 셔츠 위로 주르륵 흩날렸다.

"어휴! 정말!"

그가 나를 때릴 듯 주먹을 쥐다가 운동화 끈을 풀기 시작했다. 운동화와 양말을 벗어버린 그는 맨발로 모래 위를 서성이며 어린아이처럼 미소 지었다. 나도 천천히 운동화와 양말을 벗었다. 그리고는 한 발 한 발 바다로 다가갔다. 파도가 밀렸던 젖은 모래 위로 내 발자국이 깊이 파였다. 서서히 밀려오는 물결이 발끝을 간지럽혔다. 발목을 감싸던 바닷물은 순식간에 무릎까지 덮쳐왔다.

"앗 차거워!"

바닷물은 아찔할 정도로 차가웠다. 나는 두 다리와 반바지 끝부분까지 젖어버린 채 그의 곁으로 돌아왔다. 그가 발가락 끝으로 무엇인가를 그리고 있었다.

"이거 봐! 꼭 타이어 자국 같지?"

그가 뒷짐을 진 채 아이처럼 물었다. 정말 모래 위에 가지런히 찍힌 올록볼록한 자국은 타이어가 굴러간 것 같았다. 나는 공연한 심통에 그가 만들어 놓은 타이어 자국을 젖은 발로 뭉개버렸다.

"뭐하는 거야? 남이 애써 만들어 놓은 걸 망치고 있어!"

그가 화가 난 듯 나를 모래 위로 떠밀었다. 바닷물에 젖은 내 두다리가 금세 모래 범벅이 됐다. 나는 두 손 가득 모래를 퍼 올려 그에게 뿌려 버렸다. 순식간에 입으로 들어간 모래바람에 침을 퉤퉤 내뱉던 그는 모래를 한 움큼 들고 내게로 공격 해왔다. 우리는 철없는 아이들처럼 모래 위를 뒹굴었다. 둘 다 모래투성이가 되었을 때 아무도 없이 우리 두 사람뿐이던 모래사장 위로 사람들이 하나둘 모여들었다.

갑자기 허기가 느껴졌다. 겨우 커피 한 잔을 마신 뱃속에서 쪼르륵 소리가 났다.

"배가 고파요. 벌써 점심때가 되었나요?"

그가 손목시계를 들여다봤다.

"11시 반이야!"

"어디 가서 뭐 좀 먹을까요?"

배를 움켜쥔 내 모습을 바라보던 그가 가만히 고개를 저었다.

"아냐! 난 오늘 점심 약속이 있어. 그만 돌아가야겠다."

그가 팽개쳐진 운동화를 챙기며 옷에 묻은 모래를 털기 시작했다. 나는 무심히 물었다.

"누구하고 점심 약속 있는데요?"

그는 대답을 않고 빙그레 웃기만 했다.

"내가 그런 것까지 다 얘기해야 해?"

웃고 있었지만, 그의 말투는 몹시도 냉정했다. 잠시 그를 바라보던 나는 슬며시 고개를 떨구었다.

"내가 필요 없는 것을 물었군요."

나는 모래 범벅이 된 발에 그대로 운동화를 꿰었다. 그리곤 자동차가 주차된 곳으로 가기 위해 오르막길을 올라갔다. 운동화를 손에 든 그가 맨발인 채로 나를 따라왔다. 내가 몇 번인가 넘어질 듯하다가 겨우 주차장으로 올라왔을 때 그는 어느새 자동차 옆에서 기다리고 있었다.

그의 자동차가 서 있는 호숫가로 가기 위해 왔던 길을 되짚어 운전했다. 달리는 내 자동차 옆으로 모텔 건물이 빠르게 스쳐 갔다. 바닷가를 벗어나 산을 끼고 도는 구부러진 길로 접어들었다. 조심스레 핸들을 움직였지만, 자동차는 위태롭게 흔들렸다. 조심조심 구부러진 낭떠러지를 운전하는 내 전신으로 땀이 흘렀다. 어쩌면 이 구부러진 길이 내 삶과 같다는 생각이 들었다. 조금만 한눈을 팔면 금방 낭떠러지로 추락해 버릴 것 같았다. 문득 그냥 추락하고 싶다고 생각했다. 그와 함께 삶의 깊은 낭떠러지로 떨어져 버리고 싶은 충동이 일었다.

산길을 다 돌아 안전한 길로 들어섰다. 아침보다 한결 한산해진 거리를 자동차들이 천천히 스쳐 갔다. 긴장이 풀린 나는 맥이 빠졌다.

"수고했어. 그 솜씨로 산길을 운전하느라……."

"배가 고파서 더 힘들었어요."

나는 힘없이 말했다. 그가 피식 웃는 소리가 났다.

"나 내려주고 얼른 집에 가서 뭐 좀 먹어. 한 끼 굶었다고 그렇게 맥을 못 춰서야……."

"그러게 나랑 점심 먹자니까요?"

나는 약속이 있는 그의 사정을 뻔히 알면서도 심통을 부렸다.

양손에 운동화와 양말을 든 채 맨발인 그를 호숫가에 내려놓고 집으로 향하는데 다시 뱃속에서 쪼르륵 소리가 났다. 혼자 햄버거라도 하나 사 먹을까 하다가 언뜻 명혜를 떠올렸다. 일주일 전부터 아이들 미술 지도를 다시 시작했지만, 명혜는 눈치를 살피며 내 집에 잘 오지 않았다. 어색한 기분도 풀 겸 명혜와 점심이라도 먹어야겠다고 생각했다.

명혜의 아파트 주차장에 도착하자, 잔뜩 멋을 부린 그녀가 걸어 나오는 게 보였다. 그녀와 같이 점심을 먹기도 틀린 모양이라 생각하는데 들뜬 그녀의 목소리가 들렸다.

"어머! 언니! 웬일이에요?"

몸에 착 달라붙는 그녀의 자줏빛 원피스가 무척이나 고혹적이었다. 짧은 스커트 밑으로 미끈하게 뻗은 다리, 언제나 그렇듯 짙은 화장에 구불거리는 긴 머리카락이 허리까지 늘어진 모습이 아름다웠다. 서너 걸음쯤 떨어져 있는데도 향수 냄새가 진동을 했다.

"어디 가나 보지? 점심이나 같이 먹을까 했는데……."

"어머! 어떡해? 나 약속이 있어요. 신부님하고……."

명혜는 들뜬 표정으로 말했다.

"신부님하고?"

나도 모르게 발끈해지는 목소리에 나는 얼른 다른 곳을 바라봤다. 온 얼굴의 근육이 조여 오는 것 같았다.

"그래요. 지난번에 신부님과 면담하고 여러 가지로 감사해서 점심을 사겠다고 했더니 쾌히 승낙하시더라고요."

"그래, 그럼 다녀와. 난 그냥 집으로 가지 뭐."

나는 아무렇지도 않은 듯 차를 돌렸다. 돌아서 가던 그녀가 뭔가 생각난 듯 내게 다가왔다.

"언니! 점심 먹고 언니 집에 갈게요."

그녀는 내 대답을 기다리지 않고 얼른 자기 자동차가 있는 데로 뛰어가 버렸다. 내 머릿속으로 운동화를 든 채 맨발로 차에서 내리던 그의 모습이 떠올랐다.

"둘 다 들떠 보이기는!"

혼자 중얼거려 보았지만, 가슴 속이 쓸쓸해 왔다. 나는 천천히 차를 몰고 집으로 돌아왔다. 운동화를 벗자 한 무더기의 모래가 현관으로 쏟아졌다. 다리며 팔에도 온통 모래가 붙어 있었다. 배가 고프다는 생각이 싹 가시고 입안이 바싹 말라왔다.

그들이 호숫가 레스토랑에 앉아 있는 모습을 상상해 보았다. 어쩌면 노을 진 저녁에 그와 내가 함께했던 그 자리에 앉아 있을 것만 같았다. 다시 아닐 거라고 생각하며 고개를 저었다. 어쩌면 그는 명혜와 마주 앉아 무척 괴로워하고 있을 거라고 생각했다. 그녀의 그 단순성과 약간의 천박한 대화에 대답하느라 어서 그 점심이 끝나기만 기다릴 것이라고, 내 마음대로 생각해 버렸다.

명혜가 오기 전에 몸에 붙은 모래나 씻어내야겠다며 욕실로 들어갔다. 옷을 벗어젖히니 목 언저리와 팔다리가 발그레했다. 잠깐 바닷가에 있었을 뿐인데도 살갗이 그을려 있었다. 무심코 바라다본 거울 속에 발가벗은 내 상반신이 비추어졌다. 발그레한 목 밑에 하얀 가슴이 도드라져 있었다. 그 밑으로 부드럽게 내려간 허리선, 바싹 야위어 있긴 했지만 나는 아름다웠다. 순간 다시 한번 그의 품에 안기고 싶다는 욕망이 솟구쳤다. 나는 고개를 흔들었다. 얼른 욕조 안으로 들어가 샤워기의 물을 틀고 몸을 씻기 시작했다.

명혜가 학교를 파한 티파니를 데리고 내 집에 온 것은 오후 3시경이었다. 아직도 그 짧은 자줏빛 원피스 차림인 그녀의 눈 화장이 거무스름하게 번져 있었다. 그녀의 얼굴은 몹시도 상기돼 보였다. 실망한 표정으로 들어설 걸 기대하던 내 가슴 한편으로 찬바람 한 줄기가 불어왔다. 티파니는 제집에나 온 듯 냉장고를 뒤져 소다 캔을 들고 와 텔레비전을 켰다. 마침 만화를 상영하는 시간이라 아이는 금방 정신이 팔렸다. 가만히 식탁 의자에 앉는 명혜의 얼굴은 영락없이 바람난 여자의 표정이었다.

"언니! 오늘 정말 좋은 시간 가졌어요. 그분과 마주하고 있으니까 참 편안하더라고요. 신부님도 즐거워하시는 것 같았어요."

"그래?"

나도 모르게 목소리가 불거졌다. 갑자기 그가 원망스럽다는 생각이 들었다. 그렇지 않아도 위태위태하던 명혜의 가슴에 기어이 불이 지펴진 것 같았다.

"점심 어디서 먹었어? 호숫가 레스토랑?"

툭 튀어나온 내 말에 명혜가 의아하다는 표정을 지었다.

"호숫가 레스토랑? 아니에요. 난 거기 좋아하지 않아요. 너무 비싸고 또 백인 천지잖아요. 멕시칸 레스토랑에 갔었어요. 왜 전에 내가 일했던 곳 있잖아요. 매니저와 안면이 있다 보니 서비스도 좋고요. 신부님도 좋아하시는 것 같았어요."

홍조를 띤 그녀의 얼굴이 배시시 웃음을 머금었다.

"그랬구나! 좋은 시간 보냈다면 잘된 일이지."

나는 싸늘하게 내뱉고 돌아서 창가로 갔다. 등 뒤에서 여전히 들뜬 명혜의 목소리가 들려왔다.

"언니! 난 구름을 탄 것 같아요. 가슴 안의 상처들이 다 나아버린 것 같아요. 티파니 아빠의 배반이나 다른 남자들에게 받은 상처까지도 말이에요. 내가 아주 고결한 사랑을 받는 것 같아요."

나는 물끄러미 창밖만 내다보았다. 7월의 햇빛이 누그러들고는 있었지만, 집안이 몹시도 후덥지근해 왔다.

"피곤할 텐데 그만 집에 돌아가 쉬어. 티파니는 여기 두고 가. 이따 다른 아이들 오면 아예 그림 그리고 가게. 티파니 데리러 올 때 우리 다시 얘기하자."

나는 차갑게 말해버렸다. 내 기분을 알 리 없는 명혜는 티파니를 남겨두고 아무렇지도 않은 표정으로 떠났다.

나는 텔레비전을 보는 티파니 옆에 팔짱을 끼고 앉았다. 아무리

마음을 가라앉히려 해도 자꾸만 가슴이 들먹여졌다. 아이는 몇 번 하품하더니 그만 내 무릎을 베고 누워버렸다. 티파니의 갈색 머리카락을 쓸어주던 나는 그만 참지 못하고 주르륵 눈물을 흘렸다.

심란한 마음을 누르며 아이들에게 풍경 스케치를 시키고 나서 나는 공연히 집안을 서성였다. 수업을 마친 아이들이 다 돌아간 뒤에 혼자 남은 티파니가 제 엄마를 기다리다 좀 지루해졌을 때야 명혜가 들어섰다.

"전화 받느라고 늦었어요. 신부님한테서 점심 고마웠다는 전화가 왔잖아요."

볼을 붉히는 그녀를 바라보는 내 가슴이 다시 서늘해져 왔다.

그녀는 티파니를 데리러 올 때 다시 얘기하자던 내 말도 잊은 듯, 그냥 아이를 데리고 돌아갔다.

혼자 남은 집안 공기가 더 적막하게 느껴졌다. 어서 아침이 되어 그를 만나고 싶었다. 그와 얼굴을 마주하고 무슨 말이라도 한다면, 소중한 것을 빼앗긴 것 같은 이 참담한 기분을 지울 수 있으리라.

밤새도록 뒤척이다 아침이 되었을 때 나는 평시보다 일찍 산책을 나갔다. 하늘 위에 베일 조각 같은 흰 구름이 군데군데 떠 있었다. 바람도 없이 고요한 호수 면에 하늘이 그대로 비쳤다. 오리 떼도 보이지 않는 호수 한구석엔 엊저녁 뱃놀이를 즐기던 어느 부자의 것인지 보트 한 척이 매어져 있었다. 잠시 호수를 바라보고 섰던 나는 천천히 산책로를 따라 걷기 시작했다. 그가 올 시간이 되었다는 생각에 한 번쯤 뒤를 돌아보고 싶었지만 그대로 걸었다.

그와 명혜의 만남을 평범하게 받아들이지 못하는 내가 잘못된 것인지도 몰랐다. 어쩌면 아무 일도 아닌 것에 내가 너무 예민하게 반응하고 있는지 모른다고 생각하는데, 그의 손이 내 어깨를 감싸왔다.

"언제 왔어?"

그는 웬일인지 한동안 사용하지 않던 테가 큰 선글라스를 끼고 있었다. 요즘 들어 유난히 강렬해진 햇빛 때문인지도 몰랐다. 얼굴의 삼분의 일을 가린 검은 안경 때문에 그의 표정은 몹시 굳어 보였다.

"웬일이세요? 촌스러운 선글라스를 다시 끼시고? 어제 아름다운 명혜를 바라보다가 눈병이라도 나셨나 보죠?"

그냥 웃어 보이려 했는데 생각지도 않았던 말이 내 입에서 쏟아졌다. 그가 난감한 표정을 지었다.

"아침부터 웬 비꼬임이야? 그래, 어제 티파니 엄마와 점심 먹었지. 그게 뭐?"

그의 당당함에 나는 더 부아가 치밀었다.

"그렇지요. 그게 뭐 대단한 일인가요? 이제까지 그렇게 살아온 당신한테……. 영혼 구원을 핑계 삼아 어느 여성과도 자유롭게 자리를 함께할 수 있는 특권을 갖고 계시지 않던가요?"

"정말 그렇게 함부로 말할 거야?"

그가 화가 난 듯 목소리를 높였다.

"좋아요. 당신의 직업은 그렇다고 쳐요. 하지만 그 상대가 명혜였다는 걸 굳이 내게 말 안 할 이유가 없잖아요. 명혜는 다른 사람도 아닌 내 친구인데요. 당신은 무의식중에 명혜와 나 사이에 라이벌 의식을 조장하고 있는 건가요?"

그가 기가 막힌다는 표정으로 나를 빤히 바라봤다.

"이봐, 희림 씨! 그래, 내가 희림 씨와 해서는 안 될 일을 했지. 그렇다고 나를 이렇게 몰아세워도 되는 거야?"

"그렇죠. 해서는 안 될 불장난이었죠. 당신에겐 불장난에 불과했지요. 사랑이란 것을 어떻게 하는지도 모르는 당신을 사랑했다니……. 당신이 한 남자로서 할 수 있는 건 불장난뿐이었어요. 그 긴 세월 동안 여자를 어떻게 사랑해야 하는가는 배우지 못했을 테니까요. 다만 여러 여자의 사랑을 고루고루 받기 위해서 처신하는 법은 배웠겠지요. 자신의 행동거지에 쓸데없는 연막을 뿌려놓는 방법을 말예요."

그가 입을 꾹 다문 채 고개를 돌렸다. 차라리 아무 말도 하지 않는 게 낫겠다고 생각하는 것 같았다. 나는 가슴을 들먹거리다 그만 울음을 터뜨렸다.

"알아요. 당신이 그런 적당한 처세술에 습관이 되어 있을 거라는 걸. 그 대신 한 여자를 사랑하는 방법에는 몹시도 서투르다는 걸……. 당신이 편안해질 수 있는 생활로 돌아가세요. 그리고 다시는 누구에게도 사랑한다는 말을 하지 마세요. 당신은 사랑을 할 자격이 없어요!"

나는 울음 섞인 목소리를 쏟아놓고 빠른 걸음으로 그 자리를 떠났다. 그를 내 가슴에 간직하는 일이 이토록 아픈 것이라면 다시는 그를 바라보지 않으리라. 얼이 빠진 듯 호수를 바라보고 섰을 그의 모습이 뒤에서 자꾸만 나를 잡아당겼다. 다시 달려가 그의 품에 안겨 엉엉 울고 싶었다. 그러나 나는 돌아설 수가 없었다. 알 수 없는 힘이 자꾸만 내 발걸음을 그에게서 멀리 떼어놓았다. 자동차에 올라 시동을 걸었다. 그렇지 않아도 털털대는 자동차가 급히 속력을 내느라 더 요란한 소리를 냈다.

한참이 지나서야 나는 어제 그와 함께 갔던 구부러진 산길을 혼자 달리고 있음을 알았다.

당신의 신 앞에서

시간은 계절의 열기를 최고점까지 몰고 왔다. 8월이 되기까지 나는 연필 스케치만 계속했다. 명혜와의 점심 사건을 핑계로 그에게 화를 내고 돌아섰지만, 사실 우리는 더 갈 수 없는 막다른 길에 있었다. 그는 사랑의 열정이, 나는 열정 뒤의 고독이 두려워 서로를 외면하고 있을 뿐이었다.

내 아침 산책은 중단되었다. 나는 그에게 달려가고 싶은 마음을 억누르느라 아침마다 스케치북을 펴들었다. 완전히 갖고 싶은 욕심, 더 이상 다가갈 수 없는 안타까움, 그를 행복하게 해줄 만큼 내겐 젊음도 풍요도 없다는 초라함……. 아무것도 실현할 수 없다는 체념은 차라리 나를 조용히 가라앉혔다.

더위 때문에 거추장스러워진 긴 머리를 아무렇게나 틀어 올리고 스케치북을 펴는데 도어 벨이 울렸다. 문을 여니 명혜가 현관 앞에 서 있었다.

"티파니 학교 보내고 막 오는 길이에요. 들어가도 돼요?"

그녀가 가무스름한 얼굴 위로 어색한 미소를 지었다.

"그럼! 들어와도 되지 않고!"

일부러 톤을 높이는 내 말투가 몹시도 부자연스러웠다. 그녀가 짧은 미소를 흘리며 집안으로 들어섰다.

"이게 얼마 만이야? 요즘 나한테 뭐 삐진 일 있어? 티파니 미술 공부하는 날 이외엔 통 우리 집에 오지도 않고……."

나는 부엌으로 들어가 마침 커피 메이커에서 막 내려진 커피를 컵에 따르며 그녀를 바라보았다. 그녀는 뭐라고 말을 할 듯하더니 그냥 소파 위로 털썩 주저앉아 버렸다.

"삐지긴? 언니가 삐진 것 아니에요? 오고 싶어도 올 수가 없더라고요. 꼭 언니가 나를 밀어내는 것 같아서……."

"무슨 소리야? 내가 명혜 씨를 밀어냈다고? 왜? 이곳에서 단 하나뿐인 내 친구인데……."

"정말? 언니가 날 정말 친구로 생각해요?"

그녀가 금방 어린아이 같은 미소를 지었다. 나는 커피잔을 건네며 그녀의 검은 눈을 빤히 들여다보았다. 항상 삶의 어려움을 외면한 채 꿈을 꾸는 것 같던 그녀의 검은 눈동자가 고요하게 가라앉아 있었다.

"명혜 씨! 무슨 일 있어?"

그녀는 아무 말 없이 커피잔을 입으로 가져갔다. 눈까풀을 내리까는 그녀의 긴 속눈썹 위로 커피잔에서 뜨거운 김이 솟아올랐다. 그 모습은 마치 그녀가 울고 있는 것 같은 착각을 일으켰다.

"무슨 일이 있긴요. 그냥 쓸쓸해서요."

그녀가 힘없이 대답했다. 그녀는 자신의 긴 머리카락 끝을 손가락으로 만지작거리며 우울한 표정을 했다.

"전에, 그러니까 벌써 석 달 전쯤인가 내가 사는 일이 힘들어진다고 그랬잖아요. 내게 숨겨져 있던 내면의 어떤 부분이 아프게 인식 되는 것 같다고 언니에게 넋두리했었지요? 언니라면 내게 시원한 답 변을 해 줄 줄 알았는데 그날 언니는 나를 팽개쳤어요. 도대체 언니 그날 어디 갔었어요?”

그녀가 검은 눈을 들어 나를 바라보았다. 나는 그날이 바로 탁 신 부와 호숫가의 레스토랑에서 식사를 하고 새벽까지 풀밭에 있었던 날임을 기억했다.

“누굴 좀 만나러 갔었어.”

태연히 말하려 했지만 내 말이 더듬거려졌다.

“누구를? 언니 애인 생겼어?”

그녀가 나를 빤히 바라봤다. 명혜의 커다란 눈에 내 모든 것이 그 대로 투영되는 것 같았다. 온몸이 떨려왔다.

다 말해버릴까? 네가 사모하는 그 사람과 그날 나는 밤을 보냈다 고……. 그리고 지금은 사랑이란 것이 그와 나 사이에 견고히 자리 하고 있기에 우리는 침묵 중에도 그냥 이렇게 일상을 계속할 수 있 는 거라고.

“언니! 무슨 생각하는 거야? 정말 수상하다. 그날 데이트하고 왔 구나! 내가 좀 멍청한 것 같아도 연애문제에 대해서는 눈치가 빠르 지 않우. 그렇지?”

그녀를 보고는 있었지만 내 눈은 초점을 잃은 채 허공에 멎어 있 었다.

“맞아! 나 애인 생겼어. 그래! 그날 데이트했어.”

나는 얼결에 중얼거렸다.

“정말? 누구야? 일본에 있는 김한식 아저씨는 아닐 테고……. 아 이쿠! 순자 아주머니 공연히 언니한테 헛물켜고 있는 것 아냐? 지난

번 교회에서 언니가 곧 자기 며느리가 되면 꼭 교회에 나올 거라고 장담을 합디다. 사람들이 모여 있는 데서 말이에요. 신부님까지 있었는걸."

명혜의 눈에 꿈의 기운이 어려 왔다. 사랑이란 화제는 그것이 남의 것일지라도 그녀에게 꿈을 심어주는 모양이었다. 나는 정신이 퍼뜩 들었다.

"뭐라고? 신부님까지 있었다고?"

"그래! 교회의 식구가 늘 거라는데 신부님 입장에서야 나쁠 것도 없지."

태연히 말하는 그녀는 탁 신부와 나 사이의 감정을 전혀 눈치채지 못한 것 같았다.

"그런데 언니! 내가 요즘 자꾸 쓸쓸해지는 건 왜일까? 나이를 먹고 있기 때문인가? 아니면 철이 나느라고 그런 걸까?"

그녀의 눈동자 속에서 일렁이던 꿈의 기운이 사그라져갔다. 나는 명혜의 감정을 짐작할 수 있을 것 같았다. 그녀는 지금 난생처음 짝사랑이란 걸 하는 것이다.

"명혜 씨가 사랑하는 신부님은 잘 계셔?"

약간 비꼬여 나온 내 물음에, 그녀가 뭔가 생각난 듯 소파에 파묻혔던 몸을 급히 일으키며 내 무릎을 쳤다.

"어머! 정말! 요즘 신부님 아침 산책 안 하신대. 그 대신 저녁 무렵에 자전거를 탄다던데……. 거기가 그 호숫가인지는 잘 모르겠어. 언니 요즘 아침마다 신부님 못 만나지?"

순간 내 안으로 배신감 비슷한 것이 밀려들었다. 아침마다 햇빛에 반짝이는 호수를 바라보며 그가 내 그림자를 느끼고 있으리라 짐작했는데…….

"나도 산책 안 한 지 오래되었어."

내 목소리가 냉정하게 흘러나왔지만, 그녀는 배시시 웃음을 머금고 나를 바라봤다.

"내가 사랑하는 신부님? 그래! 언니! 사랑이란 걸 이렇게 할 수 있다는 것을 나는 처음 알았어. 이렇게 바라만 보면서도 때론 행복하고, 내가 변하는 것 같기도 하고……. 하지만 이런 사랑은 너무 쓸쓸해. 그냥 내 식의 사랑으로 돌아가고 싶어. 사실은 그런 얘기 언니한테 해보려고 오늘 온 거야."

그녀가 서글픈 미소를 지었다.

"글쎄! 사랑처럼 개인적인 것이 또 있을까? 결국, 자신의 감정을 가장 잘 아는 사람은 명혜 씨 아니야?"

"겨우 그렇게밖에 말 못 해요? 내가 알아서 하라고?"

그녀가 섭섭하다는 표정으로 나를 빤히 바라봤다. 나는 창밖만 내다보았다. 더위에 축 늘어진 거무튀튀한 참나무 잎사귀로 더 강렬해진 햇볕이 내리쬐고 있었다.

"나 그만 갈게요."

그녀가 탁자 위에 커피잔을 내려놓는 소리에 고개를 돌렸다. 막 현관문을 나가려던 명혜가 뒤돌아보았다. 그녀의 검은 눈에 여릿한 물기가 어려 있었다.

"언니! 내가 너무 바보 같은 질문을 했어. 맞아. 그건 내가 알아서 해야 할 문제야."

그녀는 힘없이 말을 던져놓고 나갔다.

갑자기 눈물이 치솟았다. 그동안 고요히 다져왔던 가슴 안으로 또 한 차례의 파도가 일렁이는 것 같았다. 아침마다 나를 기다리며 호숫가를 걷고 있을 그의 모습을 상상하며 마음을 가라앉혀 왔다. 내가 언제라도 달려가면 그가 거기에 있을 거라는 안도감 때문에……. 그런데 그는 거기 없었다. 내가 어느 아침 달려갔다 하더라도 그를 만날 수는 없었다.

그동안 꾹꾹 눌러온 가슴 위로 그리움이 일렁거렸다. 다시 열정의 허무가 찾아온다 해도 좋았다. 가슴 저린 고독감이 찾아온다 해도 좋았다. 그를 만나고 싶었다.

그가 아침 산책 대신 저녁 무렵에 자전거를 탄다는 명혜의 말이 떠올랐다. 자전거를 타는 곳이 그 호숫가가 아닐까? 그곳에 가면 그를 볼 수 있을 것 같았다. 하루를 어떻게 보냈는지 감각도 없을 만큼 나는 온통 그를 만날 생각에만 사로잡혀 있었다.

8월의 햇빛이 기울어지기까지 지루한 시간이 걸렸다. 땡볕을 내뿜던 태양이 조금씩 그 열기를 거두어들일 무렵 나는 운동복 차림으로 집을 나섰다. 황혼녘의 호숫가에서 자전거를 타고 있을 그의 모습이 머릿속에 그려졌다. 자전거의 동그란 두 바퀴 위에 몸을 의지한 채 철없는 소년처럼 호숫가를 달려가는 그를 보고 싶었다.

나는 어느새 호숫가에 서 있었다. 아직 푸르름이 채 가시지 않은 하늘엔 벌써 불그스레해진 구름이 점점이 떠 있었다. 그 위를 검은 새떼가 한바탕 날아오르다가 흩어져 갔다. 혓바닥을 길게 늘어뜨린 커다란 개를 끌고 백인 여인 하나가 내 옆을 지났다. 걷고 있는 사람은 오직 여인과 나뿐이었다. 블루진 반바지 밑의 허약한 내 두 다리가 여인의 튼실한 다리를 따라갔다. 무심코 여인을 따라 걷던 나는 호수 가까이 버드나무가 서 있는 곳에 멈춰 섰다. 바람결에 푸른 잎을 출렁이는 버드나무가 짙어지는 황혼 속에 서 있었다.

나는 천천히 그 버드나무 밑으로 걸어갔다. 그와 내가 몸을 포개고 있던 곳이었다. 잠시 그 자리를 서성이다가 풀밭 위에 가만히 앉았다. 풀밭 사이에서 금방 그의 체온이 느껴져 올 것만 같았다.

하늘이 더 붉게 물들었다. 호수는 하늘만큼이나 붉어진 채 잔바람과 오리들의 물질에 붉은 수면을 흔들어댔다. 셰퍼드를 끌고 걷던 여인도 어느새 자취를 감춘 호숫가엔 나 혼자뿐이었다. 호수 건너편의 레스토랑 불빛이 반짝이기 시작했다. 나는 점점 어두워지는 호숫가에 앉아 멍하니 건너편 레스토랑을 바라봤다. 그와 내가 마주 앉아 있던 창가 자리가 불빛 속에 어렴풋이 짐작됐다. 가슴속으로 아픔이 밀려들었다.

사방엔 온통 불빛뿐 노을마저 사라진 하늘과 호수엔 어둠이 짙어져 갔다. 나는 버드나무 밑에 쪼그리고 앉아 무릎에 얼굴을 처박았다. 아무도 없는 산중에 홀로 버려진 미아처럼 두려움이 엄습해 왔다. 그를 바라볼 길이 없다는 두려움이었다. 어디에서 그를 만난단 말인가? 그렇게 서로를 아프게 하는 열정이 아니라도 우리는 그저 만남을 계속할 수 있다는 걸 얘기해야 하는데…….

나는 천천히 몸을 일으켰다. 어둠 속의 호숫가를 이리저리 거닐어 보았다. 이제는 돌아갈 길밖에 없었다. 저며 오는 가슴을 다독이며 자동차가 주차해 있는 곳으로 걸어가려 할 때, 건너편 레스토랑과 산책로를 가로지르는 호수 주변 길을 걸어오는 한 쌍의 남녀가 눈에 들어왔다. 무심코 돌아서려다 왠지 낯이 익어, 나는 걸음을 멈춘 채 그들을 주시했다.

굵게 컬이진 세미 롱의 머리카락을 연신 손으로 쓸어내리는 여인이 뭔가 열심히 얘기하고 있었다. 그녀의 긴 스커트 자락이 가로등 불빛 속에서 걸음을 뗄 때마다 하얗게 흔들렸다. 두 손을 바지 주머니에 찌른 채 천천히 걷는 남자는 여인의 얘기에 열중해 있는 것처럼 보였다. 금방 호수 속으로 쓸려 들어갈 듯 두 사람의 몸이 가로등이 서 있는 길 가장자리로 쏠리다가 다시 안쪽으로 걷기를 몇 번이나 반복했다.

그들의 모습이 조금씩 가까워져 왔다. 고개를 숙이고 걷던 남자가 주머니에서 담배를 빼어 물며 고개를 들었다. 가로등 불빛에 그의 안경이 반짝거렸을 때 나는 그만 호흡을 멈추어 버렸다. 입에 머금었던 하얀 담배 연기를 호수 위로 길게 내 뿜으며 미소를 흘리는 그는 탁 신부였다. 연신 그를 향해 재잘대며 고갯짓을 하는 여인도 아는 얼굴이었다. 고운 피부에 볼우물이 팬 모습이 귀엽던, 순자 아주머니 집에서 봤던 그 제인이란 여인이었다.

저들은 지금 사랑을 시작하고 있는 걸까? 그는 나와 함께 했던 식당에서 그녀와 저녁을 먹고, 나와 걷던 길을 걸어오고 있었다. 그는 우리가 같이 있던 그 버드나무 밑으로 그녀를 데려 가려는 걸까?

온몸의 피가 내 발끝으로 다 빠져나가는 것 같았다. 그들이 다가오기 전에 어서 그 자리를 떠나야 한다고 생각했지만 두 발이 땅에 붙은 듯 움직여지지 않았다. 생글거리는 웃음을 머금은 제인의 얼굴이 점점 또렷이 다가왔다. 그 옆에서 엇비슷이 고개를 숙인 채 미소를 띤 그의 얼굴도 가까워져 왔다. 불빛이 비치고 있기 때문인지 그의 얼굴이 불콰해 보였다. 어쩌면 그는 그녀와 마주 앉아 붉은 포도주를 연거푸 마셔버렸는지도 모른다. 그녀의 사랑스러움에 취해서……

한줄기 눈물이 볼을 타고 내렸을 때야 나는 힘겹게 걸음을 뗐다. 내 등 뒤에서 산책로로 들어서는 그들의 발걸음 소리가 들려왔다. 나는 뛰기 시작했다. 그들의 대화가 금방 내 귓속으로 들려올 것 같은 두려움에 있는 힘을 다해 뛰었다. 재빨리 자동차 안으로 들어와 핸들에 얼굴을 처박았다. 슬며시 눈을 들었을 때 눈물 때문에 뿌연 내 시야로 어두운 산책로에 나란히 선 그들의 모습이 잡혀왔다. 내가 시동을 걸고 헤드라이트를 켜자 순간적으로 그들의 시선이 내 쪽으로 쏠렸다. 불과 5미터 정도의 거리였지만 어둠 때문에 그들이 나를 알아볼 리는 만무했다. 나는 그들의 시선을 뭉개버리려는 듯 액셀을 힘껏 밟아 속력을 내며 그들 곁을 지났다.

어떻게 집으로 돌아왔는지 그대로 침대 위에 누운 채 뜬눈으로 밤을 새웠다. 커튼을 여니 이른 아침부터 열기를 머금은 태양이 사방을 비추고 있었다. 밤새 고통에 찌든 몸을 끌고 욕실로 들어갔다. 내 온몸의 수분이 다 빠져나간 듯 까칠한 살갗이 비누를 문지를 때마다 밀려났다. 사랑의 환상에 젖던 내 몸은 가엾게도 싱싱함을 잃어갔다.

이제는 아름다워야 할 이유가 없었다. 샤워를 마치고 젖은 머리를 손질할 것도 없이 하나로 동여맸다. 화장기 없는 얼굴로 무릎이 헐은 블루진 바지에 이미 푸른빛이 허옇게 바랜 낡은 면직 셔츠를 입었다. 거울 속에 비친 초라한 여인, 과연 내 마음과 어울리는 모습이었다. 그를 알기 전에 암울하던 내 삶이 떠올랐다. 그 삶에 어울리던 초라한 여인이 몇 달 사이에 어떻게 그토록 아름다운 변신을 시도할 수 있었던지.

언젠가 무심코 스케치했던 그림이 떠올랐다. 바다 위에 떠 있던 무수한 얼굴들……. 사람들은 삶의 바다에서 각기 표류를 하다 운명의 파도에 의해 만남의 인연이 닿았다가, 또 다른 파도가 오면 알 수 없는 곳으로 밀려간다. 그 파도에 밀려 만났던 그를, 이제는 또 다른 파도에 밀려 떠나야만 하는 시점에 이르렀는지도 몰랐다.

젖은 채 묶어진 머리가 다 마를 때까지 침대 위에 따리 틀고 앉았던 나는 시곗바늘이 10시를 넘기자 천천히 집을 나섰다. 차를 몰고 교회 뜰로 들어섰다.

입구에 서서 벨을 누를까 하다가 살그머니 출입문을 밀어보았다. 당연히 잠겨 있을 거라고 생각했던 문이 쉽게 밀어졌다. 컴컴한 실내에서 서늘한 공기가 새어 나왔다. 안으로 들어서자 여닫이문이 내 손바닥을 미끄러지며 한순간에 닫혀버렸다. 갑자기 눈앞이 캄캄해 왔다. 어두운 시야와 함께 마음도 막막해져 왔다. 그에게 무슨 말을 할 것인가.

잠시 서 있는 사이 조금씩 사방이 구별되었다. 출입구에서 정면으로 보이는 곳에 반듯하게 닫혀 있는 또 하나의 문이 보였다. 명혜를 따라 처음 이곳에 왔을 때 음악회가 열리던 곳, 이 교회의 성전이었다. 마호가니 나무 위에 고전적 무늬가 조각된 그 문의 놋쇠 손잡이를 잡고 살며시 밀어보았다. 무거울 것처럼 여겨지던 문은 가볍게 열렸다. 나는 천천히 그 문 안으로 걸어 들어갔다.

나무로 만든 장의자들이 좌우 두 줄로 놓인 사이로, 벌거벗은 한 남자가 겨우 아랫도리만 가린 채 고개를 떨어뜨리고 높이 매달려 있었다. 그를 형틀에 고정한 세 개의 못이 그의 양손과 포개진 두 발을 뚫은 채였다. 그의 오른쪽 옆구리에서 피가 흘러내렸다. 그것도 모자라 살갗을 뚫고 들어가는 가시관이 그의 머리를 꽉 조이고 있었다. 그렇게 비참한 몰골로 그는 조용했다. 죽은 것인가. 아니 그는 살아 있다고 했다. 그는 절대 죽지 않는 존재가 돼 이천 년을 인류 안에 살고 있다고 했다.

나는 그 고통의 사나이 앞으로 성큼 다가갔다. 지난날 내가 배웠던 온갖 신앙적 이론들이 머릿속에서 튀어나왔다. 고개를 들어 고통으로 일그러진 형틀의 사나이를 올려다보았다.

당신은 사람들이 당신처럼 고통 속에서 죽기를 원하나요? 나도 당신처럼 그 형틀에 못 박혀 온몸의 물과 피를 다 쏟아낸 다음 당신처럼 고독한 절규 속에서 죽기를 원하나요?

그의 얼굴이 고요히 나를 내려다보고 있었다.

나는 모두가 살기를 원한다. 너도 살기를 원한다. 영원히……

어디선가 그의 목소리가 울려오는 것 같았다.

왜 당신은 그토록 비참한 고통의 형상으로 거기 매달려 있습니까?

다시 그를 올려다봤다.

죽어야만 살 수가 있단다. 영원히 살기 위해서는 먼저 죽어야 한단다.

눈을 내리깐 그의 얼굴에서 들리지 않는 목소리가 내 가슴으로 번져왔다.

우리는 당신처럼 될 수가 없습니다. 당신처럼 되기를 강요하지 마십시오. 영원히 살지 못하더라도 현세에서 행복하길 나는 원합니다. 사랑하는 사람과 살갗을 부비며 아침마다 같은 자리에서 눈을 뜨고, 같은 음식을 먹고 그의 아이를 낳고 그렇게 살고 싶습니다. 가보지 않은 영원의 세계를 위해 우리에게 아픔을 강요하지 마십시오. 특별히 당신만이 할 수 있던 신적 희생의 행위를 우리에게, 나에게 강요하지 마십시오.

나는 결코 강요한 적이 없다. 너희들 내부에서 나를 원하고 나처럼 되기를 소망하고 있다. 너희의 자발적인 의사가 없다면, 내가 이토록 오래 형틀에 매달려 있음도 무의미하다. 애야! 네 고통을 내게 다오. 그리고 가벼워져라.

나는 십자가 앞 붉은 카펫 바닥에 주저앉아 흐느끼기 시작했다. 사방은 고요했다. 나의 가느다란 울음소리만이 텅 빈 공간을 울렸다.

확실하게 알 수는 없지만 탁 신부와 나 사이를, 보이지 않는 거대한 힘이 가로막고 있는 게 느껴졌다. 저 예수라는 사나이…….

이천 년이나 살아온 그 사나이를 어떻게 이겨낼 것인가. 왜 그 영원 속의 사나이는 탁 신부를 더 견고히 지켜내지 못하고 내게 보냈던 것일까. 어쩌면 영원을 향해 부름을 받은 그의 해결되지 않은 애욕이 나를 통해 다 타 없어지기를 신의 아들은 원했던지도 모른다. 그가 보기에 나같이 하잘것없는 여인 하나의 희생쯤은 아무것도 아니므로.

나는 고개를 들어 형틀의 사나이를 올려다봤다. 피로 얼룩진 그의 얼굴이 고요히 나를 내려다보고 있었다. 감히 그 사나이에게 대항할 수 없다는 게 느껴졌다. 나는 천천히 일어섰다. 그리곤 몸을 돌려 성전 입구 쪽으로 걸음을 떼기 시작했다.

스테인드글라스의 유리창으로 햇빛이 비쳐들었다. 색색의 유리에 굴절된 햇빛은 오색이 된 채 텅 빈 성전 안을 신비롭게 비추었다. 몇 걸음을 걷던 나는 그 빛 속에 걸음을 멈추고 뒤돌아보았다. 그리곤 십자가를 향해 중얼거렸다.

"내가 돌아가는 건 당신을 이길 수 없기 때문이야. 나는 행복하고 싶어. 죽었다가 다시 살아나는 당신 차원의 삶이 아니라 여기 이 자리에서 행복해지고 싶어. 그러나 나는 당신을 이길 수 없어. 당신이 내 마음을 갈가리 찢어 세상에 거룩한 것을 이루겠다면, 그럴밖에. 나는 당신이란 거대한 강을 건너 사랑을 쟁취할 힘이 없어."

내 볼 위로 눈물이 흘러내렸다.

다시 출입문을 향해 걸음을 떼기 시작했다. 타박타박 내가 걸음을 옮길 때마다 붉은 카펫 위에서 잔 먼지가 일었다. 뿌옇게 일어서는 먼지는 색유리로 비쳐드는 오색의 햇빛 속에 꽃가루처럼 흩날렸다.

문을 열고 막 복도로 나왔을 때 누군가 건물 안쪽에서 걸어 나오는 기척이 났다. 나는 멈춰선 채 그 발걸음 소리에 귀를 기울였다. 곧 복도 끝에서 그가 나타났다. 반소매 검은 정복 셔츠에 하얀 로만 칼라를 빳빳하게 세워 입은 그의 초췌한 모습이 멈칫 내 앞에 멈추어졌다. 나를 바라보는 그의 눈썹 위로 희미한 떨림이 지나갔다. 뭔가 말을 할 듯 입술을 달싹거리던 그는 다만 긴 숨을 토해냈다. 그와 나 사이로 슬픈 기운이 무겁게 내려앉았다.

얼마를 그렇게 서 있었던가. 나는 그 침묵을 헤치고 한 발짝 그에게로 다가갔다. 그가 나를 가만히 바라봤다. 그의 눈에 붉은 핏발이 서 있었다. 슬픔인지 분노인지 모를 한 줄기 감정이 내 가슴속을 거세게 스쳐 갔다. 나는 가슴을 조여 오는 고통에 호흡을 멈췄다. 그리곤 손을 들어 있을 힘을 다해 그의 뺨을 후려쳤다. 예기치 못했던 내 행동에 순간, 그의 몸이 휘청했다. 나는 그대로 몸을 돌려 쏜살같이 그곳을 빠져나왔다. 그의 뺨을 스쳤던 내 손바닥 위로 싸한 아픔이 느껴져 왔다.

이렇게 해서 당신을 잊을 수 있다면, 이렇게 함으로써 다시는 사랑에 대한 욕심을 내지 않을 수 있다면…….

급히 자동차에 시동을 걸고 그곳을 떠나는 내 눈에서 눈물이 비오듯 쏟아졌다.

크리스마스가 오기 전에

11월이 되면서 비가 내리는 날이 많아졌다. 나는 바바리코트의 칼라 깃을 세우며 창밖을 내다보았다. 낡은 차를 몰고 LA 시내까지 달려갈 일이 걱정스러웠지만, 길수를 꼭 만나야만 할 것 같았다.

빗속에 집을 나섰다. 동네 길을 벗어나 시내로 향하는 프리웨이에 들어서자 빗줄기는 더 거세어졌다. 빗길을 달리던 차들이 속도를 늦추고 정체되기 시작했다. 힘겹게 달려가던 내 자동차가 정체되는 앞차를 따라 브레이크를 밟을 때마다 끄르륵 신음을 냈다. 마치 이 길을 달리기엔 너무 힘들다는 탄식처럼. 자동차가 신음을 토해낼 때마다 내 입에서도 긴 한숨이 쏟아졌다.

지난 몇 달을 어떻게 보냈던가. 8월 말경 순자 아주머니는 김한식을 보러 일본으로 갔다. 가끔 탁 신부의 소식을 전해주던 그녀가 내 곁에 없는 게 다행이었다. 뭔가 냉정해진 내 태도에, 명혜는 티파니가 미술공부 하는 날만 가만히 현관 앞까지 와서 아이를 놓고 가거나 데리고 가곤 했다. 순간순간이 고통으로 경직된 듯한 날들 속에서 나는 오히려 침착하게 일상을 꾸려갔다. 만약 고통과 행복이 번

갈아 온다면, 그 혼란 때문에 생활은 더 엉망이 되고 말았으리라.

며칠 전 한 장의 그림엽서가 내 삶의 침묵 속으로 날아왔다. 도쿄 시내의 전경 사진이 찍힌 엽서 뒤엔, 마치 초등학교에 다니는 어린 아이 글씨처럼 삐뚤삐뚤한 김한식의 글이 쓰여 있었다.

희림 씨! 별 일 업는지요? 보고 십구뇨.
우리 어머니는 여기 나랑 게시담니다.
어머니하고 당신 얘기를 만이 햇지요.
진작 편지하고 십엇지만 보시다시피 내 한글 솜씨가 엉망이라서요.
우리 크리스마스에 만나 압으로의 일을 얘기 합시다.
그떼 어머니와 함깨 그곳으로 가겠습니다.
내 맘은 이미 결정이 돼엇지만 당신 맘을 알고십구뇨.
I miss you! Love 한식.

군데군데 받침이 엉망이었지만 그가 무슨 말을 하는지 알 것 같았다. 그는 내게 청혼을 하고 있었다. 크리스마스가 되고 순자 아주머니와 김한식이 돌아오면, 그들이 파티랍시고 떨어댈 북새통에 나는 탁 신부와 몇 번은 마주쳐야 할지도 모른다.

어떻게 그를 바라볼 것인가. 억지로 막아버린 사랑의 대상을 앞에 놓고 내가 김한식의 청혼을 받는다? 그 거룩한 크리스마스에……

나는 고개를 흔들었다. 그런 아이러니컬한 상황 속으로 걸어 들어 갈 수는 없었다. 더구나 다 타지 못한 사랑을 태우고 싶어 아직도 불 끈거리는 가슴을 안고 김한식과 미래를 설계할 수는 없었다. 그것은 어쩌면 김한식의 생을 더 비참하게 만드는 일인지도 몰랐다. 크리스마스가 되기 전에 이곳을 떠나야 했다. 그것이 탁 신부와 김한식과 나 자신에게까지도 가장 진실해질 수 있는 길이었다.

빗속에서 자동차 와이퍼가 열심히 앞창의 물기를 닦아내건만 시야는 마치 안개에 서린 듯 뿌옇기만 했다. 늦은 속도로나마 조금씩 나아가다가도 자꾸만 정체를 거듭하는 자동차의 행렬 뒤로 앞차의 빨간 후미등이 빗속에 명멸했다. 반대편 노선에선 달려오는 자동차들의 헤드라이트가 빗속을 환하게 비추며 지나갔다. 달려오는 차들의 노란 불빛, 달려가는 자동차들의 붉은 후미등……. 빗속의 프리웨이는 그 두 불빛 행렬로 가만히 움직이고 있었다. 오는 불빛의 휘황함과 떠나는 불빛의 붉음…….

나는 어디론가 또 떠나야 한다. 자동차 후미등같이 붉은 내 영혼의 피를 여기에 흘려놓고서 떠날 자리를 찾아야 하는 것이다.

정체를 거듭하던 프리웨이를 벗어나 집에서 출발한 지 두 시간이 지나서야 한인 타운으로 들어섰다. 한글 간판들이 비에 젖은 채 나지막하고 낡은 건물들 사이에서 붉고, 푸른 빛을 냈다. 갖가지 색의 우산을 쓰고 길을 걷는 사람들, 대부분 한국 사람들이거나 멕시칸들이었다. 걷는 그들이나 차를 타고 있는 나 비슷한 속도로 만화방, 당구장, 갈비구이집, 치킨집, 양장점, 방앗간, 한약방 등을 지났다.

노면이 고르지 못한 낡은 아스팔트의 좁은 도로를 어느 정도 빠져나왔을 때 한국 사람이 경영한다는 10층짜리 호텔이 나타났다. 지하 주차장으로 들어가는 입구를 찾지 못해 호텔 정문에 차를 세웠다. 대리주차를 해주는 한국 청년이 내 자동차를 낯선 듯 바라봤다. 당연히 고급호텔 앞에 세우기엔 너무도 낡은 차였다. 청년에게서 주차표를 받으며 공연히 귀밑이 달아올랐다.

호텔로 들어서자 길수가 로비를 서성이고 있었다.

"어떻게 된 거야? 사고 난 줄 알고 걱정했잖아!"

나를 보는 그의 이마에 주름이 잡혔다. 건강한 혈색에 적당히 살이 찐 얼굴, 하늘색 와이셔츠 위에 걸친 감색 카디건과 구김살 없는 감색 바지를 입은 모습이 영락없이 유복한 중년 남자였다.

"아이쿠! 오빠! 미안해! 걱정했지?"

나는 어린아이처럼 그의 팔에 매달렸다. 탄탄한 그의 팔을 잡는 순간 왜 그런지 울컥 울음이 북받쳐 올랐다. 내가 지금 얼마나 아파하고 있는가를 그에게 다 쏟아놓고 싶어졌다. 그가 물끄러미 나를 내려다봤다.

"왜 이렇게 얼굴이 안된 거야? 어디 아프냐?"

"아니야. 아프긴, 늙느라고 그런 거지. 그런데 난 오빠 방에는 안 올라갈 거야. 여기 식당에서 밥이나 얻어먹고 갈게. 괜히 오빠 방에 올라갔다가 지난번처럼 내가 아이 낳게 해달라고 하면 이번엔 오빠가 내 유혹에 넘어가고 말 것 같아. 그렇지?"

나는 울컥거리는 마음을 가누느라 일부러 너스레를 떨었다. 그가 흐물흐물 웃음을 머금었다.

"누가 유혹에 넘어간대? 스물여섯도 아닌 서른여섯이나 먹은 여자한테? 그래! 저기 식당으로 가자. 밥도 먹고, 그동안 어떻게 지냈는지 들어도 보자꾸나."

그가 로비 끝에 있는 일식당으로 내 손을 이끌었다.

저녁을 먹기엔 좀 이른 시간이라 식당 안은 거의 비어 있었다. 빨간 키모노를 입은 웨이트리스가 우리를 안내했다. 일본 지우산 모양의 전등갓이 씌워진 테이블 밑에 앉아서야 실내에 일본 음악이 흐르는 걸 알았다. 무심히 바라다본 스시 바 안에는 이마에 푸른 띠를 동여매고 일본식 겉옷을 입은 스시맨이 있었다. 그 모습을 바라보다 나도 모르게 중얼거렸다.

"여기가 도대체 한인 타운이야? 일본 타운이야? 아무리 손님을 유치하기 위한 거라지만, 매스껍군!"

그가 소리 없는 웃음을 머금었다.

"뭐든지 그냥 못 보고 지나치는 건 여전하구나! 내버려 두렴. 일본식 분위기가 있어야 스시도 더 맛있는 모양이지."

"하여간 오빠는 맨날 물에 물 탄 듯 술에 술 탄 듯, 도대체 정의가 없어!"

그에게 눈을 흘기고 있는 사이 그는 메뉴판을 들여다보며 웨이트리스에게 음식을 주문했다. 가까이서 보니 빨간 인조 공단의 키모노는 듬성듬성 조악한 바느질로 꿰매어진 채 웨이트리스의 굴곡진 몸에 달라붙어 있었다. 그녀가 주문한 음식을 적고 있는데 그가 나를 바라다봤다.

"술 한잔해야지. 오랜만에 만났는데……. 비도 오고 하니 따끈한 정종이 어때?"

나는 가만히 고개를 끄덕여 보였다.

"옛날 생각이 나는구나! 너와 술집에 앉아 있었던 대학시절……. 참, 어지간히도 마시더니. 오늘 그때 실력 한 번 발휘해보지 그래?"

그가 빙그레 웃음을 머금었다.

"그렇지 않아도 그렇게 될 것 같아. 왜냐면 지금 내 마음이 오빠와 술집에 마주 앉아 있던 젊은 어느 날과 비슷한 심정이거든."

나는 장난처럼 웃어버렸지만, 그의 눈이 돌연 크게 벌어졌다.

"뭐야? 그때처럼 실연이라도 당했나?"

내가 괜히 키들거리는 동안 웨이트리스가 정종이 담긴 백자 호리병과 술잔을 날라 왔다. 그가 내 잔에 술을 따랐다.

"자! 마셔라. 그리고 힘든 일 있으면 털어놓아봐. 지난번 너희 어머니 돌아가셨다는 소식도 들었다. 네가 힘들겠다는 생각했지만, 전화는 안 했다. 나는 너를 잘 아니까. 독하게 마음먹고 잘 있다가도 힘들지, 힘들지? 하고 추스르면 그만 울어버릴 것 같아서…… 지금도 그래. 네 모습이 말이야."

정말 나는 울음이 터질 것 같은 마음을 간신히 누르고 있었다. 술잔을 들어 단숨에 마셔버릴밖에 없었다. 온종일 변변하게 먹은 것도 없는 빈 위장 안으로 따뜻한 액체가 흘러들었다. 혀끝에 들큼한 정종 맛이 느껴진 건 술잔을 내려놓고 나서였다.

"오빠! 나 그림을 다시 시작할까 봐. "

그가 담담한 눈빛으로 나를 보았다.

"지난번 내가 그랬잖아. 다시 그림을 그리라고……."

"그 말은 무슨 말이야? 이렇게 엉망이 되어버린 내 인생에 대한 당위성을 찾는 길은 예술뿐이란 얘기야?"

가벼운 현기증이 밀려왔다. 겨우 한 잔 마신 술이 벌써 효력을 발하고 있는 모양이었다. 그가 술잔을 들었다. 나도 그를 따라 두 번째 잔을 들이켰다. 이번엔 위장으로 술이 흘러들기 전에 혓바닥에 따뜻한 술맛이 감기어 왔다. 나를 건너다보는 그의 눈이 젖어 있었다. 나는 공연히 소리를 내 웃어버렸다.

"뭐야? 오빠! 동정하고 있는 거야? 내 꼴이 불쌍해서?"

그가 가만히 고개를 저었다.

"아니다. 나는 너를 동정해 본 적이 한 번도 없어. 오히려 네가 부럽다. 너의 자유가…… 네가 타고난 그 감정의 자유가 말이야."

그의 입가로 쓸쓸한 미소가 어렸다.

"내가 부럽다고? 무책임한 발언이군! 자기는 현실적으로 누릴 편안함을 다 누리고 있으면서 삶이 찌그러진 여자의 감정적 자유가 부럽다? 그건 오빠의 허영심일 뿐이야."

나는 세 번째 잔을 입에 털어 넣었다. 따뜻한 액체가 그냥 목구멍을 통과했을 뿐 입안엔 아무 맛도 느껴지지 않았다. 자꾸만 눈물이 쏟아질 것 같았다. 테이블에 놓인 냅킨을 집어 일부러 큰 소리를 내며 코를 풀어버렸다.

"나는 말이야. 왜 그런지 너를 생각해야만 내가 살고 있다는 게 실감된다. 너무 어린 시절부터 나를 지배해온 너라서인가? 아니면 너는 내가 꼭 가져야 하는 어떤 걸 가진 사람이기 때문인지도 몰라. 나에게는 없는……."

그의 눈께로 붉은 기운이 모여들었다. 어느새 테이블 위엔 모둠 생선회 접시가 날라져 있었다.

"오빠가 얘기하는 그게 뭔지는 몰라도 나는 아마 그것 하나밖에는 못 가졌을 거야. 남들 다 가진 건 하나도 못 갖고 남에게 흔히 없는 단 한 가지 어떤 것만을……. 하지만 그게 사람에게 꼭 필요한 걸까? 그런 부분을 못 가진 오빠는 이렇게 멀쩡하게 살고 있는데 오빠가 부러워하는 것을 가진 나는……."

나는 말을 맺는 대신 나무젓가락을 들어 생선회를 뒤적거렸다. 거의 비어 있던 식당 안으로 조금씩 손님이 들어차기 시작했다. 여기저기서 사람들의 말소리가 들려왔다. 귀에 똑똑히 들려오는 한국말들…… 마치 나 혼자만 이방의 언어를 쓰고 있는 듯 식당 안 웅성거림이 생소했다. 너무 오랫동안 사막에서 살았다는 생각이 들었다. 영어권의 사막에서 견딜 힘도 없이 모국 적 분위기를 일부러 잊으려했던 건 오히려 엉뚱한 열정을 불러들이고 말았다.

"그림을 그려보겠다고? 그래! 좋은 생각이야. 넌 그림을 그려야해!"

그가 비어 있는 내 잔에 술을 채우며 말했다.

"몇 달 전부터 연필 스케치를 시작했어. 너무 오랜만이긴 하지만 그릴 수 있을 것 같아. 그리고 나 이곳 한인 타운으로 나와서 살고 싶어. 이곳에 오면 다른 미술가들과 접촉할 기회도 있을 거고…… 오빠 나 좀 도와주겠어?"

나는 좀 간절함을 담고 그를 바라보았다. 천천히 고개를 끄덕이는 그의 모습이 흐릿하게 보였다. 나는 벌써 시야가 흐려질 만큼 취해 있지는 않았다. 내 눈에 고인 눈물이 눈앞을 뿌옇게 만들고 있었다. 다시 잔을 들어 입에 털어 넣었다. 목구멍으로 미지근한 술이 넘어가는데 눈물이 흘러나왔다.

"그래! 내가 도와줄게. 사실 이번이 LA 쪽으로는 마지막 출장이 될 것 같아. 나 다음 달에 회사 그만두기로 했거든. 사업을 벌이기로 했어. 이태리 산 가구를 사다가 파는 일종의 수입무역업이지. 지금 준비 단계인데 막상 사업이 시작되면 아무래도 유럽 쪽 출장이 잦아질 것 같아. 여기 오기는 어렵겠지. 당분간은……. 대신 네 뒷바라지 해줄 수 있을 만큼 경제 사정은 나아질 거야. 네가 원한다면 여기 한인 타운에다 아틀리에를 구해보렴. 너 대학 다닐 때처럼 먹고, 자고, 그림도 그릴 수 있는 그런 공간 말이야."

울고 있는 내 얼굴을 애써 외면하며 그는 천천히 말했다. 그가 가만히 술잔을 들었다. 목을 뒤로 젖힌 그의 입술로 하얀 백자 술잔이 기울어졌다. 왜 그런지 그가 그 동작을 너무 빨리 반복한다고 생각하는데, 오히려 내가 거푸 술을 마시고 있다는 걸 알았다.

"그만 마셔!"

그의 목소리가 일본 음악과 한국말의 웅성거림 사이에서 확성기처럼 크게 들려왔다. 눈앞으로 웨이트리스의 빨간 키모노 자락이 집

채만 하게 다가왔다가는 멀어져갔다. 그리곤 아무것도 보이지 않았다. 오직 깜깜한 세상뿐…….

나는 이 깜깜한 세상에 그림을 그려야 한다. 무슨 색을 칠해도 다 색깔을 잡아먹는 깜깜한 세상에 무슨 수로 그림을 그려낼 것인가. 어둠을 이겨내는 형광 빛 물감은 없을까. 그림을 그려야 하는데, 그림을 그려야 하는데…… 그리고 나는 떠나야 하는데, 크리스마스가 오기 전에 그 사막을 떠나야 하는데…….

"오빠! 크리스마스가 오기 전에, 크리스마스가 오기 전에 말이야!"

"그래! 크리스마스가 오기 전에."

깜깜한 시야에서 그의 목소리만 들려왔다. 그를 보려고 눈을 치떴지만, 아무것도 보이지 않았다.

어렴풋이 어떤 형태가 보였다. 푸른빛 같기도 하고 흰빛 같기도 한 희미한 무엇이 어둠 속에 어른거렸다. 나는 그 형태를 가늠하려고 애썼다. 그 희미한 빛이 조금씩 윤곽을 잡아갔다. 헝클어져 있던 빛이 모여들며 차츰 사람의 모습이 되었다. 멀찌감치 홀로 선 남자의 모습이었다. 그것이 길수일 거라는 생각에 얼른 오빠! 하고 불러보았다. 하지만 고개를 돌리며 나를 바라보는 사람은 탁 신부였다. 그가 물끄러미 나를 바라보았다. 묵묵한 그의 표정에 깊은 고통의 빛이 어렸다. 그의 모습이 조금씩 옅어져 갔다. 그를 이루고 있던 희고 푸른빛들이 갑자기 부서져 내렸다. 먼지처럼 부서지는 빛 입자 사이로 그의 모습이 허물어졌다. 다시 눈앞이 깜깜해졌다. 마치 아무도 없는 세상에 나 홀로 버려진 듯한 두려움과 외로움이 밀려왔다. 나는 흐느껴 울기 시작했다.

흐흐흑, 흑흑. 내 울음소리에 눈을 떴다. 눈을 감았을 때와 똑같이 시야는 깜깜했다. 누운 채 몸을 들썩이는 내 얼굴 위로 흥건히 눈물이 흘러내렸다. 그대로 얼마간을 누워 있었을까. 눈물과 어둠 때문에 분별이 안 되던 시야가 조금씩 가늠되었다. 블라인드가 내려진 창밖으로 간간이 자동차 지나는 소리가 났다. 창문 밑에 놓인 여행용 트렁크의 열린 지퍼 사이에 옷자락이 삐죽 나와 있었다. 그 옆 탁자에 놓인 신문과 재떨이가 보이고, 거울이 붙은 3단 서랍장 위에도 무엇이 어질러져 있었다. 아마도 길수의 방인 듯했다. 방 안엔 그의 기척이 느껴지지 않았다. 나는 천천히 몸을 일으켰다. 묵지근한 두통이 뒤통수에서부터 목덜미를 잡아당겼다. 어떻게 이 방까지 오게 되었는지 기억이 나지 않았다.

내 몸엔 바바리코트가 그대로 입혀져 있었다. 그는 아마도 몹쓸 물건을 처리하듯 아무렇게나 나를 눕혀놓고 서둘러 이 방을 나가버렸을 것이다. 정말 나는 그에게 버리지도 못할, 쓸 데도 없는 몹쓸 존재에 지나지 않는지도 모른다.

갈증이 느껴져 더듬더듬 욕실로 들어가 불을 켰다. 세면대의 수돗물을 손으로 받아 정신없이 들이켰다. 그러나 다음 순간 구토증이 밀려왔다. 나는 세면기에 고개를 처박고 방금 마셨던 물을 다시 토해냈다. 입안에서 쏟아지는 미지근한 수돗물 뒤로 끈적하고 따뜻한 액체가 얼마간 따라 나왔다. 더 이상 나올 것이 없을 만큼 쓰디쓴 담즙까지 토해낸 뒤에도 몇 번인가 헛구역질이 계속되었다. 머릿속이 조금 말개져 왔다. 무심코 고개를 드니 거울 속에서 창백하고 초췌한 한 여인이 퀭한 눈빛으로 나를 보고 있었다. 핏기를 잃은 허연 입술 위로 미소를 머금어 보았다. 꺼멓게 그늘진 눈가로 자조의 잔주름이 밀려왔다. 순간 거울 속 눈동자에 번쩍 빛이 어리는 게 보였다. 오직 깜깜한 절망 끝에서만 만날 수 있는 섬광 같은 어떤 빛이……

어릴 때 개천 둑에서 개를 때려잡는 것을 본 일이 있었다. 삼복더위도 아니었는데 왜 그랬던지 동네 어른들은 누런 황구 하나를 개천 말뚝에 묶어놓고 장작개비로 마구 두들겼다. 아이들이 모여 그 광경을 보고 있었지만, 어른들은 개의치 않았다. 비명을 지르며 말뚝 주위를 빙빙 돌던 황구가 급기야 머리에 선지피를 흘리며 주저앉았다. 필경 이제는 숨이 끊어져 버렸을 거라 짐작하는데, 장작개비를 든 어른 하나가 있는 힘을 다해 황구의 머리를 다시 내려쳤다. 죽은 줄 알았던 개는 마치 야생동물의 울음처럼 컹 하는 외마디 소리를 지르며 공중으로 몸을 풀쩍 띄워 올렸다. 그때 나는 분명히 보았다. 개의 눈에서 번쩍하고 뻗쳐 나오던 섬광 같은 빛을……. 절망의 마지막 순간에 발산하던 최후의 빛을. 어른들은 개천가에 불을 피우고 황구의 털을 그슬렀다. 그리고 배를 갈라 내장을 꺼내고 그것을 냇물에 헹구었다.

내가 개천 둑에서 목을 움츠린 채 두려움에 떠는데 키가 큰 길수가 걱정스런 표정으로 나를 내려다보았다. 까까머리에 남루한 옷차림, 낡은 검정 고무신을 신었던 가난한 소년. 그 소년이 가난하지 않은 중년이 되어서도 내 삶을 걱정스레 굽어보고 있다. 이제 내 삶은 뭇매에 시달리다 죽어 가는 한 마리 황구처럼 있는 힘을 다해 한순간 빛을 발산하는 일만 남은 걸까. 그것이 어떤 형태로든 간에…….

나는 욕실의 불을 켜둔 채 방을 나왔다. 그때야 손목시계를 들여다봤다. 새벽 두 시가 가까웠다. 아무도 없는 호텔 8층 복도는 밝은 불빛에도 이상하게 괴괴한 기분이 감돌았다. 술이 깨어버린 내 몸이 떨려오기 때문인지도 몰랐다. 혹시 길수를 만날까 해서 잠시 1층 로비를 서성여 보았지만, 새벽녘의 로비엔 벨보이가 데스크에 앉아 졸고 있을 뿐 그의 모습은 어디에도 보이지 않았다.

호텔을 나오자 거리엔 어느새 비가 그쳐 있었다. 간간이 자동차가 달려가는 한산한 밤거리에서 아직 빗물이 마르지 않은 한글 간판들이 고적하게 네온 빛을 뿜었다. 나는 여기 어디쯤 들어와 새 삶을 시작할 것이다. 이 거리 가운데 살며, 숨이 끊어지기 직전 마지막 힘을 다해 섬광을 쏘던 황구처럼 어쩌면 내 상처 난 열정을 화폭 위로 쏟아놓을지도 모른다.

길수가 여기 머물고 있는 동안 한 번쯤은 더 만나야 할 것 같았다. 마땅한 아틀리에를 구하고, 필요한 미술도구들을 사들이려면 그의 도움이 필요했다. 그가 내일쯤 다시 전화를 해오리라.

한인 타운을 벗어나 집으로 돌아가는 프리웨이로 들어섰다. 터덜거리며 속력을 내지 못하는 내 자동차 옆을 다른 차량들이 맹렬한 속도로 스쳐 갔다. 나를 추월하는 차들은 헤드라이트의 밝은 빛이 스쳐 가기 무섭게 후미등의 붉은 여운을 흘려놓고 사라졌다. 제 속력을 내지 못하는 내 자동차, 내 인생도 마찬가지라는 생각이 들었다. 한순간 나를 스쳐 지나는 차량들처럼, 내가 그 영어권의 골짜기에서 만난 사람들은 그저 곁을 스치는 인연에 불과했던지. 탁 신부나 명혜, 귀여운 티파니와 다른 아이들, 그리고 순자 아주머니와 김한식까지도……. 찰나적으로 스쳐 가는 인연에 나는 너무 깊은 의미를 부여했던지도 몰랐다. 어차피 그들은 삶의 평범한 속도를 따라잡지 못하는 나를 남겨두고, 언젠가는 뒷모습의 여운을 남기며 그렇게 떠나고 말 것을…….

아직 얼마간의 내 삶이 그 골짜기에 남아 있었다. 내 낡은 자동차는 밤길을 터덜대며 달려가고, 나는 크리스마스가 오기 전까지는 그의 가까이에서 살 수 있다는 생각에 갑자기 행복해졌다. 피로와 고통으로 말라버린 내 입술 위로 미소가 지어졌다.

또 다른 대나무
- 길수의 말, 1998년

나는 그녀를 기다리고 있다. 벌써 3년 반 전의 일인가. 그녀가 형편없이 취한 채 누워 있던 LA 시내 호텔 8층 객실에서 그녀를 기다린 지 벌써 두 시간째다.

창밖엔 도심의 건조한 5월을 달구던 붉은 해가 막 고개를 떨구려는 시간이다. 나는 지금 두 잔째의 스카치를 마시고 있다. 오늘은 그녀 앞에서 내가 형편없이 취해버릴 것만 같은 느낌이다.

그동안 나는 한 번도 그녀를 만나러 오지 못했다. 사업이라고 벌여놓은 것이 정신이 없어서, 단순히 그녀를 만난다는 이유 하나만으로 LA행 비행기를 탈 여유가 없었다. 대신 그녀에게 매달 일정 액수를 송금했다. 그것으로 그녀는 방세를 지불 하고, 음식을 사고, 캔버스와 물감을 샀을 것이다.

그동안 내가 유럽 시장을 돌아다니며 적정액으로 사들인 고가의 가구와 장식품들은 국내 부유층에 몇 배의 이윤을 남기며 잘도 팔려나갔다. 내 사무실엔 직원이 늘어갔고, 아내는 강남에만 두 개의 전시매장을 갖게 됐다. 처음 얼마간은 순풍에 돛을 단 듯 모든 것이 순조로웠다.

아내는 부유층 부인들과 사교모임을 자주 만들었고, 집안에서 주식투자에만 머리를 굴리던 아내의 생활은 몹시도 화려해졌다. 값비싼 옷과 보석으로 아름다워진 아내의 눈부신 모습에 묻혀 살았어도 나는 희림을 잊어본 적이 없다. 아니 잊지 않으려고 안간힘을 썼다. 조금만 한눈을 팔면, 내게 찾아온 금전적 행운에 가난했던 어린 시절의 애틋한 추억쯤은 금세 지워져 버릴 것 같은 위기감이 감돌았기 때문이다. 그녀에게 송금하는 날이 되면, 세상에 대한 온갖 아첨으로 얼룩졌던 내 머리에 한 줄기 찬물이 끼얹어지는 것 같았다. 초라하게 여윈 모습으로 캔버스 위에 붓을 휘두르고 있을 그녀를 생각하는 것, 그 자체가 세상으로 함몰해 버릴 위기에 선 나를 가만히 붙들었다.

나는 한 달에 한 번 그녀를 생각함으로써 그나마 덜 더러워질 수가 있었다. 그러니까 그녀는 내게 순수를 자각하는 달거리와도 같은 존재였다. 적어도 지난 몇 년 동안은……

순조롭기만 하던 사업이 어느 날부턴가 자금회전이 더뎌졌다. 처음엔 현금거래였던 이태리 공장과 그동안의 신용으로 외상거래를 하면서 턱없이 들여놓은 물량이 도통 소화가 되지 않았다. 하긴 우리나라에 이태리 가구를 들여놓고 사는 사람들은 한정돼 있었다. 하루 이틀이면 없어져 버릴 소모품도 아니고, 그 값비싼 물건을 지나치게 수입해 들인 건 내 실수였다. 이태리 본사에서 지불 독촉장이 날아오자, 아내는 아까워하면서도 시골의 땅을 헐값에 팔았다. 하긴 이 사업을 시작해보자고 제의를 했던 건 아내였다. 그렇게 물건값 일부를 갚았지만, 내가 사용하는 사무실 임대료와 아내 소유인 두 개의 매장 임대료도 자꾸 밀리게 됐다. 거기에다 직원들의 봉급도 연체할 수 없는 터라 아내는 집을 담보로 은행에서 대출을 받았다. 그렇게 얼마간을 지탱하면 곧 자금회전이 되리라 믿었다. 그러나 나라 안은 자꾸만 술렁거렸고, 아무도 이태리 가구 따위는 거들떠보지 않았다. 대기업에서는 감원 현상이 일어나고 모두가 먹고사는 일에 전전긍긍하게 됐다.

아내가 밀린 은행이자를 갚기 위해 처가 집으로 구원요청을 하러 갔을 때, 나는 빈 사무실 창가에 앉아 공해로 뿌연 서울의 하늘을 바라봤다. 잿빛 하늘 위로 희림의 모습이 겹쳐왔다. 내 생활 저편에서 흐릿하게만 서 있던 그녀는 사업이 암초에 부딪힐 때마다 이상하게도 선명해져 갔다. 그것은 그녀에게 매달 돈을 송금해야 한다는 부담감과는 다른 것이었다.

그렇게 때때로 그녀를 생각하고 있는 사이 내 사업은 완전히 거덜이 나버렸다. 사실 거덜이 난 사람은 나뿐만이 아니었다. 나라 안엔 온통 경제 환란이 일어나고, 나와 같은 무역상과 중소제조업체들은 대부분 나가자빠졌다. 언론은 매일 뒤숭숭한 정보만 보도하고, 정치권은 정부 여기저기에 책임 전가를 하고 나섰다. 도산한 기업주들이 목을 매 자살을 했다. 기업체에서 떨려 난 사람들은 실업자가 돼 길을 헤매고 다니기 시작했다.

매장과 창고에 쌓여 있던 나의 이태리 가구들은 모두 은행 빚에 압류를 당했다. 담보로 잡혔던 집마저 경매처분에 넘어간 건 물론이다. 아내는 비어버린 내 주머니에 얼마간의 경비를 쑤셔 넣으며 나를 미국으로 떠밀었다. 기왕 이렇게 된 것 미국 가서 살길을 알아보라고 했다. 어차피 아이들 교육시키기도 어려운 세상이니 남의 이름으로 돌려놓은 부동산을 정리해 아예 이민 가자는 것이었다.

나는 벌써 석 달째 희림에게 송금을 해주지 못한 채로 미국에 왔다. 돈을 보내지 못한 지난 석 달 동안 그녀는 어떻게 생활해왔을까? 금방이라도 그녀가 가난에 찌든 초라한 모습으로 불쑥 들어설 것만 같아 두려웠다. 그럼에도 내 가슴은 그녀를 만날 기대로 설레고 있었다.

창밖이 어두워진 지는 오래였다. 그녀를 기다리며 석 잔째 스카치를 마셨다. 열어놓은 창밖에서 차량의 엔진소리가 취기에 어린 내 귀로 아스라이 들려왔다. 나는 발코니로 나가서 어두운 길을 밝히며 지나는 차들의 행렬을 내려다보았다. 자동차 불빛이 어두운 거리로 번지다 사라지면, 뒤이어 다른 차의 불빛이 검은 아스팔트 위로 번져왔다. 차들은 쉼 없이 그렇게 거리를 흐르고, 술기운에 달구어진 내 목덜미로 서늘한 바람 한 줄기가 불어왔다.

나는 술잔을 손에 든 채 키득키득 웃어 버렸다. 저렇게 계속 흘러가는 자동차 행렬처럼 삶이란 어떤 어려움 중에도 흐르게 마련인 것이다. 홀로 자조의 웃음을 웃고 있을 때 도어 벨이 울렸다. 딩동! 딩동! 두 번을 연거푸 울려오는 벨 소리는 마치 꿈속에서 들려오는 듯했다. 문을 열어주러 걸어가는 내 발걸음이 비틀거렸다.

문 앞에 그녀가 정말 꿈의 여인처럼 서 있었다. 물기가 어린 눈에 여릿한 웃음을 머금고, 밤바람에 날린 듯한 긴 머리카락에선 향내가 풍겨왔다. 그녀가 비틀거리는 내 걸음을 제치고 요정처럼 방 안으로 뛰어들었다.

"뭐야? 오빠! 이렇게 취해버렸어! 지금 우리가 얼마 만에 만나는 건데 그런 모습으로 나를 기다리고 있었어?"

발목까지 내려오는 녹색의 긴 면직 원피스가 내 눈앞에서 어지럽게 나풀거렸다. 그녀는 내가 걱정하며 상상했던 초라한 모습이 아니었다. 삼 년여 전에 만났을 때보다 몸은 더 여위었지만, 그녀의 몸짓에 생기가 돌았다.

"미안해! 너를 기다리며 홀짝홀짝 마신 게 좀 취했구나!"

내가 창가에 놓인 의자에 털썩 주저앉자 그녀가 소녀처럼 까르르 웃어 젖혔다.

"오빠! 제발 잠들지는 말아. 오빠는 술만 취하면 그냥 자버리잖아. 오늘은 잠자면 안 돼! 알았지?"

그녀의 얼굴이 화사하게 내 눈앞에 어른거렸다. 언뜻 지난날 나를 앉혀놓고 끊임없이 종알대던 그녀의 발랄했던 젊음이 떠올랐다. 아니, 그녀는 정말 그 젊은 날의 모습으로 되돌아온 것처럼 아름다웠다. 빠른 걸음으로 방안을 이리저리 거니느라 흔들리는 그녀의 녹색 치맛자락 사이로 파란 물줄기가 흘러가는 듯한 환상이 내 눈을 스쳐갔다. 그녀의 모습이 어린 시절 시냇가에서 물장난하던 작은 계집아이의 모습과 포개어졌다. 나는 눈을 감았다. 그리곤 그녀를 향해 나지막이 말했다.

"미안하다. 더 이상 송금해줄 수가 없었어."

"그런 소리 하지 마. 모두가 어려워진 것 알아. 오빠가 내게 무슨 책임이 있다고 미안해하는 거야?"

빠르게 지껄이는 그녀의 목소리가 꿈결처럼 들려왔다. 공연히 웃음이 나왔다. 그녀의 생활 보장이 막막해진 상황에서 이상하게도 그녀가 귀여워지는 것이다.

"너는 내 혹이라고 그랬잖아. 결코 떼어버릴 수 없는 나의 귀여운 혹 덩어리……."

그녀가 갑자기 큰소리로 웃는 바람에 나는 감았던 눈을 떴다. 그녀는 어느새 내 맞은편 의자에 앉아 허리를 뒤틀며 웃고 있었다. 창밖에서 불어오는 바람이 그녀의 이마로 흘러내린 머리카락을 살포시 들었다 놓았다.

"오빠! 이제 그 혹 떼어버려! 그건 오빠 자신의 의지에 달린 거야. 지난 3년, 오빠 덕분에 아무 잡념 없이 살았어. 그냥 먹고 자고 그림 그리고……. 이젠 됐어. 한계점에 이른 거야. 오빠와 나의 질긴 인연을 청산해야 할 때가 저절로 온 거지."

웃음을 머금은 그녀의 눈 안에 금방 흘러넘칠 듯 물기가 고였다. 나는 뭐라고 말을 하려다 그냥 입을 다물어 버렸다. 그녀가 하고 싶은 말을 하도록 내버려 둬야 한다는 생각이 들었기 때문이다.

한동안 창밖의 검은 하늘만 바라보던 그녀가 천천히 입을 열었다.

"인생에 있어서 나이의 의미는 뭐야? 인생이란 나이에 따라 성장하는 거야? 아니면 퇴보하는 거야? 성악설을 믿는다면 나이를 먹는다는 것은 선을 향한 성장이겠고, 성선설을 믿는다면 악으로 퇴보한다는 얘기 아냐? 젊은 나이에도 죽어간 사람들은 더 퇴보하거나 성장할 필요가 없기에 죽음을 맞았던 것 아닐까?"

그녀가 잠시 말을 끊고 나를 바라보며 빙긋이 웃었다.

"갑자기 왜 그런 얘기를 하는 거지?"

열리지 않는 입술을 억지로 떼는 것처럼 내가 한 마디 물었을 때 그녀가 다시 까르르 웃었다.

"무슨 형이상학적인 얘기냐, 이거지? 지금, 먹고 사느냐, 굶어 죽느냐, 하는 판국에 말이야."

키들거리는 그녀의 몸짓을 따라 녹색 원피스 자락이 파르르 떨렸다. 마치 바람에 몸을 흔드는 푸른 잎사귀처럼……. 그녀의 옷자락이 흔들릴 때마다 내 가슴속에선 차가운 물줄기가 자꾸만 흘렀다. 추억 속 고향의 물결 같기도 한 어떤 흐름이 자꾸만 내 가슴을 아프게 했다.

"오빠! 인간에게 있어서 생존이 먼저였을까? 사고가 먼저였을까? 진화론을 따르면 생존이 먼저였겠지. 그러나 창조론엔 인간의 생존 이전에 사고가 먼저 있었어. 난 사실 어떤 것도 믿지 않아. 생존이 먼저였는지 사고가 먼저였는지 그건 내게 중요하지 않아. 다만 현재, 생존이 없는 인간은 사고할 수도 없다는 거야. 죽은 사람이 생각할 수가 있겠어? 영혼의 세계 같은 것 난 몰라. 사람이 죽은 다음에도 생각할 수가 있는 것인지? 그러니까 현세의 원칙에서 보자면 생존할 능력이 없는 인간은 사고할 가치도 없다는 거야. 간혹 태어날 때부터 오직 사고할 수 있는 능력만 갖고 태어나는 사람들이 있어. 그런 사람들의 삶은 어느 지점에 이르러서는 한계에 부딪히게 되어 있어. 말하자면 예술가 같은 사람들……. 그래! 나도 예술가야. 그러니까 나 같은 사람들인가? 아니 모르겠어. 내가 지금 무슨 얘기를 하고 있는지……."

그녀가 또 까르르 웃는 소리가 났다. 그녀의 웃음소리가 조금씩 희미해져 가는 공간이 갑자기 고적하게 느껴져 왔다. 나는 슬며시 방안을 둘러보았다. 분명 어디쯤 벽시계가 붙어 있는 것 같은데 얼른 눈에 띄지 않았다. 아직도 남은 취기 때문인지 시야가 흐릿했다.

"지금 몇 시나 되었니?"

그녀가 손목시계를 들여다보았다.

"거의 열두시야. 내가 너무 늦게 왔지?"

손목에 매인 검은 시계 줄을 만지작거리던 그녀는 우리가 마주 앉은 둥근 테이블 위에 시계를 풀어놓았다. 그녀는 의자에서 일어나 천천히 방안을 서성이기 시작했다.

"오빠! 지난 3년 정말 고마웠어. 오빠 덕분에 오직 그림에만 매달릴 수 있었으니까. 어떤 사람들은 예술을 종교라고 해. 또 어떤 사람들은 종교 자체가 예술이라고도 하고……. 어떤 게 맞는지 잘 모르 겠어. 삶이 두려운 사람들의 피신처가 종교라면 그림을 그리는 일은 내게 있어 훌륭한 종교였어. 내 모든 것을 잊게 해줄 만큼……. 그런 데 오빠! 예술 이전에 생존이란 문제가 있더군. 생존하지 못하는 인 간은 예술을 생산하지도 못하니까. 오빠! 나는 지금 슬퍼. 생존을 생 각해야 한다는 게 말이야. 결국, 그것이 먼저였다는 걸 인정해야 하 는 게……. 이제 나 자신이 텅 비어버린 것 같아. 더 이상은 쏟아놓 을 게 없는 것처럼. 아니야. 너무 꽉 차버린 것도 같아. 더는 아무것 도 표현 못 할 만큼 답답한 무엇이 가슴을 꽉 메우고 있는 것 같아. 그러니까 이것은 내 인생의 한계점이야. 오빠가 나를 보호할 한계점 에 이른 것이 아니라 나는 지금 나 자신의 한계점에 와 있다고."

그녀가 빠른 걸음으로 방안을 서성이며 지껄였다. 나는 이상하게 도 마음이 차분해져 갔다. 그녀는 방안을 계속 서성이는데 세상이 정지된 듯 내겐 모든 것이 고요하게만 느껴졌다.

"오빠! 나는 더 이상 아무것도 생각하고 싶지 않아. 죽어서도 생각 을 계속해야 한다면 그건 아주 고통스럽거나 아니면 그 반대로 아주 행복한 것일 거야. 삶의 문제를 걱정하지 않고 생각만 할 수 있어서 행복할 수도 있겠지만, 그 생각을 전해 줄 육신의 매체가 없다는 건 고통스러울 것 같아."

잠시 먹먹해진 내 귓속으로 그녀의 목소리가 다시 들려왔다. 그녀 는 어느새 발코니에 나가 몸을 굽히고 어두운 길을 내려다보고 있었 다. 길을 지나는 자동차가 한결 뜸해진 어두운 창밖에서 서늘한 바 람이 불어왔다. 내게 뒷모습을 보이고 선 그녀의 여윈 몸이 바람에 나풀거리듯 가만히 흔들렸다.

"오빠! 아직도 취했어?"

그녀가 나를 돌아보지 않은 채 물었다.

"아니! 네 모습이 똑똑히 보여. 형편없이 마른 네 모습이 말이야. 그런데 이 말라깽이가 오늘 왜 이렇게 예뻐 보이지?"

그녀가 몸을 돌리고 나를 바라봤다. 그녀의 모습 뒤로 길 건너편 낮은 건물에서 반사되는 불빛이 깜박거렸다. 그녀가 그 불빛처럼 눈을 깜박이며 웃었다.

"내가 예뻐? 오늘. 오빠! 그럼 나를 안아줘! 나 행복하고 싶다."

그녀가 서글프게 웃었다. 내가 그녀의 웃음을 따라 미소 지었다고 생각한 순간이었다. 그녀가 발코니의 쇠창살 난간에 걸터앉는 게 보였다. 왜 거기 앉는 것일까, 생각하는데 그녀의 상체가 뒤로 기울어졌다. 나는 얼결에 몸을 일으켰다. 내가 급히 발코니로 들어선 순간 그녀의 하체가 발코니 난간 너머로 쏠렸다. 내 두 손이 급히 난간을 잡았을 때 그녀의 두 다리가 몸을 따라 미끄러져 내렸다.

악! 내지르는 내 비명이 어두운 공간으로 울려 나갔다. 그녀의 녹색 원피스 자락이 어두운 허공에서 나풀거렸다.

바람에 휩쓸려 가는 푸른 잎사귀처럼 떨어져 내리는 그녀의 얼굴 위로 언뜻 미소가 스친 것 같았다. 천둥소리를 내며 내 가슴에 균열이 일었다. 극심한 아픔을 느끼던 순간, 그녀의 몸이 아스팔트 위로 쿵! 부딪는 소리를 들은 것 같았다. 어서 그녀가 떨어진 곳으로 가야 한다는 생각에 발코니에서 방으로 들어왔다. 허겁지겁 문을 향하는 내 젖은 눈으로 둥근 테이블 위에 풀어놓은 그녀의 손목시계가 커다랗게 비쳤다.

나는 지금 그녀의 아틀리에에 있다. 창고나 다름없는 단층의 낡은 건물 한쪽을 개조해 만든 이곳엔 그림 캔버스들과 간단한 취사도구,

낡은 식탁, 그리고 그녀가 잠자던 침대가 놓여 있다. 그간 조사차 경찰이 다녀가긴 했지만, 아틀리에는 단정했다. 쓰다만 물감은 정리되어 상자 속에 담겨 있고, 크고 작은 붓들도 깨끗하게 빨린 채 붓통에 꽂혀 있다. 이젤도 접혀져 한쪽 벽에 세워져 있는 게 그녀는 이곳을 나가기 전 방을 정리한 것 같았다.

한 달 전 그녀는 내가 묵었던 호텔의 8층 발코니에서 떨어졌다. 그토록 수많은 생각을 하던 그녀의 머리는 아스팔트에 부딪혀 깨어졌다. 마침 늦은 시각이라 지나는 자동차가 없어 그녀의 시신이 더 이상 훼손되지 않은 게 다행이었다. 녹색 원피스를 입고 풀잎처럼 떨어져 내린 그녀는 깨어진 뒷머리에서 흥건히 흘러내린 붉은 피를 베고 누워 눈을 반쯤 감고 있었다. 입가엔 엷은 미소를 띤 채…….

쏜살같이 달려온 경찰에 의해 나는 체포됐다. 타살혐의 혹은 자살 방조 혐의가 의심된다는 이유에서였다. 교포신문은 물론 본국 신문에까지 그녀의 죽음은 대서특필됐다. 나는 언론이란 게 그렇게 부정확하다는 걸 새삼 느껴야만 했다. 내가 희림의 정부나 되는 듯 보도한 신문기사를 읽은 아내는 당장에 내게 이혼을 요구해왔다.

경찰에서 혐의를 벗고 나오자 나는 그녀의 아틀리에로 거처를 옮겼다. 주인을 잃은 아틀리에는 고요히 나를 새 주인으로 받아들여 주었다. 그녀의 체취가 배인 침대 위에 몸을 누일 때마다 나는 마치 그녀를 끌어안고 잠을 청하는 것처럼 가슴이 설레었다. 그녀가 잠을 자고 꿈을 꾸던, 때로는 눈물을 흘리던 그 침대 위에서 나는 가만히 그녀의 꿈을, 눈물을 끌어안고 잠을 청했다.

내가 희림의 깨어진 시신을 수습해 조촐한 장례를 치르고자 할 때 그녀를 알고 지냈다는 몇몇 화가들은 화장을 권했다. 그러나 나는 내가 가지고 있는 돈을 털어 공원묘지를 사 그녀를 묻었다. 그렇게 육신을 뛰쳐나간 그녀의 수많은 생각이 어쩌면 다시 돌아오고 싶어 할지도 모른다는 생각이 들었기 때문이다. 변덕스러운 그녀가 마음이 변해 그렇게 육신을 떠나버린 걸 후회할 것만 같았다. 그녀가 돌아오고 싶으면 언제라도 돌아올 수 있도록 나는 그녀의 시신을 곱게 단장해 땅에 묻었다. 돌아오고 싶을 때 마음대로 돌아올 수 있는 것인지 그것은 알 수 없지만…….

어쩌면 그녀는 벌써 떠난 걸 후회하며 이 아틀리에를 서성이고 있을지도 모른다. 그녀가 발코니에서 떨어져 내리기 전에 했던 말들이 생각났다. 육신을 떠나면 생존의 문제를 생각하지 않고 생각만 할 수 있어서 아주 행복하거나, 아니면 죽은 뒤에도 계속되는 생각을 전할 육신의 매체가 없어 아주 고통스러울 거라는 말을. 나는 사실 알지 못했다. 그녀가 지금 행복한지 고통스러운지…….

그녀와 교제를 맺었다는 화가 몇 명이 유고전을 권했다. 만약 전시회를 하겠다면 자기들이 발 벗고 나서겠다며. 나는 그녀를 잘 알고 있었지만, 그녀의 그림에 대해서는 사실 아무것도 알지 못했다. 이곳에 일주일 째 머물면서도 벽을 향한 채 포개져 있는 그녀의 작품들을 바라보지 못했다. 그 그림 속에서 그녀가 생소하게 느껴질까봐, 아니면 그 반대로 그녀를 너무 깊이 느껴버릴 것이 두렵기 때문이다.

나는 밤새 그녀의 꿈을 끌어안고 뒤척이다 한낮에 눈을 떴다. 희림의 침대에서 잠을 잤으면서도 그녀를 만나지 못한 허무감에 창 너머 환한 햇빛을 바라볼 때면, 건강한 내 위장은 음식을 달라고 보채었다. 그녀가 사용했던 취사도구를 뒤져 전기 곤로 위에 라면 물을 얹었다. 허연 김을 뿜으며 냄비 속 물이 끓어올랐다. 나는 라면 봉지를 뜯기 시작했다.

"아저씨! 라면 끓이세요?"

라면 봉지의 부스럭거림 사이로 방울 소리 같은 목소리가 들려왔다. 언뜻 뒤를 돌아다보았다. 반쯤 열린 출입문 사이로 웬 소녀가 고개를 빠끔히 내밀고 웃고 있었다.

"너는 누구니? 어떻게 문을 열었어? 내가 분명히 문을 잠갔는데……."

소녀가 배시시 웃으며, 고개만 내밀고 있던 문 사이로 얼른 몸을 들이밀었다. 열서너 살은 되어 보이는 아이였다. 단발머리에 동그란 얼굴이 몹시 귀여운 소녀였다.

"저는 여기 열쇠가 있거든요."

소녀가 손에 쥐고 있던 열쇠를 내게 흔들어 보였다.

"네가 어떻게 열쇠를 갖고 있니?"

"아저씨! 물 다 졸아붙겠어요. 어서 라면 넣으세요."

소녀는 대답은 하지 않고 내 등 뒤로 물이 끓는 냄비를 바라다봤다. 소녀의 말에 나는 얼른 돌아서 냄비 뚜껑을 열고 라면을 집어넣었다. 어느새 내 옆에 서서 끓는 물에 풀려 가는 꼬불꼬불한 라면을 바라보던 소녀가 나를 빤히 올려다봤다.

"라면은요. 선생님이 참 잘 끓였어요. 풀어지지도 않고 아주 쫄깃하게요."

소녀의 눈이 그렁그렁해졌다.

"선생님이라니? 누구?"

"여기 살던 윤 선생님요."

소녀가 금세 볼 위로 흘러내리는 눈물을 손등으로 훔쳤다.

"그럼 너는 미술공부를 하던 학생인 모양이구나."

내가 끓고 있는 라면을 휘저으려고 젓가락을 찾자 소녀가 어느새 나무젓가락으로 냄비 속을 저었다.

"아니요. 미술공부는 안 했어요. 그냥 선생님 옆에서 내 맘대로 그림을 그렸어요. 선생님이 그러는데요. 나는 그림에 소질이 없대요. 하지만 그리고 싶으면 언제든지 찾아와서 그림을 그리랬어요. 그림을 그리고 있는 동안 내가 행복하다면 말이에요."

"그래서 너는 이곳 열쇠를 갖고 있었구나!"

내가 고개를 끄덕이자 소녀는 눈을 반짝이며 말을 계속했다.

"왜냐면요. 선생님은 문을 열어줄 기운도 없을 만큼 아픈 날이 많았거든요. 그런 날이면 내가 열쇠로 문을 열고 들어와서 라면을 끓였어요. 선생님은 요즘 부쩍 더 아프신 것 같았어요. 제가요, 선생님은 왜 이렇게 자주 아프냐고 물어보면 그림을 그리는 동안 너무 행복해서, 그 행복에 지나치게 열중하다 보니 기운이 없고 아픈 거라고 했어요. 그럴 때면 선생님은 며칠씩 누워 있기만 했어요. 그러다 기운을 차리면 다시 그림을 그리고 나한테 맛있는 라면도 끓여주셨지요."

소녀가 익숙한 솜씨로 다 끓인 라면을 사기그릇에 담았다. 나는 소녀가 하는 모양새를 물끄러미 내려다봤다.

"너는 여기 가까운 곳에 사는 모양이지?"

식탁 위에 라면 그릇을 올려놓던 소녀가 고개를 끄덕였다.

"저는 저 길 건너편 아파트에 살아요. 엄마 아빠는 하루 종일 가게에서 장사하느라고 밤늦게야 돌아오셔요. 학교에서 돌아오면 늘 윤선생님과 시간을 보냈어요. 선생님은 내가 그림에는 별 소질이 없지만, 그림을 그리는 게 즐겁다면 언제라도 그리라고 했어요. 제가 그린 스케치북이 여기 어디 있을 걸요. 아저씨 라면 다 드시면 제가 찾아 보여드릴게요."

소녀는 어느새 냉장고에서 내가 사다 놓은 김치까지 꺼내놓았다.

"아저씨가 며칠 전부터 여기 계신 것 알았어요. 아저씨는 윤 선생님 친구이신가요?"

소녀가 내 맞은편에 의자를 끌어당겨 앉았다. 나는 라면을 후르륵거리며 고개를 끄덕였다.

"선생님이 앓아누워 있을 때면 평생 느낄 행복을 지난 몇 년 동안 한꺼번에 느끼느라 힘을 다 써버려서 아프다고 하셨는데요. 행복을 느끼려면 그렇게 힘든 건가요?"

소녀가 내 눈을 빤히 바라보았다.

"글쎄! 아저씨는 아직 그렇게 몸의 힘이 다 빠져나갈 만한 행복을 못 느껴 봐서 잘 모르겠는데……. 선생님이 그렇게 많이 아팠구나!"

말없이 고개를 끄덕이는 소녀의 눈 안으로 다시 물기가 어려 왔다.

"참! 아저씨! 제가 그린 그림 보시겠어요?"

내가 대답하기도 전에 소녀는 단숨에 일어나 한쪽 벽에 쌓인 스케치북들을 뒤지기 시작했다. 족히 30권은 되어 보이는 스케치북을 들춰보던 소녀가 한숨을 쉬었다.

"이상하다. 항상 여기 있었는데……. 선생님이 어디다 치우셨나?"

소녀가 울상을 지으며 나를 바라봤다.

"아저씨! 혹시 못 보셨어요?"

"아니! 난 여기 와서 잠만 잤지 아무것도 손대지 않았다. 아직 너희 선생님 그림도 보지 못했는걸!"

소녀는 고개를 갸우뚱거리며 아틀리에 안을 휘휘 둘러보았다. 열 평 남짓한 공간을 훑어보던 소녀의 까만 눈이 한쪽 천장에 가 멎었다. 희림의 그림 캔버스가 쌓여 있는 벽 쪽 천장 가까이에 나무 선반이 하나 질러져 있었다. 내가 여기 머무는 동안 미처 보지 못했던 곳이었다. 그곳엔 스케치북이 수북이 쌓여 있었다.

"저기 있나 봐요. 아저씨 저 좀 도와주시겠어요?"

소녀가 잽싸게 선반 밑으로 의자를 갖다 놓으며 어리광스러운 표정을 했다.

"그래, 여기 올라가서 스케치북을 내려달란 말이냐?"

소녀가 미안하다는 듯 배시시 웃음을 머금었다. 나는 의자 위에 올라서서 선반으로 팔을 뻗었다. 그녀의 손길이 오랫동안 닿지 않았던지 스케치북 더미엔 먼지가 두껍게 앉아 있었다. 나는 우선 서너 권을 집어 소녀에게 건네줬다. 메케한 먼지가 입과 콧구멍으로 쳐들어왔다. 순식간에 캑캑 기침이 나왔다.

"내 생각에 여기엔 없을 것 같구나! 얼마 전까지 그 스케치북에 그림을 그렸다면서. 여기는 아주 오랫동안 손대지 않은 것만 있는 것 같은데."

소녀의 표정이 금방 시무룩해졌다.

"그래도요. 다 뒤져보고 싶어요."

소녀의 재촉에 다시 스케치북으로 손을 뻗으려는 찰나, 내 손길에 균형을 잃고 들쑥날쑥 쌓여 있던 스케치북 더미가 우수수 떨어져 내렸다. 얼결에 놀라 비틀거리던 나는 그만 의자와 함께 바닥으로 곤두박질치고 말았다. 간신히 팔꿈치를 딛고 머리가 부딪는 걸 피했지만, 이미 엉치뼈가 사정없이 마룻바닥에 부딪힌 후였다. 놀란 소녀가 얼른 다가와 내 어깨를 잡았다.

"아저씨! 괜찮으세요? 네?"

나는 단번에 시큰거려오는 엉치뼈를 손으로 감싸며 얼굴을 찡그리고 일어섰다.

"아이고! 좀 아프긴 하지만 괜찮은 것 같구나! 이제 스케치북이 다 내려졌지? 어디 네 것이 있나 찾아보려무나."

나는 소녀가 무안해할까 봐 억지로 웃음을 지어 보였다. 마룻바닥에 흩어진 스케치북 중엔 더러 펼쳐진 것들이 있었다. 나는 무심히 스케치북 위 연필 스케치 그림을 바라보았다.

거기엔 안경을 끼고 다부져 보이는 입술을 꼭 다문 웬 남자의 얼굴이 그려져 있었다. 펼쳐진 다른 스케치북 위로 천천히 눈을 옮겼다. 거기에도 똑같은 남자라고 생각되는 사람의 옆얼굴이 있었다. 나는 스케치북을 뒤지는 소녀 옆으로 가만히 몸을 내려앉았다. 그리곤 스케치북을 한 장씩 넘기기 시작했다.

그 많은 스케치북엔 대부분 그 남자의 모습이 그려져 있었다. 얼굴만 크게 그려져 있는가 하면 원거리에 선 모습도 있었다. 웃는 얼굴도 있고, 화가 난 듯 입을 다문 모습도 있었다. 더러 다른 그림들이 있기도 했는데, 그래도 그 중 반복돼 그려진 사람은 길게 구불거리는 머리를 허리까지 늘어뜨린 젊은 여인의 모습이었다. 그리고 그 옆에 선 작은 여자아이······. 굴곡진 몸매의 여인 옆에 선 아이는 얼른 보기에 서양 아이처럼 보였다.

스케치북들을 넘기는 동안 어디선가 그들을 만난 듯한 느낌이 들었는데, 그때야 그녀의 장례식에서 유난히 슬피 울던 얼굴이 가무잡잡한 여인을 떠올렸다. 몸에 꼭 끼는 검은 원피스를 입고, 짙은 화장을 한 얼굴로 어찌나 슬피 울던지 그 경황 중에서도 그 모습이 내 기억 속에 남아 있었다. 그 여자 옆에 혼혈인 듯한 여자아이가 서 있던 것도 기억이 났다. 그림 속보다 훨씬 성숙해 보였지만, 긴 속눈썹을 깜박이며 눈물을 흘리던 아이는 틀림없이 그림 속 아이였다. 그러나 그녀가 수도 없이 스케치한 안경 낀 남자의 모습은 장례식 장면 어느 순간에도 끼어 있지 않았다.

부산하게 스케치북을 뒤지던 소녀가 두 다리를 쭉 뻗으며 한숨을 내쉬었다.

"아무리 찾아도 없어요. 설마 선생님이 버리신 건 아니겠지요?"

"설마 그러려고? 선생님은 그런 사람이 아니다. 나중에 천천히 찾아보렴. 내가 계속 여기 있을 테니까."

소녀가 마룻바닥에 비스듬히 앉았던 몸을 바로 했다.

"그럴까 봐요. 아저씨! 나 여기 계속 와도 돼요? 열쇠도 갖고 있어도 괜찮고요?"

"그러렴!"

내가 고개를 끄덕이자 소녀는 얼굴 가득 웃음을 담았다.

"그런데 얘야! 너 혹시 이 사람 본 적 있니?"

막 일어서려는 소녀를 붙잡고 나는 스케치북 속 남자를 가리켰다. 소녀가 도로 무릎을 굽히고 앉으며 스케치북을 들여다봤다. 서너 장을 넘기며 남자의 여러 모습을 들여다보던 소녀가 가만히 고개를 저었다.

"아니요. 한 번도 본 적 없어요. 난 선생님이 아는 사람을 여기서 본 적이 없는걸요. 아저씨가 처음이에요. 선생님은 늘 혼자였어요. 그런데 다시는 선생님을 만날 수가 없네요."

소녀의 눈 안으로 금세 눈물이 고여 들였다. 타박타박 출입문 쪽으로 걸어가는 소녀의 뒷모습을 바라보다가 나는 무심코 바지 주머니에 손을 찔러 넣었다. 오른손에 어떤 물체가 잡혔다. 꺼내고 보니 희림의 시계였다. 그녀가 떠나기 전 내 호텔 방 테이블에 풀어놓았던 낡은 시계……. 내가 호텔을 나올 때 바지 주머니에 집어넣었던 걸 지금까지 잊고 있었다. 모서리가 닳은 검은 가죽 줄에 로마글자가 표시된 동그란 시계의 초침이 째깍째깍 움직이고 있었다. 그녀가 살아 있던 때와 똑같이…….

소녀가 막 문을 나서며 내게 꾸벅 인사를 했다.

"얘야! 잠깐만!"

나는 소녀를 불러 세웠다.

"이거 선생님 시계인데 너 가지렴! 아마 네게 주고 싶어 했을 거야. 네가 선생님과 늘 함께 있었으니까. 이 시계처럼……."

나는 소녀에게 시계를 내밀었다. 소녀는 후드득 눈물을 떨어뜨리더니 시계를 받아들고 급히 아틀리에를 나갔다.

나는 다시 마룻바닥에 쭈그리고 앉아 흩어진 스케치북들을 훑어보기 시작했다. 역시 누군지 알 수 없는 남자의 모습뿐이었다. 그가 누구건 간에 그녀의 삶에 지대한 영향을 미쳤던 사람임은 분명했다. 나는 문득 이 남자가 그녀의 죽음을 알고나 있는지 궁금해졌다. 당장이라도 그를 찾아내 그녀의 죽음을 전하고 싶어졌다. 하지만 그를 찾아낼 구체적 방법을 생각해 볼수록 마음속이 허전해 왔다. 마치 내가 그녀를 대신해 그 남자를 그리워하고 있듯이…….

나는 마음을 가눌 수가 없어, 흩어진 스케치북을 대충 정리해 한쪽에 쌓아놓고 마룻바닥을 서성이기 시작했다. 마치 곧 돌아올 그녀를 걱정하며 기다리는 것처럼.

이 낡은 건물의 침울한 분위기에 아랑곳없이 창밖은 오후의 햇살이 화창하기만 했다. 저토록 밝은 세상과 상관없이 그녀는 이 침침한 공간에서 그림을 그리고, 소녀와 라면을 먹고, 때때로 앓아누우며 외로워했다. 한 남자의 얼굴을 수없이 그려낸 스케치북을 먼지속에 묻어둔 채 고통스러워했을 그녀의 모습이 떠올랐다. 나는 한쪽 벽에 가지런히 정리된 그녀의 캔버스들을 바라봤다. 그녀가 완성해

놓은 그림들……. 마주하기가 두려워 이제까지 보기를 미루어왔다. 문득 그녀의 그림을 봐야 한다는 생각에 이르렀다.

정신없이 그녀의 캔버스들을 아틀리에 벽에 펼쳐 세웠다. 캔버스는 30호, 40호, 60호쯤 되는 것도 있었다. 모두 30점이었다. 나는 천천히 그림들은 둘러보기 시작했다.

그림들은 모두가 반 추상화였는데 나는 아무리 들여다보아도 그녀가 무엇을 그렸는지 알 수 없었다. 어떤 것은 사람의 얼굴과 나무가 온통 뒤엉켜 있고, 어떤 것은 마치 바람에 휘몰리고 있는 듯 회오리바람 속에 사람의 얼굴들이 박혀 있었다. 그 그림들에서 굳이 공통점을 찾자면 무엇을 그렸건 간에 거기 꼭 사람의 얼굴이 함께 한다는 거였다. 하늘과 뒤엉킨 사람, 바람과 뒤엉킨 사람, 나무와 뒤엉킨 사람, 사람들은 온통 무엇엔가 뒤엉켜 절규하고 있었다.

그녀는 무엇을 말하고자 했던 걸까? 혹 자기 자신조차도 무엇을 말하고 있는지 몰랐던 건 아닐까? 갑자기 마음속이 고통스러워 왔다. 그녀가 느꼈던 고통이 그림 속에서 내 가슴으로 뛰어든 것처럼……. 나는 아틀리에 벽에 그녀의 그림들을 펼쳐놓고 선 채 그만 목 놓아 울기 시작했다. 그녀가 떠나던 순간에도 울지 않던 울음을 그렇게 터트리고 말았다.

희림아! 너는 무엇을 말하고 싶었니?
지난날 네가 그렸던 그 아름다운 작품, 노인과 대나무를 그릴 때
그토록 명료했던 너의 의식을 무엇이 이렇게 흐려놓았니?
내가 알지도 못할 너의 메시지를 이렇게 화폭에 담아놓고 너는
왜 나를 이렇게 남기고 떠났니?
네 말대로 태어날 때부터 선하고 명료한 사람의 의식은

살수록 삶의 상처로 흐려지는 것일까.

너는 분명 선하게 태어나 상처를 받다 떠난 영혼이었다.

네 말대로 마디도 없는 대나무처럼 세상과 어울리지 못할 너무 곧은 영혼이었을까.

너를 바라보며 조금은 덜 더러울 수 있던 나의 영혼,

나는 너를 향한 또 다른 마디 없는 대나무인데

이제 나는 어디로 뻗는 대나무가 되랴?

네가 없는 세상에서…….

나는 그녀의 그림들을 펼쳐놓고 해가 질 때까지 울었다. 그림 속에 갇힌 그녀의 슬픔 때문에, 그녀 속에 갇힌 나의 슬픔 때문에 내 울음소리는 점점 커져만 갔다.

내가 이 아틀리에에 머문 지도 벌써 한 달이 넘었다. 나는 어제 그녀가 알고 지냈다는 한 여성 화가에게 전화를 걸어 그녀의 전시회 준비를 부탁해 놓았다. 그림을 전시할 갤러리를 알아보고, 팸플릿의 인쇄와 초대장 우송까지도 이곳 미술가협회에서 맡아주기를 부탁했다.

내가 전시회를 결심한 건 그녀의 메시지를 세상에 전해야 한다는 책임감 때문이었다. 사실 내 주머니엔 돈이 얼마 남지 않았다. 그 얼마 안 되는 돈을 그녀의 전시회 비용으로 다 써버리고 나면, 내 생존에 위협이 올 수도 있었다. 그러나 나는 생존 없는 예술도 생산할 수 없다던 그녀의 이론을 뒤집기로 했다. 그녀가 떠나기 전 호텔 방에서 남겼던 말을 말이다.

그녀의 연필 스케치 그림 중에 그 남자의 얼굴이 선명히 그려진 몇 장을 전시회 작품에 포함 시켰다. 어쩌면 전시회장에서 그 남자를 만날 수 있을지도 모른다. 만약 그를 만나게 된다면, 그저 술잔을 앞에 놓고 밤새도록 희림의 이야기를 하리라. 그가 누구이건 간에…….

하루도 빠짐없이 아틀리에를 드나드는 소녀의 스케치북을 찾으려고 희림의 물건들을 뒤지다가 나는 그녀의 글씨가 쓰인 종이 한 장을 발견했다. 소녀의 스케치북은 엉뚱하게도 얼마 안 되는 책이 꽂힌 책장 위에 있었다. 그 종이는 책장과 소녀의 스케치북 사이에 반으로 접힌 채 숨어 있었다. 한 편의 시처럼 적어나간 그 글 끝엔 1998년 4월이란 날짜와 희림의 이니셜이 있었다. 그녀가 떠나기 직전에 쓴 것 같았다.

창밖엔 황혼이 지기 시작했다. 이 넓은 땅의 황혼은 고향의 하늘보다 더 붉고 아름답다. 나는 그녀가 쓴 시를 작은 소리로 읽어본다. 마치 그녀에게 속삭이듯이…….

나는 밤마다
촛불을 밝히고 껍질을 벗습니다
하루의 시간, 초침 소리마다 부풀었던
욕망과 고독의 껍질을 벗으려
내 살을 도려냅니다

주홍빛 촛불 위에 피가 엉기고
나의 비명은
바람도 없는 방안에서 흔들립니다

한 숨결 빛 위에

천근 같은 나를 태우고 나면
솜털 끝마다 스쳐오는 아릿한 아픔
가슴엔
전설 같던 사랑, 투명한 기억뿐
그 말간 사랑을 끌어안고
신의 여인처럼 잠이 듭니다

밤사이 사랑은
구멍 난 가슴을 물살처럼 흘러 달아나고
햇살에 눈을 뜨면
태산만 한 허무감에
도로 주어 붙이는 내 껍질들

그래도 다시 촛불을 밝히는 밤
나는 이 껍질을 벗어야 합니다
아픔의 소리, 빛에 타고
붉은 피, 저리 휘날리고…….

아! 나는 차라리
촛불 앞에서 죽으렵니다
다시는 눈을 뜨지 않는
신의 여인으로 남기 위해서…….

숲속에서 만난 사람
- 길수의 말, 2011년

봄이 늦게 찾아온다는 깊은 숲속에도 꽃향기는 그윽했다. 차장을 내린 채 둔덕진 숲길을 오르자, 늘씬한 키에 자줏빛 꽃들을 피운 목련 나무가 나를 내려다보았다. 목련이 선 뜰과 마주 보이는 곳에 2층으로 된 오피스 건물이 있었다. 그 앞에 차를 세우며 바라보는 뜰은 고적하기만 했다.

혹 아무도 살지 않는 숲속을 잘못 찾아온 걸까, 잠시 의문이 들었지만 버려진 곳이라기엔 주변이 너무 깔끔했다. 자동차에서 내려 오피스 건물 앞으로 걸어갔다. 출입문은 티끌하나 없는 전면 유리였다. 안을 들여다보았지만, 사람이 없는 것 같았다. 나는 손등으로 유리문을 톡톡 두들겼다.

바람 한 점 없는 숲속, 꽃들은 정물처럼 정지되고 햇빛마저도 유리창에서 숨을 멈춘 듯 고요하기만 했다. 나는 한순간 머릿속이 텅비어왔다. 아무도 불러주지 않은 낯선 시간과 공간 안으로 스스로 빨려 들어온 듯 이상한 느낌에 휩싸였다.

회한을 토해내듯 긴 날숨을 한 번 쉬고 났을 때, 2층으로 통하는 계단을 사뿐사뿐 내려오는 한 여자의 모습이 유리문 너머로 보였다. 가느다란 몸에 착 달라붙는 검은 점퍼스커트 속에 하얀 블라우스를 받쳐 입은 여자가 미닫이 유리 출입문을 드르륵 열며 나를 바라보았다.

"무엇을 도와드릴까요? 형제님!"

여자는 유리문이 열리기 전의 모습과는 조금 판이한 인상으로 말했다. 마치 먼 이야기 속 한 사람처럼 아련한 모습으로 계단을 내려오던 그녀는, 유리문 밖으로 고개를 내밀자 사무적으로 물었다. 여자는 작고 가무잡잡한 얼굴 위에 빙긋 미소를 담았다.

"안녕하세요? 저는 사람을 찾아왔습니다. 한국에서 오신 탁……."

나는 막 한국에서 안식년을 맞아 이곳에 온 탁민영 신부를 찾는다는 말을 하려던 참이었다. 그러나 그녀는 내 말이 끝나기도 전에 목소리를 높였다.

"아! 탁 형제님요? 그분은 이 숲 맨 꼭대기 방에 계십니다. 저기 보이는 계단을 따라 오르시면 바로 그 언덕에 닿으실 수 있어요."

여인은 내 등 뒤를 가리켰다.

탁 형제님이라니…….

나는 고개를 갸우뚱하면서도 잠자코 여인이 가리키는 방향을 바라보았다. 돌아보니 과연 흙 계단이 산비탈로 길게 뻗어 오른 채, 숲속 곳곳엔 작은 오두막들이 단추처럼 박혀 있었다.

"손님이 오신다는 기별을 넣으셨나요? 수요일과 주일 예배시간 외에 탁 형제님은 이곳에 내려오시지 않는답니다. 저희가 일부러 찾아가기 전까지는…….."

햇빛 속에 환히 미소 짓던 그녀의 얼굴로 여릿한 그늘이 몰려들었다. 나는 가만히 그녀를 바라볼 뿐이었는데, 그녀는 내 기색을 살피며 작게 중얼거렸다.

"병세가 나아질 기미가 없어 보여요. 여기선 참으로 많은 사람이 치유 받고 기적을 이루기도 하는데……. 탁 형제님의 경우도 더 두고 보아야 알겠지만……."

금세 붉은 기운이 어리는 그녀의 눈을 빤히 들여다보며 나도 모르게 불쑥 물었다.

"그분 어디가 아프신가요?"

여자는 의아하다는 표정으로 잠시 나를 바라봤다.

"탁 형제님이 폐암 투병 중이란 걸 모르고 오셨나요?"

그녀의 높은 목소리가 선뜻 내 가슴을 스쳤다.

"알려주셔서 고맙습니다. 저는 사실 그분을 오늘 처음 만나려는 사람입니다. 오래전부터 알고는 있지만 한 번도 만난 적이 없는……."

여자가 겸연쩍은 표정으로 얼굴을 붉혔다.

"이렇게 깊은 산중에 찾아오셔서 친한 친구분인 줄 알고 그만 제 맘대로 지껄였군요. 죄송해요."

나는 뭐라 할 말을 잊고 잠시 그녀처럼 얼굴이 달아오른 채 서 있었다. 탁 신부가 병중에 있다는 놀라움 때문이었다.

"어서 올라가 보세요. 참, 저는 여기서 업무를 보는 레베카라고 합니다. 형제님은 오늘 밤 여기 머무실 건가요?"

"글쎄요…… 초행인 데다, 탁 형제님과 이야기를 마치고 나면 밤이 깊어질 텐데……. 하룻밤 재워주시겠어요?"

"그럼요. 여긴 원하는 사람들에겐 언제나 열려 있는 곳입니다. 내일 아침에 주일 예배 같이 보시죠."

레베카의 양 볼에 홍조가 떠올랐다. 검고 긴 머리카락을 단정하게 하나로 묶어 내린 그 모습은 언뜻 나이가 가늠되지 않았다. 유리창 너머로 사뿐사뿐 계단을 내려올 때와 출입문을 드르륵 열며 말을 붙여올 때, 그리고 지금 막 용무의 말을 마칠 때 서로 다른 이미지를 풍기는 이 여인, 꼭 어디선가 만난 듯한 기시감이 일었다.

나는 탁 신부가 기거하고 있다는 오두막으로 가려고 흙 계단을 오르기 시작했다.

무슨 말을 하고 싶어 여기까지 그를 찾아온 걸까.

LA에서부터 이곳 산호세까지 여섯 시간을 달려오면서도 나는 그를 만나 무엇을 말해야 할지 생각하지 않았다. 그보다 먼저, 인천공항에서 LA행 비행기를 타고 열 시간의 비행시간을 견디면서도, 막연히 탁민영 신부라는 한 인물을 생각했을 뿐이다.

통나무를 대어 무너지지 않게 만든 흙 계단 가장자리에 푸른 이끼가 끼어 있었다. 숲 그늘에 자라난 이끼가 내 구두창에서 미끄러졌다. 실바람이 살며시 귓가로 불어왔다.

내 뜻이 아니에요. 내가 여기 흙 계단 귀퉁이에 생겨나고 자라나 끝내 당신 발밑에서 으깨어지는 것, 내 뜻이 아니에요.

실바람은 귀에 익은 목소리로 흥얼대며 내 귀를 간지럽혔다.

나는 지금 누구를 생각하며 이 계단을 오르는 것인가. 어쩌면 탁민영 신부가 기억하고 있을 한 사람, 그 여인을 가슴에 품고 있었다. 나는 한숨을 쉰다. 내 맘속에 매달린 그녀의 모습이 너무 무거워 깊은 숨을 내쉰다. 어쩌면 내 생 전체에 매달려온 그녀의 존재를 이제는 탁민영 신부에게 일임하기 위해 나는 여기 찾아온 것인지도 모른다. 더는 견딜 수가 없기에.

한 계단씩 오를 때마다 발밑에서 부서지는 고운 흙과 이끼, 그들이 지르는 소리 없는 비명이 싱그러운 냄새를 내 코끝에 날라다 준다. 무성히 뻗은 레드우드 나뭇가지 사이로 바늘처럼 스며드는 빛살, 숲길 어디에선가 까마귀가 울었다. 끄윽, 끄윽 음산하게 울어대는 소리가 지척에서 들려왔다.

또 한 번의 긴 숨을 내쉬어 본다. 내 호흡 속에 들며 나며 결코 나를 놓아주지 않는 그녀를 토해내듯. 내 심장이 터질 듯 뛰고 있었다. 사실 숲 계단은 가파르기 그지없다. 잠시 계단 가장자리 넓적한 바위에 앉아 숨을 고르기로 했다.

어느새 목 언저리로 흘러내린 땀을 손등으로 씻으며 무심히 계단 꼭대기를 올려다보았다. 청회색 페인트칠의 작은 오두막이 숲 꼭대기에 고적히 들어앉아 있었다. 거기서 가느다란 인기척이 들려왔다. 헉헉대던 내 숨결도 가라앉고 숲은 다시 시간이 정지된 듯 고요하기만 한순간, 풀벌레 울음처럼 희미하던 그것이 차츰 명확히 들려왔다. 참으려 용을 쓰다가 어쩔 수 없이 토해내는 기침 소리였다.

나는 바위 위에 걸터앉아 그 기침이 멈추기를 기다렸다. 꼭 13년인가. 탁민영이란 한 존재를 알게 되고, 그를 궁금해하고, 만나고 싶어 하던 세월 말이다. 나는 왜 13년이란 세월을 참아왔던 걸까. 이제야 찾아온 이곳에서 나를 기다리는 건 저 깊은 기침 소리였다니…….

훅, 한숨이 나왔다. 내 안의 그녀가 내 숨을 따라 길게 숲으로 나왔다가 다시 내 호흡 안으로 잠겨 들었다. 왼쪽 가슴 언저리가 사르르 아파 오는 게 그녀가 어서 가자고 나를 재촉하는 것만 같았다. 오두막에서 들려오던 기침 소리도 어느새 멈춰 있었다. 나는 다시 흙 계단을 오르기 시작했다.

그의 오두막 주변 데크 위엔 봄인데도 낙엽들이 폭신한 융단처럼 펼쳐져 있었다. 계절의 구분이 희미한 이곳은 늘 꽃이 피고 잎도 떨어지는 모양이었다. 도어 윗부분의 한 자 남짓한 작은 유리창엔 아이보리 빛 커튼이 드리워진 채, 그 깊은 기침 소리가 언제 났던가 싶게 오두막은 조용하기만 했다. 나는 호흡을 고르며 손등으로 두어 번 유리 위를 두들겼다. 아이보리 커튼 너머로 불쑥 나타날 그의 모습을 기대하며.

순식간에 도어가 벌컥 열렸다. 턱 주변에 수염이 덥수룩하게 자란 한 남자가 안경 너머로 붉은 눈을 빛내며 나를 바라보았다.

"탁민영 신부님이신가요?"

그 눈빛에 압도된 듯 급히 튀어나온 내 물음에 그가 짧게 고개를 끄덕였다. 한눈에도 병색이 깊은 얼굴이 초췌했지만, 핏발이 선 눈빛만은 형형했다.

"저는 한국에서 왔습니다. 오래전부터 한번 뵙고 싶었지요. 윤희림이란 여자를 기억하신다면……."

내 입에서 윤희림이란 이름이 발음되자 그의 눈가로 희미한 경련이 스쳤다. 그는 안으로 들어오라는 뜻인지 말없이 문 앞을 비켜섰다.

그의 오두막 앞에 구두를 벗어놓았다. 먼 여행길 내내 구두에 갇혀 있던 내 두 발이 숲속의 청신한 공기 속에 고약한 냄새를 흘렸다.

"저는 최길수라고 합니다. 희림이와는 동향인……."

나는 고린내를 풍기는 내 발이 민망했지만, 두 평 남짓 돼 보이는 그의 오두막 바닥에 슬그머니 앉았다.

"보시다시피 이런 곳이라 대접할 만한 것도 없습니다. 물이라도 좀 드시지요."

그가 방구석의 종이박스에서 생수병 하나를 꺼내 내밀었다. 낮게 흘러나오는 그의 음성엔 깊은 가래가 가라앉아 있었다. 그가 짧게 기침을 했다.

"아시는지 모르지만 제가 병중이라…… 죄송합니……."

그는 말마디를 다 마치지 못하고 다시 기침을 시작했다. 입을 가린 그의 손등 위로 힘줄이 불거졌다. 고개를 숙인 헌칠한 이마에 흰머리가 섞인 머리카락 몇 가닥이 흘러내려 있었다.

희림이가 살았다면 쉰 살이 넘었을 테니, 그보다 한 살 많다던 탁신부도 이렇게 늙어가고 있구나.

나는 아직도 내 안에서 한 마리 새처럼 포르릉대는 희림을 떠올렸다. 그녀는 내 속에 푸르게 살아 있지만, 그녀의 사랑은 이 숲 그늘에 은둔한 채 초라하게 늙어가고 있었다.

탁 신부가 생수병 뚜껑을 열고 급히 물을 삼켰다. 겨우 기침을 가라앉힌 그의 눈가에 물방울이 매달렸다. 슬며시 눈길을 내리까는 내게 그가 고즈넉한 미소를 지어 보였다.

"최길수 씨라 했습니까? 언젠가 들어본 이름 같기도 하고요. 네, 기억이 납니다. 희림 씨의 주검을 거두어 준 그분이라고……."

"그럼, 희림이가 죽던 때 탁 신부님은 미국에 계셨던가요?"

불쑥 터져 나온 내 물음에 탁 신부가 천천히 고개를 끄덕였다.

"당신이 열었던 희림 씨의 유고전에도 갔습니다. 멀리서 당신을 본 듯도 하고……. 그때는 희림 씨가 그려낸 내 모습을 보느라 사실 아무도 눈에 보이지 않았습니다. 그 여러 장의 스케치를 기억하십니까."

그가 쓸쓸히 웃었다.

"전시회장에 오셨었다고요? 그럼 왜 제가 탁 신부님을 못 만났던 것인가요? 저는 신부님을 만나기 위해 그 전시회를 열었던지도 모릅니다. 우린 어쩌면 그때 만났어야 하지 않았을까 싶네요. 이렇게 오랜 세월 후에 만날 것이 아니라……."

나도 모르게 불거지는 음성에 탁 신부가 작게 껄껄대기 시작했다.

"당시엔 희림 씨 혼의 흔적들을 바라보는 것 외에 당신에게 아무 할 말이 없었을 것입니다. 지금이라고 할 말이 있는 건 아니지만……."

그가 다시 생수 한 모금을 머금었다. 나는 그때야 갈증을 느끼며 그가 내밀었던 생수병 뚜껑을 비틀었다.

"희림을 죽음으로 내몬 사람이 신부님 당신이란 말을 하러 온 건 아닙니다. 어쩌면 그녀를 죽음의 낭떠러지에 이르게 한 건 나인지도 모릅니다. 내가 그림을 다시 그리라는 말만 하지 않았어도……."

나는 생수병을 입에 대고 벌컥벌컥 들이켰다. 내 목울대를 넘어가는 물소리 사이로 탁 신부가 낮은 웃음소리를 냈다.

"당신이 그림을 다시 시작하라고 해서 희림 씨가 죽었다고요?"

나는 물을 급히 삼키고 그를 바라봤다. 화가 난 듯 부릅뜬 그의 눈이 나를 노려보고 있었다.

"그럴지도 모릅니다. 내가 아틀리에를 마련해주고 나중엔 재정적 파산으로 인해 돌보지 못했으니까요."

"정말 유치하군요!"

어물어물 흘러나온 내 말에 그가 들고 있던 생수병을 바닥에 내동댕이쳤다. 그는 참기 어려운 분기를 삼키는 듯 입을 꼭 다문 채 신음소리를 냈다. 어쩌면 지병의 고통 때문인지도 몰랐다.

"최길수 씨! 당신은 지금 희림 씨가 당신 때문에 죽었다는 말을 하러 나를 찾아온 것입니까? 아니면 그 말을 빗대어 그녀가 나 때문에 죽었다는 말을 하러 온 겁니까?"

그가 눈을 질끈 감은 채 소리쳤다.

"신부님! 나는 희림이와 신부님이 어떤 관계였던지 모릅니다. 사실 여기까지 찾아온 건 그 궁금증을 풀기 위해서인지도 모르겠습니다. 희림이가 떠나고 나서 우연히 당신의 얼굴이 수없이 스케치 된 그림들을 발견했고, 단지 당신이 그녀의 생에 지대한 영향을 끼친 사람이었을 거란 생각을 했을 뿐입니다. 그녀의 유고전에 왔던 누군가가 그 스케치 그림의 주인공이 당신, 탁민영 신부라는 것을 말해 줬습니다. 그 뒤 13년의 세월이 흐르는 동안 나는 한 번쯤은 당신을 만나야 한다는 생각을 해왔습니다."

탁 신부가 고개를 숙인 채 가만히 감았던 눈을 떴다.

"신의 섭리로군요. 최길수 씨가 나를 찾아온 게……. 나는 지금 희림 씨가 떠나간 길목에 서 있지 않습니까. 나도 곧 그 세계로 합류하기 위해서……. 그 목전에서 당신이 찾아와 희림 씨를 상기시키다니 참으로 묘한 일입니다."

나는 땀에 젖은 탁 신부의 이마를 물끄러미 바라봤다.

내 갑작스런 방문으로 인해 희림을 상기하다니……. 그렇다면 탁 신부는 이제껏 희림을 잊고 있었단 말인가.

나는 은근히 부아가 치밀었다. 아니, 늘 내 호흡을 따라 세상을 들락날락하며 내 안에 있던 그녀가 화를 내고 있는지도 몰랐다. 10년이 넘게 탁 신부의 존재를 내게 잊지 못하게 하던 그녀가……. 나는 불쑥 물을 수밖에 없었다.

"그러면 탁 신부님은 지난 세월 윤희림이란 여자를 잊고 있었단 말씀인가요? 적어도 저는 지난 13년 동안 만난 적도 없는 탁 신부님을 잊지 않고 있었는데요. 아니, 제 안에 사는 희림이가 단 한 번도 탁 신부님을 잊은 적이 없는데 말입니다."

탁 신부가 고개를 들고 나를 지그시 바라보았다.

"당신 안에 희림 씨가 살고 있습니까?"

짧은 물음 끝에 입가에 맺히는 그의 미소가 슬퍼 보였다.

"네, 그렇게 생각합니다. 희림이는 아주 어린 시절부터 늘 제 안에 살고 있었습니다. 만나거나 만나지 못하거나…… 살았거나 죽었거나."

나를 향했지만 왜 그런지 초점을 잃어가는 그의 눈을 마주하며 나는 한 마디를 덧붙였다.

"희림이가 나를 이곳으로 보냈습니다. 신부님을 꼭 만나보라고…… 아니 내 안의 희림이가 지금 신부님을 만나고 있는지도 모르겠습니다."

탁 신부가 허리를 펴고 꼿꼿이 앉으며 눈을 감았다.

"미안합니다. 나는 지금 그 여자를 만나고 있지 않습니다. 눈앞에 보이는 건 건강한 당신의 모습, 그리고 병든 나의 몸, 살아야 할 사람과 죽어야 할 사람의 만남뿐입니다. 그 여자는…… 그 여자는 한때 나의……."

"사랑이었습니까?"

돌발적인 나의 질문에 그가 감았던 눈을 부릅떴다.

"고통이었습니다!"

그가 나지막이 외쳤다.

"역시 그랬군요! 당신은 희림이를 사랑했군요. 희림이도 신부님을 사랑했었다는 걸 진작부터 알고 있었습니다. 다만 나는 두 사람 사랑의 풍경들을 상상할 수 없을 뿐입니다. 당신들의 시간 안에 나는 없었으니까요."

탁 신부는 마치 내 말을 듣고 있지 않은 듯 출입문과 마주한 창밖만을 바라보았다. 촘촘한 방충망 때문에 흐릿해 보이는 창밖 숲으로 어스름한 기운이 몰려오고 있었다. 탁 신부와 나 사이에 얼마간의 침묵이 흘렀다. 우리는 더는 할 말이 없는 듯했다. 나는 고작 탁 신부로부터 희림이가 그의 고통이었다는 말을 들으려고 여기까지 온 것일까.

희림이가 죽고 나서 나는 파산으로 얼마 남지 않은 내 전 재산을 털어 LA의 한 화랑에서 그녀의 유고전을 열었다. 비참한 자살로 생을 마감한 무명의 여류화가 윤희림은, 심심한 사람들에게 호기심을 불러일으켰고 그녀의 작품들이 적잖게 팔려나갔다. 수준급에 이르는 그 작품의 완성도에 비해 그림값이 싼 때문이었는지도 몰랐다. 희림의 유고전은 투자한 돈의 몇 배를 내 손에 쥐여 주었다.

서울로 돌아간 나는 망해버린 수입업에 다시 손을 대기 시작했다. 다만 이번엔 이태리 가구가 아니라 미국 쪽에서 들여오는 잡화 품목이었다. 차츰 회복세를 타는 국내 사정에 편승해 내 사업도 조금씩 활기를 띠기 시작했고, 이혼을 선언하고 돌아섰던 아내도 나와 합류했다. 상승 가도를 달리는 사업처럼 아이들이 우뚝 자라났다. 사실 표면적으론 굳이 불행하게 생을 마감한 희림을 기억할 아무런 이유가 없어 보였다.

그러나 그녀는 내 삶의 갈피에서 생각지 않던 순간에 뛰쳐나와 나를 흔들어댔다. 거래처 사람들과 질탕한 술자리를 벌이다가, 아침에 눈을 떠 과음으로 정신이 나지 않는 머리를 흔들다가도, 불쑥 가슴속에서 뛰어나오는 그녀를 감당할 수 없어 사르르 아파 오는 심장 언저리를 손바닥으로 문질러야 했다.

희림을 생각할 때마다 동시에 떠오르는 건 그녀의 수많은 스케치 속 남자였다. 유고전에 왔던 한 여인이 그 스케치들이 전시된 곳에 오랫동안 서 있었다. 늘씬한 키에 멋진 몸매를 가진 여인, 나는 나중에야 그녀가 희림과 절친했던 문명혜라는 여인인 걸 알았다. 거무스름한 피부에 몹시 이국적 분위기를 풍기던 그녀는 쉽게 스케치의 주인공이 탁민영 신부라는 걸 말해주었다.

전시회가 끝나고 탁신부의 스케치를 거두어들이며, 나는 언젠가는 그를 만나야 한다는 생각에 휩싸였다. 하지만 불분명한 희림의 주변을 명확히 알게 된다는 건 왜 그런지 내게 아픔이 될 것만 같았다. 나는 일단 서울로 돌아갔다. 내 나름 삶의 숨 고르기를 먼저 해야 한다고 생각했다. 비겁한 내 숨 고르기가 어느새 10년이 넘게 이어지고 있었다. 맘만 먹으면 탁민영 신부의 소재쯤은 그가 국내에 있건 국외에 있건 쉽게 확인할 수 있다는 생각에 미루어온 만남…….

"제가 여기 있는 걸 어찌 아셨습니까?"

잠시 먼 곳을 헤매던 내 생각 속으로 탁 신부의 목소리가 들려왔다. 나는 그가 바라보던 창밖으로 나도 모르게 따라간 시선을 급히 거둬들였다.

"신부님이 속하신 교구에 문의했습니다. 마침 제가 미국을 방문할 일이 생겨 시간이 잘 맞아 들어간 셈입니다."

"그렇군요. 정말 시간이 잘 맞아 들어갔습니다. 한 1년쯤 늦었으면 우린 만나지 못했을 테니까요."

탁 신부가 말끝으로 허망한 웃음을 웃었다.

"위로 드릴 말씀은 말주변은 없어서……. 죽음이 두려우신 건 아니리라 생각됩니다. 신부님은 저 같은 중생과는 다르실 테니까요."

그가 갑자기 시선을 세우고 나를 노려보았다.

"나는 두렵습니다! 죽음이 아니라 날로 깊어지는 이 고통이…….

당신 안에 희림 씨가 살고 있다고 했습니까? 그렇습니까?"

나는 그저 고개를 짧게 끄덕여 보였다. 그의 말이 금세 이어졌다.

"아마도 그 여자는 내 안에도 살고 있었던가 봅니다. 당신을 마주한 이 시간, 아니 당신의 입에서 그 여자의 이름이 튀어나온 그 순간부터 내 가슴이 이리도 아픈 것이……."

그의 얼굴로 슬픈 빛이 흥건히 고여 들었다. 숲속의 짧은 해가 스러져가며 오두막 안에 어스름한 기운을 뿌렸다. 그제야 둘러본 방 안엔 한구석에 트렁크와 앉은뱅이책상 하나, 그 옆엔 별로 폭신해 보이지도 않는 허름한 이부자리 한 채가 개켜져 있을 뿐이었다. 하얀 천이 씌워진 앉은뱅이책상 위에는 검은 가죽 장정의 성경책과 표지가 잘 보이지 않는 다른 책 몇 권이 포개져 있었다. 자꾸 어두워지는 숲 기운이 오두막 안으로 밀려들고, 우리는 둘 다 아무 말 없이 방 안이 깜깜해질 때까지 그렇게 앉아 있었다.

웬일인지 그 순간만은 탁 신부도 기침을 멈추고, 그와 나는 둘 다 숲의 정적을 듣고 있는 듯했다. 가슴 안으로 고적한 평화가 번져 들었다. 마치 오랜 친구와 마주 앉아 숲 기운에 자신을 맡기고 있는 것처럼.

"안에 들 계세요?"

갑자기 들려온 톤이 높은 목소리와 함께 오두막 안에 손전등 불빛이 비쳤다. 탁 신부가 슬그머니 일어나 문을 열었다. 손전등을 치켜든 여자가 추운 듯 어깨를 움츠리고 서 있었다. 사무실 앞에서 만났던 레베카란 여인이었다.

"손님도 오셨는데 오늘은 탁 형제님도 손님과 함께 아래 부엌에서 식사하시자고요. 목사님이 모시고 오래요."

여자는 털실로 짠 검은 숄을 상반신에 두르고도 몸을 떨었다. 탁 신부와 나는 레베카가 비추는 손전등 빛을 따라 흙 계단을 내려갔다.

사무실 뒤쪽 주방에 조촐한 식탁이 차려져 있었다. 초로의 여인이 그 옆에 선 채 우리를 맞았다.

"우리 안순희 목사님이십니다."

레베카가 그녀를 내게 소개했다. 반백의 머리카락을 뒤로 넘겨 올린 단아한 모습의 여인이 눈가에 주름을 잡으며 미소 지었다. 샌프란시스코 인근 숲속에 한국인 기도원이 형성되어 있다는 것도 놀라웠지만, 그 주관자가 여자 목사라는 건 더 놀라운 일이었다.

된장찌개와 산채 나물로 소박하게 차려진 식탁에 네 사람이 앉았다. 나와 마주 앉게 된 레베카가 좀 어색한지 수줍게 웃었다. 어찌 보면 나이 어린 소녀 같기도 하고, 아주 나이 든 여인 같기도 한 묘한 분위기의 여자였다.

안순희 목사의 식사기도 후, 우리는 아주 오래전부터 만나온 사람들처럼 식사를 시작했다. 하긴 나만 낯선 손님일 뿐 그들 셋은 얼마나 오랫동안 이런 시간을 가져온 것일까. 탁 신부가 안식년을 맞은 게 올 초부터라면 고작해야 두 달 남짓일 것이다. 가톨릭 사제인 탁 신부는 왜 이 개신교 기도원을 찾은 것일까.

"탁 형제님! 요즘 몸 상태가 어떠십니까? 더 나빠지신 건 아닌 것 같은데요."

저녁 식사가 좀 무르익어 갈 무렵 안 목사가 탁 신부의 안색을 살피며 물었다.

"네, 나빠진 것 같진 않아요. 그렇죠?"

얼른 말을 받는 레베카의 말투가 왜 그런지 익숙하게 들렸다. 재빠른 몸놀림과 해죽 웃는 모습이 꼭 누군가를 닮은 듯한 느낌이었다. 탁 신부는 그저 고개를 끄덕여 보일 뿐 아무 말도 하지 않았다.

그도 나처럼 느끼고 있는 걸까. 레베카의 말투와 몸짓, 그 웃는 모습이 어딘가 희림을 연상시킨다는 걸……

희림아! 나는 어쩌자고 여기까지 온 것이냐. 너는 어쩌자고 나를 여기까지 떠민 것이냐. 내가 살던 도시의 수많은 여자 속에서도 보이지 않던 너의 이미지가 어쩌자고 이 숲의 여자에게서 보인단 말이냐. 네가 그렇게 마음 깊었던 탁민영 신부가 있는 곳이라 너의 혼이 저 레베카에게 투영된다는 말이냐.

나는 밥숟가락을 떠올리다 멈칫했다. 다시 가슴 언저리가 아파왔다.

"탁 형제님! 손님께서 머무실 오두막을 치워놓지 못했습니다. 불편하시더라도 오늘 하룻밤 같이 좀 머무시죠. 침구는 제가 준비해 드리겠습니다."

레베카가 물 잔을 탁 신부 앞에 놓으며 말했다. 이 기도원의 여자들은 정말 탁 신부의 신분을 전혀 모르고 있는 것 같았다. 나는 옆에 앉은 탁 신부를 바라보았다. 그가 아무렇지도 않게 고개를 끄덕였다.

"손님께서 더 머무실 양이면 내일 탁 형제님 가까이에 있는 오두막을 치워놓겠습니다."

정중한 레베카의 말에 나를 얼른 고개를 저었다.

"아닙니다. 저는 내일 아침 일찍 떠나야 합니다. 다른 업무를 보러 미국에 왔다가 여기에 탁 신…… 탁 형제님이 계시다기에 잠시 만나 뵈러 들렀습니다. 이렇게 깊은 숲속인 줄 모르고 잠깐 들렀다 가려던 건데 생각보다 얘기가 길어져서요."

탁 신부가 가만히 내 옆얼굴을 바라보는 게 느껴졌다. 마치 우리가 무슨 얘기를 그렇게 길게 했느냐고 묻는 것 같았다. 사실 그랬다. 그와 나는 그저 한 여자를 똑같이 떠올리느라 시간을 보냈을 뿐

220

이다.

식사를 마치고 나서, 레베카가 챙겨준 침구를 안은 나는 탁 신부와 함께 흙 계단을 올랐다. 컴컴한 산길을 탁 신부는 잘도 올라갔다. 그는 이곳에 머무는 동안 어느새 숲의 어둠에 익숙해진 것 같았다.

오두막 앞에 이르자 그는 침구를 안은 나를 위해 문을 열어줬다. 숲속의 깊은 밤이 묵묵히 우리를 에워쌌다. 그와 나 사이엔 윤희림이란 한 여자가 밤보다 더 깊은 인연의 끈을 드리우고 있었다.

하룻밤 뒤에
- 탁 신부의 말

　새벽빛에 눈을 떴다. 숲으로 난 창엔 커튼이 없다. 내 방뿐 아니라 이 숲 기도원 어느 오두막도 마찬가지다. 다만 여닫이 출입문 윗부분, 두 뼘쯤 되는 네모난 창에는 얇은 포리에스텔 질감의 아이보리 빛 커튼이 똑같이 드리워져 있다.

　손목시계는 정확히 6시를 가리키고 있다. 일어나 침구를 개키려던 나는 잠자는 동안 잊고 있던 방문객이 내 옆에 자는 걸 그제야 기억했다. 그는 엊저녁 레베카가 챙겨준 푸른 슬리핑백 속에서 코를 골고 있다. 적당히 늙은 얼굴은 세상 때에 좀 절어 보이지만, 한구석 풋풋한 순수가 느껴지는 그런 사내이다. 그 풋풋한 틈에서 아마도 희림이 살고 있는 거겠지.

　나를 바라보는 사내의 눈동자엔 형용할 수 없는 기운이 어려 있었다. 중년의 평범한 남자의 눈빛이라기엔 뭔가 어울리지 않는……. 희림이 그의 눈을 통해 내게 무슨 말인가를 하고 있던 걸까.

　희림! 어떻게 잊으랴. 사실 그녀를 늘 기억했던 건 아니다. 걸릴 것 없는 들판을 질주하다 그 평평함이 지루해질 무렵 홀연히 나타난

222

신기루와 같던 정경, 나는 턱없이 쫓아갔을 뿐이다. 그리고 거기 돌부리에 걸려 넘어져 한참을 허우적댔다. 그녀는 참으로 아름답고도 매혹적인 걸림돌이었다. 내가 엎어진 곳은 부드럽고 향기로운 수액으로 가득 차 있었고, 나는 본능이 시키는 대로 그곳을 헤엄쳤다. 잠시는 황홀했던 그 기쁨, 곧 그 늪 속을 헤쳐 가는 일에 팔다리가 저려왔다. 나는 그만 꿈을 깨고 말았다.

깨어버린 꿈의 뒷맛은 쓰디썼다. 그녀를 만나기 전과 달라진 게 있다면, 전에는 알지 못했던 그 지루하도록 평평한 들판의 얼룩과 상처들이 보이기 시작했다는 것이다. 내 걸음은 전보다 훨씬 느려졌고 나는 자주 쉬며 눈물을 흘렸다. 그리고 때로 주체할 수 없는 아픔으로 기도하기 시작했다.

나는 미사 때마다 가슴의 뻐근한 아픔을 견딜 수 없었다. 동그랗고 하얀 밀떡을 쳐들고 거양 할 때면 그리스도의 현현이 그대로 느껴져 가슴이 뛰었고, 포도주가 담긴 성작을 쳐들면 눈물이 났다. 나의 죄와 열망과 회한이 아픔으로 소용돌이쳐 나는 진실로 기도하지 않을 수 없었다.

내가 울며 기도하는 사이 돌연 그녀가 사라져버렸다. 어디론가 떠났다는 말을 누군가 전해줬지만 나는 그녀를 찾을 수도, 잊을 수도 없었다. 그렇게 세월은 갔었는데…… 아, 그만 생각하자. 그만…….

숲으로 퍼져가던 여릿한 아침 빛 한줄기가 창문을 뚫고 들어와 잠든 사내의 얼굴을 비추었다. 사내는 눈이 부신 듯 얼굴을 찌푸리더니 슬리핑백에 얼굴을 쑤셔 박으며 몸을 돌려 누웠다. 나는 서둘러 앉은뱅이책상으로 다가앉아 성무일도를 펼쳤다. 사내가 잠을 깨기 전에 할 일을 마쳐야 했다. 아직 나의 신분은 사제인 것이다. 서품 때에 서원한 것처럼 나에겐 매일 하루치의 성무일도를 읽고 미사를 드릴 의무가 있다. 성무일도는 혼자 읽더라도 혹 사내가 미사를 같이 드리겠다면 그가 깬 다음에 올려도 괜찮을 것 같았다. 지난 두 달, 이 숲에 숨어 홀로 미사를 올리며 나는 오히려 이제껏 수없이 올렸던 미사의 진미를 느꼈다. 그리스도와 나 둘만이 함께한……. 외로움과 고통이 깊어야 그분의 모습이 더 드러나는 건 평신도나 사제인 나에게나 마찬가지이다. 나도 인간일 뿐인데…….

입으로 성무일도를 읽어나가면서도 머릿속은 온갖 생각들이 물결쳤다. 흐트러지는 생각들을 붙잡기 위해 이제는 안달하지 않기로 했다.

이 숲에 머문 지난 두 달 동안 아픔과 평화는 번갈아 찾아와 나를 변덕스레 만들었다. 생의 한 자락을 기어이 붙잡고 싶은 욕망, 어떻게든 더 살아야겠다는 집착, 그러나 곧 당신 뜻대로 하시라며 의지를 버릴 때 찾아오던 평화…….

"탁 형제님! 매달리셔야 해요! 주님은 구하는 자에게만 주신답니다. 살려달라고 매달리세요!"

때때로 레베카는 새처럼 포르릉거리며 눈을 빛냈다. 그녀가 눈을 빛낸다고 생각했던 건 거기 눈물이 얼비쳐 햇살을 받고 있기 때문이었다. 나는 그녀의 순진한 신앙심이 기특해 가만히 웃었을 뿐이다.

"레베카 자매님! 그분에게 매달리는 영혼이 어찌나 많은지 아무리 크신 분이라도 너무 힘드실 것 같네요. 아, 몸과 마음이 복잡하실 우리 주님! 가엾기도 하셔라."

빙긋이 웃는 나를 보며 레베카가 발끈 성을 냈다.

"탁 형제님! 살고 싶으시면 좀 더 적극적으로 기도하세요! 여긴 치유의 기적이 일어날 수 있는 기도원이랍니다."

그녀가 나의 신분을 알 리 없었다. 그녀는 나를 만날 때마다 신앙적으로 채근하고 훈계하려 들었다. 쟁반 위로 똑똑 떨어지는 작은 물방울처럼 스타카토를 이루면서도, 피아니시모로 나긋이 흐르기도 하는 그녀의 목소리와 태도는 때론 나를 슬며시 웃게 만들었다. 하지만 그녀가 희림과 비슷한 이미지를 가졌다고 생각한 적은 없었다. 엊저녁 사내와 나란히 누워 막 잠이 들 무렵이었다.

"레베카란 여자 희림이를 닮지 않았나요?"

사내는 불쑥 내뱉어 놓고 내가 잠시 신음을 삼키는 사이 그만 코를 골아 버렸다. 나는 그제야 내가 왜 레베카를 바라보며 몇 번이나 혼자 미소를 지었는지 알게 되었다. 그 익숙한 느낌이 어디에서 기인한 것인가를……. 내 안에 억지로 잠재워둔 그녀를 한순간에 깨어나게 한 이 최길수란 사내…….

사내가 몸을 뒤척이며 깨어날 기미를 보였다. 간밤 사이 희림은 정말 그의 가슴에서 내 가슴으로 옮겨온 것인가. 가슴이 아프다. 기침을 쿨럭일 때 뻐근히 울리는 그런 통증이 아닌, 그보다 더 깊은 가슴의 심층을 예리한 칼이 에이는 듯한 아픔이 나를 관통하고 있다.

"잘 주무셨습니까?"

그가 어느새 일어나 앉아 빙긋한 웃음을 지었다.

"일어나셨습니까? 저는 곧 미사를 올릴 참인데 같이 참례하시겠습니까?"

정중한 내 물음에 사내가 슬리핑백을 빠져나오며 좀 머쓱한 표정을 했다.

"저는 가톨릭 신자가 아닌데요."

"상관없습니다. 저는 이곳에 온 후 두 달이 넘게 혼자 미사를 드려 왔습니다. 오늘은 손님이 계시니 누군가와 함께 그리스도를 찬미하고 싶습니다."

잠시 나를 바라보고만 있던 그가 마침 생각났다는 표정으로 물었다.

"참 이곳에선 탁 신부님이 가톨릭 사제인 걸 모르는 것 같던데요. 신분을 안 밝히신 무슨 이유라도?"

"별 이유가 있겠습니까. 말을 할 필요가 없어 말하지 않은 것이지요."

"그렇담 꼭 여길 찾아오신 특별한 이유가 있습니까?"

사내는 갑자기 집요하게 물어왔다.

"그저 조용히 쉬고 싶은 마음에 아무도 아는 사람이 없는 곳을 찾아왔을 뿐입니다."

그는 그제야 수긍이 간다는 듯 고개를 끄덕였다.

"미사를 드리려면 바깥 세면실에 가서 좀 씻어야겠습니다. 같이 가시겠어요?"

수건을 들고 일어선 나를 올려다보던 사내가 부리나케 슬리핑백을 접어 한구석에 밀어놓고 일어섰다.

본관으로 내려가는 남쪽 흙 계단을 비켜 서쪽으로 난 내리막길을 20미터쯤 걸어야 세면실이 있었다. 사내와 나는 아침 숲속을 나란히 걷기 시작했다. 밤새 이슬에 젖었던 흙길이 우리들의 발길에 부드럽게 으깨어졌다. 코끝으로 솔솔 스며오는 흙냄새를 깊게 들이마셨다. 사내가 마치 나를 따라 하듯 심호흡을 했다.

몇 살이나 되었을까. 희림과 고향 오누이 같은 사이라면 나보다 연상일지 몰랐다. 그는 흙길을 걸으면서 두 팔을 올려 앞뒤로 흔들며 스트레칭을 했다.

세면을 하고 돌아와 평상복 위에 영대만 걸친 나는 사내를 앞에 앉혀놓고 미사를 올렸다. 아침이면 그래도 기침이 좀 그만하여 미사

중에 곤혹스럽지 않은 게 다행이었다. 내가 미사를 올리는 이 시간, 저 아래 본관에선 안순희 목사가 레베카를 혼자 앉혀놓고 예배를 드리고 있을 것이다.

"그리스도의 몸!"

이곳으로 올 때 준비해온 성체도 이제 얼마 남지 않았다. 사내는 가톨릭 신자가 아니니 오늘도 성체를 입에 넣는 것은 나 혼자의 몫이다.

"그리스도의 피!"

포도주가 담긴 성작을 들어 올린다. 언젠가 레베카의 자동차를 타고 타운에 나가 장을 볼 때 포도주를 사는 나를 걱정스레 바라보던 그녀…….

"형제님! 몸도 안 좋으신데 술은…….”

"걱정 마세요. 아주 조금씩 마실 거니까요."

그래, 나는 아주 조금씩 미사 때마다 성작에 포도주를 따라 마셨다. 포도주가 줄어드는 만큼 내 생명도 그렇게 줄어가고 있었다. 이 상태로 얼마나 버틸 수 있을까. 움직일 수 있을 때 한국으로 돌아오라고 간곡히 부탁하던 후배 사제……. 그는 아무도 없는 이국에서 내 몸이 땅에 묻히거나 태워지는 걸 나보다도 더 두려워하는 것 같았다.

묵묵히 내 앞에 앉아 미사를 지켜보던 사내가 조금은 지루한 듯 긴 숨을 내쉬었다. 그에게 강복을 주고 미사를 마쳤다. 그 순간만은 나는 정직한 하느님의 대리자였다.

목에 걸쳤던 영대를 접어 책상 위에 놓자 사내가 기다렸다는 듯 입을 열었다.

"탁 신부님께서 희림이를 마지막 만난 게 언제였던가요?"

사내가 조금은 날카로운 눈빛으로 나를 바라봤다. 이제 나는 말해야 했다. 세상에 없는 그녀와 나, 그리고 하늘만이 아는 그 시간에 대해. 어쩌면 이 사내는 곧 떠나게 될 나를 대신해 이 세상에서 희림과 나의 사랑을 기억하는 단 한 사람으로 남기 위해 여기 찾아왔는지도 모른다. 나는 구석 상자에서 물 한 병을 꺼내 그의 앞에 밀어놓았다.

"이것이 이 산중의 아침 식사입니다. 될 수 있으면 적게 먹고 기도에 전념한다는 것이 이 기도원의 모토죠. 전혀 안 먹을 수 있으면 그렇게 하라고 안순희 목사는 권하기도 합니다. 죽기 직전까지 굶어보라고요. 육적 욕구를 바쳐 영적 소산을 얻는다는 것인지."

나는 먼저 내 몫의 생수병을 열고 물을 삼켰다. 사내가 머뭇머뭇 제 물병으로 손을 가져가며 나를 바라보았다.

"나는 내가 알 수 없던 희림이의 행적에 대해 듣고 싶을 뿐입니다. 아시다시피 그녀는 내 앞에서 죽었습니다. 그것이 내 생을 한동안 무겁게 만들어 원망스럽기도 했지만……. 희림은 자신의 죽음 뒷마무리를 나에게 맡기려는 의도가 있었던 것 같습니다. 어쩌면 나는 아직도 다 하지 못한 그 마무리를 위해 여기까지 왔는지도 모르겠습니다."

사내는 말을 끊고 생수병을 입으로 가져갔다. 그의 목울대로 물이 두어 모금 넘어가는 걸 바라보다 나는 눈을 감았다.

그녀를 마지막 만났던 날……. 그녀의 죽음에서 그다지 멀지 않던 날이었다. 나는 교포 사목 임기를 마치고 본국으로 돌아갈 준비를 하고 있었다. 떠날 날을 며칠 앞두었을 무렵 돌연 희림으로부터 전화가 걸려왔다. 거의 3년 반 만에 들어보는 그녀의 목소리가 아련하게 내 귓전을 울렸다.

"당신이 이 땅을 떠나신다는 걸 우연히 알게 됐어요. 저를 한 번 보고 가세요."

꿈결인 듯 들려오는 그 목소리에 나는 그동안 잊고 있던 그 황홀한 늪 속으로 단번에 빠져드는 듯했다. 몇 년 전 크리스마스 무렵 갑자기 자취를 감추어버린 그녀에 대한 회한이 늘 가슴 한쪽에 자리하고 있었다. 미사를 드리고 묵상을 하고 온갖 종교적 행위들로 덮어두어도 내 안에서 가느다란 숨결을 끊지 않던 그녀가 불가항력으로 나를 잡아당기고 있었다.

그 5월의 오후, 산자락에 노랗게 피어난 산수유 군락에 눈이 부셔 괜스레 얼굴을 찡그리며 길을 달렸다. 그러나 기실 내 안에선 설렘이 일었고 갈등 또한 일고 있었다.

내가 냉정을 가장하고 그녀를 외면한다면 그것도 가식일 것이지만, 달려가는 그 행위도 신분을 거스르는 일이었다. 죄와 죄의 중간점에서 나는 끝내 한 사람의 인간으로서 그 순간만은 내 감정에 충실하겠다고 스스로 변명했다.

프리웨이에서 내려 그녀가 알려준 길을 따라가다 보니 한눈에도 열악해 보이는 동네가 나타났다. LA 한인 타운에서 동쪽으로 거슬러 오른 그곳은 주거지역이라기보다는 창고건물이 밀집한 곳이었다.

그녀가 이런 곳에 살고 있다니……. 한쪽이 찌그러진 철망 울타리 안, 창고처럼 보이는 건물 옆 공터에 낡은 자동차 한 대가 세워져 있었다. 그것은 오래전에 보았던 그녀의 푸른색 스테이션 웨곤이었다. 내 자동차를 그 옆에 세우고 출입문 앞으로 걸어갔다. 문을 두드리기도 전에 페인트칠이 벗겨진 낡은 도어가 열리며 그녀가 불쑥 얼굴을 내밀었다. 막 기울어가는 햇살이 하얗게 내려앉은 그녀의 얼굴, 빛살 때문에 첫 순간 흐리게만 보이던 그녀의 이목구비가 점차 명확히 눈에 들어왔다. 화장기 하나 없는 얼굴, 그러나 그녀에게서 은은한 향내가 풍겨왔다. 아직 물에 젖은 듯한 머리칼을 뒤로 넘겨 하나로 묶고 잔잔히 웃는 희림의 눈가가 가늘게 구겨졌다. 웃고 있었지만, 그 표정은 몹시 슬퍼 보였다.

어디선가 기계가 돌아가는 듯한 소음이 들려왔다. 어쩌면 그곳은 창고건물만 있는 게 아니라 공장지대인지도 몰랐다. 부근에 봉제업이 성하다는 선입감 때문인지 그 소리는 수십 대의 재봉틀이 한꺼번에 작동되고 있는 듯한 상상을 불러일으켰다. 잠시 귓속이 멍 해왔다.

"오랜만에 뵙는군요."

멍멍해진 귓가로 그녀의 나지막한 목소리가 실바람처럼 감돌았다.

"그동안 잘 있었소?"

먼저 손을 내민 건 그녀였다. 작고 연약한, 그러나 꺼칠한 촉감이 내 손바닥에 감싸였다. 전에도 그녀의 손이 이렇게 거칠었던가? 사실 생각이 나지 않았다. 나는 도대체 이 여자에 대해 무엇을 기억하며 여기까지 왔단 말인가.

"들어오세요."

그녀가 내 손을 놓으며 돌아섰다. 헐렁한 티셔츠 차림인 그녀의 뒷모습은 전보다 더 여위어 보였다. 때론 온갖 치장을 하고 내 앞에 나타나는 교회의 어떤 여인네보다도 아름답지 않은 뒷모습이었다. 하지만 그녀의 여원 등엔 나의 기억이 서려 있었다. 나는 그 기억을 쫓아 안으로 들어설 수밖에 없었다. 들어서자마자 물감 냄새가 확 끼쳐왔다. 그제야 그곳이 그녀가 주거와 작업을 함께하는 아틀리에라는 걸 알았다. 작업을 하고 있지는 않았던 듯 이젤은 접힌 채 한 구석에 놓여 있었다. 한쪽 벽에 캔버스들이 포개어져 있었지만, 그것들은 모두 뒤집어 세워져 무슨 그림인지 볼 수가 없었다. 부엌으로 꾸며놓은 싱크대 앞 나무 식탁에 그녀가 나를 앉혔다. 전기 곤로 위에 얹어놓은 주전자에서 찻물이 끓어오르는 동안 물끄러미 나를 바라보던 그녀가 불쑥 물었다.

"우리가 마지막 만났던 날을 기억하세요? 내가 당신의……."

그녀가 말을 끊고 소리 없이 웃었다. 하지만 금세 붉어진 그녀의 눈에 핑그르르 물기가 어렸다.

"기억나오. 당신의 매찬 손길에 내 뺨이 부풀어 올랐지. 그것도 성당 복도에서 말이오."

허심하게 흘러나오는 내 말에 그녀가 갑자기 낮게 낄낄대기 시작했다.

"참으로 당신 안의 거룩한 성령을 모독했던가요? 나는 그 속죄를 하느라 지난 3년 동안 여기 웅크려 숨어 물감칠만 했답니다. 이쯤에서 내 죄가 다 씻겨나갔는지 신부님께 감정을 받아보고 싶었어요. 이제는 제 죄를 사해 주시겠어요?"

그녀가 이를 드러내며 하얗게 웃었다. 전처럼 곱지는 않았지만, 그녀의 웃음에는 나를 옭아매는 알 수 없는 힘이 묻어나왔다. 순간 나도 모르게 고개를 흔들었다. 어쩌면 오지 말았어야 했다고…….

"그때 왜 그렇게 달아났소? 아무렇지도 않게 바라볼 수는 없었지만 그래도 그렇게 떠날 것까지야…….."

"그랬나요? 제가 거기 있어도 괜찮았나요?"

그녀가 빤히 나를 바라봤다. 그 예기치 않은 당돌함, 그녀의 눈 안에 맴돌고 있는 그 기운은 전과 똑같았다. 나는 아무 말도 하지 못했다. 사실 그때 그녀가 그렇게 갑자기 내 주변을 떠나지 않았다면 우리에겐 좀 더 길고 아픈 추억이 생겨났는지도 모를 일이었다.

"당신을 구하고 나를 구하는 일이라 생각했어요. 그날, 신부님의 뺨을 그렇게 후려치지 않았다면 나는 떠날 수 없었을 거예요."

그녀가 더 낮은 웃음소리를 냈다. 찻물이 거친 김을 내뿜으며 끓어오르자 그녀는 하얀 도자기 잔 두 개를 탁자에 올려놓았다. 양쪽 잔에 물을 조금 부어 흔들어 덥힌 후 새 물을 따르고 홍차 봉지를 담갔다. 레몬 조각이 띄워져 내 앞에 놓이는 찻잔을 내려다보며 나는 혼잣소리처럼 물었다.

"떠나기 위해서 내 뺨을 때렸단 말이오? 그때……."

"아니요. 당신이 정말 미웠어요. 사제란 신분에 구속된, 그러나 자유인인 신부님이…… 조금 더 나쁘게 말하면 마음의 바람둥이 아닌가요? 뭇 여성들을 만나고 다니는."

찻잔 속에서 말갛게 우려지는 갈빛 홍차 액을 바라보다가 나는 번쩍 고개를 쳐들었다. 그녀가 찻잔을 들고 선 채 또 웃고 있었다. 하얗게 웃는 모습에서 빛이 뿜어져 나오는 듯했다. 분명 나는 모욕적인 말을 들은 것 같은데, 그녀의 웃음만큼이나 하얗게 부서져 내리는 내 볼품없는 분노에 그만 흐물흐물 웃고 말았다.

"내가 떠난다는 건 어떻게 알았소?"

"명혜가 가르쳐주더군요."

"명혜? 아, 데레사!"

나는 데레사가 세례를 받기 전 명혜란 이름으로 불리던 걸 기억했다. 데레사가 세례를 받은 건 희림이 떠난 이듬해였다.

"그래요. 데레사……."

"그럼 데레사와는 그동안 연락을 하고 지낸 것이오?"

그녀가 대답에 앞서 고개를 흔들었다.

"아니요. 얼마 전 제가 전화를 걸었어요. 이제는 뭔가 정리할 때가 된 것 같아서……. 여전히 그 전화번호를 사용하고 있어 다행이었지요. 단번에 신부님이 곧 떠나신다는 얘기부터 하더군요."

그녀가 물끄러미 나를 바라보았다. 내 입에서 무슨 말인가 흘러나오길 기다리는 듯했지만 나는 아무 말도 할 수 없었다.

"떠나시기 전 제게 세례를 좀 주세요."

그녀가 기어들어 가는 목소리로 말했다.

"세례?"

"네, 세례……."

의외의 말에 나는 그저 멀뚱멀뚱 그녀를 볼 수밖에 없었다.

"알아요. 당신네 교회 규칙…… 일정 기간의 교육이 필요하다는 것. 하지만 예외도 있다지요?"

잔잔히 웃는 그녀의 눈에 물기가 얼비쳐왔다. 나는 그녀를 찾아오며 솔직히 사제의 신분이 되고 싶지는 않았다. 그런데 희림은 내게 세례를 원하다니……. 어떤 섭섭함이 내 가슴을 스쳤다.

"여기서 그림만 그렸소? 아직도 아이들을 지도하고 있소?"

엉뚱한 내 물음에 그녀가 가만히 고개를 저었다.

"내게 타인에게 나누어줄 사랑의 여백이 있던가요? 어린것들한테 말이죠. 당신이 다 앗아갔잖아요."

"내가?"

"그래요. 당신이……."

나는 눈을 지그시 감았다.

"내가 받은 건 결국 괴로움이었소."

"자기가 파괴될 것만 같은 엄청난 괴로움 속에 있을 때 그것을 승화시킬 수 있는 대상은 아마도 사람이 아닌 것 같아요. 나는 당신으로 인한 견딜 수 없던 괴로움을 내 나름대로 태우기 위해 여기로 왔어요. 캔버스 위에 물감을 찍고 뿌리며……. 당신은 무엇을 했나요? 당신의 신께 나처럼 불에 타는 듯한 괴로움으로 기도하며 아름다워졌나요?"

희림의 입가로 슬며시 조소가 어렸다.

그래, 나는 무엇을 했던가. 그녀가 남기고 간 괴로움, 죄책감, 그리움을 떨치기 위해 더 열심히 기도했던가?

사실 그렇다고 말할 자신이 없었다. 그녀가 캔버스 위에 제 영혼의 흔적을 메워가는 동안 나는 내 괴로움에 대해, 그리움에 대해 방관하며 일상을 이끌어 왔을 뿐이다. 가끔은 신자들과 골프를 치고 외식을 하고, 주일이면 미사를 드리고…….

"희림! 나는 조금도 아름다워지지 못한 것 같소. 정말 신을 향해 매일 제사를 바쳤던 건 내가 아니라 당신인 것 같소. 캔버스 위에 물감을 찍고 뿌리며 당신이야말로 진정한 제사를 드렸구려."

찻잔을 든 채 서 있던 그녀는 그때야 테이블 맞은편에 앉았다.

"신부님은 제 열정이 참다운 통로를 찾았다고 생각하시나요? 당신으로 인해 소용돌이치던 그것이 정말 제 갈 곳을 찾아 분출되었다고 말이죠. 그러나 내 그림들이 성에 차지 않아요. 내가 그토록 힘들고 괴로웠던 것에 비하면……."

"내게 당신의 작품들을 보여줄 수 있겠소?"

나는 벽을 향한 채 포개어진 캔버스들을 바라봤지만, 그녀는 고개를 저었다.

"아니요. 아니요……. 나는 내가 무엇을 했는지 모르겠어요. 3년이 넘는 시간 동안 매달려온 내 작품에 대해 회의감만 들 뿐이에요."

그녀의 입에서 한숨이 새어 나왔다.

"희림! 예술이란 원래 모호한 것 아니겠소? 신의 영역을 흠모하는 인간의 표현이 그것이라면 늘 양에 차지 않는 건 당연한 것이오. 우린 그런 말을 하지. 지금은 희미하게 볼 수밖에 없는 하느님의 얼굴, 그때 만나게 되면 명확히 마주 보리라고……. 모든 예술이 신에 대한 갈망이라면 당신의 회의는 당연해요."

"그렇담 당신의 예술은요? 당신도 신앙이라는 당신의 예술에 대해 회의를 느끼나요?"

나를 빤히 바라보는 그녀의 눈에 왜 그런지 날이 서 있었다.

"신앙을 예술이라고?"

"아닌가요? 예술 안에 신앙이 포함되는 건가요? 신앙 안에 예술이 포함되는 건가요? 신부님은 신앙이란 예술을 하는 건가요? 예술이라는 신앙을 하는 건가요?"

재빠르게 지껄이는 그녀의 말에 갑자기 머리가 아파왔다.

"그만 해요. 당신의 궤변은 예나 지금이나 똑같군. 감히 사제인 나에게 그런 말을 하다니……."

그녀가 다시 까르르 웃어 젖혔다.

"적어도 지난 3년 동안 그림을 그리는 일은 나의 신앙 행위였어요. 당신 말대로 나 나름대로 신을 향한 제사였다고요. 당신은 제의를 입고 미사를 올리며 나처럼 활활 타올라 보았나요? 네?"

웃고 있었지만, 그녀의 시선은 여전히 날카롭게 나를 응시했다. 나는 잠시 생각해보았다. 정말 활활 타오른 적이 있던가. 사실 그렇다고 말할 자신이 없었다. 나는 나직이 한숨을 내쉬었다.

"이제 보니 당신이 진정한 사제구려. 3년을 빠짐없이 활활 타오른 당신……. 차라리 내게 세례를 주구려. 당신 그 예술의 이름으로!"

희림이 가만히 웃었다.

"신부님은 내게 하느님의 이름으로 세례를 베풀어 주세요. 나는 그것이 필요해요. 예술의 신들은 너무 번다하여 혼란스러워요. 그 번다한 신들을 거쳐 종국엔 당신의 하느님을 만날 거라는 생각을 하긴 했지만, 그 길이 너무 멀어요. 나는 급해요. 빨리 당신 신의 이름으로 나를 씻어주세요."

이 여자는 정말 세례를 받고 싶은 간절한 마음에 나를 이리로 부른 걸까. 나는 뭔가 그녀의 블랙홀로 빠져들 것만 같은 위기감에 허리를 꼿꼿이 펴고 앉았다. 사실 그런 위기감을 예상치 않았던 건 아니었다. 그런 것이 두려웠다면 나는 오지 말았어야 했다.

다 마시지 않은 홍차가 싸늘히 식는 동안 창밖이 어두워졌다. 그녀가 식탁에 촛불을 켜고 저녁을 차렸다. 미리 준비한 듯했지만, 내가 가끔 신자들 집에 초대돼 먹던 음식에 비하면 너무도 간소한 것이었다. 맑은 국물에 붉은 고추를 송송 썰어 넣은 콩나물국과 불고기 한접시 그리고 잘 기억이 나지 않는 몇 가지의 밑반찬들……. 그것이 전부였다. 그 음식들과 어울리지는 않았지만, 길고 날씬한 초 끝에 타오르는 불꽃을 보며 유리잔에 와인을 따르고 우리는 그것을 부딪쳤다. 저녁이 더 저물기 전에 일어서야 한다고 생각했다. 하지만 나는 어느새 그녀의 블랙홀로 빠져들고 있었다.

"내게 세례를 주세요. 시간이 없어요."

그녀는 내 품에 쓰러지며 눈물을 흘렸다. 나는 내 안의 무엇이 촛불처럼 활활 타오르는 격렬한 통증에 숨을 몰아쉬며 그녀를 끌어안았다. 죄의식 같은 건 일지 않았다. 완전한 몰입. 나는 황홀했고 뭔가 나의 한 부분이 아름다워지고 있다고 생각했다.

우리는 3년 전쯤 단 두 번 표현했을 뿐인 사랑의 행위로 인해 행복했다기보다는 서로 상처받고 괴로워하기만 했다. 어쩌면 둘 다 서로에게 몰입이 부족했는지도 몰랐다. 그때는.

아침에 눈이 떠졌을 때, 그녀는 잠든 나를 바라보고 있었던지 모로 누운 채 가만히 웃었다. 그 미소는 너무나 평온해 보였다. 그녀가 내 목을 끌어안으며 속삭였다.

"우린 서로를 이렇게 씻겨주었나요? 내가 당신에게 이런 식으로 세례를 받았다면 당신의 신에 대한 모독일까요?"

나는 그녀의 그 맹랑한 말에 아무 대답도 할 수가 없었다. 그래, 어쩌면 그녀의 말이 맞기도 할 것 같았다. 희림은 3년 전 나와 이뤘던 그 짧고 엉성한 교합의 아픔을 풀기 위해 나를 부른 것일까. 이상하게 나도 마음이 괴롭지 않았다. 교회법을 거스르고 모독한 행위에 대해서도. 나는 그녀의 블랙홀로 스며들다 결국 죄마저 무감각한 지옥의 통로에 떨어진 것일까. 하지만 설명할 수는 없는 평온함이 내 마음에 자리하고 있었다.

모닝커피와 토스트로 조반을 때우고 희림은 내 상의를 입혀주었다. 헐렁한 파자마 차림으로 머리를 산발한 그녀가 왜 아름답다고 생각됐던 걸까. 그녀는 여윈 볼을 종이처럼 구기며 웃어 보였다. 어쩌면 그 표정은 찡그리는 것 같기도 했다.

"이제 가세요. 나는 당신을 내 몸에 피부처럼 입었어요. 더는 괴로워하지 않을게요."

그녀가 문가에 선 채 나를 떠밀어냈다. 얼결에 몇 걸음 앞으로 나아가다 뒤돌아보았을 때 그녀는 파자마 속 가느다란 몸을 바람결에 드러내며 손을 흔들었다. 바람이 그녀의 아틀리에 쪽으로 불고 있었다. 조금 길게 기른 내 앞 머리칼이 바람에 휘날리며 두 눈을 어지럽혔다. 그녀를 향해 손을 흔들었다.

사내가 내 대답을 기다리고 있었다. 물병을 손에 쥔 채 물끄러미 바라보는 그의 두 눈이 나를 재촉하는 듯했다. 나는 긴 숨을 한 번 내 쉬었다.

"98년 5월 초순 그녀를 만났습니다."

사내가 놀란 듯 눈을 크게 떴다.

"5월이라면 희림이가 죽던 그때인데……."

"아마도 희림 씨가 죽기 며칠 전이었던 것 같습니다. 전화를 받고 아틀리에를 찾아갔던 게……."

"아틀리에?"

사내가 눈을 부릅뜨며 목청을 높이다가 나지막이 말을 이어갔다.

"나는 희림이가 죽은 후 그 아틀리에에 한동안 머물렀습니다. 유고전을 마치고 한국으로 돌아갈 때까지……. 신부님이 그 아틀리에에 갔었단 말입니까?"

나는 가만히 고개를 끄덕일 뿐이었다. 그 만남의 장면이 아직도 머릿속에 선명했지만, 뭐라 말을 해야 한단 말인가.

"우린 서로에게 세례를 베풀었습니다."

나도 모르게 새어 나온 말에 사내가 의아한 눈길을 하다 고개를 떨궜다.

"그랬군요. 희림이는 나름대로 죽음을 준비하고 있었던 겁니다. 나에겐 너무 가혹한 일이군요. 그녀가 당신과 나에게 남기고 간 마지막이 너무도 판이하니까요."

사내가 급히 일어섰다.

"지척에 있던 명확함을 나 혼자 미지의 의혹으로 받아들였군요. 그 무렵 신부님도, 그 명혜라는 여자도 희림이 주변에 있었는데……. 나는, 이제 돌아가야겠습니다. 갑자기 내 볼일이 급해지는군요. 참, 그동안 내 가슴에 머물던 희림이를 여기 당신 앞에 내려놓고 갑니다."

사내는 몹시 슬프고도 비장한 표정을 지으며 후다닥 오두막을 나가버렸다. 나는 엉거주춤 그를 따라 일어서려다 도로 앉고 말았다. 사내가 산길을 내려가는 발걸음 소리가 잠시는 터벅터벅 들려왔지만 이내 멀어졌다. 곧 언덕 아래서 자동차에 시동을 거는 소리가 났다.

창으로 비쳐든 아침 햇살에 오두막 안을 떠다니는 먼지 입자가 보였다. 먼지는 그 햇살 속이 아니더라도 이 오두막에 지천일 것이나 햇살 줄기에만 떠 있는 것처럼 보였다. 희림도 내내 내 안에 있었지만 사내가 놓고 간 기억의 빛살에 다만 드러난 것일까. 나는 나의 남은 시간들이 뼈저리게 아프리라는 걸 예감했다.

숲길을 빠져나가는 사내의 자동차 소리가 들렸다. 오래전 아틀리에의 하룻밤 뒤 영영 못 만나게 된 그녀처럼, 사내도 이 오두막의 하룻밤 뒤에 다시는 볼 수 없는 사람이라는 걸 나는 알고 있었다.

상처의 기억

 산자락 아래서 레베카가 잡풀을 뽑고 있다. 그녀의 하얀 옷자락이 푸른 잎들 사이에서 어른거렸다. 그녀는 주로 하얀 윗옷에 검은 치마를 입었다. 서로 다른 모양의 희거나 검은 옷을 바꿔 입는 그녀는 좀 엄격한 분위기를 풍기지만, 때론 교복 입은 소녀처럼 보이기도 했다.

 레베카가 희림을 닮았다고?

 나는 사내가 흘려놓고 간 말을 떠올렸다.

 그는 정말 자기 가슴 안의 희림을 내게 내려놓고 홀가분하게 떠난 걸까. 어쩌면 그녀의 영혼은 냉정히 닫혀버린 내 가슴으로 날아올 수 없어 이제껏 사내의 가슴에 머물고 있었는지도 모른다. 내가 이 렇게 허물어지는 시간을 기다리며⋯⋯.

 희림의 아틀리에를 방문했던 1998년 5월 초순, 나는 지난 4년간 머물던 이민 교회 사제관으로 돌아와 짐 정리를 시작했다. 이제 한국 교구의 시골 신부로 돌아가야 했다. 어쩌면 희림은 내가 정리하고 가야 할 가장 깊은 짐이었는지도 몰랐다. 아틀리에의 하룻밤으로, 어떤 형태로든 그녀를 내 가슴에서 정리했다고 생각했다.

트렁크에 얼마 되지 않는 짐들을 챙겨 넣으며 그녀가 보고 싶었다. 그녀의 냄새, 촉감의 기억이 나를 어지럽혔다. 아직 남은 시간이 있으니 당장 달려가면 그녀를 만날 수 있을 것 같았다. 문득 그녀가 내 가슴 안에서 정리된 게 아니라 더 갈급한 대상으로 현현하고 있는 걸 느꼈다. 혼자 앉았는데 가슴이 뻐근히 아파왔다. 그 순간 전화벨이 울렸다. 무심히 수화기를 들자, 울먹이는 여자의 목소리가 급히 울려왔다.

"신부님! 지금 텔레비전 보고 계세요?"

데레사, 명혜였다.

"아니요. 왜요?"

"어서, 어서 켜보세요! 희림 언니가…… 희림 언니가…….."

희림이 어쨌다는 건가. 명혜는 희림과 나의 관계를 알고나 있는 건지.

내가 잠시 머뭇거리는 순간 명혜가 소리쳤다.

"희림 언니가 죽었어요! 호텔 8층에서 떨어졌대요!"

순간, 참으로 낯선 바람이 내 가슴에 불었다. 이제껏 한 번도 느껴본 적이 없는 아주 차갑고도 무거운 바람이 가슴을 가득 메워왔다. 숨이 쉬어지지 않았다.

"언니가…… 언니가 죽다니요. 지난주에 나와 통화를 했는데…….."

명혜는 말을 마치지 못하고 흐느꼈다. 그때야 나는 멈추어졌던 숨을 겨우 내쉬었다. 그리곤 아주 건조하게 말했다.

"진정하세요. 데레사 씨! 내가 기도할게요."

나는 그녀의 흐느낌이 울려 나오는 송수화기를 덜커덕 제 자리에
내려놓고 말았다.

희림이 죽다니! 엊그제 만났을 때 그토록 조잘대던 그녀가 죽다
니!

가슴속이 멍멍해 왔다. 얼른 텔레비전을 켜고 교포 방송에 채널을
맞췄다. 희림의 죽음에 관한 뉴스는 이미 지나간 것 같았다. 여자 앵
커는 한인 타운 모 리커스토어에 든 히스패닉 강도 사건을 보도하고
있었다. 한 여자의 죽음이 뭐 그리 길게 회자되랴. 세상은 벌써 그녀
의 죽음 따윈 지나쳐가고 있었다. 내겐 아직 인식되지도 않은 그것
을 말이다.

그 이튿날 아침 교포신문엔 희림의 죽음이 크게 보도되었다. 어처
구니없게도 본국에서 온 내연의 남자와 호텔 방에 들었다 발코니에
서 뛰어내렸다는 기사가 실렸다. 하지만 나는 알고 있었다. 그녀의
몸은 적어도 나와의 기억으로 순결하리라고.

신문을 읽는 동안 희림이 정말 떠났다는 게 실감됐다. 그러나 왜,
라는 의문은 별로 일지 않았다. 어쩌면 그녀는 내 몸에 자신의 유서
를 쓰려했는지도 몰랐다.

나는 일주일 후 떠나기로 돼 있던 본국행을 좀 늦춰달라는 청을
교구에 넣어놓고, 혼자 여행을 떠났다. 그때 어찌어찌 들렀던 곳이
이 기도원이었으니……. 그때는 이 산기슭에 공사가 한창이었다. 안
순희 목사가 기거하는 목사관은 이미 세워져 있었지만, 기도의 집
오두막들을 막 짓고 있던 참이었다. 본관 옆 손님방에서 하루를 묵
고 떠났던 나를 안순희 목사가 기억할 리 없었다. 당시 레베카란 여
인은 여기 있지도 않았다.

아침에 일어나 본관 응접실로 들어섰을 때, 교포신문이 놓여 있었

다. 여행이랍시고 떠도는 동안 교포사회 소식에 어두웠던 터라 찬찬히 신문을 펼쳐보았다. 그리고 거기 문화면 귀퉁이에서 희림의 유고전 소식을 보았다. 우편으로 배달된 교포신문은 발행일에서 여러 날 지난 것이었다. 전시회는 그 다음날까지였다. 산호세 숲속에서 엘에이 한인 타운까지 과속으로 달렸다. 그렇게 달려도 희림을 다시 만날 수 없다는 걸 뻔히 알면서도.

도착했을 땐 그날의 전시회가 이미 끝난 채 화랑은 잠겨 있었다. 하루 남은 다음 날의 전시회를 기다리며 나는 그녀의 아틀리에 근처를 배회했다. 녹슨 창살이 가로막은 창문으로 불빛이 새어 나오고, 누군가 그곳에 머물고 있는 걸 알았다.

근처 모텔에서 설 잠을 자고, 서둘러 전시회가 열리고 있는 화랑으로 갔다. 30여 점의 유화 속엔 그녀가 온통 까르륵대거나 울부짖고 있었다. 순수하고도 앙칼진 한 영혼이 온 힘을 다해 자신의 흔적을 거기 남겨놓았다는 게 절실히 느껴졌다. 천천히 그림들을 보며 그녀의 영혼 속을 통과해가던 나는 한쪽 벽에 전시된 스케치들 앞에 멈춰서고 말았다. 검은 연필로 희림이 그려낸 내 모습들 앞에.

화랑엔 여러 관람객이 있었지만, 모자를 깊이 눌러쓴 채 수염이 덥수룩한 나를 그 스케치 속 주인공이라고 짐작하는 사람은 없어 보였다. 그렇게도 오래 그 스케치들 앞에 서 있었음에도.

내 등 뒤에서 사람들 말소리가 들려왔다.

"특별한 재질이 돋보이는 작가였어요. 목숨을 끊지 않았다면 더 대작을 생산할 수도 있었을 텐데……."

"그것도 운명이죠. 이 작가의 한계는 거기까지였어요. 짧은 생애로 마침표를 찍은……. 재질은 보이지만 작품세계는 뭔가 보편성이 없어요. 사실주의도 추상주의도 아니군요. 추상화로 본다 해도 느껴지는 힘이 약해요. 작가 자신도 스스로의 정체성에 대해 헤매고 있었던 건 아닐까요."

"참, 우리들 중에 자신의 정체성에 대해 방황하지 않는 사람이 있을까요? 다 마찬가지입니다. 다만 이 윤희림이란 작가는 이미 세상 사람이 아니기 때문에 우리들이 자꾸 그 작품세계에 대해 결론을 내리려 할 뿐입니다."

"그렇군요. 하여간 뭔가 특별한 게 느껴지는 작품들입니다. 공감대가 넓지는 않지만, 결코 무시할 수 없는 것이 작품마다 서려 있습니다. 훗날 더 평가를 받을지도 모르겠다는 생각입니다. 그런대로 작품이 팔리고 있는 건 아마 그런 이유에서일 겁니다."

그들은 아마도 화가 그룹인 것 같았다. 중년과 초로가 섞인 한 떼의 남녀가 모여 선 채 그렇게 담소하는 걸 나는 귀담아들을 수밖에 없었다. 희림의 세계는 그들 사이에서도 모호한 것 같았다. 내 안에서 그렇듯……

내게 이해받지 못했던, 세상에 다 이해받지 못했던 자신의 부분들 때문에 그녀가 또 연옥 어디에선가 울고 있을 것 같았다. 천국에 도달하기엔 풀리지 않는 자신의 세계에 대한 갈급함으로. 전시회장을 빠져나가는 내게로 뼈가 시린 고독감이 엄습해 왔다. 어둠의 그늘 한구석에서 눈물을 흘리는 그녀의 가여운 영혼이 내 가슴으로 파고든 것만 같았다.

풀숲 사이에서 레베카가 고개를 들었다. 하얀 블라우스 위에 꽃무늬 앞치마를 입은 그녀가 언덕 위 벤치에 앉은 나를 올려다보며 소리쳤다.

"탁 형제님! 오늘은 좀 어떠신가요? 나와 앉아계신 모습이 며칠 전보다는 뵙기가 좋은데요."

그녀의 낭랑한 목소리가 바람을 타고 올라왔다. 나는 알아들었다는 뜻으로 한쪽 손을 흔들며 싱긋 웃어 보였다. 저 아래 산자락에서 그녀에게 내 미소가 보일지 알 수 없었지만.

"이따 저녁 예배시간에 내려오세요. 목사님이 며칠 못 뵈어 궁금해하십니다. 지난번 손님 다녀가신 뒤론 통 내려오시지 않았잖아요."

그녀가 목을 길게 뽑고 더 높은 소리로 외쳤다. 나는 천천히 고개를 끄덕였다.

안순희 목사가 이 숲속에 기도원을 시작한 건, 젊은 나이에 남편을 잃고 나서라고 들었다. 안 목사는 신학 공부를 하다 어떤 소명을 느꼈다지만, 저 레베카란 여인은 무슨 연고로 이곳에서 안순희 목사를 돕고 있는지 알 수 없었다. 큰 키의 가느다란 몸매에 가무잡잡한 피부를 가진 여인, 그녀가 희림을 닮았다니! 나는 고개를 저었다.

시골 신부로 사는 동안 내 피부는 검게 그을고, 땅을 갈아 먹고사는 순박한 신도들 사이에서 나는 마음이 너그럽고 웃음이 많은 신부로 불렸다. 사람들이 내 가슴에 똬리를 튼 그 무엇을 알 리 없었으니까. 나는 틈만 나면 담배를 피워 물었다. 가슴 깊은 곳의 불편한 그 무엇이 혹 뱉어내질까 하여…… 끊이지 않는 기침과 이유 없이 기력이 쇠진해져 의사를 찾았을 때 이미 말기 폐암이라는 선고를 받았다. 그래도 항암치료를 해보자는 의사의 권유와 주변 사람들의 걱정을 뿌리치고, 이곳으로 온 게 잘한 일일까?

내가 앉은 오두막 앞 벤치로 라일락 바람이 불고 있다. 아, 여기에 라일락 나무가 있었던가. 문득 생각 속에서 정신을 차렸을 때, 내 앞에 레베카가 서 있는 걸 알았다. 그녀는 숨이 찬 듯 긴 숨을 들이쉬고 내쉬었다. 나는 그녀가 언덕을 올라오는 발걸음 소리도 듣지 못했던 모양이다. 바로 앞에 선 여인의 체취에 머쓱해져 고개를 숙였다.

"탁 형제님! 아까 제가 드린 말씀 알아들으셨는지 궁금해 올라왔어요. 오늘 저녁 같이 예배드리고 식사하시자고요."

그녀의 숨에서 여전히 라일락 향이 묻어나왔다. 그녀는 라일락꽃을 통째로 삼킨 걸까.

"들었어요. 고개를 끄덕였는데 알아들었다는 표시가 안 된 모양이군요. 여기까지 올라오시게 해 죄송합니다."

내내 닫고 있던 입을 열자 기침이 터져 나왔다.

"이런! 또 기침을……. 그래도 얼굴빛이 더 나빠지시지는 않은 것 같아요."

레베카의 눈길이 내 몸을 훑어 내렸다. 기침 때문이기도 했지만 내 얼굴이 붉게 달아올랐다.

"괜찮습니다. 햇빛을 쏘이고 싶어 나왔어요. 우연히 레베카 자매님의 바깥 작업 시간과 맞춰졌네요."

그녀가 배시시 웃음을 머금었다.

"그렇군요. 여긴 대부분 길어야 일주일 정도 머물다 가는데, 가끔 탁 형제님처럼 장기로 머무는 분들이 있긴 했어요."

"아주 오래전 이곳에서 하룻밤을 묵고 간 적이 있습니다. 본관은 이미 지어져 있었지만, 이 작은 오두막들은 한창 공사 중이었어요. 그때 레베카 자매님은 이곳에 안 계셨지요?"

내 말에 레베카가 눈을 빛냈다.

"그렇게 오래전에 여기 오신 적이 있다고요? 맞아요. 저는 이 오두막들이 다 지어진 다음에 왔어요. 참 우연한 기회에 이곳을 찾게 되었지요."

처음엔 호들갑스레 말을 받던 그녀가 차츰 목소리를 낮췄다. 그녀는 잠시 생각에 잠기는 듯했다. 나는 잔 바람결에 흔들리는 레드우드 나무 잎사귀만 바라보았다.

"유치한 말로 사랑에 실패했어요. 드라마 속 얘기처럼 배반을 당한 거죠. 문제는, 그 실패가 제게 처음이 아니었다는 거지요. 상처가 너무 깊어 더는 살 수 없을 것 같았답니다. 그때 누군가 안순희 목사님을 제게 소개했고, 전혀 믿음이라곤 없던 제가 안 목사님께 구원받고 여기서 이렇게 살고 있습니다."

나는 레베카의 음성이 그렇게 낮아질 수 있다는 걸 처음 알았다. 레베카가 이곳을 찾았던 때가 희림의 죽음에서 그다지 멀지 않던 시기였던 것 같았다.

"그 비슷한 시간에 세상을 떠난 여자가 있었습니다. 나는 그 여자의 죽음을 견딜 수 없어 하다 여기까지 왔었는데, 자매님도 그때 무던히 아픈 상처를 갖고 계셨군요."

나도 모르게 새 나온 말에 레베카가 놀라는 표정을 했다.

"탁 형제님에게 그런 사연이……. 그렇담 그 여자는 탁 형제님으로부터 상처를 받고 죽은 건가요? 혹 그 여자를 버리셨나요?"

당돌한 레베카의 질문에 나도 모르게 흡, 숨이 멈춰졌다. 정말 내가 희림을 버린 걸까. 버린 것과 거두지 않은 것엔 분명 차이가 있었다.

"버린 건 아니었지만 받아들인 것도 아니었습니다. 내 처지가 그랬지요."

어물대는 내 말끝으로 레베카의 높은 목소리가 잽싸게 쳐들어왔다.

"탁 형제님은 유부남이시군요. 받아들일 수 없었다는 걸 보면……."

나는 그만 웃고 말았다. 이 여자는 너무 단순하거나 아니면 너무 날카롭거나 둘 중 하나였다. 어쩌면 지독한 사랑의 상처에도 레베카가 살아남을 수 있었던 건 그 단순함 때문인지도 몰랐다.

"자유롭게 그 여자를 사랑해 줄 만한 입장이 아니었습니다. 결코, 유부남은 아니었지만……."

"참으로 몹쓸 짓을 하셨습니다. 그 여자는 죽었다면서요. 남자에게 사랑은 생애의 부분이지만, 여자에게 사랑은 생의 모든 것이지요. 그 차이를 극복할 수 없어 늘 상처받는 것은 여자들이랍니다. 그러니까 성공할 수 없는 사랑은 여자에겐 치명적 아픔입니다. 남자들은 사랑을 바람처럼 하길 원하지만, 여자들은 바위 같은 사랑을 원하지요."

술술 흘러나오는 레베카의 사랑론에 나는 아연해졌다. 때론 사무적이고 무덤덤해 보이는 여자가 이런 말을 하다니…… 나는 잠시 심호흡을 했다.

"바위 같은 사랑이란 인간과 인간 사이엔 존재하기 힘든 것이죠. 가변적인 것이 사람이니까."

"세상에! 이제 보니 탁 형제님은 나쁜 분이시군요. 한 여자를 죽음에 이르게 했다니……. 여자에게 사랑만큼 중요한 일이 또 있다고 생각하세요? 젊으나 늙으나 말이죠."

나는 순식간에 레베카 앞에서 죄인이 되고 말았다. 그러나 나는 알고 있었다. 희림에게 나와의 사랑은 자신의 숨은 열정을 캐내는 도구에 불과했는지도 모른다는 걸.

햇빛이 우리가 앉은 벤치에 내리쬐고 있었지만, 레베카의 얼굴엔 그늘이 어렸다. 그녀의 가무스름한 얼굴 위 입가와 콧잔등에 가느다란 결이 드러났다. 그동안 레베카의 나이를 궁금해한 적이 없었는데, 문득 그녀가 40대 중반쯤은 되었을 거라는 생각이 들었다.

"탁 형제님! 햇빛이 기울고 있어요. 그만 들어가시죠. 이따 예배시간에 본관으로 내려오세요."

레베카가 꽃무늬 앞치마를 펄럭이며 일어섰다. 잠시 전 연연한 아픔이 어려오던 표정과는 전혀 다른 얼굴이었다. 현란한 무늬의 앞치마 속 그녀의 희고 검은 옷차림이 문득 우스꽝스러워 나도 모르게 불쑥 물었다.

"왜 레베카 자매님은 늘 검고 흰 배색의 옷을 입지요? 여기 기도원의 드레스코드라고 생각하기엔 안순희 목사님의 옷차림은 자유스럽지 않은가요?"

막 산길을 내려가려던 레베카가 갑자기 발끈한 표정으로 돌아봤다.

"왜요? 이건 나만의 드레스코드랍니다. 내 상처에 대한 스스로의 속죄죠."

그녀는 다시 몸을 획 돌려 산길로 접어들었다. 비탈을 내려가는 그녀의 모습 위로 레드우드 나무 그림자가 어렸다.

시골 신부와 산골 여인들

숲속에도 여름이 왔다. 레베카의 하얀 블라우스 소매가 짧아지고 검은 스커트도 가벼운 옷감으로 바뀌었다.

"탁 형제님! 준비가 다 되셨나요?"

오두막 문을 열고 나서자 언덕 아래서 레베카가 소리쳤다. 나는 대답 대신 얼른 그녀가 나를 볼 수 있는 언덕 끝으로 가 손을 흔들어 보였다. 큰 소리를 내는 건 지금 내게 금물이다. 호흡조절을 조금만 잘못해도 기침이 시작돼 끊이질 않았다. 시간이 갈수록 숨을 쉴 수 있는 가슴 안 공간이 점점 좁아지고 있는 것 같았다.

레베카와 안순희 목사가 기다리고 있는 본관 앞으로 가기 위해 흙 계단을 내려갔다. 한낮인데도 어둠침침한 숲속 어디에선가 또 까마귀가 울었다. 음산하기보다는 처량하게 울려오는 그 소리 속에서 숲속 곳곳엔 환한 들꽃들이 피어났다.

오늘은 안순희 목사와 레베카와 함께 모처럼 타운에 가기로 한 날이다. 식료품과 갖가지 일상용품들을 사기 위해 본관의 두 여자는 한 달에 한 번 이 숲속을 벗어나 타운으로 나가곤 한다. 한국에서 가

져온 약이 몇 봉 남지 않은 것에 나도 모르게 불안해졌다. 살기 위해
선 아니라도 뭔가 대비해 놓아야 한다는 생각……. 하지만 어찌 처
방전도 없이 이 미국에서 폐암에 해당하는 약을 구할 수 있으랴. 아
니, 아니다. 나는 그저 두 여인을 따라 타운에 들러보고 싶은 것이
다. 한 병밖에 남지 않은 미사용 와인을 사기 위해서가 아니라도.

발밑에서 이끼가 미끄러졌다. 숲 그늘에 초록 양탄자처럼 자라난
이끼가 엇갈리는 내 발걸음에 쓸려나갔다. 햇빛과 사람 발길을 피해
애써 계단 가장자리에 곱게 자라난 제 몸을 나 같은 침입자가 저리
뭉개버릴 줄 누가 알았으랴. 소리 없이 내 발밑에서 으깨지는 푸른
이끼를 보며 나는 문득 십자가상에서 소리 없이 죽어가던 예수를 생
각했다.

죽어라. 그러면 살리로다.

어디선가 고요한 음성이 들려오는 것만 같았다. 나는 혼자 허심하
게 웃음을 깨물었다.

'그럼요. 주님! 죽어야지요. 당신처럼 사흗날에만 부활케 해주십
시오. 아, 나는 당신처럼 곧 승천할 능력이 없으니 부활치 못하겠군
요. 아하, 이제 알았습니다. 죽은 자들이 살아서 당신의 이름을 불렀
어도 왜 아직 부활치 못하는지. 우리는 모두가 승천할 만한 영혼들
이 못 돼 부활을 이루지 못하는 것입니다.'

나는 혼자 중얼대며 계단을 내려갔다.

"아니 탁 형제님! 오늘은 기분이 좋으신가 봅니다. 그리 웃으며 내
려오시는 걸 보니……."

안순희 목사가 눈웃음 지었다. 엷게 화장을 한 그녀의 갸름한 얼
굴 위로 햇살이 하얗게 내려앉았다. 이순도 중반을 넘긴 나이라지만
한눈에도 미인임이 확연했다. 그녀는 크지도 작지도 않은 키에 적당

히 살이 붙은 몸을 꺾어 내게 인사했다. 사정을 모르는 사람이 본다면, 큰 키에 가느다란 몸을 빳빳이 세우고 선 레베카가 오히려 지위가 높은 사람이라고 착각할 것이다. 생각해보니 레베카는 한 번도 내 앞에서 허리를 굽혀 인사를 해본 적이 없는 것 같았다. 내가 올해 초 이곳을 찾아왔을 때도 오피스 유리문을 열고 무덤덤한 표정으로 바라보기만 했던 그녀였다. 레베카가 그때와 똑같은 눈빛으로 나를 보고 있었다.

뜰 가운데 선 자목련 나무의 푸르던 잎사귀가 햇빛 아래 타들어 갔다. 지난봄 우아한 자태로 피어나던 탐스런 꽃송이들은 다 어디로 가고, 진녹색의 잎 가장자리가 햇빛에 허옇게 바래 있었다. 나는 문득 그 자목련 나무가 레베카 같다는 생각을 했다. 햇빛 때문에 약간 찡그려진 가무스름한 얼굴에 밀리는 몇 가닥 주름은 군데군데 허옇게 바랜 목련 나뭇잎 같았다. 결코, 아름답지 않은 그녀. 나는 무심코 그런 생각을 하다가 스스로 놀라고 말았다. 언제부턴가 레베카를 자꾸 생각하게 된 나 자신에 대하여.

"탁 형제님! 어서 차에 타세요. 그렇게 서 계시면 더 힘들잖아요."

안순희 목사가 자동차 뒷문을 열며 눈짓을 했다. 하긴 건강한 두 여자의 눈에 내 모습이 얼마나 초췌해 보이랴. 광대뼈가 불거져 나오고 볼이 움푹 들어가기 시작한 참으로 가여운 내 모습, 내가 나의 스러짐을 인식해야 하는 뼈저림이 날마다 내 가슴을 파고들었다.

자동차에 앉으니 은은한 냄새가 코밑으로 스몄다. 언젠가 레베카가 라일락을 통째로 삼킨 건 아닌가 생각하게 했던 냄새……. 나도 모르게 훅 숨을 내뱉었다. 햇빛 아래 정차돼 있던 자동차 안 열기가 감지된 건 라일락 향을 맡은 후였다. 레베카가 자동차에 시동을 걸자, 안순희 목사가 핸드백을 열고 오늘 사들일 물건 목록이 적힌 종이를 꺼내 들었다.

"레베카! 여기 다 꼼꼼히 적은 것 맞지?"

안순희 목사의 음성엔 왠지 애교스러움이 묻어났다.

"그럼요. 목사님! 걱정하시지 마세요. 며칠 전부터 목록을 적어놓고 점검을 하고 또 했습니다."

사무적인 레베카의 말에 안순희 목사는 소녀처럼 호호 웃음을 머금었다.

"탁 형제님! 우리 레베카가 건망증이 심해서요."

안순희 목사는 나를 돌아보며 다시 웃었다. 고운 입술연지가 내 시야에서 오므려졌다 펴졌다 했다. 마치 꽃이 빠른 속도로 피었다 오므려지는 것 같이……. 눈앞이 어지러웠다. 이순 중반의 안순희 목사가 뿜어내는 여인다운 모습에 내가 아연하고 있는 것인지.

그래, 어쩌면 그녀가 목사란 신분에서도, 내가 신부란 신분에서도 극복하지 못하는 건 남자와 여자라는 것인지도 모를 일이었다. 젊었거나 늙었거나.

그 여름, 시골 성당의 새벽 기운은 서늘하고도 싱그러웠다. 자명종이 울리자 나는 이불을 걷어차고 일어나 냉큼 욕실로 들어갔다. 칫솔을 입에 문 채 조금 선뜻한 기운이 느껴질 정도의 물을 온몸에 뒤집어쓰며 정신을 가다듬었다. 농번기의 시골 성당엔 신자들이 새벽 미사에 많이 몰렸다. 들일을 나가기 전 미사로 하루를 시작하는 농부들의 검게 그을린 얼굴을 떠올리며, 서둘러 몸을 닦고 면도를 했다. 단순한 시골 생활에 어느 정도 길이 들고, 어지러웠던 마음도 가라앉을 즈음이었다.

내 숙소에서 성당으로 가는 길 가장자리로 채송화 꽃이 각색으로 피어 있었다. 고개를 숙여 바라본 꽃잎들 위에 보일 듯 말듯 맺혀 있던 이슬방울이 내 숨결에 또르르 땅으로 굴러떨어졌다. 그 모습에 미소를 짓다가 서둘러 성당 제의실로 들어섰다.

아직 잠이 덜 깬 듯 눈이 게슴츠레한 복사 소년 둘이 흐트러진 자세로 앉았다가 나를 보고 벌떡 일어섰다. 중학교 1학년과 초등학교 5학년인 이들 형제는 새벽 미사의 복사를 하고 있었다. 내가 부임하고 채 1년이 안 되는 동안 여린 풀잎 같던 아이들이 우뚝우뚝 자라났다. 특히 중학생이 된 미카엘은 언제부턴가 코밑이 거뭇해지고 제법 사내 티가 났다. 미카엘이 얼른 몸을 꺾어 내게 인사를 했다. 제 형을 따라 고개를 까닥해 보이던 베네딕도는 참을 수가 없었던 듯 그만 긴 하품을 머금었다. 나는 아이들이 펼쳐주는 장백의를 입고 허리끈을 묶었다. 그 위에 연중 주일에 맞는 제의를 입고 거울 앞에 섰다. 가슴 가운데 십자가가 수놓아진 초록색 제의를 입은 중년의 한 남자가 거울 속에서 근엄하고도 자애로운 표정을 짓고 있었다.

미사 종이 울리고, 나는 두 복사를 양옆에 세운 채 정성껏 미사를 올리기 시작했다.

그리스도의 몸!

동그랗고 하얀 성체를 거양하며 예수의 심장 가운데서 떨어져 나온 그 근육의 한 조각 인양 내 온몸이 거룩함으로 전율하고 있었다.

그리스도의 피!

성작을 들어 올리며 그 안에 담긴 포도주가 예수의 옆구리에서 흘러나온 붉은 피와 같은 생생함에 눈물이 고였다. 나를 보고 있는 두 소년의 얼굴에 경이로움과 선망이 교차하는 걸 나는 언뜻 보았다. 이 아이들의 장래 희망이 사제라는 걸 들은 바 있었다.

미사 후 농부 신자들은 서둘러 논밭으로 달려가고, 복사 소년들도 떠났을 때서야 사제관으로 향했다. 성당에서 마주 보이는 산의 녹음이 조금씩 짙어져 갔다. 나는 이슬이 맺혔던 채송화 꽃을 다시 들여다보다가, 문득 미카엘과 베네딕도의 어머니 루이사가 미사 중에 보이지 않았던 걸 깨달았다. 아이들과 함께 하루도 미사를 빠지지 않는 그녀였다. 그 남편 루도비꼬는 읍내에 농약을 사러 가야 한다며 미사를 마치자마자 자전거를 타고 떠났는데……. 동네에 소문이 나기는, 가끔 루도비꼬와 루이사의 부부싸움이 심하다고 했다. 혹 어젯밤에 또 싸운 것일까 궁금하기도 했다.

루이사는 늘 말이 없고 잘 웃지도 않았다. 예쁘게 생긴 얼굴이었지만, 무뚝뚝한 표정으로 묵묵히 성당을 오가는 그녀를 나는 사실 별로 눈여겨보지 않았다. 농부의 아내 중에 공연히 간드러지게 말을 붙여오는 여자들이 없지 않았다. 하지만 루이사는 내게 늘 퉁명스러웠다.

사제관에 들어서자 갑자기 시장기가 동했다. 부엌 시중들 사람을 두기에도 마땅찮은 이 시골 성당의 재정에, 나는 대부분 내 손으로 식사를 해결했다. 부엌으로 들어가 커피머신 물받이에 물을 가득 채우고, 여과지에 커피 가루를 두 스푼 크게 떠 넣었다. 냉장고 안의 식빵 두 쪽을 꺼내 막 토스터에 넣으려다, 별로 외출할 일이 없는 오늘 일정을 생각하며 편한 옷으로 갈아입으려고 침실로 들어섰다. 바지를 벗어 옷걸이에 걸고, 거기 걸려 있던 운동복 바지를 막 집으려던 순간이었다. 분명 내가 젖혀두었던 침대 위의 이불이 부수수하게 덮여 있는 걸 보았다. 이불 속에서 뭔가 움직이는 기척이 느껴졌다. 내가 본능적으로 운동복 바지로 속옷 바람의 아랫도리를 가리려던 찰나, 순식간에 들쳐진 이불 속에서 알몸의 한 여자가 불쑥 일어나 앉았다. 잠을 자고 있었던 듯 흐트러진 머리카락을 쓸며 얼굴을 쳐든 그 여자는 놀랍게도 루이사였다.

나도 모르게 뒷걸음질 쳤지만 이미 그녀의 아담한 어깨와 동그란 두 가슴, 그리고 아무렇게나 앉은 두 다리 사이의 검은 빛깔을, 커튼도 없이 쳐들어오던 햇빛 아래서 보고 난 뒤였다. 나는 어서 그 자리를 피해야 했다. 그런데 왜 호통이 먼저 나왔던지.

"아니, 루이사 씨! 이게 뭔 짓입니까?"

여자는 얼른 이불을 가져다 제 가슴께를 가리며 겁먹은 얼굴을 했다. 나는 서둘러 바지를 입었다. 루이사의 눈길이 푸른 운동복으로 급히 들어가는 내 두 다리를 훑고 있었다.

순식간에 머릿속이 어지러웠다. 나는 바지 허리춤을 힘껏 올린 다음에야 후다닥 침실을 나오며 소리쳤다.

"당장 옷 입고 나오지 못해요? 사제의 방에서 무슨 짓입니까?"

현관에서 급히 운동화를 신는 내 귀에 루이사의 흐느낌이 들려왔다. 이미 쨍하게 번진 아침 햇살 속으로 막 발을 내딛는데, 부엌 커피머신에서 커피가 다 내려졌다는 신호음이 삐, 울렸다. 구수한 향이 코끝으로 은은히 날아들었다. 막 내려진 향기로운 커피 한 잔을 음미하고 싶다는 강렬한 욕구가 일었다. 나도 모르게 밖으로 나가려던 발길이 주춤 멈춰졌다. 어쩌면 나는 커피를 핑계 댄 내 안의 어떤 욕망에 사로잡혀 있었는지도 몰랐다. 나는 어디론가 가야 했다. 벌거벗은 여인이 내 침대 속에 있는데…….

떨쳐내려 애썼지만, 루이사의 알몸이 자꾸 눈앞을 스쳤다. 나는 무작정 땡볕 속을 걸어 나갔다. 모내기가 한창인 초여름의 들판엔 푸릇한 기운이 끝없이 펼쳐진 채 농부들이 일하고 있었다. 논 가운데서 누군가가 허리를 펴고 장갑 낀 손을 흔들어 보였다. 나는 태연하게 손을 들어 보였으나 마음이 편치 않았다. 조금씩 걸음을 빨리

해 뛰기 시작했다. 가까이에 초등학교 운동장이 있었다. 나는 학교 안으로 뛰어 들어가 운동장 트랙을 돌기 시작했다. 햇빛은 점점 강렬해지고 온몸에서 땀이 흘러내렸다. 햇살이 하얗게 부서지고 있었다. 아이들이 그 하얀 햇살 속으로 하나둘 등교하는 모습이 보이고, 더러는 멈춰 서서 아침부터 빈 운동장을 빙빙 도는 나를 물끄러미 바라봤다.

헉헉대는 숨을 고르며 사제관에 돌아왔을 때 루이사는 그곳을 나가고 없었다. 나는 반듯하게 정리된 침대를 바라보다가 부엌 접시 위에서 어느새 겉껍질이 딱딱해진 날 식빵 두 쪽을 토스터에 밀어 넣고 스위치를 켰다. 이미 향내가 덜해진 커피를 한 잔 가득히 따라 들고 책상 앞으로 가 앉았다. 땀이 말라붙은 내 몸에서 소금 냄새가 났다. 개운치 않은 기분이 온 전신을 감싸왔다. 루이사에게 뭐라 변명할 기회를 줘야 하지 않았을까. 나도 모르게 한숨이 새어 나왔다.

그날 이후 루이사는 성당에 나오지 않았다. 제 어미가 발길을 끊으니 새벽 미사에 복사를 서던 아이들도 슬금슬금 빠지기 시작했다. 그들의 아버지 루도비꼬도 차츰 모습을 감추었다. 사제가 되는 게 꿈이라던 두 소년의 가족이 통째로 사라지자 신자들은 의문스런 눈길을 했다. 내가 끽연을 시작한 게 아마도 그 즈음일 것이다. 그저 하루 한 갑 정도 피우던 담배가 두 갑으로 늘고 말았으니까.

그들 가족의 사라짐에 대해, 내가 루이사를 사랑했다는 소문이 났다. 곧이어 내가 루이사를 버렸다는 이야기까지 떠돌았다. 사람들은 그런 이야기를 반신반의했지만, 성당 분위기가 전과 달라진 것만은 사실이었다. 나는 아무 말도 할 수 없었다. 어찌 루이사가 그 이른 아침, 내 침대에 벌거벗고 누웠더란 말을 할 수 있단 말인가.

곧 루이사의 가족이 근처 개신교에 출석한다는 소식이 들려왔다.

결혼 안 한 가톨릭 사제 곁에 미모의 부인을 가까이 두는 건 극히 위험한 일이라며, 순리를 따라 결혼도 하고 가정도 꾸리는 개신교 목사가 낫다는 루도비꼬의 주장 때문이라고 했다. 침묵으로 일관하던 내게 드디어 나의 장상인 주교로부터 호출 명령이 떨어졌다. 누군가 그 소문에 대해 밀고를 했을 게 분명했다.

장마가 시작되고 비가 퍼붓기 시작했다. 와이퍼가 바쁘게 작동했지만, 자꾸 시야를 가리는 빗줄기를 겨우 헤치며 시골길을 달려 나왔다. 도청소재지 주교관 앞에 자동차를 세웠을 때 어느새 비는 말끔히 그쳐 있었다. 앞치마를 두른 채, 육중한 현관문 앞을 비설거지하던 주교관 소속 수녀가 나를 보고 누구냐는 듯 눈을 동그랗게 떴다. 하긴 나는 로만칼라도 제대로 갖추지 않은 허름한 티셔츠 차림으로 그 길을 달려오고 말았다.

"주교님과 약속이 되어 있습니다. 저는 제골성당 주임신부입니다."

그제야 수녀는 공손히 나를 안으로 안내했다. 응접실에 막 엉덩이를 붙이려는 찰나 약속된 오후 5시에 초침이 머무르자 이층계단을 내려오는 발소리가 들렸다. 곱게 늙어가는 단아한 모습의 주교가 정확히 시간을 지켜 내게로 오고 있었다.

"탁 신부! 빗길에 오느라 수고했네."

덕이 넘치는 미소로 악수를 청하는 주교에게서 아버지 같은 냄새가 났다. 나는 울컥 그 가슴에 엎어져 한바탕 울어버리고 싶은 충동을 느꼈다. 수녀가 녹차를 한 잔씩 놓고 간 뒤에야 주교는 등받이 깊숙이 몸을 기대며 가만히 물어왔다.

"탁 신부! 요즘 그 주변이 시끄럽던데 도대체 무슨 일이야?"

그는 나를 믿는 것도 안 믿는 것도 아닌, 모호한 눈빛으로 여릿하게 미소 지었다. 대답에 앞서 내 입에선 헛기침이 먼저 나왔다.

"변명하는 것 같아 입을 다물었더니 오히려 더 나쁘게 됐습니다. 이 세상에 침묵처럼 많은 말을 할 수 있는 장치도 없다 들었는데, 침묵이 이런 나쁜 결과를 만들다니요. 제가 사력을 다해 진작 변명을 했어야 했는지요? 사실은 그 자매를 보호하려는 맘도 있어 변명하지 않았습니다만……."

"그렇다면 소문처럼 탁 신부가 그 자매에게 연정이라도 품었다는 건가?"

주교가 조금 발끈한 음성으로 물었다.

"아닙니다. 전혀 엉뚱한……. 저는 교포 사목을 다녀온 후 더 심기일전하고 있었습니다. 그런데 어느 날 새벽 미사를 마치고 돌아오니 그 여자가 제 침대 속에 알몸으로 누워 있지 않겠습니까."

주교가 가만히 눈을 감았다. 잠시 아무 말이 없던 그가 다시 조용히 물었다.

"탁 신부는 그날 아침 사제관 문을 잠그고 나가는 걸 잊었나?"

"네?"

나는 짧게 반문했지만, 그다음 말이 쉽게 이어지지 않았다.

"사제관 문을 잠그지 않은 건 탁 신부의 실수야."

"그 시골에서 무슨 일이 있다고요? 저는 긴 외출을 하거나 잠자리에 들기 전이 아니면 한 번도 사제관 문을 잠가본 적이 없습니다. 더구나 신자들이 몰려오는 미사 시간 즈음엔 그들이 살그머니 사제관에 들러 음식을 놓고 가기도 해서 전혀 문을 잠글 생각을 하지 못했습니다."

나를 바라보던 주교가 조금 날카로운 눈빛을 하며 자세를 고쳐 앉았다.

"탁 신부! 내가 지금 이 자리에 공짜로 앉아 있다고 생각하나? 이 긴 세월을 말이야. 사제 인생 수십 년에 별의별 일들이 다 있었지. 자네는 내가 미남이라고 생각하지 않나?"

갑자기 주교가 빙긋이 웃으며 나를 바라봤다.

"네! 젊어서는 무척 핸섬하셨죠. 제가 신학생일 때 저희에게 철학 강의를 하시던 그 시절에 말입니다."

"이런! 지금도 핸섬하지 않느냐고?"

주교는 말을 해놓고 그만 웃음을 터트렸다.

"네 그러십니다. 지금도 예쁜 여신자를 조심하셔야 할 만큼……."

나도 덩달아 웃고 말았다.

"그렇다면 칠십 고령에도 여자를 조심해야 할 나보다 자네는 얼마나 더 젊은가. 탁 신부도 훤한 인물에 지적인 분위기를 가졌지. 그런 홀아비한테 여자가 따르는 건 당연한 이치야. 자네가 미국에선 어땠는지 모르지만 돌아와 시골 성당이라고 너무 깔봤군. 내가 너무 시골구석으로 발령을 냈나? 지금은 시골이 따로 없네. 지역적으로만 농촌으로 구별되어 있을 뿐이야. 텔레비전, 인터넷, 핸드폰 모든 문명기기로 도시와 농촌이 정보를 공유하는 시대야. 그들이 하는 일이 농사일일 뿐이지 감정과 정서는 도시의 감각적인 사람들 못지않지. 말썽을 일으킨 그 자매 예쁘게 생겼나?"

농담인지 진담인지 알쏭달쏭한 주교의 표정을 보며 나는 고개를 끄덕였다.

"예! 그렇습니다. 그러나 전 단 한 번도 그 자매를 여자로 대한 적이 없습니다. 평소에 잘 웃지도 않고 제게 말을 붙여오지도 않았습니다."

"그게 문제였어. 자네는 남다르게 멀리 있는 그 여자를 척 알아보고 경계했어야 했네. 일부러 다가가 말도 붙여주고 말이야."

"네, 저도 지금 그런 생각을 하고 있습니다. 그날 아침도 제가 그렇게 뛰쳐나갈 게 아니라 그 여자가 무안하지 않게 자신을 정리할 시간을 주었어야 했습니다."

"그래! 자네는 정말 미숙했네. 도처에 적투성이인 이 시대에 가톨릭 사제가 자신을 지킨다는 게 얼마나 어려운 일인지 충분히 아네. 나도 말이야. 이 나이가 되었지만 어떤 때는 숫총각으로 늙어버린 것이 억울할 때가 있거든. 언제라도 맘만 먹으면 어디 곱게 늙은 과부 할머니 하나 꿰차고 남들처럼 살 수 있다는 생각을 할 때도 있지. 영원히 해결되지 않는 문제야. 순리를 거슬러 산다는 것 말이네. 늙으면 좀 덜 할 줄 알았는데 마찬가지야. 하느님 앞에선 가슴이 가득 차도 나도 한 사람의 인간으로선 때로 외롭다네."

진심을 말하는 듯 주교의 표정이 깊어져 갔다. 어렵게만 생각되던 주교의 그런 모습을 처음 보게 된 나는 가만히 고개를 숙였다.

"탁 신부! 그건 아무것도 아닌 일이네. 나도 그럴 거라고 짐작했지만, 누군가 내게 탄원을 해온 이상 형식적으로라도 자네를 한 번 불러야 했지. 그러나 아무것도 아닌 일에 자네가 너무 아마추어로 대처해 큰일이 되고 말았네. 우린 노련해야 해. 자신을 보호하고, 교회를 보호하고, 신자들을 보호하기 위해서 말이야. 열정을 잘 조절할 줄 아는 사람은 저절로 노련해지지. 자네가 그 정도 일에 그렇게 뛰쳐나간 걸 보니 아직 멀었군. 열정이 넘실대고 있어. 나처럼 너구리가 되어야 해. 그래야 우리는 이 시대의 정결한 사제로 남을 수 있는 거야. 적어도 교회를 거스르지 않고 말이야. 너구리가 되는 게 우리 영혼에 정말 좋은 것인지 나도 그건 잘 모르겠네."

주교가 긴 숨을 내쉬며 녹차를 한 모금 넘겼다.

"용서하십시오. 저의 미숙함으로 장상께 걱정을 끼치고 교회 분위기를 흩트리고 말았습니다."

"그래. 우리들의 본 목적이 뭔가? 영혼 구원이 아니겠나? 자네를 홀로 사모하다 그런 행위까지 하게 된 그 자매의 영혼을 생각해보았나? 자네 앞에서 무안을 당하고 상처받았을 그 자매를 한 번쯤은 찾아봐 주는 게 좋았겠지. 아니면 그 자리에서 사태를 수습해 그 자매가 무안하지 않게 돌아가게 해주었으면 더 좋았겠지. 자네 그렇게도 자신이 없었나?"

"이목이 두려웠습니다. 당황하기도 했고요."

"그러나 그 사실을 끝까지 함구한 건 잘한 일이야. 모든 일을 십자가 위로 다 가져가자고. 지금은 자네가 그저 뒤집어쓰는 거야. 계속 침묵하게나. 여기서 자네가 입을 벌려 변명을 하면 그 자매의 가족이 더 상처받게 되네. 그들이 개신교로 갔건 안 갔건 그런 문제를 떠나서 말이야. 때가 되면 진실은 다 드러나게 마련이네. 자, 우리 기도하자고. 하느님이 아시고, 주교인 내가 알고, 사제인 그대가 아는 이 진실에 대해……. 그리고 평상심으로 돌아가 열심히 일하게나."

주교가 내 손을 잡고 일어섰다. 그는 조그만 소리로 주기도문을 외우고 나서 내 어깨를 툭툭 쳤다.

언덕 위에 세워진 주교관을 나오니 하늘이 벌겋게 물들어 있었다. 비가 지나간 자리에 붉은 노을이 화폭처럼 펼쳐졌다. 심란하던 마음이 고요히 가라앉았다. 연륜은 공연히 있는 게 아니었다. 주교는 겨우 한 시간 남짓의 대화로 내 마음을 정지된 수면처럼 만들어주었다. 그가 프로 독신자라면 나는 아직도 아마추어였다. 나는 어쩌면 세월이 흘러도 프로가 될 수 없을지도 몰랐다.

내 근무지인 제골 성당이 있는 서쪽을 향해 달려가는 차창 앞으로 노을이 검붉게 하늘을 덧칠했다. 문득 지난날 희림과 함께 미국 호숫가의 레스토랑에서 바라보던 노을이 떠올랐다. 그때의 하늘은 지금보다 더 붉었다. 나는 더 젊었고 뜨거웠다. 그리고 희림은…… 희림은 아름다웠다.

노을을 향해 달려가는 내 가슴이 뻐근히 아파왔다. 어쩌면 내 폐속에 자라난 돌기들은 그때 그 붉은 노을을 바라보다 생겨난 것인지도 모른다. 나의 무엇이 순리를 거슬러 가슴에 열꽃을 돋게 했던지.

자동차가 타운에 가까워질 무렵 안순희 목사가 나를 돌아보았다.
"탁 형제님! 몸이 많이 불편하십니까? 통 말씀이 없으시네요."
나는 질끈 감고 있던 눈을 뜨고 얼른 앞자리로 고개를 내밀었다.
"아닙니다. 그저 생각 좀 하느라고요."
"아, 그러시군요. 제가 공연히 명상을 방해했나요? 참, 말씀은 안 드렸지만 탁 형제님은 명상가처럼 보이십니다. 혹 전에 오랫동안 그런 일에 종사하셨던 건 아닌지 싶네요. 저는 교회도 맡지 못한 이 산골 목사지만 벌써 30년이 넘었습니다. 사람 보는 데는 이골이 나 있지요."
"이 미국의 산속에 기도원을 만드신 건 참 의미 있는 일입니다. 저 같은 사람도 감히 찾아올 수 있게 말입니다."
안순희 목사가 가만히 고개를 끄덕이며 다시 나를 돌아봤다.
"탁 형제님은 가정이 있으신가요? 지난번에 오신 남자 손님 말고는 도통 찾아오는 사람이 없어 혹 혼자신가 하는 생각을 해봤는데요."
그녀는 평소에 궁금했던 걸 이제야 묻는다는 표정이었다.
"사람 보시는 데 이골이 나셨다면서요. 한 번 맞춰보시죠."

"글쎄요! 알쏭달쏭합니다. 조금 더 대화를 나눠본다면 척 알아맞히겠는데, 영 저희와 눈을 맞추지 않으시려 하니까요. 이 산골기도원에 지금 상주하는 사람이란 딱 우리 셋뿐인데요. 다른 사람들은 들락날락하죠."

"그러게 눈도 잘 안 맞추셔요. 탁 형제님은……."

룸미러를 통해 흘깃 나를 보며 레베카가 뾰로통 말을 쏘았다. 나는 문득 이 산골 여인들도 신앙에 전심하는 삶을 살지만 외로워하고 있다는 걸 알았다. 내가 나의 하느님 앞에서도 때론 외롭던 것처럼.

어찌 보면 참으로 기이한 만남이 아닐 수 없었다. 넓디넓은 미국 땅 산골에서 만난 시골 신부와 산골 여인들. 우리는 어쩌면 신의 사람들이 되기 위해 사랑을 거세당한 사람들인지도 몰랐다. 붉은 입술연지로 곱게 단장을 한 안순희 목사는 한 사람의 여자로 마감하는 나이에도 그 문을 아직 닫지 않은 듯한 느낌이었다. 레베카가 닫히지 않는 젊음의 문을 억지로 닫기 위해 저렇게 검고 흰 옷차림만 고집한다면, 안순희 목사는 오히려 그 반대였다.

신의 사람이 되기 위해 열정을 거세당한 우리 셋은 어느덧 타운에 도착했다. 자동차에서 내린 안순희 목사는 슈퍼마켓을 향해 앞서 걷기 시작했다. 나는 그녀의 뒤를 따라가며, 자잘한 꽃무늬의 긴 스커트에 하얀 재킷을 얌전히 받쳐 입은 안순희 목사의 몸매가 그렇게 단아하다는 걸 그때 처음 알았다. 어쩌면 희림이 살아서 늙어간다면 안순희 목사와 비슷한 분위기를 풍기지 않았을까…….

어쩌자고 나는 도처에서 희림을 보는 것인가. 정말 그녀가 지난번 다녀간 최길수의 가슴에서 내게로 뛰어든 것일까. 아니면 곧 같은 세계로 합쳐져야 할 시점에서 그녀가 지금 나를 길들이고 있는 것인지도 몰랐다. 그 불완전했던 사랑의 기억을 통해…….

그날이 가깝다

한밤중인 듯했다. 사방이 깜깜했으니……. 문득 올려다본 검은 하늘엔 푸른빛이 넘실댔다. 두려움이 훅 끼치며 서늘한 기운이 온몸으로 엄습했다. 갑자기 컴컴한 하늘 한끝이 칼로 자른 듯 벌어졌다. 마치 잘 익은 수박이 저절로 쩍 갈라지듯 하늘이 벌어진 틈으로 붉은 기운이 후드득 쏟아져 내렸다.

처음엔 노을이라고 생각했다. 밤이 노을을 삼키고 있다가 그 붉은 열정을 견딜 수 없어 스스로 균열을 일으키는 거라고. 나를 집어삼킬 듯 가까이 다가오는 붉은 기운에서 휙 찬바람이 불어왔다. 나는 순식간에 그 찬바람에 휘감기고 말았다. 견딜 수 없는 추위에 턱이 달달 떨려왔다.

나는 그 붉고 차가운 것에 휩싸여 몸부림쳤다. 몸을 이리저리 비틀어 대는 동안 끈적한 느낌이 내 전신에 감겨왔다. 불쾌함에 얼굴을 두 손으로 쓸어내렸다. 끈끈한 무엇이 뭉클 내 손 안에 쥐어졌다. 손을 눈앞에 갖다 댄 나는 그만 경악하고 말았다. 피! 아아, 그것은 차갑게 식은 피 뭉치였다. 갈라진 검은 하늘 틈으로 뭉클뭉클 피가 쏟아져 내리고 있었다.

점점 더 차갑게 나를 휘감는 붉은 것들에 숨이 막혀왔다. 안 돼! 나는 소리를 지르며 숨통을 트기 위해 안간힘을 썼다.

눈이 확 떠졌다. 오두막 창문으로 햇살이 하얗게 부서지고 있었다. 가까스로 몸을 일으키자 온몸에서 땀이 뚝뚝 떨어졌다. 마치 죽음의 강에서 겨우 헤엄쳐 나온 것처럼 나는 휴우! 숨을 쉬며 두 손으로 얼굴을 쓸어내렸다. 땀기로 끈끈한 두 손바닥을 무심히 내려다보다가 거기 언뜻 어리는 붉은 기운에 몸을 움찔했다. 벽에 걸어놓은 붉은 운동모자에 굴절된 햇살이 내 손바닥 위에 붉게 어려 왔다. 나는 그것을 떨치듯 얼른 두 손을 털며 방구석에 있는 물병을 집어 들었다. 꿈속의 그것이 죽음일 것이라고 생각했다. 검푸른 빛깔 안에 숨긴 그 붉고도 차가운 기운……

수건을 어깨에 걸치고 세면도구를 챙겨 들었다. 내 몸이 죽음 냄새를 풍기고 있었다. 밤새 죽음의 강을 헤매며 흠뻑 젖고 말았으니. 세면 가방을 들고 오두막을 나서는데 눈물이 핑 돌았다. 세면실로 가는 좁은 내리막길 가장자리에 멋대로 자라난 잡초가 뜨거운 햇빛에 널브러져 있었다. 무심코 환한 하늘을 올려다보다 핑그르르 몰려오는 어지럼증에 걸음이 휘청 한쪽으로 쏠렸다. 겨우 중심을 잡으며 발걸음을 멈췄다. 이제 얼마나 더 이 길을 걸을 수 있을 것인가.

제대 위에 서서, 죽음이야말로 영원한 빛이신 그리스도를 만나는 통로라고 수없이 말해온 내가 아니던가. 나는 거짓말을 했던 것이다. 이토록 두려운 죽음을 그렇게 미화시켜 말하다니……. 그건 사제인 내 직업이 시킨 거짓이라고 해두자. 녹색이거나, 붉거나, 희거나, 보라색이었던 그 제의의 힘에 의해 거룩함을 발했었다고……. 병든 몸에서 제의를 벗겨내자 나는 누구보다도 죽음을 두려워하는 연약한 인간이었다.

힘없이 내딛는 내 발걸음에 바싹 마른 흙길 위로 잔 먼지가 일었다. 겨우 세면실 문 앞에 다다랐을 때 숲길을 돌아 나오는 안순희 목사의 모습이 보였다. 그녀는 내게 다가오며 소리쳤다.

"탁 형제님! 한낮이 되었는데도 아무 기척이 없으셔서 걱정했습니다. 별일 없으신 거죠?"

가까이 다가온 그녀의 얼굴에 깊은 그늘이 어렸다. 막일하는 여자처럼 아무렇게나 입은 우중충한 몸뻬바지와 품이 넓은 푸른 블라우스 앞섶에 흙이 묻어 있었다. 그녀는 특별한 일이 없을 땐 늘 이렇게 작업복 차림으로 숲속을 돌아다니며 풀을 뽑거나 귀퉁이가 무너진 흙 계단을 고쳤다. 역시 안 목사의 한쪽 손엔 오늘도 자루가 튼실해 보이는 삽이 들려 있었다.

"죽음이 잠깐 왔다간 것 같기는 했습니다."

나는 애써 웃어 보였다. 그녀가 입을 벙긋 벌리며 놀라운 표정을 했다.

"죽음이 다녀가다니요?"

"안 목사님은 죽음이 무슨 빛깔이라 생각하시는지요? 흰색? 무색? 아니면 검은색?"

빈정대듯 흘러나오는 내 말에 그녀의 목소리가 나지막해졌다.

"무슨 빛깔을 보셨나요?"

"검푸름에 가려진 붉고도 차가운 것, 꼭 불길 같지만 차디찬, 활활 타는 것 같지만 사실은 질척하고 미끄러운……. 아주 기분 나쁜 것이었습니다."

"죽는 순간은 그럴지도 모르죠. 그러나 그것을 넘어서야만 참다운 죽음에 이르게 됩니다."

왠지 비장한 표정을 짓는 안순희 목사의 얼굴 위로 세면장 처마 끝에서 한풀 꺾인 여릿한 햇살이 내려앉았다. 나이만큼 결이 진 얼굴이지만, 희고 고운 그녀의 피부 빛깔에 나는 순간 질투심이 일었다. 생명에 대한 질투심…… 그 질투심만으로도 안순희 목사가 공연히 섭섭해져 나는 더 말을 나누고 싶지 않았다. 휙 돌아서 세면장 문을 여는데 그녀가 다시 말했다.

"씻고 내려오세요. 이제 더는 안 됩니다. 혼자 식사를 해결하는 것 말입니다. 아침은 그렇다 쳐도 점심 저녁은 앞으로 저희와 함께 드시지요. 이곳에 머무시는 날까지요."

안순희 목사의 목소리엔 동생을 걱정하는 누이와 같은 진심이 담겨 있었다.

"예! 알았습니다."

나는 착한 아이처럼 고개를 끄덕이고는 얼른 세면실로 들어섰다. 뿌연 거울 속에서 참으로 볼품없는 한 남자가 나를 보고 있었다. 하루에 몇 번은 바라보게 되는 세면실 거울, 그 속에서 나는 점점 내가 아닌 내가 되어갔다.

옷을 벗고 샤워기 앞에 섰다. 언제부턴가 뱃가죽이 늘어지고 팔다리 살 껍질이 밀렸다. 생수만 들이킨 빈 위장이 꾸르륵 소리를 내며, 뭔가 먹이를 넣어달라는 신호를 했다. 내장의 감각들은 생각을 관장하는 대뇌보다 그 반응이 빠르다고 한다. 죽음을 점점 인식해가는 내 뇌와 관계없이 위장은 먹이를 넣어달라고 응석을 부렸다. 그리고 대장은 내가 먹은 알량한 음식을 걸러낸 뒤 찌꺼기를 배설하라고 때때로 아랫배를 뒤틀었다.

나는 막 샤워기 물을 틀려던 손을 멈추고, 벌거벗은 채 변기에 앉았다. 조금은 힘겹게 떨어져 내리는 내 몸 안의 오물이 변기 물속으로 가볍게 뛰어드는 소리가 났다. 그래도 그건 아직 내가 살아 있다는 증거였다. 얼마나 이 행위를 더 할 수 있을지…….

그 행위는 오래가지 않았다. 쪼그리고 앉아 있는 것도 고되어 곧 샤워기 물을 틀고 몸을 들이밀었다. 온몸에 비누를 문질러 거품을 내다 손이 사타구니께로 갔다. 거품을 문지르는 손바닥 아래서 내 남성이 슬그머니 반응을 보였다. 그러나 곧 힘없이 수그러들고 마는 게 느껴졌다. 나는 나직하게 한숨을 머금었다. 이것으로 인해 한 남자로 태어난 나의 생은 얼마나 더 고통스러웠던가. 내가 한 남자임을 인식하기도 전에 나는 그것을 잊는 방법에 길들여져야 했다.

본능을 거스를 수 있음으로 해서 더 거룩해지는 것이다. 건강한 한 남자인 당신이 그것을 고통 없이 이겨낼 때 당신은 그리스도를 닮아갈 것이다.

긴 세월 내가 나에게 속삭여온 말들 속에 나는 스스로 속아 살아온 것일까. 문득 예수도 성욕을 느꼈을까, 의문스러웠다. 그도 인간이었다면 신성의 반대쪽 인성의 평범한 부분에선 한 남자가 아니었던가. 나는 왜 윤희림이란 한 여자를 사랑하고서 그 사랑을 마음대로 표현도 못 한 채 그녀를 떠나보낸 것인가. 왜, 왜 나는 그 여자 앞에서 남자로 머물러서는 안 되었던 것일까.

갑자기 나의 생이 온통 억울함으로 가득 차왔다. 샤워기의 물을 더 뜨겁게 틀었다. 살가죽이 벗겨질 듯 쏟아지는 뜨거운 물줄기에 형편없이 마른 몸을 내맡기고 나는 흑흑 흐느끼기 시작했다. 문득 내가 이 산골을 찾아온 게 잘못이라는 생각이 들었다. 동료 신부들이나 주교의 권유대로 병원에 입원하거나 요양원을 찾아야 했을까. 기실 나는 희림의 죽음 후 갈피를 잡지 못하고 떠돌다 잠시 들렀던 이곳을 다시 찾고 싶었던 것이다. 그 속마음엔 내게도 찾아왔던 사랑을 회상하고 싶다는 마음이 숨어 있었다. 이 익숙지 않은 땅에서 단 한 번 돌출했던 내 생의 불협화음, 그 화음을 나는 죽기 전에 다시 느껴보고 싶었다.

뜨거운 물을 맞고 있는 두 어깨가 아릿해 왔다. 수건을 집어 물기를 닦고는 서둘러 옷을 입었다. 빨리 안순희 목사에게 가야 한다는 생각이 들었다. 누군가와 실컷 말을 나누고 싶었다. 평생 고해소에 앉아 신자들의 고백을 듣고 신의 대리자로 그 죄를 사해온 나였지만, 지금은 누군가에게 고해성사라도 하고 싶은 심정이었다.

세면 가방을 든 채 안순희 목사가 기거하는 본관으로 내려갔다. 그녀가 식탁을 차려놓고 나를 기다리고 있었다. 레베카는 보이지 않았다.

"레베카 자매님은 어디 가셨나요?"

"남쪽 오두막에 계신 분이 좋지 않으셔서 거기 갔어요. 오랫동안 병을 앓아온 목사 사모인데 이번엔 아무래도 안 될 것 같아요. 그분이 암이 발병돼 이곳을 찾았을 때가 벌써 15년 전이었죠. 그때는 갓 삼십을 넘긴 젊음이었어요. 간절히 기도하고 매달려 그야말로 기적이 일어났지요. 그 뒤 15년을 이렇게 살아왔으니까요. 그러나 이번엔 예감이 달라요. 기어이 부르시고야 말 것 같아요."

힘이 빠진 안순희 목사의 목소리에 나는 불쑥 물었다.

"그런 기적이 있었다면 저에게도 기적이 일어날까요? 그러니까 죽지 않을 수 있는……."

안순희 목사가 잠시 내 얼굴을 바라보다 식탁에 앉았다.

"어서 앉으세요. 시장하지 않으세요?"

"저에게도 기적이 일어날 것 같냐니까요?"

나는 식탁 의자에 앉으며 다시 물었다.

"그럼 탁 형제님은 기적을 바라시나요?"

그녀가 나를 빤히 바라봤다. 나는 슬며시 웃었을 뿐 아무 말도 하지 않았다.

"탁 형제님은 기적을 바라고 여기 오신 분 같지가 않아요. 적어도 살기 위한 기적이라면……. 나는 한눈에 알았죠. 당신은 다른 기적을 위해 여기에 왔다는 걸."

"다른 기적이라니……."

말끝을 맺지 못하는 나에게 안순희 목사가 숟가락을 쥐어 주었다. 산중의 소찬이 간소하게 차려져 있었다. 소고기를 조금 넣고 맑게 끓인 뭇국과 소금에 절이지 않은 농어 한 마리가 양념장에 조림된 채 식어갔다. 그리고 김치와 밑반찬 몇 가지…….

나는 잠자코 밥을 몇 술 뜨다 다시 물었다.

"다른 기적이라니요?"

그녀가 배시시 웃으며 나를 건너다봤다.

"잘 죽을 수 있는 것도 기적 아닙니까. 탁 형제님은 그것을 위해서 여기 온 사람 같았어요. 살고 싶다면 살 수 있는 기적을 달라고 해야지요. 그러나 당신은 그것을 위해 기도하지 않았잖아요."

그녀의 끝말은 조금 날카롭게 흘러나왔다.

"아니요. 나는 살고 싶습니다. 조금 전엔, 그러니까 우리가 세면실 앞에서 마주쳤을 때 나는 목사님의 건강을 슬며시 질투까지 했는데요."

입안에 밥을 우물거리는 내 말이 어눌하게 새어 나왔다. 그녀는 나지막한 웃음소리를 냈다.

"아마도 탁 형제님은 살려달라고 기도하지는 않았을 거란 말입니다. 고통스럽다고 절규는 했을지 몰라도……."

"그렇군요. 맞습니다. 나는 살려달라는 기도는 하지 않은 것 같아요. 살고 싶다는 생각을 했을 뿐……. 그런데 지금 죽어간다는 남쪽 오두막의 여자분 역시 살려달라는 기도를 안 했던가요? 이번엔 기적이 일어나지 않았군요."

시큰둥한 내 말에 한순간 조용하던 그녀가 또랑또랑한 목소리로 말했다.

"아마도 이번엔 다른 기적을 주실 겁니다. 탁 형제님에게 일어나려는 그 기적처럼 말입니다. 하나님은 우리가 원하는 것과는 전혀 다른 것을 주실 때도 있답니다. 그것이 우리에게 더 좋기 때문이죠. 우린 그 뜻에 순명할 밖에요. 사실은 나도 그랬답니다."

그녀가 슬며시 웃음을 머금는데 이상하게 조금 슬픈 기운이 어렸다.

"그건 무슨 말씀이신지……."

"그 얘기는 우리 식사 마치고 차 한잔하면서 하기로 하죠."

안순희 목사는 뭔가 이야기보따리를 풀어헤칠 맘을 먹은 것 같았다. 식사를 마치고 대충 그릇들을 치운 후 우리는 찻잔을 들고 창가 안락의자에 마주 앉았다.

"탁 형제님! 레베카 없이 우리가 이렇게 마주 앉은 건 아마도 처음이지요?"

그녀가 눈가에 주름을 잡으며 그윽하게 웃었다. 아름다운 여인이었다. 아니, 참으로 아름답게 늙은 여인이었다. 여기 본관에 들어설 때만 해도 나도 뭔가를 얘기하고 싶다는 욕구에 시달렸다. 그러나 나는 어느새 그녀의 이야기를 듣기 위해 차분해져 가는 자신을 느꼈다.

"형제님! 아무리 기도하고 매달려도 하나님은 그분이 원하시는 걸 주신다는 것 아세요? 나도 그랬답니다. 내가 이렇게 산골 여 목사로

272

살아가는 것, 다 그분 뜻이지요. 이왕 목사가 되었으면 남들처럼 활발하게 해외 선교를 다니든지 아니면 큰 교회를 맡아 설교의 카리스마가 있는 목사가 되든지……. 사실 내게 주어진 일에 대해 갈등이 일 때도 많았답니다."

차를 한 모금 넘긴 그녀의 얼굴에 쓸쓸함이 어렸다.

"오래전에 나는 남편을 따라 샌프란시스코로 유학을 왔더랍니다. 그 시대에 미국 유학이라면 대단한 일이었지요. 유복한 집안에서 부족함 없이 자란 내가 집안 좋고 두뇌가 명석한 남편을 만나 한참 세상모르고 살던 시절이었지요."

"거기에다 젊어서는 대단한 미모이셨을 텐데요."

나도 모르게 새어 나온 말에 안 목사가 소녀처럼 수줍게 웃었다. 그녀는 곧 정색하고 말을 이어갔다.

"남편이 학위를 마쳐갈 즈음 그가 돌연 병이 났어요. 벌써 아이들이 둘이나 태어나 있던 때였죠. 의사가 이미 진전된 간경변이라 살아날 수 없다고 하더군요. 내 딴엔 온 힘을 다해 남편을 살려달라고 기도했어요. 기적을 달라고요. 그러나 남편은 떠나고 말았죠. 나는 울부짖으며 식음을 전폐하고 방을 나오지 않았어요. 남편을 사랑했냐고요? 물론 나에겐 단 하나의 남자였어요. 하지만 난 곧 알았죠. 내가 사랑했던 건 남편이 아니라 그와 나와 아이들과 함께 구성된 안락한 일상이었다는 걸. 내가 견딜 수 없었던 건 행복이란 이름하에 있어야 할 내 생활에 구멍이 났다는 것이었죠. 아마도 암 환자가 병명을 선고받고 수긍할 수 없어 하는 첫 단계와 같지 않았을까, 싶어요. 결국, 난 영혼의 암을 앓고 있었던 것이죠."

"영혼의 암이라……."

나도 모르게 작게 중얼댔다. 그녀가 잠시 말을 끊었다.

"맞아요. 영혼의 암……. 남편이 떠남으로 해서 내가 병든 영혼이란 걸 알았답니다. 그땐 갓 삼십이 넘었던 파릇한 청춘이었죠. 외롭고 서러웠어요. 가까운 곳에 교회가 있었는데 나는 그곳을 찾아가 매일 울었어요. 항상 같은 시간에 나타나는 동양 여자를 유심히 바라보던 미국 목사님이 결국 내게 신학 공부할 것을 권했어요. 내 얼굴에 부르심이 보인다고요. 지금 생각하니 그래요. 내가 매일 울었던 것, 다른 곳이 아닌 교회를 찾아가 울었던 것 그것 자체가 기적이었어요. 세속적으로 말하자면 젊은 여자가 술집을 찾아가 운다 해도 납득이 갔을 텐데요."

그녀가 다 마신 찻잔을 테이블에 내려놓는 소리에 언제부턴가 창가에 고정되어 있던 내 시선이 그녀 앞으로 끌려갔다. 그녀는 뭔가 쑥스러운 듯 배시시 웃음을 지었다.

"그때는 그랬어요. 내 고통으로 인해 나는 아마도 신을 위해 큰일을 하리라고. 사명감에 불탔죠. 대업을 이루리라는 그 소망 말이죠. 그런데 공부를 마치고 목사 안수를 받으면서 이상하게 내게 상담을 청해오는 사람들이 많았어요. 그들은 아주 절박한 사연을 지닌 사람들이었는데, 하루 이틀 좁은 내 집에 재워주다 보니 넓은 곳이 필요하다는 생각이 들더군요."

"그래서 이렇게 훌륭한 기도원을 이루셨군요."

"아니요. 훌륭하다니요. 내 안에선 아직도 갈등이 인답니다. 이 산골에서 삽자루를 들고 이루는 나의 사역에 대해서요."

그녀는 가만히 긴 숨을 머금었다.

"사람들은 모두 자신이 가지 못했던 길에 대한 선망을 품고 있지요. 저도 마찬가지랍니다."

"혹 형제님은 저와 비슷한 일에 종사하셨던가요? 처음엔 그저 병이 깊은 중년 남자라고만 생각했습니다. 그런데 시간이 갈수록 뭔가 동질감이 느껴집니다. 혹시⋯⋯."

안순희 목사가 나를 빤히 바라봤다.

"제 처지는 조금 훗날 얘기하죠. 그러나 안 목사님과 제가 똑같이 느끼는 건 하늘에 계신 분은 때론 개인의 아픔 따위는 무시하신다는 것입니다. 그 아픔으로 인해 뭔가 더 큰 일을 세상에 남길 수 있다면 요. 목사님의 경우가 그렇지 않을까요? 한 여인으로서 그저 행복하 게만 살았다면 이 깊은 골짜기에 이렇게 훌륭한 영적 쉼터를 마련하 실 수 있었을까요? 때론 가혹하신 절대자죠. 인간이 추구하는 궁극 적인 것이 행복이라는 면에서 보면 말입니다."

"행복의 기준이 문제겠지요. 나는 사실 행복합니다. 지금 말씀드 렸던 쓸쓸함보다는 훨씬 많이요. 그래도 때론 인간적 갈등에도 싸인 다는 말씀⋯⋯. 그러니까 지금 그 얘기입니다."

안 목사는 예의 그 소녀 같은 웃음을 머금었다. 나는 그녀의 웃음 을 바라보다 또 희림을 떠올렸다. 나도 모르게 말이 터져 나왔다.

"그런 여자가 있었습니다. 평범하고 행복하게 살 수 있는 자질을 지녔지만 그렇지 못했던 여자, 그 여자가 살아서 겪었던 고통은 아 마도 그 가슴 안의 열정을 신에게 선택받았기 때문이었던지⋯⋯. 하 지만 그 여자는 신에게 귀의하지 않았답니다. 차라리 자신의 열정에 귀의했다고 해야 할까요. 화가였어요. 미친 듯 수십 점의 그림을 그 려놓고 떠났지요. 그 가엾은 여자에 비한다면 안 목사님의 생은 얼 마나 축복받은 것인지요. 저는 요즘도 그 가엾은 여자를 생각하며 마음이 아프답니다."

"그 여자를 사랑하셨나요?"

안순희 목사의 물음이 재빠르게 날아왔다.

"아마도……."

힘없는 내 대답에 안 목사가 자리에서 벌떡 일어섰다.

"사랑에도 '아마도'라는 게 있나요? 혹 탁 형제님의 그 우물쭈물함 때문에 그 여자가 더 고통당했던 건 아닌가는 생각이 드네요. 그 여자분이 절대자가 아닌 자신의 열정에 귀의했다고요? 사람과의 관계에서 신의 사랑을 찾으려 했던가요? 아니면 예술 안에서 신의 사랑을 찾으려 했던 건지……. 우리가 사는 세상엔 도처에 유사 신이 많지요. 그 여자도 스스로 유사 신에 걸려들었던 건 아닌지."

안순희 목사는 찻잔을 들고 부엌 싱크대로 걸어갔다. 나도 일어서 찻잔을 들고 그녀를 따라갔다.

"그 부분에 대해 생각이 많으셨나 봅니다. 잠깐 떠올라 말씀드린 여자에 대해 금방 그렇게 날카로운 분석을 하시는 걸 보니."

나는 빈 찻잔을 싱크대 위에 내려놓으며 슬쩍 웃었다. 안 목사가 수도꼭지를 틀어 빈 그릇이 채워진 설거지통에 물을 받으며 낮은 웃음소리를 냈다.

"극복되지 않는 문제니까요. 그래도 난 참 축복받은 인생이지요. 신의 사랑 안에서 나름 밸런스를 잘 잡고 있는 것 같으니까요. 혹 옛날 열녀들이 허벅지를 바늘로 찔러대며 한밤을 보냈다는 얘기를 들은 적 있나요?"

그녀가 나를 빤히 바라봤다.

"예? 들은 적이야 있죠."

"이 숲속 곳곳에 박히는 내 곡괭이와 삽, 내 살 아닌 절대자의 허벅지에 바늘을 꽂는 것이랍니다. 신의 사랑을 받는다는 건 그런 것입니다. 극기의 바늘 끝을 받아줄 존재가 있다는 것이죠. 그 여자는 바늘을 제 심장에 꽂은 모양입니다. 인간의 열정이란 그런 것이죠.

조절하지 못하면 자기를 상하게 하는 것 말입니다. 그렇게 하여 흘린 피로 뭇사람의 감성을 적시는 결과가 올까요? 예수가 흘린 피는 세상을 구원하지만, 인간의 열정이 흘린 피는 잘못하면 세상을 상하게 하죠."

부엌 싱크대에 기대선 채 태연히 흘러나오는 안순희 목사의 목소리에 나는 점점 부아가 치밀었다. 마치 희림이 그녀로부터 폄하를 당하고 있는 듯한. 그러나 나는 더 말하지 않았다.

정말 희림은 자신의 열정에 못 이겨 공연한 피를 흘렸던 것일까. 세상엔 전혀 필요치 않은……. 나는 왜 그녀에게 종교적 귀의를 한 번도 권해보지 못했던 걸까.

갑자기 머릿속이 혼란스러웠다.

"그럼 올라가 보겠습니다. 점심 감사합니다."

나는 무뚝뚝 말을 흘려놓고 돌아섰다.

"저녁에도 내려오세요. 제가 소찬이라도 매일 마련해 드리겠습니다."

등 뒤에서 안 목사의 다정한 목소리가 들렸지만 나는 돌아보지 않았다. 갑자기 속이 타도록 희림이 그리웠다. 사랑했느냐는 안 목사의 무심한 물음에 내 안에서 희림의 존재가 소용돌이쳐 왔다.

내 오두막으로 가려고 흙 계단을 오르는데 뒤에서 다급한 목소리가 들렸다.

"탁 형제님! 잠깐만요. 가시지 마세요!"

돌아보니 레베카가 뛰어오고 있었다.

"저기 남쪽 오두막에 계신 분이 위독하십니다. 병원으로 가야 하는데……. 하여간 가시지 마세요. 저는 얼른 앰뷸런스를 불러야겠어요. 전화, 전화를 해야죠."

레베카가 땀에 젖은 머리칼을 쓸어 올리며 본관으로 뛰어갔다. 나는 거기 서 있을 수밖에 없었다.

잘 죽는 것도 기적이라는 안 목사의 말이 떠올랐다. 오래전엔 죽을병도 극복했다는 저 남쪽 오두막의 여인은 지금 죽음마저 향기로운 기적 속에 있는 걸까.

잠시 후 두 여인이 급히 외출채비를 하고 본관을 나왔다. 이 기도원을 꾸려오며 죽음을 대해온 일이 한두 번이 아닐 텐데도 두 여인의 얼굴엔 당황한 빛이 역력했다.

"운전, 운전해 주시겠어요? 탁 형제님! 지금 이곳엔 우리 셋뿐이라서……."

레베카의 빠른 어조에 나는 얼른 고개를 끄덕였다. 그들은 남쪽 오두막을 향해 급히 걸어갔다. 나는 따라갈 수도 없어 그들이 다시 오길 기다리며 흙 계단 위에 앉았다.

초침 소리마다 짧아지는 생명, 그것이 어찌 나쁘랴. 저렇게들 떠나고야 마는 길을 내가 못 갈 이유가 없다.

혼자 앉았는데 숲속 어디에선가 또 까마귀가 울었다. 마치 내게 그날이 가깝다, 가깝다, 속삭이고 있는 듯 까마귀는 똑같은 울음을 반복했다.

당신의 뮤즈

실신 상태의 여인이 앰뷸런스에 실리자 그 곁에 레베카가 올라탔다. 나는 안순희 목사를 승용차 조수석에 태우고 앰뷸런스를 따라갔다.

열어놓은 차창 밖에서 후덥지근한 기온이 몰려들었다. 달려가는 속도에 바람이 느껴졌지만, 열기를 뿜는 햇살에 바람조차도 뜨겁게 익어갔다.

"탁 형제님! 임종을 보신 적 있나요?"

안순희 목사가 차창 문을 올리고 에어컨을 켜며 물었다.

"참 에어컨 켜는 걸 잊었군요."

나는 딴소리를 해놓고 묵묵히 입을 다물었다. 임종이라면 수없이 보아온 일 아닌가. 사제로 살아온 세월 속에 나는 도대체 몇 번의 병자성사를 주었던 걸까. 곧 임박한 죽음 앞에 그들의 모습은 비슷했다. 영혼의 집이라는 육체가 허물어져 가는 모습엔 늘 악취가 풍겼다. 영혼의 집은 사람이 기거하는 목재로 지은 어떤 낡은 집보다도 그 마지막이 처참했다. 산 미라처럼 숨만 내쉴 뿐이던 암 환자를 적잖게 보아온 나도 지금 그런 모습이 돼가고 있으니…….

"안 목사님은 물론 사람이 숨을 거두는 모습을 많이 보셨겠죠?"

뒤늦게야 흘러나온 내 말에 안 목사가 긴 숨을 내쉬었다.

"아니요. 사실 한 번도 보지 못했습니다. 남편의 임종도 지키지 못했으니까요. 그는 면회시간이 엄격한 중환자실에서 내가 바라보지 못하던 깊은 밤에 숨을 거뒀어요. 그리고 이 산골로 들어와 죽음이 가까운 사람들은 보았지만, 막상 그들의 죽음은 단 한 번도 지켜주지 못했죠."

"저처럼 말인가요? 죽음이 임박한, 저 같은 사람은 익숙하셔도 지금 병원으로 가는 저 여인…… 목사 사모라고 하셨던가요? 저런 분은 익숙하지 못하시군요."

왜 그런지 빈정거리는 나를 안 목사가 빤히 바라보는 게 느껴졌다. 시선을 앞에 고정시킨 내 오른쪽 볼에 따가운 느낌이 닿아왔다.

"탁 형제님! 자학하지 마세요. 우리 모두 가야 할 길입니다. 유한한 인생에서요. 누군가의 죽음을 지켜주고 그들을 잘 보내는 일은 살아 있는 사람의 의무입니다. 오늘은 저 가엾은 사모의 마지막 길을 잘 지켜주기로 하죠. 누군가 우리의 가는 길을 훗날 지켜줄 걸 기대하면서……."

"안 목사님이 제가 가는 길을 지켜주시지는 않겠죠? 설마…… 제가 여기서 죽기야 하겠습니까. 지금은 이렇게 운전도 하고 이야기도 하는데요."

안 목사의 말이 끝나기도 전에 불쑥 내뱉고 나서 나는 껄껄 웃어 버렸다.

"그럼요. 제 앞에서 떠나진 마세요. 누군가를 보내는 일은 참으로 못 견딜 일입니다. 내가 목사라도 말이죠. 하늘을 섬기는 종의 신분이 내 속속들이 배어들지 못한 것이지요."

"자신의 직분이 내면까지 속속들이 배어든 사람들이 몇이나 되겠습니까. 신분을 벗기면 모두가 뼈와 살과 피와 오물뿐입니다. 우리를 구성하는 것들 말입니다. 그것이 허물어져 영혼이 담길 곳 없어 떠나는 게 죽음이라면 서러울 것도 없지요."

담담한 내 말에 그녀가 가만히 신음 소리를 냈다.

"그럼요. 영혼은 오히려 자유로워질 테니까요. 그때 신의 질서에 편승하기 위해 우리는 살아 있는 동안 고통으로 연습을 하는 게 아닌가요? 지금 죽어가는 저 사모도 근 15년 동안 그 맹렬한 연습 속에 있었으니⋯⋯. 사실 살아선 모든 걸 잃었죠. 암은 한쪽 눈에서 시작돼 결국 그 눈을 잃었고, 목사인 남편도 오래전에 떠나갔답니다. 구실은 그럴듯했죠. 많은 양을 돌봐야 하는 목자가 아내 하나만을 돌볼 수 없다는 이유가 있었지요. 아이들을 데리고 그가 떠난 후 저 사모는 우리 기도원을 들락날락하며 혼자 지냈답니다."

앰뷸런스에 실린 채 앞서가는, 얼굴도 모르는 한 여인의 사연이 가슴을 뻐근하게 했다. 저 여자를 버린 목사 남편이 어쩐지 내 모습인 것만 같아 얼굴이 붉어져 왔다. 신분을 지키기 위해 사랑하는 여자 하나도 지켜주지 못했던 나도 그와 다를 바 없었다.

여인과의 사랑이 금기시되어 있는 가톨릭 사제의 규율로 나 자신을 다스리고 있다 했지만, 결국 나는 먹을 것과 입을 걸 위해 내 신분을 넘어서지 못했던지도 모른다. 달려가는 앰뷸런스의 뒤꽁무니를 바라보는 내 눈에 눈물이 고였다.

"병원이 거의 다 와 갑니다. 곧 앰뷸런스가 오른쪽으로 커브를 틀 겁니다."

안 목사가 내 눈물을 눈치 채지 못한 듯 말했다.

"그래서요? 저 여인을 버린 목사님은 한국으로 돌아가 성공적인 삶을 살고 있나요?"

나는 조금 빈정대는 투로 물었다. 안 목사가 긴 숨부터 내쉬었다.

"글쎄요. 마음이 편하기야 하겠습니까. 한 인간으로 성공하려 하지 않고, 자신의 직분으로 성공하려 했기 때문이겠지요. 참, 사람들은 모릅니다. 먼저 한 사람의 인간으로 성공하면 저절로 자기 직분 안에서 성공할 수 있다는 것을요. 그는 아마 성공하지 못할 겁니다."

안 목사의 목소리가 조금 강경하게 흘러나왔다.

앰뷸런스가 커브를 틀었다. 나는 그 뒤에 바짝 붙어 핸들을 꺾었다. 전경에 빌딩 전체가 하얗게 칠해진 시립병원 건물이 나타났다. 응급실 앞에 멈춘 앰뷸런스에서 환자와 레베카가 내렸다. 산소마스크가 씌워진 채 이동 침대에 실려 가는 여자는 미동도 하지 않았다. 목덜미로 흘러내리는 땀을 손등으로 닦으며 환자를 따라가는 레베카의 기다란 몸이, 내 시야에서 검고 굵은 선이 이리저리 휘는 것처럼 보였다. 레베카는 오늘도 검고 긴 점퍼스커트 속에 팔이 짧은 하얀 블라우스를 입고 있었다.

복잡한 서류 수속을 뒤로 미룬 채 여자는 곧 응급실 침대에 눕혀졌다. 연인의 가슴이 헤쳐지고 모니터에 연결된 심전도 스티커가 붙여졌다. 하얗고 좁은 가슴팍에 소녀처럼 얇은 젖가슴이 솟아 있었다. 나도 모르게 고개를 돌렸다. 짧은 시간 동안 여인의 몸에 여러 선들이 연결되고, 막 아랫도리마저 벗기려 할 때 나는 할 수 없이 그곳을 나왔다.

터덜터덜 대기실로 나오자 얼굴빛이 짙은 멕시칸 환자들이 나를 바라봤다. 병색이 완연할 내 모습에 병이 깊음을 짐작하고도 남으리라. 나는 겨우 빈 의자 하나를 발견해 거기 털썩 앉았다. 갑자기 피로가 몰려왔다. 눈을 감고 앞으로 팔짱을 꼈다. 뼈만 남은 딱딱한 가슴이 내 팔뼈에 부딪혀 왔다. 문득 여인에게 병자성사를 주어야 할까, 생각했다. 하지만 나에게 아직도 성사를 행할 권한이 있는 것인가. 죽음을 향한 길에서 이토록 갈등과 회한을 겪는 내가 누군가의 죽음을 신 앞에 인도할 자격이 있기는 한가 말이다. 거기다 나는 영대도 성유도 소지하고 있지 않았다.

잠시 생각에 잠겨 있을 때, 레베카가 기다린 몸을 휘청대며 대기실로 뛰쳐나왔다.

"탁 형제님! 저분이 곧 숨을 거두실 겁니다. 안 목사님이 탁 형제님을 모셔오라 하십니다. 한 사람이라도 더 곁에 있어야 한다고⋯⋯."

레베카의 얼굴은 그보다 더 일그러질 수 없다는 생각이 들 정도로 울상이었다. 나는 새삼 레베카에게서 희림의 그림자를 보았다는 건 억지였다고 생각했다. 나는 그녀를 따라 응급실로 들어섰다.

죽음으로 가는 여인에겐 어느새 환자복이 입혀져 있었다. 링거가 꽂힌 하얀 팔에 파르스름한 핏줄이 비쳤다. 새삼 이 여인은 피부가 참 흰 사람이구나, 생각했다. 산소마스크에 가려져 있었어도, 높이 솟은 콧날과 머리카락이 젖혀진 동그란 이마는 단아했다. 숱이 적은 눈썹 아래 두 눈이 감겨 있었지만, 한쪽은 눈꺼풀이 꺼진 채 안구가 함몰된 게 역력히 느껴졌다. 여인의 가슴께가 희미하게 오르락내리락했다. 그녀는 아직 숨을 쉬고 있었다.

손을 모으고 기도하는 안순희 목사의 얼굴에서 물기가 뚝 떨어져내렸다. 나는 얼른 레베카에게 작은 그릇에 물을 좀 떠 오라고 했다. 잠시는 영문을 몰라 우두커니 바라보고만 있던 레베카가 얼른 몸을 돌려 화장실로 향했다. 나는 영대를 가져오지 않은 걸 후회했지만, 내 안의 하느님이 나를 늘 사제로 명하고 있음을 의심치 않았다. 레베카가 일회용 컵에 물을 담아왔다. 나는 환자에게 다가가 그 물로 그녀의 이마를 씻겼다. 성유가 없으니 이렇게라도 해야 할 것 같았다.

"흙에서 왔으니 흙으로 돌아가리라. 하느님이 당신의 영혼을 반겨 받으시리라."

환자의 몸 위에 십자를 그으며 내 몸에도 성호를 긋자, 멍하게 바라보고만 있던 안 목사와 레베카가 그제야 뭔가 알아챈 듯 눈을 내리깔았다. 내 입에서 흘러나오는 나직한 기도 소리에 안 목사와 레베카는 숨도 쉬지 않는 듯 조용했다.

여인에게 성사를 주던 그 짧은 순간, 내 마음엔 그윽한 평화가 찾아들었다. 내가 이 골짜기를 찾아와 겪었던 수많은 갈등과 고통이 일시에 멈추어진 듯, 내 영혼에 정적이 드리웠다.

여인의 가슴께가 가볍게 몇 번 오르락거리는 것 같더니 어느 순간 슬며시 멈추어졌다. 그 모습을 가만히 주시하고 있던 담당 의사가 그녀의 눈꺼풀을 뒤집어 눈동자에 작은 불빛을 비춰보고 가슴에 청진기를 댔다. 젊은 여의사는 우리와 같은 동양인이었다. 그녀는 먼저 우리보고 한국인이냐고 물었다. 레베카가 고개를 끄덕이자 여의사는 서툰 발음으로 말했다.

"돌아가셨습니다."

그녀가 여인에게서 산소 호흡기를 걷어냈다. 여인의 오뚝한 콧날이 그때야 명확히 보였다. 여윈 얼굴은 미라처럼 안면 뼈가 드러난 채 아래턱이 완연하게 열려 있었다. 내게 익숙한 주검의 모습이었지만 몹시도 애처로운 광경이었다.

그녀는 숨을 쉬고 싶었던 것이다. 입을 아무리 벌려도 흡입되지 않던 산소는 그녀의 폐 속으로 스며들지 못했다. 감겼다고 생각했던 한쪽 눈이 가늘게 벌어진 틈으로 검은 눈동자가 보였다. 거기 듬성한 속눈썹 끝에 물방울이 맺혀 있었다. 어쩌면 내가 이마를 씻으며 성사를 줄 때 물기가 흘러내린 때문인지도 몰랐다. 아니면 그녀는 울고 있었을까.

여인의 시신은 어디론가 옮겨지고, 안 목사와 레베카가 한 뭉치의 서류를 들고 대기실 테이블로 가 앉는 걸 보며 나는 응급실 현관을 나왔다. 후끈한 열기가 온몸으로 엄습했다. 막 도착한 앰뷸런스에서 또 환자가 내리고 있었다. 교통사고를 당했는지 피투성이의 환자는 비명을 질러댔다. 가슴 언저리에 묵지근한 통증이 느껴졌다. 여인이 숨을 거두던 순간, 정적 속으로 밀려들어 갔던 나의 고통이 다시 스멀거리며 일어섰다. 곧 기침이 밀려 나왔다. 나는 고개를 한쪽으로 돌리고 손으로 입을 가린 채 쿨럭쿨럭, 기침을 하기 시작했다.

어느새 해가 기울고 있었다.

"탁 형제님 여기 계셨군요."

안 목사가 멍하니 선 내 어깨에 손을 얹었다. 나는 기침 때문에 물기가 고인 눈을 들었다. 그녀의 얼굴에 깊은 피로감이 어렸다. 옆에 선 레베카도 어지간히 지쳐 보였다.

"탁 형제님! 이번엔 제가 운전하겠어요. 자동차 키 주세요!"

레베카가 뽀로통하게 말했다. 바지 주머니에 넣었던 열쇠를 꺼내자 그녀는 확 낚아채더니 주차장 쪽으로 총총히 걸어가 버렸다.

"일단은 돌아가야겠어요. 떠난 사람이 이곳에 아무 연고도 없다는 걸 서류상 확인한 다음 시신을 우리에게 양도하겠대요. 조만간 연락이 올 테니 돌아가 기다리는 수밖에요."

안 목사가 긴 숨을 머금었다.

햇살이 사원 길을 달려가는 자동차 안엔 정적이 흘렀다. 때론 내 앞에서 소녀처럼 재잘대던 두 여자는 아무 말이 없었다. 나는 뒷자리 등받이에 몸을 기대고 앉아 깜박 잠이 든 것 같았다.

"아까 그 사모에게 하신 건 뭐죠? 물로 이마를 씻고 몸 위에 십자를 긋는 것 말예요?"

갑자기 울리는 레베카의 목소리에 퍼뜩 눈을 떴다. 그녀가 핸들을 잡은 채 나를 돌아보고 있었다.

"탁 형제님은 아마도 영혼에 대한 특별한 권한을 가지신 분 같아요."

안순희 목사의 목소리는 쉰 듯 잠겨 있었다. 나는 앞 두 좌석 사이로 슬그머니 고개를 내밀었다.

"그 영혼이 지상에서의 모든 시름을 잊고 천국에 이를 것을 기도했습니다. 그건 살아 있는 사람이 죽어가는 사람에게 해야 할 당연한 도리일 뿐이죠."

"그런 기도야 저도 그 자리에서 당연히 했습니다만…… 전에도 말했지만 탁 형제님은 성직자이신 것 같아요. 왜 자신의 신분을 숨기시죠?"

안 목사의 쉰 목소리가 좀 커졌다. 나는 이제 말을 할 시점에 이르렀다는 걸 알고 있었다.

"그렇습니다. 나는 가톨릭 사제입니다. 일부러 숨긴 건 아니고 그저 말을 하지 않았을 뿐입니다."

담담히 흘러나온 내 말에 두 여인은 그저 조용했다. 차창 밖 하늘엔 노을이 번지고 있었다. 나는 불그레한 하늘을 보며 생각했다. 올해의 절반이 넘도록 함께한 이 산골의 두 여인을 떠나야 할 때가 왔는지도 모른다고.

죽은 여인은 결국 한 줌의 재가 돼 기도원 산중에 뿌려졌다. 한국에 연락을 했지만 아무도 여인을 찾아오지 않았다. 여인이 머물다 간 남쪽 오두막에서 간소한 짐을 정리하던 레베카가 내게 사진 한 장을 들고 왔다.

"탁 신부님! 이걸 좀 보세요. 이렇게 예쁘던 분이었어요."

레베카가 내민 사진 속엔 젊은 부부와 어린 두 아이가 환하게 웃고 있었다. 바닷가 어디쯤에서 휴가를 보내다 찍은 것인 듯, 부부는 반바지 차림에 아이들은 수영복을 입고 있었다. 그 뒤엔 푸른 빛의 텐트가 삼각형으로 쳐있고, 사진 한쪽 귀퉁이로 텐트 빛깔만큼 푸른 바다가 보였다. 여인은 긴 머리를 어깨까지 늘인 채, 민소매 셔츠를 입은 통통하고 흰 두 팔이 햇빛에 눈부셨다. 가느스름한 눈매에 오똑한 콧날과 활짝 웃는 입술은 누가 보아도 아름다운 여인이었다.

나는 사진을 다시 레베카에게 건네주며 그저 길게 숨을 내뱉었다. 레베카가 얼른 내 숨소리 끝을 물고 늘어졌다.

"그러게요. 한숨밖에 안 나와요. 이토록 사랑스런 분을 왜 그렇게 오랜 고통 중에 데려가야 했을까요? 그것도 가족으로부터 버림받은 채 말이에요. 탁 신부님은 그 이유를 아시나요?"

레베카의 눈에 물기가 어렸다.

"모릅니다. 그걸 안다면 나는 이미 천국에 이르렀겠지요. 아직 그 섭리를 깨닫지 못한 사람들만 모여 있는 곳이 세상인지도 모릅니다. 다만 이 세상엔 자신의 죄과가 아니라도 고통받는 사람들이 있다는 것입니다. 사실 신의 사랑을 받는 증거가 고통이라면 누가 신을 섬기려 하겠습니까? 그러나 고통을 받으면서도 신을 사랑하는 기쁨에 가득 찬 사람들도 있답니다. 나는 죽은 여인이 그런 사람이었기를 바랍니다."

레베카가 기어이 주르르 눈물을 흘렸다.

"그랬을 거예요. 그 기쁨 때문에 15년이란 긴 세월의 고통을 견딜 수 있지 않았겠어요? 하지만 이분은 그리움만은 극복하지 못했던 것 같아요. 이 사진 말이에요."

"아마도 그 몇 배의 상급을 받을 겁니다. 하늘에서……"

"보이지 않는 하늘에서요? 만질 수 없는 하늘에서요? 가보지 않은 하늘에서요?"

갑자기 그녀의 얼굴이 붉게 달아올랐다.

"그렇담 레베카 자매님은 왜 이 산중에 있는 겁니까? 만질 수 있고 보이는 세상에 나가 깨어지지 않을 사랑에 도전해 보지 않고요."

나도 모르게 빈정댄 말에 레베카가 급기야 두 손에 얼굴을 묻고 흐느끼기 시작했다.

"상처가 두렵기 때문이지요. 믿음은 어쩌면 도피의 핑계인지도 몰라요. 나는 정말 하나님을 믿고 있는 걸까요?"

"우리는 모두가 믿습니다. 그러나 믿지 않기도 하지요. 사제인 나도 때론 믿고 있지 않는 건 아닐까, 의문이 들 때도 있답니다. 레베카 자매님은 훌륭한 믿음의 사람입니다. 도피도 믿음의 빌미가 아니겠습니까."

나는 말하면서 나도 무엇인가를 피해 여기까지 왔다는 걸 느꼈다. 그리고 나의 도피 또한 애써 상승하려는 내 믿음의 빌미가 되고 있다는 걸.

다시 엄습해오는 가슴의 고통에 나는 또 끄윽 신음을 머금었다.

"괜찮으세요?"

레베카가 걱정스러운 듯 젖은 눈을 들었다.

"머잖아 돌아가야겠습니다. 여기 더 남아 있다가 두 분을 곤혹스럽게 하지는 말아야지요. 비행기를 탈 수 있을 때 가야겠어요. 그래도…… 혹시 말입니다. 내가 여기서 죽음을 맞게 된다면 저 여인처럼 흔적 없이 태워주십시오. 그리고 그 재는 어디 이곳 미국 땅에 묻혔다는 내 믿음의 빌미 곁에…… 아니요. 돌아가야죠. 그런 날이 오기 전에."

나는 말을 하다말고 낄낄 웃어버렸다. 레베카가 왜 그런지 섭섭한 표정을 지으며 가만히 고개를 숙였다.

"예술가에겐 그 영감을 불러일으킬 뮤즈가 하나씩 있다지요. 믿음에도 그런 게 있어야 하는 겁니다. 믿음을 깊게 할 무엇, 우리는 그것을 고통의 은총이라 부르죠. 레베카 자매님은 깨어진 사랑으로 그 은총을 받은 것입니다. 나 또한……."

레베카가 나를 빤히 응시했다. 그 눈동자 속엔, 그녀와 나 사이 적잖게 쌓아온 어떤 교감이 어려 있었다. 나는 가만히 눈을 감았다. 어쩌면 이 여자가 있었기 때문에 여기 머물기가 덜 어려웠는지도 모른다는 생각이 들었다.

늦은 오후의 바람이 제법 서늘했다. 가을이 오고 있는 걸까. 문득 이 산중의 가을을 느껴보고 싶다는 욕망이 솟구쳤다. 이 여인과 여기 더 머물고 싶다는 뜻일까. 아니면 더 살고 싶다는 질긴 욕구인지도 몰랐다.

"그만 내려가야겠어요. 곧 어둠이 올 것 같아요."

레베카가 일어섰다. 그녀와 난 이제껏 내 오두막 앞 통나무 의자에 앉아 있었다. 그녀가 가느다란 몸을 휘청대며 바람처럼 흙 계단

을 내려가기 시작했다. 레베카는 계단 중간쯤에 서서 뒤를 돌아보며
소리쳤다.

"이따 저녁 식사 잊지 말고 내려오세요!"

고개를 끄덕여 보이다 시선을 내리자, 레베카가 두고 간 사진이
통나무 의자 위에서 잔바람에 파르르 떨고 있었다. 사진 속 행복한
가족이 바람 속에 하하 웃음을 머금었다.

숲속의 가을날

산골에도 가을이 왔다. 레드우드 숲 사이 군데군데 심어놓은 단풍나무가 붉게 물들고 바람이 소슬해졌다. 새벽 어스름에 눈이 떠져 몸을 뒤척이다 일어나자, 옆에서 잠이 든 김웅편 신부가 입맛을 다시며 돌아누웠다. 곱디고운 자리에서만 살아온 듯 귀족풍 외모의 김 신부가 산골의 험한 잠을 이렇게 맛있게 잘 줄이야. 하긴 한국에서부터 거의 열 시간을 넘게 날아왔으니 피곤하기도 할 것이었다.

어제 저녁 무렵 갑자기 이 산골에 나타난 그는 나를 보자마자 눈물부터 글썽였다.

"아니, 신부님! 이렇게 되시도록 왜 돌아오시지 않고……."

말을 잇지 못하는 그의 젖은 눈빛 속에서 나는 가파르게 죽음으로 가고 있는 내 모습을 다시 느꼈다. 태연한 척 내미는 내 손을 김웅편 신부가 덥석 잡았다.

"먼 길을 뭣 하러 왔나? 어련히 알아서 돌아가려고……."

"모두들 걱정하고 있습니다. 특히 주교님께서……. 처음부터 미국에 다녀오겠다는 걸 허락하지 말았어야 했다고 후회하십니다."

"흠…… 내가 객사라도 할까 봐? 어차피 우린 나그네이네. 어디서 죽든 무슨 상관인가. 본향으로 돌아가면 그뿐."

내가 김 신부의 두툼한 손을 슬그머니 놓자 그는 그제야 생각난 듯 등 뒤에 오도카니 선 여인을 돌아보았다.

"레지나 자매님! 제가 말씀드렸던 탁민영 신부님이십니다."

여인은 내게 깊이 고개 숙여 인사했다.

"이 인근에 사시는 우리 교우랍니다. 제가 이곳에 오겠다니 누가 저 자매님을 연결해줬습니다. 이 산골기도원을 저 혼자는 못 찾아갈 거라고요. 산호세 공항에서부터 여기까지 저 자매님이 안내했습니다."

자그맣고 예쁘장해 보이는 여인이 가만히 미소 지었다. 나는 몸에 밴 습관대로 여인에게 손을 내밀어 악수를 청했다. 기울어가는 저녁 햇살 한 줄기가 손등에 부딪혀 더 병색이 짙어 보이는 내 손을 그녀가 가만히 잡았다. 곱상하게 생긴 모습과는 달리 꺼칠한 느낌이 내 손바닥에 닿아왔다. 무심코 바라다본 여인의 이마에서 희미하게 잡히는 주름 몇 가닥이 뭔가 고단함을 나타냈다.

"자매님! 수고 많으셨어요. 해가 지기 전에 그만 돌아가세요. 다시 연락드리지요."

김 신부의 말에 여인은 가볍게 목례를 하고는 총총히 돌아서 언덕길을 내려갔다.

김 신부와 나는 멀어져가는 여인의 뒷모습을 물끄러미 보고 있었다.

"미용실을 한다네요. 자동차를 타고 오며 들은 얘기가…….."

김 신부는 자기도 모르게 말해놓고 싱긋 어색한 웃음을 머금었다.

"미용실?"

금방 맞받아친 나와 김 신부의 눈이 마주쳤다. 참하고 괜찮은 여자군, 하는 말은 서로 속으로 삼키고 있는 듯했다.

사위는 햇살을 바라보며 김 신부가 커다란 트렁크를 내 오두막 안에 부렸다.

"자네는 겨우 일주일 휴가라면서 뭣 하러 이렇게 큰 트렁크를 가져왔나?"

나무라는 듯한 내 말투에 그가 겸연쩍은 표정을 지었다.

"이것저것 챙기다 보니!"

"설마 나를 그 트렁크에 넣어 돌아가려는 심산은 아니겠지? 내가 아무리 몸이 여위었어도 거긴 안 들어가질 걸."

"비행기 좌석값 아끼려면 제가 차라리 트렁크에 들어가야지요. 포동포동 살찐 몸이지만 어떻게 구겨 넣으면 안 되겠습니까?"

"그러게나. 그럼……."

웃음을 터트리며 서로를 바라보는 눈 속엔 숨은 말이 있었다.

관 속에 누워 돌아가게 하지 않으려고 날 데리러 왔지?

어서 가세요. 신부님 가시는 길 우리 모두 지키고 싶어 합니다.

서로의 눈망울이 젖어드는 걸 느끼며 오두막 안에 들어선 우리는 먼저 무릎을 꿇고 저녁 삼종기도를 바쳤다. 마침 시곗바늘이 정각 6시에 머물러 있었다. 오래 몸에 밴 기도의 습성 속에 가슴으로 고적한 평화가 찾아 들었다. 그 짧은 기도의 시간 동안 오두막엔 여릿한 어둠이 깃들었다.

"신부님! 얼마나 힘드셨어요? 이 좁은 방에서 제대로 드시지도 못하고……."

김 신부의 목소리가 가만히 떨려왔다.

"괜찮네. 내가 자청한 일 아닌가. 어차피 죽을 목숨, 오고 싶었던 곳에서 생각이나 실컷 하고 싶었네."

"그래서 생각은 다 하셨습니까? 이제 우리 교구로 돌아갈 준비가 되셨냐고요?"

갓 사십이 넘은 김웅편 신부는 마치 어린아이 같은 말투로 물었다. 하긴 그는 어느 부잣집의 막내둥이라고 들었다. 그 때문인지 신부가 되어서도 그에게선 세속의 말투가 이따금 튀어나왔다.

"완전한 준비가 어디 있나? 그냥 이대로 가는 거지. 늘 미진하고 다하지 못한 느낌은 살아생전엔 어쩔 수 없는 일이야. 사실 막 교구로 돌아가려던 참이었어."

김 신부는 그저 눈을 내리깔았다. 그리곤 슬며시 돌아서 트렁크 안의 짐을 꺼내기 시작했다. 그의 가방 안에선 사제가 당연히 지참해야 할 성작과 성합 그리고 영대와 성무일도가 나왔다. 그것들을 가지런히 내 앉은뱅이책상에 올려놓은 그는 가방 바닥에 개켜져 있던 옷가지들을 꺼냈다. 한눈에 보아도 무척 고급으로 보이는 옷들이었다. 가난한 시골 신부였던 나는 단 한 번도 가져보지 못했던 유명 브랜드 제품이었다. 신 앞에 평등한 사제들에게도 인간 개인으로선 급이 있는 것일까.

새삼 사제가 된 뒤 뒤돌아보지 않았던 내 출생과 성장의 기억들이 떠올랐다. 누구에게서인지도 모르게 태어나 내 부모에게 입양되었다던 나, 독실한 가톨릭 신도이던 늙은 양부모는 손자뻘의 나를 아들이라 부르며 공공연히 입양아라는 걸 주변에 말해왔다. 그들의 보호와 사랑 속에 안온하게 자라왔지만 내게 사치는 금기시되어 있었다. 양부모는 나를 넉넉히 키웠지만, 결코 넘치게 해주지는 않았다. 단 한 번 사춘기 시절 내 친부모에 대해 묻자 양어머니는 말했다.

"오, 주여! 이 어린것의 피가 끓지 않게 해주소서. 얘야! 너희 친부모는 너무 뜨거운 사람들이었다. 너에게 행여 그 뜨거운 피가 흐르고 있을까 염려돼 나는 너를 차갑게 식히며 길러왔단다."

뜨거운 피…… 그래서 그들은 나를 차갑게 길렀다!

나는 잘 알지 못했지만 내가 냉정하고 이성적인 삶을 지향해야 한다는 걸 느꼈다. 그리고 출생에 대한 궁금증 같은 건 사제가 되면서 멀리 잊혀져갔다. 사제란 어차피 세속의 인연을 끊어야 하는 것이므로.

그런데 문득 김웅편 신부의 고급셔츠들을 보며 내 텅 빈 배경이 느껴졌다. 떠나간 양부모, 일가친척도 거의 없었다. 김 신부가 자신의 셔츠에 멈춘 내 시선을 눈치챘던지 옷을 갈아입다 말고 멋쩍게 미소를 머금었다.

"집에 한 번 다니러 가면 형수님이며 어머니가 죄다 사다놓는 통에……. 청빈한 삶을 살아야 할 사제가…… 아 주여! 용서하소서. 그러나 이 옷을 내다 버리는 것보다는 낫지 않습니까."

김 신부는 너스레를 떨며 목에 걸친 셔츠에 양팔을 쑤셔 넣었다.

"누가 뭐랬나? 죄책감 느끼지 말게나. 그 훤칠한 인물에 좋은 옷을 걸치고 김 신부를 바라보는 사람들의 눈을 즐겁게 해주는 것도 나쁘지 않네."

바닥에 털썩 앉아 생수병을 집어 드는 내게 김 신부의 눈길이 머물렀다.

"이곳은 금식기도원이라는데 설마 연초에서 이 가을까지 물만 드신 건 아니겠지요?"

나는 입안에 물고 있던 생수를 목울대로 넘기며 고개를 흔들어 보였다.

"아니, 나는 요즘 저 아래 본관의 여인들에게 서비스를 받고 있지. 오면서 만나보지 않았나? 안순희 목사와 그 왜 몸이 길쭉한 레베카란 여인 말일세."

"네 만났죠. 희고 검은 옷을 입은 여자요. 그런데 그 안 목사라는 분은 못 만났어요."

"하여간……. 여긴 살기 위해 금식을 하는 곳이네. 그런데 난 죽기 위해 밥을 먹지. 내가 살아날 가능성이 있다고 믿었으면 그 여인들도 내게 식사를 주지 않았을 거야. 그들 식으로 이렇게 말했겠지. 형제님! 더 금식하시며 승리하세요, 라고 말일세."

김 신부가 뭐라 말을 하려다 그저 숨을 머금었다.

"여기선 탁 신부님께서 사제라는 걸 알고 있나요?"

"얼마 전 들켰네. 여기서 기도하던 한 여인이 병원에 실려 가 숨을 거두었는데 경황 중에 내가 같이 갔었네. 나는 당연히 병자성사를 주었지."

"그랬군요. 성사를 주시는 걸 보고 사제인 것을 들키셨다고요?"

"뭐 내가 숨겼나?"

"그런데 왜 하필 이곳에 오셨어요? 여긴 개신교 기도원인데……."

김웅편 신부가 정색하고 물었다.

"교회통합을 이루려고. 왜? 내가 잘못했나?"

"그렇죠. 통합해야죠. 너무 산발적인 교파들에 하느님도 헷갈리실 거라고요. 탁 신부님이 몸소 교회통합을 보이시는군요. 그것도 한국과 미국의 거리를 거쳐서요."

어느새 장난투가 된 김 신부는 눈에 웃음을 머금었다. 그를 보며 무심코 소리 내 웃던 나는 다시 엄습하는 가슴의 통증에 흡, 숨을 멈췄다. 가슴 가운데서 시작한 고통이 순식간에 팔다리로 뻗어나갔다.

나는 온몸을 축 늘어뜨리며 신음했다.

"신부님! 괜찮으세요?"

얼른 다가와 나를 부축하는 김 신부에게서 남성용 스킨로션 냄새가 났다.

아, 저것이 살아 있는 냄새구나.

고통으로 눈물을 찔끔거리면서 나도 모르게 살고 싶다는 욕망이 강렬히 솟구쳐 왔다. 말끔히 면도한 턱을 은은한 화장수로 마무리한 후 제의를 떨쳐입고 제대 위에서 근엄한 미사를 올려보고 싶었다. 수많은 신자의 선망과 존경에 찬 시선을 받으며.

주여! 욕심입니까? 내가 살고 싶은 것…….

"도대체 이렇게 치료를 포기하시면 어쩝니까? 여기 오시겠다고 했을 땐 정말 교구의 우리들은 신부님이 어떤 기적을 바라시는 줄 알았습니다."

"기적?"

나는 가슴을 움켜쥐며 짧게 되뇌었다. 김 신부는 눈에 가득 물기를 담은 채 나를 보고만 있었다.

"이보게. 김 신부! 나는 살기 위해 여기 온 게 아니네. 잘 죽기 위해 왔네. 살아날 수 없다는 건 기정사실이고 어떻게 하면 잘 죽을 수 있을까를 생각했네."

"굳이 여기를 고집하신 이유가 있으십니까. 이 아무도 모르는 곳을……."

금방 눈물을 쏟을 듯 얼굴을 일그러뜨리는 김 신부를 바라보며 나는 힘없이 미소 지었다.

"아무도 모르기 때문이지. 여기에 온 것……. 나와 하느님만 아는 것!"

잠시 그렇게 웅크리고 있는 사이 통증이 조금씩 가라앉았다. 머잖아 내 몸에 모르핀이 필요할 것이다. 신의 고통을 체험하기 위해 고행하는 거룩한 사람들도 있다지만 나는 그럴 자신이 없었다. 죽음은 두렵지 않았지만, 고통은 두려웠다. 그리고 불쑥불쑥 솟구치는 살고 싶다는 내 욕망이 두려웠다. 건강한 김 신부를 볼 때, 이 레드우드 숲이 찬란히 아름답다고 느껴질 때, 풀냄새 나는 바람이 숲속에서 불어올 때, 레베카가 유난히 내 앞에서 조잘거릴 때⋯⋯. 그리고 좀 전에 만났던 레지나처럼 예쁜 여인들을 바라볼 때⋯⋯. 높은 하늘이 더없이 신비롭게 보일 때⋯⋯.

숲속의 어둠이 짙어지고 있었다. 나는 여태 잡고 있던 김 신부의 손을 놓으며 말했다.

"거기 불 좀 켜지. 방이 너무 어둡군."

그가 얼른 앉은뱅이책상 위에 놓인 램프의 스위치를 켰다. 하얀 전등갓에 걸러져 나온 백열등의 온화한 불빛이 오두막 안으로 번졌다. 그 순간, 열어놓는 오두막 문을 누군가 똑똑 두드리는 소리가 났다.

"내려오셔서 저녁 드시라고요."

레베카가 어둠 속에서 가느다란 몸을 드러내며 문 앞에 와 섰다. 그녀의 검은 치맛단 끝자락이 바람결에 살풋 흔들렸다. 그녀는 아마도 벌써 전부터 거기 서 있었던 것 같았다. 나는 태연히 일어서 몸을 꼿꼿이 세웠다.

"아, 그렇죠. 감사합니다. 아까 인사하셨죠? 이분은 우리 교구에서 오신 김웅편 신부님이십니다."

레베카는 불빛에 더 허여멀쑥해 보이는 김 신부에게 고개를 까딱했다.

본관으로 가는 흙 계단을 내려가며 김웅편 신부는 그녀 곁에 바짝 붙어 걸었다.

"레베카 자매님! 라스베이거스 가보셨죠? 저는 미국이 초행이라 구경하고 싶은 곳이 많은데요. 아까 저를 이곳에 데려다준 레지나 자매가 이왕 온 김에 라스베이거스나 다녀오라고 합니다."

조금은 들뜬 듯한 김 신부 말에 레베카가 새치름하게 대꾸했다.

"가보기야 했죠. 언제 가실 건데요?"

"갈 수 있다면 내일이라도……. 시간이 많지 않아요. 저는 얼른 탁 신부님을 모시고 한국으로 돌아가야 해요. 이번 미국행의 미션은 바로 탁 신부님을 모셔가는 것이니까요."

"탁 신부님을 모시러 왔다고요? 네, 가셔야죠. 가실 수 있을 때……."

뒷말은 내게 안 들리도록 웅얼거리는 것 같았지만 나는 레베카의 그 작은 목소리를 듣고 말았다. 연초에서 가을이 오기까지, 나는 어느덧 그녀가 뱉는 어떤 모호한 소리도 다 해독해 내는 습성에 길들여졌다. 익숙함이란 그런 것일까. 어스름 속에 앞서 걷는 레베카의 뒷모습에서 뭔가 섭섭한 기운이 물씬 풍겨왔다.

내게도 섭섭한 일이었다. 이곳을 떠난다는 것, 레베카를 다시 볼 수 없다는 것, 아니 세상 전체를 곧 바라볼 수 없게 된다는 것…….

식탁 앞에서 안순희 목사와 김웅편 신부가 인사를 나누고 자리에 앉자 레베카가 톡 쏘듯 말했다.

"안 목사님! 여기 김 신부님은 탁 신부님을 모시러 왔다고 하십니다."

안 목사의 눈썹이 잠깐 치켜세워졌지만 곧 미소 지었다.

"아, 그렇군요. 그래야죠. 좀 섭섭한 일이지만……. 탁 신부님과 그동안 정이 들었어요. 처음엔 사제이신 걸 감쪽같이 몰랐지요. 나는 신을 섬기기 위해 이 산골을 찾았지만, 사람인지라 여기 묻혀버린 쓸쓸함이 간혹 있었어요. 그런 심정이 될 때마다 탁 신부님이 여기 계신 게 나도 모르는 위로가 됐죠."

안 목사가 연연히 미소 지으며 레베카의 동감을 구하는 듯 그녀를 바라봤다. 그러나 레베카는 눈을 내리깐 채 아무 말도 하지 않았다.

"맞습니다. 우리 탁 신부님은 그런 은사가 있으십니다. 때론 까다롭고 신경질적인 것 같으시지만 곁에 있는 사람을 포근하게 만드는 그런 분이죠. 그래서 전 탁 신부님께 늘 구박을 받으면서도 따라다니곤 합니다. 좋은 소리 못 들을 걸 알면서 이렇게 미국까지 모시러 왔지 않습니까."

안 목사가 눈가에 주름을 잡으며 고요히 웃었다. 그녀는 일부러 나를 외면한 채 어둠이 짙어진 창밖을 한참이나 바라보았다. 뭔가 감정을 삼키고 있는 것 같았다.

잠시 아무도 입을 떼지 않는 조용함 속에, 스테인리스 숟가락이 사기 밥그릇에 부딪히는 소리와 김웅편 신부가 상추 무침을 아작아작 씹는 소리만이 들렸다.

"김 신부님께서 오신 김에 라스베이거스를 가시겠대요."

잠시의 정적이 견딜 수 없다는 듯 레베카가 불쑥 말했다.

"오, 그래요? 한 번 가볼 만한 곳이죠. 미국이 처음이시면……. 소돔과 고모라를 방불케 하지만 그 현란한 불빛을 한 번쯤 봐두는 것도 김 신부님 영성에 나쁘지 않을 거랍니다. 불빛에 빠져 허우적대지만 않는다면 말이죠. 컨디션이 괜찮으시다면 탁 신부님도 같이 다녀오시면 어때요?"

나를 바라보는 안 목사의 눈가가 조금 불그레하게 젖어 들었다.

"그…… 글쎄요."

나는 얼버무렸지만, 갑자기 김 신부를 따라나서고 싶은 마음이 솟구쳤다.

"같이 가세요. 신부님! 제가 어떻게 오늘 처음 만난 레지나 자매를 혼자 따라나섭니까."

김웅편 신부의 말에 레베카가 반짝 눈을 치켜떴다.

"아까 그 여자 분과 같이 가시기로 하셨어요?"

"그럼요. 제가 거길 어떻게 찾아갑니까? 자동차도 없고, 길도 모르고, 더구나 영어도 못하는데요."

"그럼 저도 가겠어요."

레베카의 단호한 목소리에 우리 셋의 시선이 그녀에게 모였다. 안 목사가 잠시 생각에 잠기는 듯하더니 얼른 입을 뗐다.

"그래요. 레베카! 탁 신부님 모시고 다녀오세요. 사실 가시라고 해놓고 좀 걱정스럽기도 하거든요. 레베카가 잘 보살펴 드리세요."

안 목사의 온화한 목소리에 레베카가 조금 경직되었던 표정을 누그러뜨렸다.

식사를 마치고, 레지나 자매와 통화를 하겠다는 김웅편 신부를 남겨두고 나는 혼자 오두막으로 돌아왔다. 숲속의 밤 기온이 떨어지기 시작해 오소소 한기가 느껴졌다. 가을로 접어들자 레베카가 올려다 준 전기히터의 스위치를 올리고 구석에 쪼그려 앉았다.

라스베이거스……. 아주 오래전 희림과 그곳에 갔던 일이 아슴아슴 떠올랐다. 부활 무렵의 봄날이었다. 그 휘황한 도시의 불빛 속에 내 곁에서 보일 듯 말 듯 타오르던 그녀, 어쩌면 그녀와 난 그 불빛을 견딜 수 없어 사랑을 시작했던지도 모른다. 그런데 그곳에 또 가려

하다니…….

어쩌면 거긴 가서는 안 될 곳이라는 생각이 들었다. 김 신부가 올라오면 두 여자와 함께 떠나라고 말을 할 참이었다. 젊고 건강한 김 신부를 그 예쁘장한 레지나란 여인과 단둘이 보낸다는 건 있을 수 없는 일이다. 레베카가 따라가겠다고 나선 건 차라리 잘된 일이었다. 나는 알 수 없는 안도감에 휴! 한숨을 쉬며 오그렸던 몸을 폈다. 그 순간, 뭔가 가슴을 쿵 때려오는 충격이 있었다. 나도 모르게 옆으로 쓰러졌는데 돌연 눈앞에 선연한 희림의 모습…….

그 도시의 휘황한 불빛 속에서 희림이 울고 있었다. 그 거리의 어느 골목이었던가. 내 품에 안겨 눈물을 흘리던 그녀, 단 한 번의 감미로운 입맞춤 뒤 그녀는 봇물이 터진 듯 눈물을 쏟아냈다. 부드럽고 향기로운 그녀의 감촉에 내 가슴은 마구 뛰고만 있었다.

여인을 사랑한다는 것, 이런 것이었구나. 이렇게 못 견딜 것, 이렇게도 온몸이 달아오르는 것…….

나는 도덕과 이성의 번드르르한 우리에 갇힌 채, 오직 사제가 되기 위해 사육되어 온 한 마리의 짐승인지도 모른다는 생각이 들었다. 내 안의 야성이 거침없이 솟구치는 열정에 온몸을 떨었다.

"네 몸엔 너무 더운 피가 흐르고 있어. 나는 그것이 걱정이다."

이따금 한숨을 쉬던 양어머니의 목소리……. 나는 정말 누구보다도 피가 뜨거운 사람이었는지도 모른다.

내 안의 무엇인가가 자꾸 끓어오르고, 희림은 더 서럽게 내 가슴 속에서 울고 있었다.

다시 느껴 보아요. 당신의 열정을…… 정말 나를 사랑했던가를…….

그녀가 내 귀에 대고 속삭였다. 나는 눈을 질끈 감아버렸다.

그래, 라스베이거스 그 길을 걸어보리라. 그녀와 가슴 설레며 걸었던 그 환락의 거리, 거기서 사랑을 시작했다면 이제 거기서 내 사랑을 끝내야겠다. 지상에서의 내 사랑을.

뻐근해 오는 가슴을 누르며 자리에 누웠다. 밤이 깊어 가는데도 김웅편 신부가 올라오는 기척이 없었다. 스르르 밀려오는 졸음에 눈을 감았다. 숲속의 정적이 잠으로 가는 내 귀를 이명처럼 울려왔다.

사랑의 흔적
-라스베이거스

호텔 앞길을 오락가락한 것이 족히 삼십 분은 되는 것 같았다. 밤이 깊은데도 이 도시는 현란하기 그지없었다. 거리마다 간판들이 내쏘는 네온사인의 찬란함 속에 도시는 축제가 열린 듯 생동하고 있다. 느슨한 걸음으로 거리를 오가는 사람들, 한바탕의 꿈을 즐기려는 것처럼 웃어 젖히는 그들을 바라보며 나는 자꾸만 누군가를 찾고 있었다. 그 거리에 내가 아는 사람은 당연히 아무도 없는데도.

좀 흥분된 표정으로 슬롯머신 앞에 가 앉는 일행들을 바라보다 나는 슬그머니 밖으로 나와 버렸다. 병약한 내 몸은 담배 연기와 칵테일, 붉은 조명의 소음 속을 견뎌내기 어려웠다. 핑그르르 눈앞이 흐려지던 건 탁한 공기 때문만은 아니었다. 거기 어디 슬롯머신 모퉁이 동그란 의자에 오똑 앉은 희림이 보이는 듯했다. 오랜 세월 전이건만 선연히 떠오르는 그녀의 모습. 조명등 아래 발그레하던 그 뺨, 손을 잡고 카지노를 빠져나올 때 코끝을 스쳐 가던 그녀의 체취……. 그 작고 얇은 손에서 내 손바닥으로 촉촉이 배어 나오던 땀……. 내가 그녀를 더 참을 수 없었다면 그건 이 도시 탓이 아니었다. 그녀 탓이었다.

그때와 같은 호텔에 묵게 된 것도 우연이 아니다. 희림은 철저히 자신의 기억을 내게 반추시키려나 보다. 카지노 의자에 오도카니 앉았던 그녀의 환영을 견딜 수 없어 밖으로 뛰쳐나오고도, 나는 거리에서 또 그녀를 찾고 있었다. 우리가 걸었던 거리 어디쯤에서 그녀가 나를 부르는 것만 같았다. 나도 모르게 어디론가 걸음을 떼려는 찰나, 레베카가 휘청 내 앞에 와 섰다.

"얼마나 찾았는데요. 여기 계시다니…….”

거리의 불빛 속에 그녀의 얼굴이 땀으로 번질거렸다. 뒤로 단정히 묶은 머리카락 몇 가닥이 흘러나와 뺨에 달라붙어 있었다.

"공기가 탁해서 견딜 수가 없었어요.”

"세상에…… 저는 신부님이 어디 쓰러지신 줄 알고…….”

그녀는 조금 원망스런 눈빛을 했다. 나는 미안하다는 표시를 한다는 게 얼결에 그녀의 손을 잡고 말았다. 길고 마른 손은 끈끈하게 젖어 있었다. 어느 호텔에선가 쏘아 올린 빛의 기둥이 검은 하늘을 빙그르 돌고 있었다. 나는 하늘을 올려다보며 중얼거렸다.

"오래전 여기 왔었어요.”

"글쎄 그러셨다면서요.”

"그때도 일행이 넷이었죠. 남자 둘, 여자 둘……. 지금 하고 똑같아요.”

웅얼대는 내 입술을 레베카가 빤히 바라봤다. 그녀는 잠시 생각에 잠긴 듯하더니 이내 눈을 반짝 뜨며 물었다.

"그때 무슨 일이 있었나요?”

나는 그저 웃었다.

"일이 있었죠. 내가 파계를 시작했으니…….”

"사랑?"

그녀가 까르르 웃는 소리를 냈다.

"신부님들 세계에선 사랑이 파계란 말씀이죠? 그런가요?"

그녀의 눈빛이 조금 날카로워졌다. 나는 대답하지 않았다. 대신 그녀의 손을 잡고 사람들이 북적대는 거리로 성큼 들어서 버렸다. 그녀가 걸음을 뒤뚱대며 나를 따라오다가 어색한 듯 제 손을 빼내었다. 희림이 레베카 안으로 들어가, 오래전 그 장면을 재현하는 것만 같았다.

"레베카 자매님! 연옥이 있다는 걸 믿어요?"

나는 조금 목청을 높였다.

"연옥? 가톨릭에서 천국에 이르기 전에 단련을 받는다는 그 어둠의 골짜기 말인가요? 글쎄요! 미신에선 구천을 떠돈다는 말인데…… 연옥은 왜요?"

그녀도 조금 전보다 좀 커진 목소리로 물었다. 시끄러운 거리 가운데로 들어서자 말을 나누기가 힘들어졌다.

"누군가 연옥에서 날 불러요. 내가 버린 영혼이……."

혼자 중얼거린 말을 용케 알아듣고 레베카가 물었다.

"그러니까 사랑?"

무심코 바라본 그녀의 눈 안에 얼핏 섭섭한 기운이 스쳤다.

인파를 따라 걷다가 주춤 멈춰 섰다. 길 건너편 건물 창가에 석류처럼 붉은 등이 켜져 있었다. 천장에 매달린 긴 전깃줄 끝에 둥글고 붉은 갓을 쓴 그 빛……. 거긴가? 희림과 와인을 마셨던 곳……. 확실히 기억나지 않았다. 이 거리엔 비슷한 가게들이 도처에 있었다. 나는 문득 그 창가에 앉아보고 싶어졌다.

"레베카 자매님! 저기 한 번 들어가 볼래요?"

"우린 저녁 먹었잖아요. 호텔 뷔페를 배가 터지도록 먹었는데요."

"아니, 그냥 들어가 봐요. 그때도 저길 들어갔던 것 같아서요."

"뭐예요? 사랑의 현장검증인가요? 나는 대역이고요? 칫!"

레베카가 톡 쏘듯 말했지만 나는 그녀의 손을 잡아끌었다.

"나는 갈 길이 바빠요. 떠나기 전 현장검증을 마치고 오라는 연옥 여자의 명령이네요."

말끝으로 웃어버렸지만 내 가슴속 어느 부분인가가 뻐근히 아파 왔다. 꼭 그 장소라는 확신은 없었으나, 레베카와 함께 그 가게 안에 들어섰다. 간단한 스낵과 술을 파는 곳이었다.

"신부님! 우리 믿음의 사람들은 술을 마시지 않는답니다. 아시죠?"

그녀는 웨이터가 안내한 자리에 앉으며 투덜대듯 말했다.

"글쎄요. 어떤 믿음 깊은 이가 맥주잔을 앞에 놓고 기도하고 나서 마시는 걸 보았죠."

"뭐라고요?"

"아마도 그분은 그것이 술이 아니고 물이다, 생각했겠죠. 단지 목을 축여 줄⋯⋯. 그럴 수 있어요. 다 생각하기 나름이죠. 우리도 물이다, 생각하고 와인 한 잔씩만 할까요? 하긴 나는 혼자 미사 드리며 늘 마시는 와인이죠."

레베카의 눈빛이 흔들리고 있었다. 자신의 속죄를 위해 스스로 희고 검은색의 드레스코드를 정한 여인, 하지만 그녀도 이 도시의 불빛 속에 갈등하고 있는 듯했다.

"그때도 그 연옥 여자와 와인을 마셨던 모양이죠? 그래요. 어차피 신부님을 보호하려고 이 여행을 자청했어요. 대역을 철저히 해드리죠."

레베카의 눈에 슬픔 같은 것이 일렁였다. 나는 메뉴판을 들고 온 웨이터에게 멜롯와인 두 잔과 감자튀김 한 접시를 주문했다. 잠잠히 내 하는 양을 바라보고만 있던 그녀가 가만히 물었다.

"그 연옥 여자에 대해 얘기 좀 해주세요. 대역을 하려면 저도 알아야 할 것 같아서요."

창가에 앉은 그녀의 한쪽 뺨으로 거리를 지나는 자동차 불빛이 스쳐 갔다. 빛이 지나간 유리창엔 거리를 지나는 사람들 위로 레베카의 옆모습이 희미하게 비쳤다. 나는 긴 숨을 머금었다.

"그래요. 말해줄게요. 어쩌면 그 여자가 날 이리로 부른 것 같아요. 오래전 여기에 흩뿌렸던 자신의 열정을 거두어 달라고요. 지상 안에 흩어져 있던 자신의 흔적을 다 거두어 가져오라는 뜻인 것 같아요. 내가 거쳐야 할 곳도 결국 연옥일 것이니……. 어쩌면 그녀가 머물던 그 고독의 자리에 내가 들어가 앉고, 대신 그 여자를 영원한 안식의 자리로 밀어 올려야 할 것 같아요. 그것이 내가 할 일이란 생각……."

"그럼 신부님은 누가 구원해 주죠? 그 뼈가 시리다는 연옥에서요."

당돌하게 울려오는 레베카의 목소리에 나는 웃었다.

"스스로 구원받아야죠."

"그렇담 왜 그 연옥 여자는 스스로 구원받지 못하고 신부님께 조르는 건가요? 아무 연관도 없는 저를 대역까지 시키면서……."

레베카가 까르르 웃었다. 하얀 이를 드러내 웃는 그녀를 보며 나는 처음으로 레베카가 아름답다고 생각했다. 나는 정말 그녀 안에 깃든 희림의 영혼을 보고 있는지도 몰랐다. 누구보다도 아름답게 웃던 그녀를……. 나는 눈을 질끈 감았다. 그리곤 신음처럼 나지막이 말했다.

"그 여자에겐 믿음의 공로가 없었어요. 아니…… 그녀는 믿었어요. 누구보다도 뜨겁게 자신의 영혼을 사르던 근 3년간은 어떤 초월적 세계와 맞닿아 있었다고 봐야죠. 그것이 신의 질서에 의지한 게 아니라 그녀는 지금 울고 있는지도 몰라요. 그녀가 그린 그림들도 그런 질서를 벗어나 있기 때문에 아직도 큰 인정을 못 받는 것인지도 모르죠. 맞아요! 혼돈…… 카오스……. 그녀가 접한 세계는 바로 그것이었던 것 같아요."

"그 여자는 화가였군요. 그리고 열정적이었고……. 신부님을 파계시켰군요!"

레베카는 다시 웃었다. 창밖을 스쳐 가는 불빛 속에 그녀의 웃음이 눈부셨다. 나는 눈을 가늘게 떴다.

"파계? 하지만 그 여자는 나를 새로운 세계로 안내했어요. 자신은 카오스로 스며들면서 내겐 새로운 빛의 질서를 안내했지요. 그녀가 의도했던 건 아니지만……. 아마도 신의 계획이었을까요?"

이번엔 레베카가 눈을 가늘게 떴다. 그녀도 뭔가가 눈이 부신 걸까. 아니면 내 말이 이해되지 않는다는 뜻인지도 몰랐다.

"잘은 모르겠지만 신부님은 사랑을 했고 그 여자는 떠났군요."

"그래요. 운명처럼 서로에게 끌렸죠. 여기 라스베이거스의 밤에 꼭꼭 걸어 잠갔던 열정의 문이 열렸다고 할까요. 그리고 짧은 사랑이 스쳐 갔어요. 나는 바리사이파 인처럼 계율에 몸을 사리며 그녀를 밀어냈어요. 그녀는 혼자 울다 사라져갔죠."

레베카가 멀뚱히 나를 바라보는 사이 웨이터가 막 튀겨낸 감자튀김과 와인 두 잔을 날라 왔다.

"자 잔을 들어요. 우선……."

내가 잔을 치켜들자 레베카는 멈칫대며 와인 잔을 잡았다.

"그 옛날 연옥 여자와 했던 것처럼 해봅시다. 대역을 해주겠다면……."

와인 잔을 치켜드는 레베카의 눈 안에 여릿한 물기가 어렸다. 나는 그녀의 잔 위로 내 잔 아랫부분을 부딪치며 말했다.

"이상은 높게!"

창그랑! 유리잔이 부딪치는 소리에 붉은 와인이 출렁댔다. 레베카는 그저 내가 하는 양을 보고만 있었다. 나는 다시 그녀의 잔에 내 잔 윗부분을 부딪쳤다.

"사랑은 깊게!"

와인이 가득한 그녀의 잔에 부딪힌 내 잔에서 전보다 조금 둔탁한 소리가 울렸다. 그리고 나는 그녀의 잔과 똑같은 높이에서 또 잔을 부딪쳤다.

"잔은 평등하게!"

출렁이는 와인을 물끄러미 보고만 있던 레베카는 내가 잔을 입으로 가져가는 사이 왈칵 눈물을 쏟았다. 그녀는 급히 냅킨을 집어 눈물을 닦아내며 우물대듯 말했다.

"아무것도 아니에요. 그냥 내 설움에 울고 있는 것이랍니다."

나는 잠시 눈을 감았다 떴다. 레베카의 얼굴 위로 얼비쳐오는 희림의 그림자에 어지럼증이 밀려왔다. 와인 잔을 입에 기울였다. 향기롭고도 쌉쌀한 액체가 혀 위를 맴돌다 뜨겁게 내 목을 타고 내려갔다. 레베카도 천천히 와인을 삼켰다. 그녀는 잔을 내려놓더니 조금 사나워진 눈빛으로 나를 바라봤다.

"그런데 제가 왜 그 연옥 여자의 대역을 해야 하는 거지요?"

"그거야 레베카가 나를 보호하는 임무를 띠고 여기 온 때문 아니겠소."

레베카의 날이 선 눈빛이 순간 실망감으로 흐려졌다.

혹 이 여자는 사랑을 꿈꾸고 싶은 건가? 죽음으로 가는 나와?

공연한 짐작일 것이라 생각했지만, 가슴이 서늘해져 왔다.

"신부님! 연옥이라면 그것은 장소를 의미하는 것인가요? 이 지상과 같이 늘 희로애락으로 끓어오르는 그런 곳이 어디에 또 있단 말인가요?"

나는 내리깔았던 눈꺼풀을 얼른 치떴다.

"연옥이란, 혹 천국, 아니면 지옥이란 건 장소가 아니라 상태를 의미한다고 합니다. 그러니까 그 여자의 영혼이 우리와 같은 차원의 세계에 머물고 있단 말이겠죠. 육신은 없이 영혼만이⋯⋯."

"그 여자가 여기 같이 있나요?"

빙긋 웃는 레베카의 입술이 좀 삐뚜름해졌다.

"그런 것 같아요. 자꾸만 무언가가 내 곁을 어른거립니다. 그 세계의 기운 같은 것이⋯⋯."

"그 연옥 여자 이름이 뭐죠?"

"희림. 윤희림입니다."

"왜? 왜 저를 통해 그녀를 상기하려는 거죠?"

"그냥 기억의 재현입니다. 그 여자가 자기 흔적들을 돌아보고 싶어 하나 봅니다."

레베카가 다시 눈을 내리깔았다.

"그러죠. 그럼⋯⋯. 제가 대역을 충실히 하게 되는 것에도 뜻이 있겠죠. 이 시간을 통해 저도 아마 가슴 안에 숨은 무엇을 정리해야 할지 모르겠네요. 자꾸 눈물이 흐르려는 걸 보니⋯⋯."

그녀가 손가락 끝으로 눈 밑을 지그시 눌렀다. 우리는 아무 말도 없이 한참을 거기에 더 앉아 있었다. 어쩌면 그녀와 나는 서로의 가슴에 숨은 모양이 다른 열정을 반추하고 있는지도 몰랐다.

밤이 깊었지만, 거리는 여전히 북적댔다. 어둠을 거부한 거리는 이상한 설렘을 안고 쉬지 않고 빛을 쏟아냈다.

"그만 돌아가요. 신부님과 제가 사라진 걸 알면 그들이 좀 오해도 할 텐데요. 또, 카지노에 남겨두고 온 김 신부님과 레지나도 조금은 걱정이네요. 만약 이 도시가 사랑의 빌미를 만드는 마술을 가졌다면 말이에요."

레베카가 장난스레 웃으며 일어섰다. 테이블엔 식어버린 감자튀김과 붉은 와인 두 잔이 거의 남아 있었다.

거리는 여전히 어깨가 부딪칠 정도로 사람들이 많았다. 몇 걸음 나를 앞서 걷는 레베카를 쫓아가다가, 거리에서 뻗어 나간 한 골목에 눈이 멎었다. 큰길의 불빛이 그 골목의 절반까지 비쳐드는 곳에 한 쌍의 남녀가 벽에 붙어 선 채 몸을 맞대고 있었다. 순간, 비슷한 장면이 떠올랐다. 기억 속의 희림이 울고 있었다. 그녀의 입술에 내 입술을 포개고 난 후였다. 잠시 누구의 숨 냄새인지 구별되지 않는, 그녀와 나 사이에 달콤한 포도주 향만이 진동했던 그 순간……

희림은 그 입맞춤 뒤에 왜 그리 울었던 걸까. 어쩌면 그녀는 자신의 내부에 넘쳐흐르기 시작한 열정의 수액을 참을 수 없어 그렇게 울었는지도 모른다. 그녀는 나를 다만 제 열정을 찾아가는 통로로 삼았던 걸까.

나도 모르게 깊은숨을 내쉬었다. 골목에 붙어 섰던 남녀는 또 한 차례 커다란 콧등을 부비는 듯하더니 서로의 머리카락을 쓸어주고 있었다.

"여기서 뭐하고 계세요?"

레베카가 가다가 되돌아온 듯 내 앞에 서 있었다.

"아, 나도 모르게⋯⋯."

골목에서 걸어 나오는 젊은 한 쌍을 바라보던 레베카가 빙긋 웃었다.

"저 골목도 추억의 장소인가요? 혹 저기서도 제가 현장검증을 해야 하나요?"

"아니⋯⋯."

"그건 연옥 여자가 원치 않는 일인 모양이죠."

싸늘히 뱉어낸 말끝에 그녀가 내 손을 잡아끌었다.

"어서 가요. 혼자 되새길 현장검증은 이제 그만하면 된 것 같아요. 제가 호텔 앞까지 갔다가 다시 온 것 아세요? 15분쯤은 된 것 같은데요."

"미안해요. 레베카. 어서 갑시다."

나는 그녀를 따라 걸으며 허탈하게 웃었다.

"죽음으로 가는 내 길이 너무 감상적인가요?"

레베카는 아무 말이 없었다. 반걸음쯤 앞서 걷는 그녀의 옆얼굴에 냉랭한 기운이 어릴 뿐.

호텔로 들어서자 김웅편 신부와 레지나가 로비를 서성이며 우리를 기다리고 있었다.

"두 분은 어디를 사라졌다 오십니까?"

빙글대며 묻는 김 신부의 장난스런 말투에 나는 또다시 현실과 기억이 엇갈렸다. 오래전 그때도 그랬다. 희림과 내가 그 비밀스런 사랑의 시작을 숨긴 채 호텔로 들어서자 김순자 여사와 그 아들 김한식이 우리를 기다리고 있었다. 그때 떨리던 내 가슴⋯⋯. 설렘과 두려움이 뒤섞인 채 가슴이 뛰던 날이었다. 아무것도 모른 채 희림에게 연정을 품었던 그 김한식이란 사내, 그는 지금쯤 어디에 있는 걸까. 나는 갑자기 희림을 사랑한 또 다른 남자가 있었다는 것에 질투심이 솟았다. 나도 모르게 머리를 흔들자 김 신부가 걱정스런 표정으로 물었다.

"왜? 어지러우세요?"

"아니, 마음이 어지럽군. 확실히 이 도시는 사람을 어지럽히는 기운이 있어. 그걸 알면서도 도처에서 몰려드는 사람들이란……. 하긴 우리도 그중 하나인걸. 소위 지상에서 영혼 사업을 한다는 우리도 말이네."

나는 짐짓 표정을 고치며 김 신부 앞에 선배다운 근엄함을 보이려 애썼다. 김 신부는 그런 내 모습이 우습다는 듯 킥킥 웃음을 머금었다.

"맘껏 어지럽히십시오. 신부님! 흩어진 것은 다시 정렬하면 오히려 본래보다 더 보기 좋아지는 법입니다."

"이 사람이? 자네나 실컷 어지럽히게나. 그리고 다시 보기 좋게 정렬하게. 나는 흩어질 것도 정렬한 것도 없네."

농담조로 말했지만 김 신부는 내 끝말이 아파오는 듯 금세 시무룩해졌다. 그리곤 그것이 다른 이유에서인 것처럼 갑자기 투덜대기 시작했다.

"아, 참 돈을 다 잃었지 뭡니까. 지갑이 텅 비어 두 손 들고 여기서 기다린 거랍니다. 레지나 자매님도 그랬다네요."

옆에 섰던 레지나가 고개를 끄덕이며 킥킥 웃음을 머금었다.

"더 게임을 안 하실 거라면 김 신부님께서는 탁 신부님 모시고 룸으로 올라가는 편이 좋을 것 같네요. 거리를 헤매셨으니 지금 몹시

314

피곤하실 것 같아요."

레베카가 싸늘히 말하며 금방 눈물이 쏟아질 듯한 표정을 했다. 김 신부가 그런 레베카를 흘깃 바라봤다.

"그러죠. 그럼 저는 탁 신부님 재워놓고 혹 잠이 오지 않으면 다시 내려오겠습니다."

너스레를 떨던 김 신부는, 엘리베이터 안에서 둘만이 되자 장난꾸러기 같던 표정을 거두며 물었다.

"무슨 일이 있었나요? 레베카 자매님 표정이……."

나는 우리의 숙소가 있는 11층에 엘리베이터가 멎고 나서야 중얼거리듯 말했다.

"아마도 연민이겠지. 내 모습을 보게나. 그 여자가 내게 쏟아부을 게 있다면 연민이 아니고 뭐겠나?"

엘리베이터를 나온 우리는 아무 말 없이 복도를 걸었다. 거리와 카지노에서 덧없이 끓어오르던 기분이 푹 가라앉고 있는 건 둘 다 똑같았다. 그가 먼저 방으로 들어서 불을 켰다.

"샤워하시지요."

김 신부가 왜 그런지 기어들어 가는 듯한 목소리로 말했다.

"그러지. 그런데 나는 돌아가면 곧바로 병원으로 가는 건가?"

"네! 아마도……."

"병원에 가기 전에 주교관에 며칠 머무를 수 있을까? 이야기를 나눌 수 있을 때, 주교님 곁에 머무르고 싶네. 주교님이 허락하실까?"

"주교님이 허락 안 하실 이유가 없지요. 미국을 떠나기 전 제가 연락드려 보겠습니다."

"그래, 나는 오늘 내 가슴속에 희미하게 덮어 두었던 걸 확연히 꺼내어 보았네. 그건 그렇다 쳐도, 또 하나 확실치 않은 게 있어. 주교님은 그것을 알고 계실 것 같아서……."

김웅편 신부가 무슨 소린지 모르겠다는 표정을 했다.

나는 욕실로 들어가려고 옷을 벗었다. 메마른 내 몸이 드러날 게 두려운지 김 신부가 슬쩍 고개를 돌렸다. 욕실로 들어서 샤워기의 물을 틀었다. 산골 기도원 샤워실과는 비교도 되지 않는, 호사스런 욕실에서 수압이 센 더운 물줄기가 쏟아졌다. 젖은 몸에 비누칠하던 나는 며칠 전보다도 내가 훨씬 가벼워져 있음을 알았다.

주교관 뜨락

누렇게 말라버린 겨울 잔디 위에 엊저녁 내린 눈이 살포시 쌓여 있었다. 주방 쪽에선 오늘따라 좀 시끄럽다 싶게 그릇 부딪치는 소리가 났다. 저녁에 있을 신부들의 송년 모임을 위해 주방 수녀들이 부산을 떨고 있는 모양이었다.

나이 어린 수녀 하나가 잠시 내가 앉은 응접실을 내다보더니 얼른 주방으로 도로 들어갔다. 아침 7시 55분, 식사 시간은 아직 5분 남았다. 아마도 수녀는, 평생 시간을 엄수하며 살아온 주교가 벌써 응접실에 내려와 기다리고 있을까 봐 불안해하는 것 같았다.

나는 다시 눈이 쌓인 뜰로 시선을 던졌다. 뜰의 끝자락은 언덕 아래에 면해 있었다. 도보로 올라온다면 걷는 내내 숨이 차오를 만큼 높은 언덕에 지어진 이 주교관은 고풍스런 겉모습과는 달리 살림살이가 검소하기 이를 데 없었다. 크리스마스도 지난 겨울 아침, 찬 기운으로 더 살풍경해 보이는 뜨락엔 몸이 가느다란 소나무 몇 그루와 철망으로 엮어놓은 개 우리 안에서 컹컹대는 진돗개 두 마리뿐이다.

크고 튼튼한 것에만 주력해 고른 듯한 멋없는 목재 식탁과 응접세트, 한쪽 벽에 놓인 커다란 그릇장엔 스테인리스 그릇들만 수북하게 쌓여 있었다. 오늘 밤 그 그릇들은 부엌으로 들려 나가 이곳에 몰려들 신부들을 위한 음식이 담길 것이다.

무심히 응접실 안을 휘둘러보던 내 시야에 발걸음 소리도 없이 계단을 내려오는 주교의 모습이 보였다.

"벌써 내려와 있었군."

하얀 로만칼라를 빳빳이 세운 잿빛 셔츠 위에 검은 카디건을 덧입은 주교가 스르르 계단을 내려오며 미소 지었다. 그 모습은 마치 맑은 물줄기를 타고 조약돌 하나가 흘러내리는 것 같았다. 창으로 비쳐든 눈부신 아침 햇살이 물살처럼 계단을 환히 비추고 있었다. 나는 얼른 소파에서 일어서 계단 앞으로 갔다.

"아냐, 아냐 거기 그냥 앉아 있게나."

주교는 마치 부풀어 넘치는 무언가를 다져 내리듯 두 손바닥을 두어 번 내렸다 올렸다. 주방의 어린 수녀가 앞치마에 손을 닦으며 쪼르르 달려 나왔다.

"주교님! 아침 식사는 식탁에 앉으시면 금방 내오겠습니다."

발그레 얼굴이 상기된 수녀가 콧등에 송송한 땀기를 얼른 손가락으로 문질러 닦았다. 뭔가 힘에 부치고 당황한 빛이 역력했다.

"식탁이 차려지면 앉도록 하지. 여기서 잠깐 기다리지 뭐."

주교의 자상한 목소리에 수녀는 대뜸 안심했다는 표정으로 다시 주방으로 들어갔다. 주교는 내가 앉은 긴 소파 옆 팔걸이의자에 앉았다.

"오늘 밤 송년 모임 준비 때문에 바쁜 모양이지. 아니면 주방 담당 큰 수녀가 아침부터 장을 보러 갔나? 저 꼬맹이가 혼자 저렇게 쩔쩔매는 걸 보니……."

주교는 팔걸이에 양팔을 얹고 두툼한 손을 오므렸다 폈다 했다. 무심히 그 모습을 바라보는 내 시선을 의식했던지 주교가 슬쩍 미소 지었다.

"혈액순환이 잘되지 않아. 나이를 먹은 게지. 요즘 들어 부쩍 손놀림이 둔하고 편치가 않네. 탁 신부는 오늘 컨디션이 어떤가? 나쁘지 않아 보이는데……."

주교의 말 속엔 환자인 내 앞에서 자신의 건강을 운운한 게 뭔가 미안한 것 같은 느낌이 묻어 있었다.

"괜찮습니다. 아직은……."

그래, 아직은 괜찮다고 말할 수 있었다. 처음 주교관에 도착해 파김치처럼 늘어져 누웠던 근 보름간의 시간에 비한다면…….

주방의 어린 수녀가 아침 식사가 담긴 쟁반을 들고나와 식탁에 차리고 있었다. 딴엔 가만가만 접시를 내려놓는 것 같았지만, 나무 식탁에 탁탁 부딪히는 소리가 고요한 응접실을 울려왔다. 수녀는 곧 두 손을 앞으로 모은 채 주교 앞에 와 섰다.

"아침 식사 준비됐습니다."

주교는 얼른 벽에 걸린 시계를 바라보았다. 정각 8시에서 7분이 지나 있었다. 아무렇지도 않게 식탁으로 걸어가는 주교 뒤에서 수녀가 모기만 한 소리로 중얼거렸다.

"내일 아침부터는 정각 8시에 준비하겠습니다."

얼마 전 새로 왔다는 이 어린 수녀는 주교관에서 내게 가장 낯이 익은 사람이었다. 정확히 몇 명인지도 모를 수녀들이 거의 얼굴을 드러내지 않고 조용히 움직이는 이곳에서, 유독 주방과 응접실, 2층까지 온갖 심부름으로 들락거리는 어린 수녀를 나는 병상에 누워서도 쉽게 볼 수 있었다.

주교와 나는 간소한 아침을 먹기 시작했다. 주교 앞에는 평소대로 빵과 커피, 그리고 과일 몇 조각이 차려졌지만, 내 앞엔 죽 한 그릇이 놓여 있었다. 어쩌면 저 어린 수녀는 이 죽을 따로 쑤느라 더 힘들어했는지도 몰랐다. 식사기도 후 아직도 뜨거운 김이 오르는 하얀 쌀죽을 입에 떠 넣으며, 나는 그동안 이곳에 머물면서도 꺼내지 못했던 말을 불쑥 내뱉고 말았다.

"주교님께서는 제 출생에 관해서 알고 계시지요?"

막 커피잔을 들어 올리던 주교의 손이 멈칫 정지됐다.

"자네가 묻는다면 내가 말해 줄 수밖에 없네. 그러나 나는 사실 묻지 않아 주기를 바라왔다네."

나는 주교의 눈에 은은히 스치는 당혹감을 놓치지 않았다.

"주교님! 이제 저는 알고 싶습니다. 제 안에 숨은 불의 기운에 대해서……. 부모님께서는 저를 기르며 늘 말씀하셨죠. 제 안에 뜨거운 기운이 숨어 있어 저를 일부러 차갑게 식혀서 길렀다고요."

"알겠네. 그러나 우리 식사는 마치고 얘기하세. 자네가 굳이 이곳에 머물겠다고 할 때 내 짐작 못했던 바도 아니지."

주교가 묵묵히 빵조각을 집어 드는 걸 보며 나는 갑자기 가슴이 철렁 내려앉았다. 역시 그는 알고 있었다. 숟가락을 잡은 내 손이 살며시 떨려왔다.

아침 식사를 마치고 2층 주교의 서재로 따라 들어갔다. 주교의 서재를 들어간 건 처음이었다. 아래층 응접실이나 다름없이 목제 가구로 꾸며진 서재는 그저 잘 정돈되어 있을 뿐 어디에도 주교의 권위를 상징할만한 표징은 없었다.

"홀아비 방을 뭐 그리 둘러보나? 자네도 홀아비면서……."

무심히 웃고 있는 것 같았지만 주교의 표정엔 뭔가 쓰디쓴 기운이 어렸다. 나는 곧 그의 입에서 나올 말들이 그리 좋지 않은 내용이란 걸 짐작하며 가만히 그의 맞은편에 앉았다. 창밖으론 언덕 아래가 멀리 내려다보였다. 아직 채 가시지 않은 아침 안개 사이로 빗살처럼 내리는 햇빛에, 언덕 아래 옹기종기 모여 앉은 지붕들이 어렴풋이 눈에 들어왔다.

"자네 부모님은 결혼 30년이 되도록 자녀를 두지 못했네."

창밖을 향한 내 멍한 시선을 자르며 주교가 입을 뗐다.

"알고 있습니다."

"그래, 그러나 꼭 아이를 원해서 입양을 하려던 건 아니었네."

나는 꾹 다물려지는 주교의 입술을 바라보며 다음 말을 기다렸다. 주교는 뭔가 긴 이야기를 하려는 듯 의자 등받이에 등을 기대며 긴 숨을 내쉬었다.

"그분들은 한 소녀를 만났지. 어여쁘고 어리기만 한……. 열일곱 살의 소녀는 임신 중이었어."

나는 아무 말도 하지 않았지만, 내가 미혼모의 아이였을 거라는 것쯤은 짐작했던 바였다.

"우리가 사는 세상에 드물지 않은 얘기지. 어린 소녀가 아이를 낳는 것, 동서고금을 통해 서로 비슷한 그런 일들 말일세. 그러나 자네의 출생은 그다지 평범하지 않았네. 신심이 깊은 자네 부모님은 재소자들에게 전교를 하다 자네 어머니를 만났네."

나는 내리깔고 있던 눈을 번쩍 치켜떴다. 주교의 마지막 문장이 심벌즈의 마찰음처럼 내 귀를 쨍 울려왔다.

"재소자……."

미처 떨어지지 않는 내 입술에서 그 한 마디가 겨우 흘러나왔다. 주교는 눈을 감은 채 짧게 고개를 끄덕였다. 그가 다시 긴 숨을 머금었다.

"나도 말하기가 편치는 않네. 자네는 이미 하느님께 바쳐진 사제야. 모르고 있던 세속의 인연을 알아낸다 해도 자네가 변하는 건 하나도 없네."

"네! 저도 그렇게 생각합니다. 제가 죽음이 임박해 있지 않다면 결코 이렇게 말씀을 청하지도 않았을 겁니다."

내 목소리가 떨려 나왔다. 고요히 앉은 주교의 모습이 마치 물에 잠긴 듯 보였다. 흐려지는 내 시야에서 그의 표정이 굴절되었다.

"그래, 오늘 내가 쏟아놓는 이야기들이 잠시 당혹기는 할지언정 끝내 자네 영혼에 득이 되길 바라네."

한층 톤이 낮아진 그의 목소리에, 내 몸 어디선가 울컥 치밀어 오르던 뜨거운 기운이 슬며시 가라앉는 게 느껴졌다.

"네!"

짤막한 한 마디를 겨우 입술에 만들어 내자, 주교는 이야기를 계속했다.

"그 소녀는 사랑을 했었다네. 흔히 그런 일이 있듯 소녀가 다니던 학교의 선생님이었다지. 미남의 총각 선생님도 소녀의 귀여움에 흠뻑 빠졌던 모양이야. 하지만 선생님은 다른 여자와 결혼을 했네. 원래부터 약혼자가 있었던 선생님이 소녀에게 한눈을 팔았던 것인지, 아니면 갑자기 마음이 변했는지 그건 확실치 않지만, 소녀가 상처를 입었던 건 사실이야. 분노에 찬 소녀는 막 신혼여행에서 돌아온 선생님의 집을 찾아갔네. 그리곤 그 두 사람을 살해하고 말았다네."

나도 모르게 눈이 부릅떠졌다. 그러나 주교는 마치 나와는 아무 관계가 없는 전설을 말하듯 잔잔하기만 했다. 다시 내 안에서 무엇인가가 치밀어 올랐다. 하지만 그건 목울대를 넘지 못하고 알 수 없는 힘에 스르르 가라앉고 말았다.

"소녀는 치밀하게 계획하고 그 집을 찾아갔다고 하더군. 연약한 소녀가 어찌 어른 두 사람을 한꺼번에 살해할 수 있었느냐고들 했지. 사랑을 잃고 분노에 찼던 소녀는 흉기를 준비해 갔고 살인은 참으로 처참하게……. 소녀가 임신 중인 걸 스스로 알게 된 건 감옥에서였다네. 자네 부모님은 교도소 전교를 위해 일주일에 한 번씩 그곳에 들르던 열심한 신자였지. 배가 불러오던 그 소녀가 어느 날 자네 부모님과 만나게 됐어. 까만 눈망울을 깜박이며 눈물을 떨어뜨리던 소녀의 모습에서 그들은 오직 뜨겁던 어린 사랑이 지은 죄를 보았네. 그건 소녀가 지은 죄가 아니고 절제되지 못한 사랑이 지은 죄였을 뿐이라고 자네 부모님은 말했네."

주교가 물끄러미 나를 보고 있었다. 내 눈에서 흘러내린 눈물이 무릎 위로 후드득 떨어져 내렸다. 사랑…… 그것이 죄를 지었구나!

혼자 생각한 말이었는데, 주교는 마치 듣기나 한 듯 고개를 끄덕였다.

"그래, 사랑이, 다만 소유욕이 죄를 지었을 뿐이지. 열일곱 살 막 시작한 청춘은 뜨겁기만 할 뿐 무분별했네. 또한, 자네 생부였던 젊은 선생님도 절제할 수 없던 나이였던 거지. 어린 소녀에게 상처를 입히고도 자신은 새 생활을 다시 시작할 수 있다고 생각했던 걸 보면, 그 또한 무분별했어. 소녀의 순결했던 몸과 마음에 사랑의 화인을 찍어놓고서 말이야. 그 화인의 결과가 바로 탁 신부 자네일세. 소녀는 사형 판결을 받았지만, 자네가 태어나기까지 형 집행이 연기되었네. 자네 부모님과 소녀의 주변에서 구명운동을 벌이기도 했지. 그러나 그것은 살해된 두 사람 가족들의 탄원에 부딪혀 무산돼 버렸어. 결국, 자네 부모님은 소녀가 아이를 낳으면 무조건 입양하기로 했어. 감옥에서 교리공부를 하고 영세를 받게 된 소녀가 말했다더군. 아기가 딸이거든 수녀로 길러 주고 아들이거든 사제를 만들어 달라고……. 그것으로 죄지은 자신의 영혼을 구원해 달라고…….”

소나기처럼 흘러내리던 내 눈물이 어느 틈엔가 멎어 있었다. 주교가 나를 보며 가만히 웃었다.

“태어나기 전부터 하느님께 바쳐진 자네가 이 세상에 오기 위해, 세 사람이 목숨을 잃었네. 그 신혼부부와 소녀는 다들 푸른 청춘이었지. 소녀는 태아를 품은 채 내내 기도했네. 소녀가 죄를 짓지 않았다면, 하느님을 받아들이지도 않았을 테고 기도도 하지 않았을 것이네. 그러니 자네는 영적으로 얼마나 축복받은 사람인가. 뜨거운 사랑으로 잉태되었고, 기도 속에 어머니 몸 안에서 자라났으니…….”

주교는 잠시 말을 끊었다. 그리곤 이 서재에 들어설 때 주방의 어린 수녀가 날라다 놓은 물 잔을 들었다. 반 컵쯤 물을 마신 주교가 나를 지그시 바라보며 다시 말했다.

“소녀는 결코 사형 당하지 않았네.”

“네?”

커다랗게 벌어지는 내 눈을 보며 주교가 고요히 웃었다.

“그러나 살아 있지도 않다네. 자네를 출산 한 뒤 바로 세상을 떠났지. 난산으로 인한 과다출혈이었다고 하더군. 하긴 미래의 사제 어머니를 하느님께서 교수형을 시키시겠나.”

나는 눈을 내리깔았다. 이제는 마치 내 출생의 이야기가 먼 전설처럼 아득하게 느껴졌다.

“자네 부모님은 당장 절차를 거쳐 아기를 입양했지. 소녀의 부모님은 어디론가 떠나갔다고 하더군. 자네 부모님은 늘 말씀하셨어. 자네야말로 사랑과 기도의 뜨거운 영혼이라고…….”

"그러면 주교님께서는 그때부터 제 부모님과 친분이 있으셨던가요?"

나는 한결 가라앉은 목소리로 물었다. 그가 가만히 고개를 끄덕였다.

"나는 재소자 전교에 관심을 갖던 신학생이었네. 그래서 자네 부모님을 알게 되었지."

"그러면 저를 낳아준…… 제 생모도 보셨습니까?"

나도 모르게 음성이 떨려 나왔다. 주교는 눈길을 창밖으로 던지며 뭔가 깊은 것을 끌어내듯 긴 숨을 뱉었다.

"그래, 참으로 예쁜 소녀더군. 내가 봤을 땐 이미 배가 불러 있었지만……. 내가 사랑을 할 수 있다면 사랑하고 싶어질 그런 소녀였어. 살인을 했다고는 믿어지지 않을 만큼 참으로 맑은 영이 느껴지던 사람이었네. 인간이란 그렇다네. 큰 죄를 지었던 사람은 사실 방향만 바꿀 수 있었다면 큰 은혜를 받을 사람이라네. 남다른 불같은 에너지가 한순간 악마의 속삭임에 말려들고 말았을 뿐. 내 이렇게 늙었지만 지금도 그 소녀의 맑은 모습이 내 가슴에 살아 있네. 어쩌면 이 유혹 많은 세상에서 내가 무사히 사제의 길을 걷도록 지켜준 건 바로 그 소녀에 대한 기억 때문인지도 모르지. 난들 왜 아름다운 여인을 사랑하고 싶지 않았겠나. 그러나 그 누구도 내 가슴속 소녀만큼 맑고 아름답지가 않았네. 아니, 어쩌면 나는 나를 지키기 위해 일부러 소녀에 대한 기억을 품고 있었던지도 몰라. 사실 자네가 내 교구에서 신품성사를 받고 사제가 되었어도, 나는 그 소녀의 아들이란 건 잊고 있었다네. 자네가 병이 들어 미국으로 떠나고 나서야 문득 그 옛이야기들을 떠올렸지. 꼭 내 마음을 알고나 있었던 것처럼 자네는 출생의 근원을 묻기 위해 이곳으로 왔나? 거 참……."

주교가 헛헛, 웃음소리를 냈다. 나는 왜 그런지 내 출생 이야기가 아니라 주교의 옛사랑을 듣는 듯한 묘한 기분에 사로잡혔다. 눈물은 어느새 말라 있었다.

"주교님! 제가 이곳에 머물 수 있을 때까지 매일 주교님과 함께 미사를 드리게 해주십시오. 절실히 제 기도를 기다리고 있는 영혼들을 위해 미사를 드리고 싶습니다."

"생모를 위한 미사를 드릴 텐가? 자네 생모를 위한 미사라면 사실 내가 평생 드렸다 해도 과언이 아니야. 특별히 미사 중에 그 이름을 떠올리진 않았지만 늘 내 기억에 있는데 내가 바친 미사에 다 포함되지 않았겠나."

가만히 웃음을 머금는 주교를 보며 나는 눈은 내리깔았다.

또 하나의 뜨거운 영혼이 있었습니다. 저는 태중에서 어머니의 기도 속에 그 뜨거움이 다스려진 채 세상에 나왔지만, 기도를 입지 못하고 태어나 자신의 뜨거움으로 고통스럽던 한 여인이 있었습니다. 그녀는 억지로 닫아버린 내 마음 앞에 혼자 울다 떠났습니다. 그리고 아직도 제 가슴속에서 그 여자는 울고 있습니다.

입 밖으로 나오지 않는 말을 혼자 생각하고 있는데, 주교가 미소 지었다. 그는 마치 내 맘을 읽고 있는 듯했다.

"사랑이란 소유하려고 해도 변질되지만, 거부하려 해도 아프게 변하고 마는 것이네. 그러니 사랑이 막무가내로 온다면 왔다가 가게 그대로 둘밖에. 만약 떠나지 않는다면 그도 그냥 둘 수밖에 없네. 내 가슴속에 살겠다고 하면 그냥 사랑이 거기 살게 두는 것이 낫네. 억지로 쫓고 덮으려 하면 그것은 날카로운 발톱이 자라나 오히려 나를 상하게 하지. 결국, 쫓거나 덮어두려던 건, 사랑 자체가 아니라 절제할 수 없던 자신의 열정이야. 내 열정이 견고히 하느님과 함께한다면 두려울 게 없네. 자네의 열정은 하느님과 친밀했던가?"

주교의 질문은 그 부드러운 음성 속에서도 날카롭게 내 가슴을 울려왔다.

"아니요. 저는 그분께 열정을 숨기고 말았습니다."

"탁 신부! 열정은 꺼내놓아야 그 괴력이 사라지네. 가시에 온몸이 찔리며 장미밭을 굴렀던 프란시스코 성인이나, 알몸으로 눈 위를 굴렀던 베네딕도 성인이나 그들은 부끄러움 없이 자신들의 열정을 드러냈기에 승리하였네. 더구나 우린 계율만으로는 사제로서 버티기 어려운 시대를 살고 있어. 여인들의 옷은 너무 현란해져 있고, 텔레비전 프로그램은 온통 감각만을 부추기지. 인터넷에 들어찬 마귀의 세력은 또 어떻고……. 어려운 세상이야. 어쩌면 교회는 어느 시점에선가 사제의 독신 제도를 풀어야 할지도 몰라. 훗날 그렇게 된다면 평생 독신으로 살다 늙은 나 같은 사람 억울해서 어쩌지?"

주교가 말끝으로 웃음을 머금었다. 그 웃음은 몹시 고독한 기분이 들게 했다. 그가 말을 계속했다.

"하느님이 원하시는 건 진정한 절제일세. 어쩌면 제도에 묶이지 않고 사제가 스스로 정결을 지키는 그런 세상이 되어야 할 것이네. 교회는 너무 조직화 되었네. 어찌 보면 나는 그 조직의 일부분일 뿐이고……. 때론 내 영혼이 어딜 갔나, 두리번거릴 때도 있어. 탁 신부 자네도 사제생활의 타성에 젖어 잊어버렸던 영혼을 찾으러 미국에 갔던 것 아니었나?"

주교의 온화한 눈빛 속엔 칼날 같은 기운이 어려 있었다.

"네 그렇습니다. 잃어버린 저를 찾기 위해 갔었습니다."

"그래서 자네를 찾아왔나?"

"네!"

"오늘 내 얘기 속에서 더 확실한 자네를 찾았다고 생각하나?"

주교의 계속되는 질문에 나는 잠시 머릿속이 어지러웠다. 그러나 곧 평정을 찾고는 가만히 고개를 저어 보였다.

"아닙니다. 궁금증을 일으켰던 건 영혼이 아니라 제 겉껍질의 일이었습니다."

"자네는 충분한 사랑을 받고 성장했네. 출생의 근원이 뭐가 그리 중요한가. 잘 태어났지만, 불행하게도 사랑을 받지 못하고 성장하는 사람들도 많다네. 자네는 특별하게 준비되어 사제가 되었네."

"아, 그렇다면 저는 그 특별한 하느님의 준비에도 불구하고 세상에 이루고 가는 게 아무것도 없습니다."

나는 고개를 떨궜다.

"무엇을 이루었는가는 하늘에 가서 판단 받게나. 그리고 이루지 못했다면 지금이라도 이루게나. 아직 시간이 있지 않은가."

나는 주교의 마지막 말에 퍼뜩 정신이 들었다. 그래, 아직 시간이 남아 있었다. 이 얼마나 감사한 일인가. 뭔가 불끈한 기운이 내 안에서 솟구쳐 왔다. 나는 벌떡 자리에서 일어섰다.

"그만 내려가 보겠습니다."

주교에게 목례를 하고 돌아서다가 무심히 서재 한쪽 벽에 문이 열려진 주교의 침실을 바라봤다. 좁고 딱딱해 보이는 침대 위에 언뜻 보기에도 낡아 보이는 푸른 타월 시트가 덮여져 있었다. 그 머리맡엔 마치 목침처럼 보이는 높고 작은 구식 베개 하나가 오똑 올라앉은 채 좁은 침대를 더 을씨년스레 보이게 했다.

주교의 서재를 나와 다시 뜰을 향한 응접실 유리문 앞에 섰다. 겨울 볕이 따사로운 뜰에서 어린 수녀가 진돗개에게 먹이를 주는지 철망 우리 안으로 허리를 구부리고 있는 게 보였다. 빈 냄비를 들고 허리를 펴는 수녀의 얼굴에 햇살이 눈부셨다. 그녀는 냄비를 흔들며 유리문 앞으로 걸어오다가, 나와 눈이 마주치자 얼른 빈 냄비 손잡이를 두 손으로 얌전하게 잡았다. 드르륵 유리문을 열고 들어오는 수녀의 귓불에 빨간 기운이 어린 채 그녀와 함께 찬바람이 몰려들었다. 햇빛은 따사롭게 보여도 기온이 몹시 찬 모양이었다.

"신부님! 뭐 필요하신 거라도……."

수녀는 공손히 머리를 조아렸다.

"아닙니다. 그냥 바람이나 쏘일까 하고 내려왔더니 바깥이 몹시 추운 모양입니다. 날도 추운데 음식 준비에 고생이 많으시겠습니다."

형식적인 내 인사에도 어린 수녀는 얼굴을 붉히며 쪼르르 주방으로 들어가 버렸다. 참으로 싱그러운 젊음이었다. 저 수녀도 점점 수녀로서의 철이 들면서 저런 표정이나 행동을 잃고 말 것이다. 그녀는 조금 더 낮은 톤으로 천천히 말하는 데 길들여질 것이고, 쉽게 감정을 나타내지 않는 것에 익숙해질 것이다. 그리고 저 잿빛 수도복에 싸여 청춘을 보내겠지.

잠깐 구름 사이로 햇살이 들어가자 어스름해진 유리창에 길쭉한 내 모습이 어른거렸다. 이 주교관의 수녀들은 내 곁을 스쳐 가면서 연민의 눈길을 보냈다. 필경 오늘 밤에 몰려들 신부들은 그보다 더 깊은 측은함으로 나를 보겠지.

망연히 섰는데, 조금 전 주교에게서 들은 내 출생에 관한 말들이 멀리 나의 일이 아닌 것처럼 느껴졌다. 이루어지지 못한 내 생모의 사랑, 어리고 무분별한 열정이 부른 살인의 비극, 나의 출생, 그리고 또 생모의 죽음……. 내 생명의 배경엔 목숨을 잃은 세 사람이 있었다. 그렇게 해서 내가 세상에 꼭 와야만 할 이유가 있었던가. 나는 고독하고 때론 우쭐대기도 했던 평범한 시골 신부였고, 내가 품은 짧은 사랑의 아픔쯤은 다른 동료 사제들에게도 흔히 숨겨져 있기 쉬운 일이었다.

내가 왜, 무엇 때문에 세상에 왔다 가는 것인가.

온몸으로 식은땀이 흘러내렸다. 육신의 고통이 나를 갉기 시작했다. 진통제가 필요한 시간이었다. 나는 물병이 놓인 식탁으로 가 떨리는 손으로 물 한 잔을 따랐다. 그리곤 바지 주머니에 들어 있던 휴대용 약통에서 급히 두 알의 약을 꺼내 삼켰다.

저녁 5시가 넘자 주교관으로 신부들이 하나둘 모여들었다. 모두가 검은 정장에 하얀 로만칼라를 세운 말쑥한 모습들이었다. 한구석에 우두커니 앉은 내게 다가와 악수를 청하며 누구는 태연히 웃고, 누군가는 눈이 젖었다. 응접실 안이 그들의 말소리로 점점 차올랐다. 귀에 멍멍 울려오는 그들의 웅성임은 짝을 찾지 못한 고독한 까마귀들의 절규처럼 들렸다. 그들은 모두 사명감으로 영예롭게 늙고 있는 걸까. 같은 직업을 가진 우리들은 사실 서로 가깝고도 멀었다.

주교는 정확하게 6시가 되어야 2층에서 내려올 것이다. 5시 50분, 김웅편 신부가 헐레벌떡 응접실로 들어섰다. 그는 성탄을 지내느라 딴엔 힘이 들었던지 허여멀쑥한 얼굴이 핼쑥해진 채 선후배 신부들과 인사를 나누었다. 성탄 절기는 수많은 신자의 고백을 듣고 성사를 주는 은혜로운 고충이 뒤따랐다. 김웅편 신부가 응접실 구석에 앉은 내게로 걸어왔다.

"어떠십니까? 신부님!"

그가 손을 내밀었다. 천천히 맞잡은 김 신부의 두툼한 손바닥에서 차가운 겨울 기운이 성큼 전해져 왔다.

"정말 겨울인가 보네. 나는 미국 캘리포니아의 가을에서 이곳으로 날아와 계절이 분별 안 되는 침대 속에만 있었네."

김 신부는 그저 싱긋 웃었지만, 그 웃음엔 몹시도 복잡한 기운이 어렸다. 그가 갑자기 생각난 듯 말했다.

"참! 며칠 전 레베카 자매님한테서 전화가 왔었어요. 신부님이 앓아누우신 동안 사실 여러 차례 통화를 했죠. 잘 도착했느냐, 잘 있느냐고, 뭐 그런 얘기들이었죠."

"그렇군. 벌써 그곳에서의 날들이 추억이 되었네. 안 목사, 레베카, 그들과의 시간을 잘 다듬어 가져가야겠네. 내 생애 마지막 문턱에서 참으로 소중한 인연이었지."

김 신부가 이미 어두워진 뜨락에 시선을 던지고 선 채 묵묵히 고개를 끄덕였다. 뜰로 나가는 유리문 근처에서 신부 몇 사람이 담소하고 있었다. 멀리 그 유리창을 비켜 앉은 내 눈엔 검은 유리창 속에서 서너 개의 하얀 로만칼라가 이리저리 흔들릴 뿐이었다.

더 머물고 싶어요

새벽 5시 30분, 저절로 눈이 떠졌다. 창밖은 푸르스름한 새벽 기운이 번져 있었다. 욕실에서 소세를 하고, 주교관 2층 경당으로 갔다. 주교는 벌써 제의를 입고 경당 맨 뒤 자리에서 눈을 감고 묵상에 빠져 있었다. 나는 서둘러 경당 옆 제의실로 들어갔다. 고요한 정적 아래 수녀가 준비해 놓은 연둣빛 연중 제의가 펼쳐져 있었다.

제의를 입고 주교 옆 장궤틀에 무릎을 꿇었다. 지난 연말 즈음부터 주교와 함께 새벽 미사를 집전해 온 게 벌써 보름이 넘었다. 매일 새벽, 어쩌면 내 마지막 미사 집전일지도 모른다는 생각에 온 힘을 다해 자리에서 일어나곤 했다. 그러나 정작 절대자께 바치고자 했던 절절한 마음은 잘 열리지 않은 채, 형식적인 미사 구문을 웅얼거리다 마치고 나면 가슴속이 공허해 왔다.

만나본 적 없는 어머니의 얼굴은, 주교가 들려준 이야기 속에서 희미하게 상상되던 앳된 소녀 모습으로 떠오를 뿐이었다. 도서관에 가 당시의 사건기사가 실린 신문을 열람해 볼 생각도 해보았다. 하지만 50년도 넘게 전의 일이었다. 부질없는 짓이라 생각도 했지만,

나에겐 그런 수고를 할 만큼의 체력이 남아 있지 않았다.

얼굴도 모르는 어머니를 위한 기도는 잘 집중되지 않았다. 오래전 지상에 흩뿌려진 채 거두어지지 않은 어머니의 슬픔을 태우고 떠나야 한다는 갈망이 일었지만, 떠오르는 건 희림의 얼굴, 아니 사실은 희림의 얼굴마저도 자꾸만 희미해져 갔다. 오히려 또렷이 떠오르는 건 엉뚱하게도 산골기도원의 레베카였다.

어쩌면 나는 세 여인을 혼동하고 있는 것일까. 나를 사제로 낳고 떠나간 어머니, 사제인 나를 사랑하다 떠나간 희림, 나의 마지막 몇 달을 함께한 여인 레베카…….

무념무상으로 일관해야 할 묵상 중엔 세 여인의 환영이 뒤범벅됐다. 나는 슬그머니 눈을 뜨고 주교를 곁눈질했다. 떨림 하나 없는 그의 눈꺼풀 위엔 마치 너무 많은 생각이 얹혀 있거나, 아니면 전혀 아무 생각도 없어 보였다.

경당 안엔 주교관에서 일하는 수녀들이 자리해 있었다. 미사 시간이 되자 수녀들이 일어서 입당성가를 부르기 시작했다. 주교와 나는 노랫소리를 따라 제대 앞으로 걸어갔다.

제대 위에 섰을 때, 나는 문득 그 세 여인이 어쩌면 한 사람인지도 모른다는 생각을 했다. 오직 태초의 이브처럼……. 낙원에서 죄를 지은 이브의 분신들이, 나를 낳은 어머니이며 스스로의 열정에 울다 떠난 희림이며 이국의 산골짝에서 외롭게 극기하는 레베카였다.

나는 여자와 함께 죄를 지은 아담으로 이 세상 모든 이브들을 위해 기도해야 했다. 그것이 내 어머니의 죄를 태우는 길이고, 희림에게 속죄하며, 레베카를 위로하는 길이었다.

주교가 대영광송을 마치고 자리에 앉았다. 수녀 하나가 성경을 들고 독서를 시작하자 나도 주교 옆자리에 앉았다. 눈을 감은 채 성경 봉독을 듣고 있는 주교의 모습은 마치 무아지경에 빠진 듯 아름다웠다. 나는 그가 과거 언제인가엔 나보다도 더 고통스럽게 타오른 적이 있었을 거라 짐작해보았다. 저 고요와 자비의 표정을 입기까지……

아, 나는 마땅히 타고 있었던가.

회한과 함께 온몸으로 아스라한 기운이 밀려왔다.

주교가 복음을 봉독하러 일어설 때 나도 따라 일어섰다. 하지만 왠지 공중에 뜬 느낌이었다. 어디론가 날아가고 있는 듯 온몸이 가볍게만 느껴졌다.

"신부님!"

다급히 외치는 야무진 목소리는 필경 주방의 작은 수녀였다. 갑자기 눈앞이 하얗게 바래져 아무것도 보이지 않았다.

얼마나 시간이 흐른 것인가. 끈끈하게 달라붙은 눈꺼풀이 힘겹게 벌어진 틈으로 밝은 빛이 보였다. 망막에 드리우는 희뿌연 천장, 햇살이 하얗게 비쳐드는 창문 앞이었다. 창가에 누군가가 앉아 있었다.

"실컷 주무셨어요?"

김웅편 신부의 목소리였다. 햇살을 등지고 앉은 그의 얼굴이 컴컴해 잘 보이지 않았다. 나는 바싹 타들어 간 입술이 당겨 얼른 대답하지 못했다.

"우선은 살아 있군."

어눌한 내 발음에 김 신부가 픽 웃는 소리가 났다.

"신부님 의지가 대단하신 분이라는 걸 다시 알았어요."

"그래, 나도 내가 이렇게 질긴 줄 몰랐네."

김 신부의 얼굴이 조금 더 또렷하게 눈에 들어왔다. 살풋 고개를 돌린 그의 옆얼굴에 어리는 햇살 너머로 환한 창문 밖이 보였다. 멀리 건너편 건물 꼭대기에 눈이 쌓여 있는 것 같았다. 유독 하얗다고 느껴지던 햇살은 밖에 쌓인 저 눈 때문이었던가.

"미안하네. 자네를 힘들게 해서……."

내 긴 숨에 묻어나온 말에 김 신부가 코를 훌쩍였다.

"무슨 말씀을요. 신부님의 고통을 같이 나누지 못하는 게 죄송할 뿐입니다."

곧 울음이 터질 듯 얼굴이 일그러지는 김 신부를 보며 나는 소롯이 웃음을 머금었다.

"이 사람, 고통에 대한 공부를 잘못했구먼. 예수님은 자신이 십자가를 지는 대신 우리가 행복하길 바라셨네. 그러니 나도 내가 지는 고통만큼 자네는 행복하길 바라네."

나를 외면한 채 눈물을 닦던 그는 시트에 덮인 내 손등을 몇 번 다독였다.

"그래서 주교관에 머물고 싶어 하시던 뜻은 이루셨습니까?"

나는 잠시 생각했다. 내가 이루려던 뜻이 무엇이었던가를……. 김 신부가 대답이 없는 나를 빤히 바라봤다.

"주교님은 몹시 편안하신 분이죠. 그분 곁에 있으면 조급했던 문제들도 그냥 아무 일도 아니게 변하는 것 같은 그런 느낌이 들 때가 많았답니다."

"그렇지. 어쩌면 나는 그분의 그 사랑을 잠시나마 받아보고 싶었던지도 모르지. 하지만 난 정말 슬픈 전설 하나를 알아내고 말았네. 자네에게 말해줄까 말까……."

"무슨?"

김 신부가 좀 얼떨떨한 표정을 지었다.

"자네 그 전설을 나 떠난 다음에 간직해 주겠나?"

누군가에게 말하고 싶었다. 내 가슴에 가득 찬 것을. 나는 철제 침대의 난간을 잡고 힘겹게 상체를 일으켰다. 왜 그런지 그대로 누워서는 말을 할 수 없을 것 같았다. 김 신부가 얼른 나를 부축하며 등 뒤에 베개를 포개 넣었다. 어지럼증이 밀려와 잠시 눈을 감았다.

바싹 타버린 입술을 축이기 위해 김 신부에게 물 한 잔을 청했다. 물 잔을 든 채 새삼 둘러본 병실엔 나 이외에도 다섯 명의 환자가 코를 골며 자거나, 일어나 앉아 뭔가를 부스럭대고 있었다. 물기로 좀 부드러워진 내 목에서 나지막한 목소리가 흘러나왔다.

"김 신부! 흔히 우리 인간을 카인의 후예라고 하지. 창세기에서 질투심에 동생 아벨을 살해한 카인 말일세. 그러니까 우리는 살인자의 후예이며 불시에 죄인이 될 수도 있다는 것이지. 하지만 그 이전에 우린 아담의 후예가 아닌가. 어리석게도 여인과 함께 죄를 지은……. 우린 아직도 그때 지은 원죄와 싸우고 있네. 그리고 이브의 후예인 여인들은 세상에서 이루어질 수 없는 사랑을 꿈꾸지. 마치 여인들의 유전자엔 에덴동산의 기억이 더 생생히 살아 있는 것만 같아. 아담을 통해 절대 사랑을 꿈꾸고 싶은……. 이브가 하느님을 통해 그 사랑을 이루고 싶었다면 선악과를 따먹었겠나. 여인은 아담을 통해 사랑을 이룰 수 있다고 믿었던 거지. 그러니까 여인의 절대자는 신이 아니라 아담이었던 거야. 거기에 모든 사랑의 슬픔이 있다네."

내 곁에 선 채 묵묵히 듣고만 있던 김응편 신부가 뭔가 얘기가 길어지겠다 싶었는지 슬며시 병상 옆에 놓인 의자에 앉았다.

"그러니까 사랑 얘기인가요?"

"말하자면…… 자네 사랑해 봤나?"

"그럼요. 저도 정상적인 남자인데요."

"자네가 생각하는 사랑이란 어떤 것인가? 그저 여인을 바라보며 설레는 마음?"

그는 한동안 대답을 못 한 채 머뭇거렸다. 나는 슬며시 웃음을 머금었다.

"내가 생각하기에 자네는 이성의 감정은 느꼈겠지만 사랑은 안 해 본 것이야. 자네의 그 천진난만한 표정엔 사랑의 고통이 지나간 흔적이 보이지 않네."

"그럼 신부님은 지금 사랑으로 고통스러우신 건가요?"

김 신부가 나를 빤히 보며 팔짱을 꼈다. 나는 긴 숨을 내쉬었다.

"고통스럽던 날들은 이미 지났지. 난 미국의 그 산골기도원에 모든 것을 다 두고 왔네."

"그렇담 그 레베카 자매?"

나는 얼른 고개를 저었다.

"아닐세. 내 사랑은 아주 오래전의 일이라네. 나는 그 사랑으로 인해 내 영혼이 자라나야 한다고는 생각해보지 않았네. 그러나 그 여자는 혼자 자라고 있었어. 내가 버린 사랑 속에서도 말이지. 다만 그 여자는 신의 이름을 부르지 않았네. 우리가 배운 가치 철학이란 것에 비추어 본다면 그 여자는 자신의 사랑을 예술적 가치에 헌신했네. 화가였거든……. 하지만 난 그 여자만도 못했다네. 그 사랑을 아무 가치에도 헌신하지 않았으니……. 사랑은 내 고집스런 자아의 문턱을 넘지 못한 채 거기 버려져 있었다네. 당연히 사랑을 버리는 게 사제로서 살아가는 길이라고 생각했네. 내 딴엔 교회에 순종하며 열심히 산다고 하는 중에 병이 찾아왔지. 사실 나는 이 고통으로 인해 버려두었던 그 사랑을 찾았네. 하필 거기 산골기도원에서 말이지."

김 신부의 표정에서 레베카를 떠올리고 있는 게 느껴졌다. 그가 무슨 말인가 하려고 막 입술을 달싹였지만, 나는 다시 말을 이어갔다.

"병을 얻고 찾아간 그 기도원에서 나는 기어이 그녀를 만나고 말았지. 한 사내의 가슴에 묻어왔더군."

김 신부가 무슨 말인지 모르겠다는 듯 눈을 휘둥그레 떴다.

"그녀가 세상을 떠나던 날 함께 있었던 증인이지. 그 여자 인생의 증인이라 해도 괜찮을 그런 오랜 인연의 남자였어. 그 남자가 나를 찾아왔었어. 내가 그 기도원에 머무른 지 얼마 되지 않아서야. 그 남자의 말이 우습지 않나? 자기 가슴속에 사는 그 여자가 자꾸만 나에게 데려다 달라고 떼를 썼다는 거야."

김 신부가 그제야 이해가 가는지 고개를 끄덕였다. 침대 머리에 등을 기대고 앉으니 창밖이 환히 내다보였다. 병원 건물 옆 차도로 자동차 행렬이 느리게 이어졌다.

"교통체증이 심한 모양이네."

내 시선을 따라 김 신부가 창가를 돌아보았다.

"그러게요. 눈이 내리고 나면 항상 그렇지요."

"사랑을 이 겨울의 하얀 눈에 비교해도 될까."

"어떻게요?"

"눈은 하늘에서 내릴 때는 환희와 기쁨으로 우리를 들뜨게 만들지만, 더 추워지면 얼어붙어 길을 미끄럽게 하거나, 날이 풀려 녹아내려도 그 몰골이 흉측해지지. 사랑이란 것도 그렇다네. 시작은 환희와 기쁨, 설렘이지만 시간이 가면서 꽁꽁 얼어 우리를 불편하게 하거나 혹은 녹아내려 변질되어 버리지."

"그럼 신부님의 사랑은 녹아내린 것인가요? 조금은 흉하게?"

김 신부가 장난기 어린 표정을 지었다.

"아니…… 아니야!"

나는 고개를 흔들었다.

"내 사랑은 그대로 허공에 매달린 채 정지되어 있었네. 그래, 어쩌면 내가 이렇게 죽음 속에 품고 갈 수 있는 건 그 사랑이 중단되었던 때문인지도 몰라."

"축복 드립니다. 사랑을 품고 가실 신부님……. 생각하니 전 그렇게 품고 가야 할 아무것도 없는 것 같아요."

김 신부의 얼굴에 쓸쓸함이 어렸다.

"그리고 사랑 때문에 목숨을 잃은 또 한 여자가 있었지. 열일곱 소녀였다더군."

"그건 또 누굽니까?"

그는 묻긴 했지만 궁금하다는 표정은 아니었다.

"누구냐고? 흠흠……."

나는 냉큼 말을 하지 못하고 헛기침을 두어 번 했다. 가슴 가운데에서 뭔가가 치밀어 올랐다.

"내 어머니였다네."

"네?"

김 신부의 놀란 얼굴을 보며 나는 슬며시 웃었다.

"그래, 어린 소녀의 이루지 못할 사랑, 배신, 살인, 그리고 나는 태어났다네. 지난 연말 송년회가 있던 날 주교님께 들은 얘기야. 어쩌면 나는 내 어머니의 사랑을 지상에 이루고 가야 하는지도 모르네. 내 사랑은 아무래도 그런 뜻으로 내게 찾아오지 않았을까 싶어. 내가 버린 사랑을 그 여자, 그러니까 그 화가는 제 나름대로는 이루고 갔지. 그 여자가 남긴 그림들 안에 말이지. 하지만 거기에 결여된 신의 이름 때문에 그 여자의 영혼은 내 주변에서 울고 있었네. 나는 그것을 몰랐지만……. 그 여자는 완강히 닫힌 내 가슴에 담겨 있을 수가 없어서, 오래전부터 자신을 흠모했던 다른 남자의 가슴속에 살기 시작했지. 어쩌면 내게 오기 위해서 거기 머물렀던지도 몰라. 그 최길수라는 남자는 평생 그 여자의 사랑을 받지도 못했으면서, 그 영혼을 가슴 안에 오랜 세월 품어 간직했네."

나는 잠시 말을 멈추고 눈을 감았다.

"이제 그 여자의 영혼을 받으셨습니까? 그래서 어머니가 못다 이루신 사랑을 이루고 떠나신다고요?"

한결 가라앉은 김 신부의 목소리에 나는 눈을 떴다.

"그래, 내가 이 세상의 사랑 한 부분을 잘 품고 떠난다면, 원죄로 인해 뒤엉킨 인간의 사랑 한 귀퉁이를 추스르고 떠난다면, 세상에 남은 누군가는 사랑의 실체를 좀 덜 아프게 느끼지 않겠나?"

김 신부가 깊은숨을 내쉬었다.

"조금은 어려운 사랑론입니다. 사랑 신학으로 책 한 권쯤은 남겨져야 할 것 같은데요."

나는 그의 말에 빙긋 웃었다.

"내가 이 말을 왜 자네에게 하고 있다고 생각하나? 사랑 신학은 자네가 쓰게나. 무릇 이론이란 실제로 경험을 한 사람보다는 객관적으로 자료를 수집한 사람의 것 아니겠나. 그러니까 불교적으로 표현하자면 나에겐 어머니가 못다 이룬 사랑의 업이 있었네. 나는 뒤늦게나마 내 사랑의 업을 풀고 가네. 나는 연옥에 가 그 여자를 만날 것이네. 내 영혼이 가벼워 그 여자를 품고도 천국으로 날아오를 수 있다면 그녀를 구원하겠네. 그러나 내 죄가 무거워 날아오르지 못한다면, 그 여자가 앉은 자리에 내가 들어앉아 그녀를 천국으로 밀어 올리겠네. 그것이 내 할 바라…… 내가 사랑을 만났던 이유라……."

"대단한 사랑이시군요."

김 신부의 말이 조금은 비꼬는 듯 들려 흘깃 그를 바라보았다. 그러나 그의 표정은 몹시도 숙연했다.

"대단한 사랑이기 때문이 아니라 그 사랑이 신의 이름 앞에 놓여 있기 때문이라네."

"알겠습니다. 알 것 같아요. 신부님의 사랑론을. 세상에서 상한 사랑의 본질을 그렇게 되돌려 놓고 가시겠다는 말씀……. 어디에선가는 얼거나 녹지 않는 아름다운 하얀 눈이 하염없이 내리겠군요. 변질되지 않는 사랑의 환희처럼……."

그때 창밖에 눈발이 날렸다. 하늘은 어느결에 희끄무레해져 있었다. 우리는 창밖을 바라보다 마주 보며 웃고 말았다.

"자네 말처럼 되는군. 다시 눈이 내리고 있어."

"그러게요."

"변질되지 않는 사랑의 환희는 자네의 몫이네. 살아남은 자들의……."

내가 웅얼거렸지만, 창가로 몸을 돌린 김 신부의 뒷모습은 미동도 하지 않았다. 나는 피곤해진 허리를 혼자 미끄러뜨려 누우며 중얼거렸다.

"아, 주님! 더 머물고 싶어요. 여기 이 아름다운 세상에……."

화해

제골성당 사제관은 내가 머물던 1년 남짓 전과 다름이 없었다. 책꽂이에 내 책들 대신 김웅편 신부의 책들이 꽂히고, 주임신부의 침실엔 내가 사용했던 이불이 침대를 덮고 있었다. 김 신부는 나를 부축해 제 침실로 데려가려 했으나 나는 방문 앞에서 팔을 뿌리쳤다.

"이 사람! 나에게 손님방을 주게나. 이제 이 방은 자네 방이야."

작년 초 이 제골성당의 주임이 된 김 신부를 바라보며 나는 호통조로 말했다.

"무슨 말씀을요. 원래 이 방의 주인은 탁 신부님이셨습니다. 그리고 선배께 방을 내드리는 건 당연한 일입니다. 어서 들어가세요."

김 신부가 달래듯 말했지만 나는 방문 앞에 선 채 고개를 저었다. 김 신부는 하는 수 없다는 듯 나를 작은 방으로 데려갔다.

"방이 좁아 답답하실 텐데요."

"무슨 말을……. 무덤 속은 이보다 더 좁을 텐데 죽음을 연습하기엔 너무 넓은 방 아닌가."

김 신부가 뭐라 말을 할 듯 입술을 실룩거리다 그만 입을 다문 채 나를 침대에 앉혔다.

"미안하네. 굳이 이곳으로 오자고 해서……. 여긴 병원도 멀고, 자네에게 폐가 되는 줄 알지만 이리 오고 싶었네. 이곳이 나에겐 사제로서의 마지막 부임지 아닌가. 공교롭게 자네가 여기로 부임해 왔으니 나로선 잘된 일이지. 나의 임종은 자네가 지켜주게나. 무거운 부탁일 줄 알지만……."

두 평 반 남짓의 방 안으로 가만가만 울리는 내 목소리에 김 신부는 묵묵히 고개를 숙였다. 창밖을 스쳐 가는 바람 소리가 귀를 쟁! 울려왔다. 한창 동장군이 기승을 부리는 계절이었다. 음력설을 며칠 앞두고 있으니……. 그가 내 목에 둥둥 감긴 긴 머플러를 풀기 시작했다. 나는 바싹 마른 몸에 입혀진 오리털 점퍼의 지퍼를 내리며 새삼 방안을 둘러보았다. 내가 머물던 때와 변함없이 좁은 침대 하나와 나무 책상과 의자, 그리고 벽에 붙은 옷걸이뿐이었다. 성당 쪽으로 난 작은 창문에 잿빛 커튼의 허리가 잘록하게 묶여 있는 것도 전과 똑같았다.

하긴 이제 1년여가 지났을 뿐인데 무엇이 변했겠는가. 다만 급속하게 육신이 허물어져 가는 나 자신만 변해 있을 뿐이었다. 여기 머물던 3년여 동안은 그래도 평화로웠다. 순박한 웃음으로 사제를 존경하던 시골 신자들. 때로 삶의 고됨을 한탄하면서도 헐거운 웃음으로 생을 추스를 줄 알던 소박한 사람들……. 나도 얼마간은 그들과 합류해 농부처럼 웃으며 행복했었다.

나를 침대에 눕힌 김웅편 신부는 옆 탁자에 약봉지와 물 주전자를 놓아주었다.

"신부님! 미사를 집전하시는 건 그만두세요. 너무 무리십니다."

"사제의 임무가 미사를 드리는 일 아닌가. 나는 미사 중에 죽고 싶네."

가물가물 졸음이 밀려오면서도 나는 김 신부의 심중을 공연히 긁고 싶어 중얼거렸다.

"참, 신부님도⋯⋯. 지난번도 주교관 새벽 미사에서 쓰러지셨잖아요. 지금 신부님이 겪고 계신 병중의 고통만으로도 매일 미사를 바치고 계신 거나 다름없어요."

"그런가? 병의 고통만으로도 매일의 미사라⋯⋯."

혼곤해지는 의식 속에 웅얼대는 내 목소리가 까무룩 들려왔다. 나는 그 작은 침대에 누워 잃었던 집을 찾아 돌아온 듯 편안히 잠에 빠져들었다.

구정이 지나자 추위가 좀 누그러졌다고 했다. 창밖으로 바라보이는 늦겨울은 때로 쨍한 햇살을 비추며 봄을 기다리게 했다. 김웅편 신부는 나를 위해 간병인을 고용하고, 아마 사비로 그 월급을 지불하는 것 같았다. 세 끼의 따뜻한 식사가 차려졌지만, 하루가 다르게 쇠약해지는 내 몸이 음식을 거부했다.

봄이 오기까지 기다릴 수 있을까?

혼자 중얼거려보는 말 속엔 나도 모르게 떠날 날을 미루고 싶은 마음이 묻어 있었다. 이생에 다하지 못한 무엇이 있는 것만 같았다.

아! 주님! 다만 따뜻한 봄기운을 느껴보고 싶습니다. 흉측하도록 마른 이 몸을 당신의 은총처럼 아름다운 봄 햇살로 단 한 번만 감싸이게 해주십시오.

이제는 생의 매듭을 풀어내 떠나도 될 것 같다고 마음먹어도, 자꾸 시간을 붙잡고 싶어졌다. 어쩌면 무작정 살고 싶은 육신의 본능인지도 몰랐다.

이틀에 한 번 동네 병원 한 원장이 나를 보러왔다. 성당에 나오는 신자는 아니지만, 사정을 듣고 그가 진료를 자청했다고 했다. 나와 비슷한 연배에 이른 그는 때로 반말을 지껄이며 내 눈꺼풀을 들추고, 잠옷을 훌떡 벗겨 갈비뼈가 드러난 상체에 차가운 청진기를 댔다. 좀 예의가 없는 것 같아도 어딘가 정겨움이 느껴지는 사람이었다.

"신부님! 오늘은 어때? 여기 아퍼?"

아직 내 감각이 살아 있는지 점검하려는 듯, 그의 뭉툭한 손끝이 명치끝을 파고들었다.

"아야! 왜 그리 아프게 해? 난 아직 송장 아니래두……."

나도 모르게 그의 말투를 따라가는 투정에 한 원장이 킁킁 웃는 소리를 냈다.

"에구! 불쌍한 우리 신부님! 총각 딱지 한 번 못 떼어보고 가네, 그려. 우리는 평생 한 걸 신부님은 단 한 번도 못 했네. 불쌍해서 어쩌나?"

"이 양반이? 당신이 평생 한 게 뭔데?"

나도 모르게 발끈해진 목소리에 한 원장이 또다시 킁킁댔다.

"그걸 꼭 구체적으로 말해야 아남? 알잖여. 그게 뭔지……."

"흥! 불쌍하기! 당신이 평생 해서 얻은 게 뭔데?"

"하긴 그려. 속 썩이는 자식새끼들하고 앙알대는 여편네뿐이지. 신부님은 좋으시것소. 무자식 상팔자!"

한 원장이 한숨을 내쉬며 조금은 허망한 듯 웃어젖혔다.

"이봐요! 한 원장님! 이렇게 내 죽음길 지켜주는 것도 인연인데, 당신 여기 올 때마다 나한테 교리 받고 신자 되어보지 않을래?"

혈압을 재려는 그에게 팔을 내밀며 표정을 살피려 하자, 그가 갑자기 소리를 높였다.

"아구! 신부님! 가만히 좀 누워 계슈. 혈압을 잴 때는 절대 안정! 입도 좀 다물고 계시라니까!"

나는 그 소리에 찔끔해 조금 들어 올렸던 머리를 도로 베개에 눕혔다. 잠시 팔 윗부분이 한껏 조여졌다, 느슨해졌다. 수동식으로 혈압을 재던 한 원장이 귀에 꽂았던 청진기를 빼 목에 걸치며 나를 빤히 바라봤다.

"아직은 괜찮아요. 그런데 신부님! 요즘 거울 봐?"

"글쎄……."

나는 잠시 생각했다. 내가 언제 거울을 봤던지……. 화장실 출입을 한 것도 이곳으로 옮겨온 며칠 동안뿐이었다. 간병인 아주머니가 용변을 받아내는 게 처음엔 부끄럽더니 이제는 그조차도 무감각해졌다.

"신부님! 거울 보지 마!"

"왜?"

윽박지르는 듯한 그의 목소리에 나는 반항적으로 물었다.

"신부님이 지금 사람 몰골이야? 보지 말라면 보지 마! 괜히 거울 보고, 제 모습에 놀라 자빠지지 말고!"

"참 별꼴이네. 당신처럼 이상한 의사 첨 봤어. 아무리 신자가 아니라도 그렇지. 신부한테 이렇게 막말하는 사람이 어딨어?"

나는 화가 난 듯 쏘아줬지만 사실 맘으로 화가 나 있지는 않았다. 왜 그런지 미워할 수 없는 이 시골 의사에게 하루가 다르게 정이 들어갔다. 그와 이런 식으로 말을 주고받는 아침이면 나도 모르게 몸에 생기가 돌았다.

"아이고! 신부님! 당신은 내 환자야. 내게는 그냥 병든 몸뚱이로밖에 안 보이니 나한테 신부 대접 받을 생각일랑 아예 하지도 마슈."

그는 왕진가방에 챙겨온 링거병을 꺼내며 구시렁댔다.

"오늘은 이거 한 대 맞아요. 이게 뭐냐면 그 비싼 알부민 주사요. 내가 올 때마다 당분간 이거 한 대씩 놓아줄 테니 약이 다 들어가면 간병인 아주머니한테 주삿바늘 빼달라고 해요. 저 아주머니 그 정도는 할 수 있을 거요."

그가 작고 노란 링거병을 쳐들었다. 나는 말간 유리병 속의 농도 짙은 액체가, 죽어가는 생명도 연장한다는 값비싼 알부민이란 걸 알고 낯설게 바라봤다.

"원장님! 돈 많이 벌어놓은 모양이야. 공짜 왕진에, 죽어가는 홀아비에게 그런 거 놓아주는 걸 보니……."

고맙다는 말을 한다는 게 비꼬여 나온 내 소리에 그가 흥, 코웃음을 쳤다.

"나 돈 없어. 의료보험도 없는 가난한 환자가 찾아오면 대충 공짜로 치료해주고 살아온걸. 덕분에 실속 없는 남편이라고 마누라는 있는 재산 챙겨서 자식들이랑 미국으로 튀었지. 핑계는 자식새끼 교육한다는 것이었지만 그 마누라 내가 싫어졌던 거지 뭐. 낮엔 공짜 치료에, 밤엔 술 퍼마시느라 남편 노릇도 제대로 못 해주니 외로웠나 보지."

그는 내 팔에 고무줄을 묶어놓고 정맥을 찾았다.

"흥 알고 보니 한 원장도 홀아비였군."

이번엔 내가 코웃음 쳤다.

"생각하니 그러네. 그래도 난 홀아비라도 되지만 신부님은 숫총각이잖아. 큰일 났네. 신부님 죽으면 이 동네에 몽달귀신 나타나게 생겼으니……."

"아니 이 양반! 말이면 다 하는 줄 알아? 죽어서 귀신 되는 신부는

하나도 없다네. 왠지 알아? 신부들은 다 영원한 주님의 품으로 돌아
갈 뿐 구천을 떠돌지는 않거든. 아야! 거 좀 살살 찌르지."

살을 뚫고 들어오는 주삿바늘에 사실 희미한 아픔이 느껴졌지만,
나도 모르게 엄살을 떨고 말았다.

"원! 평생 도를 닦았다는 신부님이 엄살은…… 어떻게 성당 좀 나
가볼까 했더니 그만둘까 봐. 신부님 엄살떠는 것 보니 천주 앞에 도
닦는 것도 별수 없나 봐."

그는 내 팔을 묶었던 고무줄을 풀며 침대 옆에 매달린 링거병을
올려다봤다.

"천천히 들어가게 조절해 놓을게."

"이 비싼 주사를 이틀에 한 번씩이나 놓아주겠다고? 한 원장 돈도
없다면서?"

나는 그의 눈길을 따라 링거병을 올려다보며 웅얼거렸다.

"아니, 공짜 왕진도 힘에 부쳐 주겠는데 내가 엄살쟁이 신부님한
테 비싼 알부민 놓아줄 돈이 어딨어? 이거 누가 신부님한테 선물하
는 거여."

"누가?"

"있어. 그런 사람……."

그는 한동안 입을 다문 채 알부민이 링거병에서 천천히 떨어지도
록 속도를 조절했다. 나는 왜 그런지 더는 물으면 안 될 것 같아 가
만히 그를 바라보기만 했다. 조그만 창문으로 들이치는 아침 햇살
속, 한 원장의 늙수그레한 얼굴에 잔주름이 역력했다. 잘 생기지도
않았지만 그렇다고 못 생기지도 않은, 그의 얼굴 한가운데 뭉툭한
콧날이 딸기처럼 빨갛게 익어 있었다. 술을 많이 마신다는 게 사실
인 모양이었다.

"신부님 혹시 장미숙이라는 이름 기억해?"

그는 지난밤에도 과음했는지 붉게 충혈된 눈을 천천히 내게로 돌렸다.

"장미숙? 글쎄……."

"나이는 한 사십 중반쯤 되고 얼굴은 이쁘장하고……. 한동안 이 제골성당에 다녔다던데."

나는 희미해진 기억 회로에서 사십 중반 나이에 예쁘장한 여인을 바쁘게 검색하다가, 한 얼굴에 멈추어지는 내 의식에 아연해졌다.

"성당에 다녔었다면 혹시 영세명이 뭐래요?"

"뭐라더라…… 루, 루시아? 아니 루이사래나."

한 원장은 왕진가방을 들고 일어서며 혼잣말처럼 중얼거렸다.

"루이사? 장 루이사?"

"뭐 그런 것 같아. 잘 기억 못 하지만……. 아무튼 그 여자가 내 병원에 왔어. 요즘 들어 영 소화가 안 된다고 해 진찰했더니 뭔가 수상쩍은 거야. 큰 병원에 가 정밀진단을 받으라는 소견서를 써주었지. 다녀와서 하는 말이, 예상대로 위암이래. 다행히 초기라 빨리 손을 쓰면 괜찮을 것 같더라고. 위로한답시고 이말 저말 해대다가 우연히 신부님 얘기를 하게 됐지. 신부님 소식을 듣더니 이 여자 갑자기 막 우는 거야. 내가 이틀에 한 번씩 여기 온다니까 자기가 돈을 댈 테니 신부님을 좀 도와줄 방법이 뭐 없겠느냐고 묻더라고."

그가 잠시 말을 끊은 사이 나는 눈을 치떠 호스로 똑똑 떨어져 내리는 알부민 병을 올려다봤다. 먼 옛날의 전설처럼 루이사의 새침한 모습이 떠올랐다. 호리호리한 몸매와 잘 웃지도 않던 예쁜 얼굴……. 내 침대 속에 알몸으로 누워 있던 장면이 떠오르자 갑자기 얼굴이 확 달아올랐다.

"그 여자가 저 비싼 알부민 주사를 나한테 놓아주라고 했다고? 생활이 얼마나 넉넉했던지는 기억나지 않지만 제 몸도 아프다면서……."

"위암 수술이야 보험이 있지 않습니까. 그런데 신부님 그 이쁜 여자하고 연애했소? 신부님 죽는다니까 막 통곡하는데 거 느낌이 이상합디다."

한 원장은 곧 방을 나갈 것처럼 가방을 들고 서 있으면서도 말을 계속했다.

"연애? 참…… 어차피 죽을 목숨인데 그 자매한테 괜히 돈을 쓰게 하는 것 같아 부담되는군."

"그래야 자기 맘이 편하다는데. 신부님한테도 나쁠 것 없잖우. 기운도 좀 나고……. 하지만 때가 이르면 이 알부민도 아무 소용이 없을 거니까 그때는 그런 줄 알고 있으시라고요."

"그래. 알았어. 그렇게 서 있지 말고 어서 가! 병원에서 환자들 기다리겠어."

지지 않고 내지르는 말에 그가 허허 웃었다.

"아이구! 우리 신부님! 이쁜 여자가 놓아준 알부민 맞고 기운나나 보다. 소리 지르는 것 보니까. 조만간 그 장미숙 씨가 여기 한 번 온다고 했어. 서울 병원에 가 수술받기 전에 말여. 오거든 못다 한 말이나 다 해버려."

"이 양반! 못하는 소리가 없어. 나 사실 그 여자 땜에 얼마나 곤욕을 치렀다고……. 지은 죄도 없이 쓸데없는 소문이 나서 말이야."

나도 모르게 터져 나온 말에 막 돌아서 나가려던 한 원장이 머쓱한 표정을 지었다.

"그런 일이 있었구먼!"

나는 공연한 소리를 했다 싶어 눈을 내리깔았다. 그는 뭔가 더 말을 할 듯 나를 바라보다가 방을 나갔다.

좁은 방 안엔 잠시 정적이 감돌았다. 창문으로 비쳐드는 아침 빛이 내 눈 위를 흐르고 있었다. 눈을 감아 보았지만, 빛은 감은 눈 위에서도 그 밝기를 멈추지 않았다. 어쩌면 잊으려 해도 잊히지 않는 기억들만큼이나 막무가내로……

평화롭기만 했던 아침, 내 고적한 일상을 깨어버린 루이사. 엉뚱한 소문은 무성하게 번지고, 나는 인간이 지닌 세 치 혀가 사람을 그렇게 궁지에 몰아넣을 수 있다는 걸 새삼 느꼈다. 솔직히 그녀를 원망하지 않은 건 아니었다. 그러나 모든 것은 내 탓일 뿐.

나도 모르게 링거가 꽂히지 않은 왼팔을 들어 가슴을 세 번 쳤다. 마른 주먹에 부닥친 가슴뼈에서 둔탁한 소리가 울렸다. 가슴 안에 숨었던 기억의 편린들이 뼈를 가르며 일어서는 듯한 뻐근한 통증…… 눈물이 눈꼬리로 흘러내렸다.

루이사가 찾아온 것은 그 며칠 뒤였다. 한 원장과 함께 온 그녀는 내내 울었다. 팔에 새 주삿바늘이 찔러지고, 내가 아프다는 시늉으로 얼굴을 찡그리고, 한 원장이 몇 번인가 농담 비슷한 말을 건네는 동안에도 그녀는 울기만 했다. 두 손에 얼굴을 파묻고 흑흑대는 루이사를 바라보던 나는, 문득 거울을 보지 말라던 한 원장의 말을 떠올렸다. 혹시 내 모습이 너무 흉측해 그녀가 제 손에 얼굴을 묻고 저렇게 울고 있는 것인가.

손을 들어 얼굴을 더듬어 보았다. 한 원장이 오기 전 간병인이 물수건으로 닦아낸 볼 위에 어제보다 더 뼈가 도드라지는 것 같았다. 나는 루이사 앞에서 슬며시 창피한 마음이 들었다. 화장실 출입도 제대로 못 하는 몸에서 고약한 냄새가 풍기는 건 아닌지. 언젠가부터 나는 체취에도 무감각해져 있었다.

한 원장은 그녀를 바라보며 객쩍은 듯 입맛을 다셨다.

"장미숙 씨! 그만 좀 울어요. 여기 데려다 달라고 해놓고 울고만 있으면 어쩝니까."

그가 야단치듯 말했지만, 루이사는 양 손바닥에 묻었던 얼굴을 조금 들어 올렸을 뿐이었다. 화장기 없는 그녀의 얼굴이 몰라보도록 여위어 있었다. 나는 숨이 잘 쉬어지지 않는 가슴으로 어렵사리 긴 숨을 들이마셨다.

"한 원장님은 이제 그만 가보세요. 루이사 씨와 나눌 말이 있을 것 같아요. 우리 병든 사람들끼리……."

나도 모르게 중얼거린 뒷말에 한 원장이 소리 없이 웃었다. 그는 곧 왕진가방을 챙겨 들고 일어섰다.

한 원장이 방을 나가고 루이사는 말없이 내 침상 앞 의자에 앉아 있었다. 그녀와 나 사이에 자리한 가지런하지 못한 침묵에, 나는 누워 있는 등 밑이 자꾸 불편해 왔다. 이 좁은 방에 채워진 아침 햇살이 오늘따라 눈에 부셔 그 빛을 피하느라 몸을 뒤척였다. 이불이 부스럭대는 소리 사이로 돌연 루이사가 말했다.

"신부님! 제게 고해성사를 주세요!"

"응?"

나도 모르는 반문에 그녀가 눈물 젖은 얼굴을 들었다. 햇살이 그녀의 얼굴에 번진 눈물 자국을 따라 흐르고 있었다.

"성사를 통하지 않고는 아무 말씀도 드릴 수가 없어요."

"루이사 씨는 이미 개신교로 옮겨갔다고 하던데……."

"아닙니다. 저는 아직도……."

울음 섞인 그녀의 목소리가 간절히 울려 나왔다. 나는 루이사에게 서랍에 넣어놓은 보라색 영대를 꺼내 내 목에 둘러 줄 것을 부탁했다. 어쩌면 이것이 내가 누군가에게 주게 될 마지막 고해성사인지도 몰랐다. 루이사가 내 침상 앞에 무릎을 꿇고 두 손을 모았다.

"전능하신 하느님과 사제께 내가 지은 모든 죄를 고백합니다."

루이사가 차분하게 고백을 시작했다.

"저는 참으로 많은 죄를 지었습니다. 그중에서도 하느님의 종인 사제를 제 마음대로 사랑하고, 그 사랑을 얻기 위해 참으로 음란한 모습으로 신부님의 침상을 더럽혔습니다. 그리고 그 사랑을 얻지 못하자 신부님을 욕하고 거짓 소문을 퍼뜨렸습니다. 그에 대한 괴로움으로 신부님을 병들게 하고 죽음에 이르게 하였으니, 저는 죽어 마땅한 벌을 받아야 합니다. 하실 수 있다면 제 병과 신부님의 병을 바꿔 정말 제가 죽게 되기를 소망합니다."

그녀의 목소리가 절절하게 흘러나왔다. 사제인 나를 사랑했다는 그녀의 고백에, 그럴 줄 알았으면서도 잠시 머릿속이 하얗게 바래는 것 같았다. 여인의 사랑을 받는다는 것, 그것은 사제인 나에게도 죄가 되는 것이었다. 왜 사랑하는 것도, 사랑받는 것도 죄가 되어야 했던가. 문득 의문이 일 때 내 가슴속에서 돌연 희림의 모습이 솟아올랐다. 가슴이 답답해 왔다. 나는 헛기침으로 겨우 목을 가다듬고는 루이사에게 말했다.

"자매님! 하느님은 이미 자매님을 용서하셨습니다. 나도 자매를 오래전에 용서했습니다. 우리가 살아가면서 누군가를 사랑하는 일이 죄라고 생각하십니까? 아닙니다. 사랑하는 것은 죄가 아니겠지요. 하지만 그 사랑을 함부로 표현하는 건 죄가 될 수 있습니다. 자매가 뉘우쳤으니 하느님은 자매를 용서하셨습니다. 그리고 내가 병이 든 건 자매의 탓이 아닙니다. 내가 죽어야 하는 것에도 뜻이 있을 겁니다. 자매가 살아나야 하는 것에 뜻이 있듯이…….”

거기까지 말을 마쳤을 때 갑자기 루이사는 내 손을 덥석 잡고 거기 얼굴을 묻었다.

“가엾은 신부님…….”

그녀의 눈물이 내 손등 위를 뜨겁게 흘렀다. 나도 모르게 한 손을 들어 그녀의 머리를 쓰다듬었다. 부드럽게 손가락을 스치는 긴 머리칼……. 내가 언제 이렇게 여인의 머리칼을 쓸어본 적이 있던가.

오래전 희림을 안았을 때도 그녀의 머리칼을 쓸어보지 못했던 것 같았다. 두려움과 망설임 속의 어설픈 사랑……. 그러나 나는 곧 지금 내가 쓰다듬고 있는 것은 여인의 머리칼이 아니라 사제인 내게 성사를 청하는 한 목마른 영혼이라는 걸 알았다. 눈물과 향유로 예수의 발을 씻기며 회개하던 성서 속 막달라 마리아처럼…….

“나를 가엾게 생각하지 마세요. 자매가 진정 나를 가엾게만 생각했다면, 결코 나에게 성사를 청하지도 않았을 것입니다. 아직도 나를 사제로 믿고 그 강인함을 믿기에 성사를 청하지 않았습니까. 지금 내 모습이 이렇게 험한 것이 자매에게 미안할 뿐입니다.”

그녀는 더 흐느껴 울다가 조금 고개를 들더니 제 눈물이 얼룩진 내 손등을 스웨터 소매 끝으로 닦기 시작했다. 나는 제 머리카락으로 예수의 발을 닦던 막달라 마리아를 다시 떠올렸다. 돌무덤에서 부활한 예수를 가장 먼저 발견했던 그녀처럼 혹 이 여인이 나의 부활을 발견해 줄 것인지…….

“자매님! 병을 치료하고 열심히 사십시오. 하느님이 자매에게 새로 베푸신 생명 속엔 많은 것들이 기다리고 있을 것입니다. 나는 예수님의 이름으로 자매의 모든 죄를 사합니다.”

손을 들어 그녀를 향해 십자를 그었다. 다시 두 손을 모으고 다소곳이 고개를 숙인 그녀의 모습은 더없이 평화로워 보였다. 나는 전날 본의 아니게 루이사에게 불어넣었던 열정을 이렇게 평화로 바꾸어주고 떠날 수 있다는 것에 스스로 행복해졌다.

그녀가 슬며시 일어서 한구석에 벗어 놓았던 외투를 입고 나서 물끄러미 나를 바라보았다. 성사를 주기 전 그녀와 나 사이에 뒤숭숭하게 얽혀 있던 어떤 기운이 일시에 사라지고 없는 게 느껴졌다. 서로를 바라보며 미소 지었다.

"수술 잘 받고 몸 회복되거든 또 봐요. 내가 그때까지는 꼭 살아 있을 테니까……."

"네! 신부님! 제가 돌아올 때까지 꼭 여기 계셔야 해요!"

그녀는 천천히 돌아서 방을 나갔다. 나는 목에 걸쳤던 영대를 풀어 침대 옆에 놓았다. 생각하면 이 얼마나 다행한 일인가. 저토록 평화로운 루이사의 모습을, 아니 잠시 내게서 멀어져갔던 한 영혼의 아름다운 모습을 다시 보고 떠날 수 있다는 것이…….

나는 무심코 노란 알부민 병을 올려다보다가 루이사에게 고맙다는 말을 하지 않은 걸 깨달았다. 그녀를 다시 만나게 되면 그때는 꼭 고맙다고 말하리라.

갑자기 목이 말랐다. 침대 옆 테이블에 뚜껑이 덮인 채 놓여 있는 물컵을 집으려고 몸을 일으켰다. 창문으로 성당 뜰이 내다보였다. 그늘진 틈새에 더러는 눈이 내렸던 흔적이 하얗게 남아 있는 뜰을 김웅편 신부가 일꾼과 함께 서성였다. 부쩍 내려간 기온에 바깥 수도가 동파됐다는 얘기를 이른 아침에 들은 것 같았다. 하긴 추위는 언제나 봄을 앞두고 더 기승을 부렸다.

아침 미사를 마치고 아직 벗지 못한 검은 수단 차림의 김 신부가 일어나 앉은 나를 보고 창가로 걸어왔다. 그가 창문에 대고 손을 흔들었다. 밖에 오래 있었던지 그의 코끝이 발그스름했다. 내가 막 물컵을 들었을 때 김 신부가 뜰을 향해 돌아섰다. 검은 수단을 입은 그의 판판한 등이 작은 창을 가리자, 새까매진 유리창은 순식간에 어두운 거울이 돼 내 모습을 비췄다. 침대와 창까지는 겨우 1미터 남짓한 거리였다. 거기 또렷이 투영되는 내 모습, 나는 하마터면 물컵을 떨어뜨릴 뻔했다. 사람의 형상이라기엔 너무 가늘고 뾰족한 무엇이 거기 있었다. 나도 모르게 고개를 돌렸다. 곧 김 신부가 유리창에서 멀어지고, 거기 어리던 내 모습도 사라졌다.

나는 떨리는 손으로 물컵을 입에 가져갔다. 물 몇 모금이 힘겹게 목을 타고 넘어갔다. 어디선가 한 원장의 걸쭉한 목소리가 들리는 것 같았다.

"신부님! 거울 보지 마!"

그래, 그의 말이 옳았다. 이렇게 소름 끼치는 내 모습을 볼 필요가 있으랴. 아, 얼마나 더 이 비참한 몰골로 견뎌야 하는가.

물컵을 내려놓고 다시 바라보는 창밖에 가느다란 눈발이 날렸다. 마당 가에 둘러선 앙상한 나무들이 바람에 흩날리는 성긴 눈발 속에 가지를 흔들었다. 기다리는 봄은 아직 너무 멀리에 있었다.

슬픈 봄날

"신부님! 제비가 왔어요! 저기 창밖을 보세요!"

금실 아주머니가 젖은 수건으로 내 얼굴을 닦다가 소리쳤다.

"봄이니 왔겠지. 그래도 한 번 보기나 합시다. 내 안경 좀 주시겠어요?"

그녀의 손에 들린 젖은 수건이 웅얼대는 내 입술을 스쳐 갔다. 금실 아주머니가 얼른 침대 옆 테이블에 벗어 놓은 내 근시 안경을 씌워주었다. 과연 햇살이 환한 마당 가를 오르락내리락하는 검은 제비 두 마리가 보였다.

"집을 지으려나? 어디 기댈 데나 있겠어요?"

"기러게요. 온통 시멘트 건물이라…… 집 지을 데가 없으면 아마 딴 데로 가겠지요. 뭐."

그녀는 내가 벗어 놓은 속옷과 잠옷을 뭉쳐 옆구리에 낀 채, 물이 출렁거리는 플라스틱 대야를 들고 방을 나갔다. 꽃무늬가 희번덕거리는 폴리에스텔 몸뻬에 황톳빛 겉 스웨터를 입은, 그녀의 자그맣고 똥똥한 뒷모습을 바라보다 나는 조금 길게 숨을 내쉬었다. 연변에서 왔다는 금실 아주머니는 칠순이 가까웠다. 그 나이가 아니었다면 나는 하루에도 몇 번씩 그녀가 내 사타구니를 들추는 걸 못 견뎌 했을 것이다.

무심코 다시 눈이 간 창가에서, 제비들이 마치 싸움을 하듯 푸드덕거렸다. 그 창틀 위에 집을 지을까, 저희끼리 의논하고 있는 것인가. 망연히 제비들을 보고 있는데 덜커덩 방문이 열리며 베이지색 봄 코트를 입은 한 원장이 들어섰다.

"에고! 참! 단 한 번도 조용히 들어오는 날이 없구면!"

나는 부러 화가 난 듯 그를 흘겨보았다.

"신부님이 혹 아주 가려고 하는 중이라면, 깜짝 놀라 깨어나라고 일부러 그러는 거 알어?"

그는 왕진가방을 침대 위로 털썩 내려놓으며 나를 내려다봤다.

"가긴…… 참 내 목숨 질기네. 봄이 오기 전에 그만 갈 줄 알았는데, 왜 이리 질기게 살아남는 걸까."

"죽고 사는 일을 신부님이 모르면 내가 어찌 알아? 신부님은 평생 그것만 연구한 사람 아녀?"

"이렇게 누워만 있으니 내가 평생 뭘 했던가 아득하기만 해. 참 내 죽음 하나도 어찌 못하면서……."

그가 가방을 열어 청진기를 꺼냈다. 방금 채운 잠옷의 단추를 푸는 그의 손길에 나는 앙탈하는 계집애처럼 몸을 뒤챘다.

"하나마나한 진찰을 뭐 하러 만날 해? 차갑단 말여. 청진기가……."

한동안 나를 보기만 하던 한 원장이 손으로 청진기 끝을 잡으며 희미한 미소를 띠었다.

"자요. 내가 이렇게 청진기를 덥히고 나서 진찰할 테니 걱정하지 말아요. 난 신부님이 차가운 걸 그렇게 싫어하는 줄 몰랐네."

왜 그런지 그의 얼굴이 슬퍼 보이는 것 같았다. 그는 청진기를 끝을 만지작거리며 한동안 창밖만 내다봤다.

"봄이 왔지? 저기 마당에 제비도 있어. 아까는 이 창가까지 날아왔었는데……."

늘 시끄럽던 그의 조용함을 참을 수 없어 내가 먼저 말을 걸었다. 그는 뭔가 생각에 빠져 있었던 듯 몸을 움찔하며 얼른 창에서 시선을 거뒀다.

"신부님! 이 알부민 한 대 맞고 내일모레쯤 잠시 외출할 수 있어?"

그의 두 손바닥 사이에서 미지근해진 청진기가 내 마른 가슴 위를 오락가락하는 동안 그가 마치 비밀을 속삭이듯 말했다.

"외출?"

나는 눈을 동그랗게 뜨고 그를 올려다봤다. 하긴 바깥 공기를 쏘여본 게 언제던가. 겨울이 가는 동안 내내 방 안에만 누워 있었다. 나도 모르게 가슴이 조금 설레어왔다.

"정말 나가도 괜찮을까. 저 봄기운을 좀 쏘여보고 싶긴 해……."

나는 창밖으로 고개를 돌렸다. 빛의 안개가 앞을 가로막은 듯 눈이 부셨다. 아침볕이 더 짙어졌지만, 제비는 어느새 간 곳이 없었다.

"제비가 그냥 갔나 봐. 아까는 집을 지으려는 것 같더니……."

"제비가 왔었다고?"

한 원장이 청진기를 가방에 넣고 링거병을 꺼내며 중얼거렸다. 이제는 내게 익숙해진 그 노란 액체, 알부민이었다.

"아무래도 목숨이 질기게도 붙어 있는 게 저 알부민 때문인가 봐. 허나 그냥 명줄만 붙어 있는 게 무슨 소용이겠어. 앗! 아야!"

알코올이 적셔진 솜으로 내 팔뚝을 문지르던 그는 어느 틈엔가 주삿바늘을 찔러 넣었다.

"만날 꽂는 주삿바늘 뭐가 아프다구……. 신부님 갈수록 엄살이 심해져."

그가 내 아픔쯤은 아랑곳없다는 듯 나와 눈을 맞추지 않은 채 말했다.

"제비를 보았다니 생각나네. 나 어릴 때 우리 어머니는 더럽다고 처마 밑에 거의 다 지어놓은 제비집을 뜯어내셨지. 하지만 옆집 아주머니는 오히려 제비가 집을 잘 짓게 받침대까지 받쳐줬어. 누가 복을 받았을까? 누구라도 제비집을 받쳐준 옆집 아주머니가 복을 받았을 거로 생각하겠지. 하지만 아녀. 옆집 아주머니는 자식들 속 썩여 지지리 고생만 하다 병들어 죽고, 우리 어머니는 나 의사 공부시키고 효도 받다 곱게 가셨지. 흥부전도 다 소용없더구먼."

내 팔에 반창고를 붙이는 그의 손길에 벌쭘 들려있던 링거 바늘이 피부 위로 내려앉았다. 밀착되는 이물감에 잠시 불편기가 느껴졌다. 나는 팔을 몇 번 움찔거리다 신경질적으로 말했다.

"그래서 지금 제비가 집을 지으면 뜯어내라는 거여? 밑받침을 만들어 주라는 거여? 어차피 속 썩이거나 잘될 자식도 없는 홀아비 사제관에 제비가 집을 짓든 말든……."

그는 링거가 떨어져 내리는 호스를 잠시 올려다보았을 뿐 아무 말이 없었다. 다른 때 같으면 몇 마디를 쏟아낼 법도 한 그가 심심하게 느껴져, 나는 조금 소리를 높였다.

"제비 다리 고쳐준 흥부는 복을 받았는데 제비집 받쳐준 옆집 아주머니는 복을 못 받았다 그거지? 다리 부러진 제비를 만났어야 했는데……."

말을 해놓고 뭔가 장난스런 대답을 기대했는데, 웬일인지 그의 눈길이 무겁게 내려앉았다. 나는 그때야 무슨 일이 있다는 걸 눈치채고 가만히 입을 다물었다.

필경 내가 오늘 밤을 못 넘기고 죽는다는 말이겠지.

"오늘은 꼭 죽고 말 거라고? 그 말을 하려고 그러지?"

말을 참고 있다 나도 모르게 내질렀다.

"이미 죽었어."

그가 고개를 저었다.

"뭐? 그럼 내가 지금 죽은 거여?"

나는 사람이 막 숨을 거둔 순간엔 영혼이 자기가 죽었다는 걸 인식하지 못하더라는, 어디서 들은 말이 생각나 급히 물었다. 그가 큭큭 웃음을 머금는 듯하더니 갑자기 울분을 토하듯 말했다.

"신부님! 장미숙 씨가 죽었어요!"

"장미숙?"

나는 잠시 그 이름에 일치하는 얼굴을 머릿속에서 가늠하다가 그만 아연해 지고 말했다.

"뭐라고? 루이사?"

그가 말없이 고개를 끄덕였다.

"왜? 왜……."

"수술도 잘 됐고 경과가 좋다더니 갑자기…… 심장마비였다는데……."

나와 늘 반말 비슷하게 주고받던 그가 그 말을 할 때만은 정중한 어투가 됐다.

내 머릿속을 누군가 하얗게 칠해 놓은 듯 막막했다. 침대 옆 옷걸이에 매달린 노란 링거병을 올려다봤다.

"내게 목숨을 선물하고 제가 가다니……."

그제야 말이 돼 나오는 내 웅얼거림에 한 원장이 눈가장자리로 번져 나온 눈물을 닦았다.

"의사 노릇 몇십 년에 죽음도 많이 봤죠. 하지만 이런 묘한 노릇이 있습니까. 죽어가는 신부님을 하루라도 더 살리려고 하더니 자기가 가버리는군요."

"언제 그랬대?"

울컥거리는 마음을 숨기는 내 목소리가 떨려 나왔다.

"바로 어제요. 장미숙 씨 남편이 나한테 왔었어요. 그 여자 유서를 들고……."

"유서?"

"아, 수술 들어가기 전 만일을 생각해 적어놓은 거 말예요. 그런데 거기 유서에 혹 자기가 죽거든 성당에서 장례미사를 드려 달라고 썼더래요. 그 미사는 꼭 탁 신부님께서 집전 해주시라고요."

"뭐? 날 보고?"

자기가 죽을 걸 알고 내게 목숨을 선물했던가. 장례미사를 집전해 달라고?

"김 신부님이 이미 장례 일정을 잡고 있어요. 아마도 내일모레쯤 되지 싶은데……."

한 원장이 말을 끝맺기도 전에 나는 대들 듯 말했다.

"왜? 왜? 나는 그 여자 유언을 들어주어야 하는데? 그리고 그 집 사람들은 다 개신교로 갔다면서?"

갑자기 히스테릭해지는 목소리에 한 원장이 내 손을 잡으며 침대 모서리에 앉았다.

"신부님! 진정하세요."

"자기 아내와 내가 간통이라도 한 듯 소문을 퍼트리고, 나를 미워하던 그 남자 루도비꼬가 한 원장을 찾아왔었단 말이지? 참……."

나는 뭔가 분한 마음을 견딜 수 없었다. 그러나 그것도 잠시였다. 기력이 빠져나간 몸에 번지는 약 기운에 잠이 스르르 몰려왔다. 자꾸 내려앉는 내 눈꺼풀 위를 한 원장의 한숨이 스치고 지나갔다.

"좀 주무세요."

그가 보통 때와 달리 살며시 문을 닫고 나가는 기척이 꿈속처럼 아득하게 느껴졌다.

막상 뜰로 나서니 볼을 스쳐 가는 바람이 시렸다. 나를 휠체어에 태운 채 성당 마당을 가로지르는 금실 아주머니의 힘겨운 숨소리가 뒤에서 들려왔다. 공연히 미안한 마음이 들어 혼자 걸어보겠다고 말할까, 하다가 참았다. 한 원장이 미사 집전을 위해 체력을 아껴야 한다던 말이 생각났다.

휠체어가 제의실 앞에 멎었다. 나를 부축하러 나오는 김웅편 신부를 보자, 금실 아주머니는 휴우! 숨을 내쉬고는 어디론가 가버렸다. 김 신부가 제의실 안으로 휠체어를 밀었다. 한때는 몹시도 익숙했던 곳이었으나 이제 좀 낯설게도 느껴지는 제의실 안 공기는 썰렁했다. 거기서 누군가가 급히 일어섰다. 그새 성큼 키가 커버린 미카엘과 베네딕도……. 내 미사에 복사를 하던 루이사의 두 아들이었다.

"신부님! 그간 안녕하셨습니까?"

공손히 머리를 조아리는 미카엘은 어느새 청년티가 났다. 그 옆에서 아직 얼굴은 앳되나, 키가 제 형 못지않게 커버린 베네딕도가 미카엘을 따라 고개를 숙였다. 나는 잠시 가슴이 먹먹해져 아무 말도 하지 못한 채, 그들에게 두 손을 내밀었다. 마음껏 팔이 뻗어지지도 않는 내 어눌한 동작에, 아이들이 얼른 다가와 내 양손을 잡았다.

"뭐라 할 말이 없구나. 너희들이 이리 해맑은데……."

두 아이들이 금세 내 손에 얼굴을 묻고 흐느꼈다. 미카엘이 곧 고개를 들고 또박또박 말했다.

"신부님! 그간 저희가 성당을 떠나 있었으나 오늘 저희 어머니 장례미사에 복사를 설 수 있게 허락해 주십시오."

나는 그제야 아이들이 제의실에서 나를 기다리던 이유를 알았다.

"그래, 당연히 그래야지. 그런데 너희는 아직도 이담에 신부가 되고 싶으냐?"

눈물이 가득한 눈으로 미카엘을 보면서, 나는 참으로 적절치 못한 순간에 그런 질문을 했다고 생각했다. 그러나 미카엘은 침착하게 말했다.

"하느님이 부르시면 그렇게 하겠습니다."

나는 옆에 선 베네딕도를 바라봤다.

"너도 그러냐?"

베네딕도는 아무 말이 없었다. 다만 그 애는 조금 전보다 더 서럽게 흐느꼈다. 나는 봄처럼 피어나는 두 아이들을 보면서 잠시 나의 황폐한 몰골을 잊었다. 김 신부의 부축을 받으며 제의를 입고 거울 앞에 선 순간, 누렇게 변색한 미라에 하얀 제의가 걸쳐져 있는 걸 보았다. 어쩌면 조금 전에 아이들은 제 어미를 잃은 설움보다 내 몰골이 가엾어 울었던 건 아닐까.

제의실을 나서려 하자 두 아이들이 옆에서 내 양팔을 잡았다. 몸이 심하게 비틀거렸다. 미사에 참례하려는 사람들이 어느새 성당 안을 가득 메우고 있었다. 나는 그 많은 사람 앞에 죽어가는 내 모습을 보여야 한다는 것에 갑자기 처참한 심정이 됐다.

멀리 제대 앞에 놓인 관이 보였다. 초라한 관 위엔 장미 몇 송이가 놓여 있었다. 루이사네 집안 형편이 그다지 넉넉지 못하다는 게 짐작됐다. 그러면서도 내게 생명 연장을 선물한 그녀가 고마운 것인지, 원망스러운 것인지, 나는 이틀에 한 번씩 내 침대 옆에 매달리던 노란 알부민 병을 떠올리며 마음이 무거워 왔다. 결국, 나는 루이사의 장례미사를 드리기 위해 이 제골성당을 다시 찾아왔던가.

입당성가가 울리기를 기다리고 있는데, 돌연 가슴속에서 희림이 얼굴을 내밀었다. 내가 사랑했던 그녀를 루이사처럼 이렇게 보내지도 못했다는 생각……. 나는 그녀가 어떻게 생긴 관에 담겨 땅에 묻혔는지 알지 못했다. 뒤늦게 성당 안으로 들어서던 몇 사람이 나를 흘끔거리며 벌어지는 제 입을 손으로 가리는 게 보였다. 그들은 루이사의 죽음보다 내 몰골이 더 놀라운 것 같았다. 나는 눈을 질끈 감았다.

이윽고 입당성가가 울렸다. 두 아이의 부축을 받으며 제대 가까이 걸어갈수록 후들거리던 내 다리에 힘이 실렸다. 이만한 컨디션이면 루이사의 영혼을 잘 다독거려 떠나보낼 수 있을 것 같았다.

루이사, 당신만은 연옥에서 울게 하지 않으리라.

오랫동안 그곳에서 외로웠던 나의 희림처럼 울게 하지는 않으리라.

가슴속을 휘도는 슬프고도 향기로운 기운이 있었다. 그리스도의 사랑과 지상의 슬픔 사이에서 누군가가 아름다운 노래를 부르고 있는 것 같았다. 바람처럼 제의 자락을 스치며 휘돌아 오르는……. 나는 느꼈으나 알지 못했다. 그것이 누구의 영혼인지를.

들리지 않으나, 어떤 귀여운 조잘댐이 느껴졌다. 그것은 희림이었다. 아니면 루이사……. 아직도 어린 소녀인 내 어머니인지도 몰랐다. 어쩌면 이 세상에 왔던 모든 여인의 사랑이었을까. 그토록 완전하고 싶던 그녀들의 사랑!

나는 온 정성을 다해 미사를 드렸다.

주여! 받으소서! 이 향기로운 기도를!

상처가 되더라도 과감히 사랑할 줄 알았던 이 여인들의 향기를!

나는 행복했다. 아무도 내 초라한 몰골을 주시하고 있지 않다는 게 느껴졌다. 어미를 잃은 미카엘과 베네딕도의 얼굴에도 평화가 내려앉았다. 나는 루이사가 흡족히 떠나고 있음을 알았다.

미사가 끝나고 퇴장 성가 속에 루이사의 관이 실려 나갔다. 김웅편 신부와 나도 성당 밖으로 나왔다. 봄날의 한낮이 어느덧 화사하게 펼쳐져 있었다. 엷고 투명한 햇살의 너울이 성당 마당을 덮고 있는 듯, 밝고도 몽롱한 기운이 휘돌았다. 어디에 있었던지 한 원장이 내게 다가왔다.

"신부님! 괜찮으세요?"

그는 얼른 나를 부축하고 섰다. 그 순간 꼿꼿하던 다리에 힘이 빠지며 무릎이 꺾였다. 막 주저앉아 버리려는 내게 금실 아주머니가 잽싸게 휠체어를 밀고 왔다. 나는 그 위에 털썩 주저앉으며 원망스런 눈빛으로 한 원장을 올려다보았다.

"주님이 걸어준 최면을 한 원장님이 다 깨어버리는군!"

한 원장이 막 한마디 하려는데, 김 신부가 휠체어의 방향을 돌려 제의실로 향했다.

"주님께서 스스로 그 최면을 푸셨어요. 한 원장님이 아니라요. 이 제 쉬셔야죠."

제의실로 밀려가는 휠체어 뒤에서 구시렁대는 한 원장의 목소리가 들렸다.

"잠시 아드레날린이 과도하게 분비되었던 거지. 내일 하루 정도는 더 피곤하실 거외다."

나는 혹 미카엘과 베네딕도가 있는가 싶어 돌아보았다. 아이들은 당연히 제 어미의 관을 따라갔을 텐데도…….

"장지가 어디래?"

"멀지 않은 곳이랍니다. 왜요?"

"내가 거기까지 갈 수 있을까?"

"됐어요. 그만 하세요."

"나도 이제 아낄 게 없게 됐어. 내가 살아 있는 건 이 미사를 위해서였던 것 같아."

"루이사 자매를 위해서요?"

제의실에 들어선 김 신부가 나를 마주 보며 눈을 휘둥그레 떴다. 나는 살며시 고개를 저었다.

"아니…… 사랑을 사랑했던 많은 영혼들을 위해서!"

김 신부가 뭐라 말을 하려다 그만 입을 다물고 묵묵히 내 제의를 벗겨주었다. 그가 자기 제의까지 정돈해 걸어놓았을 때, 루이사의 남편 루도비꼬가 비통한 표정으로 제의실로 들어섰다.

"신부님! 저를 용서하십시오!"

그는 휠체어 아래 냉큼 무릎을 꿇었다. 얼른 일어나라는 손짓을 했지만, 그는 내 앙상한 무릎에 얼굴을 묻고 통곡하기 시작했다.

어쩌면 루도비꼬는 내 모습이 가여워 울고 있는지도 몰랐다. 아니면 아내를 다시는 볼 수 없다는 슬픔에, 어쩌면 전날 나와 루이사 사이를 오해한 것이 미안해서, 아니면 성당을 떠나 개신교로 가버린 것을 후회하며…….

한참을 울고 난 루도비꼬가 고개를 들었다.

"신부님! 속죄의 대가로 제 두 아들 중 하나는 하느님 앞에 사제로 바치겠습니다."

울먹이는 그의 목소리는 왜 그런지 그다지 진지하게 들리지 않았다. 나는 조금 화가 난 투로 말했다.

"아이들은 루도비꼬 형제님 자의로 사제가 될 수 있는 게 아닙니다. 먼저 주님의 부르심과 본인들의 의사가 있어야 합니다. 그런 다음에 아버지의 허락이 있어야 하는 것이지요."

"하여간 저를 용서해 주십시오."

그는 꿇었던 무릎을 펴고 일어서며 조그맣게 중얼거렸다.

"용서를 하는 건 내가 아니라 하느님이십니다."

나는 계속 화가 난 목소리로 말했다. 잠시 머리를 조아리던 그가 조용히 제의실을 나가자 김 신부가 휠체어를 밀어 나를 밖으로 데리고 나왔다.

"신부님! 아내를 잃고, 나름 용서를 청하는 사람에게 왜 그리 쌀쌀하십니까?"

"몰라! 공연히 화가 나! 아마도 제대 위에서의 최면이 풀린 중증환자의 심통인가 보지?"

"에그! 금세 거룩한 사제에서 심통 맞은 환자로 돌아오셨군요. 참, 우리 주님, 그 효력을 오늘 하루라도 좀 가게 해주시지."

김 신부와 너스레를 주고받는 봄 햇살 가득한 성당 마당, 담장 아래 나무 한 그루가 서 있는 게 보였다. 전에도 그 나무가 있었던지 기억이 나지 않았다. 키는 좀 크지만 몸피가 가는 목련 나무였다.

"꽃봉오리가 맺혔나?"

"아직요."

김 신부가 얼른 대답했다. 그는 나와 똑같이 그 나무를 바라보고 있던 모양이었다.

"백목련인가?"

"아니요. 자목련입니다."

나는 산호세 숲속 기도원 뜰에 섰던 자목련 나무를 떠올렸다. 그리고 그 나무처럼 몸이 길고 가늘던 레베카도…….

"레베카 자매는 잘 있을까?"

김 신부가 이번엔 딴 생각을 하고 있었던 듯 잠시 후에야 대답했다.

"예! 가끔 신부님의 근황을 물어오는 이메일을 보냅니다. 제가 간단한 답장을 써 보내고 있습니다."

"내가 저 꽃 피는 걸 볼 수 있을까?"

김 신부가 대답 대신 길게 숨을 내뿜는 소리가 들렸다.

"하긴 천국에 가면 저보다 이쁜 꽃들이 지천일 텐데 지상의 꽃에 연연하겠나."

슬며시 하늘을 올려다봤다. 눈에 어려 오는 물기에 화사한 봄볕이 굴절되었다.

목련 같은 여인

붉은 목련이 피었다. 뜰에 앉은 내가 올려다보기 알맞은 높이에 자주색 꽃잎이 살포시 벌어져 있었다. 꽃잎 갈피에 햇살과 바람을 안고 고요히 피어난 그 모습은, 마치 슬쩍 벌어져 버린 여인의 입술 같았다. 자줏빛으로 검붉게 응축된 뜨거움을 견디지 못해 벙긋 열려 버린 열정처럼……

꽃을 바라보다 나도 모르게 흥, 짧은 웃음이 터져 나왔다.

"신부님! 왜 웃으세요?"

금실 아주머니가 그 웃음 같지도 않은 코웃음을 들었던지 등 뒤에서 물었다. 내 앞으로 고개를 빼는 그녀의 체취가 가벼운 바람을 타고 날아왔다. 결코, 좋은 냄새라고 할 수는 없는, 그러나 지루하고 깊은 삶이 타고 있는 사람 냄새였다. 나는 그녀의 체취를 흡, 들이마실밖에 없었다. 마치 금실 아주머니의 고달픈 생애를 폐부에 새겨 넣듯.

"저 목련 꽃잎이 말이에요. 왜 내 눈에 여자 입술로 보이는 걸까요."

아무렇게나 말해버린 건, 천주교 신자가 아닌 그녀에겐 사제의 체면을 차릴 필요가 없었던 때문인지도 모른다.

금실 아주머니가 갑자기 크크 웃음소리를 냈다. 마늘 냄새가 섞인 그녀의 입내가 휠체어 뒤에서 내 어깨너머로 날아왔다.

"신부님도 남자 아닙니까. 꽃을 보고 녀자를 생각하는 건 당연하디요. 그게 입술이라니 다행이지 그 머시기, 녀자 그거이라고 생각되면 어쩌시려구요."

나는 웃음을 멈추지 못하는 금실 아주머니를 슬그머니 돌아보다가, 한참 후에야 그 뜻을 알아채고 얼굴이 달아올랐다.

"참, 남자들은 문지방 넘을 기운만 있어도 녀자 생각을 한다더니요."

이어지는 그녀의 말에 나는 슬그머니 화가 치밀었다.

"아주머니! 신부한테 그런 말을 합니까?"

호통을 치고 싶다는 맘과 달리 내 말은 응석을 부리듯 흘러나왔다.

"죄송합니다. 하지만 신부님도 남자 아닙니까."

"남자는 무슨…… 나는 평생 남자이기 이전에 신부였습니다. 어릴 때는 신부가 되기 위한 남자아이였을 뿐이죠."

"저런!"

혀를 차는 금실 아주머니의 감탄사엔 동정이 서려 있었다. 나는 어쩌면 봄날의 마지막 해바라기가 될지도 모를 귀한 시간을, 이 늙은 여인에게 조롱당하는 것 같아 짜증이 났다.

"아주머니! 아까 시장 간다고 하지 않으셨어요? 어서 다녀오세요. 잠시 혼자 있고 싶어요."

"아이고 신부님 화나셨어요? 죄송합네다. 나이를 먹으니 제가 참 주책이디요. 평생 총각으로 사신 신부님 앞에서 그런 흉측한 소리를…… 한 시간 정도는 걸릴 텐데 여기 혼자 계셔도 괜찮겠어요? 김 신부님도 안 계신데요."

금실 아주머니가 기어들어 가는 소리로 말했다. 나는 자꾸 이어지는 그녀의 말이 성가셔 더 짜증이 돋았다.

"어서 다녀오세요! 한 시간 안에 내가 죽어도 하는 수 없지요."

신경질적인 내 말에 금실 아주머니가 갑자기 조신해진 걸음으로 사제관으로 들어갔다.

어느새 봄은 만개해 있었다. 겨우내 일어나 앉기도 힘들었던 몸에, 루이사의 장례미사를 드리고 나서 신기하게도 기운이 실렸다. 나는 침대에 누운 채 부끄럽게 하던 용변을, 그날 이후 화장실에서 하게 되었다. 비틀거리며 걷는 게 힘겹긴 했지만, 아직은 사람으로서의 품위를 지키는 것 같아 마음이 편안해졌다.

"다녀올게요."

시장갈 채비를 마친 금실 아주머니가 바쁜 걸음걸이로 나를 지나쳐갔다. 잘 다녀오라는 말이라도 하려 했는데, 금실 아주머니는 어느새 저만치 성당 출입문을 나가고 있었다.

4월, 밝은 햇살 속에 홀로 앉은 뜰은 적요하기만 했다. 다시 꽃을 바라봤다. 가느다란 가지 끝에 다소곳이 피어난 붉은 목련은 잎사귀 사이로 내게 뭔가를 속삭이는 것 같았다. 꽃잎이 갑자기 우우우 울음소리를 냈다. 꽃잎은 희림의 영혼을 품고 소리 없이 내게 울고 있는 듯했다.

희림아! 내가 너를 구할 그 이름을 입고 곧 가리라. 어쩌면 태초 이전 너와 나는 하나였던 걸까. 원죄가 우리를 둘로 쪼개어 하나 됨을 갈망하던 그 고통을…….

눈물이 고여 오는 뿌연 시야에서 자줏빛 꽃잎이 햇살을 받아 조금

더 피어난 것 같았다. 눈가를 닦아 내리는 내 손끝이 축축하게 젖어
왔다.

"신부님! 울고 계세요?"

문득 들려오는 청신한 바람 같은 소리에 고개를 들었다. 봄 햇살
에 썩 어울리는 아름다운 소년이 내 오른쪽 비스듬히 두어 발자국
거리에 선 채 겸연쩍은 표정을 지었다.

"아, 미카엘 왔구나."

세상을 떠난 루이사의 큰아들이었다.

"네 신부님! 성당 옆을 지나는데 간병인 아주머니를 만났어요. 저
를 알아보고 신부님 혼자 계시니 말벗이라도 해드리라고 해서요."

미카엘은 열여섯 살이었다. 어른처럼 훌쩍 커버린 키에 아직은 여
물지 않은 몸매가 호리호리했다. 소년은 여럿한 몸피를 세운 채 키
만 크게 자란 목련 나무와 흡사했다.

"반갑구나. 어머니 산소엔 자주 가보니?"

"네."

미카엘은 들릴락 말락 대답하며 고개를 숙였다. 소년의 가슴에 차
오르는 그리움과 슬픔이 금세 내 가슴에 전해지는 것 같았다.

"거기 좀 앉으렴. 그렇게 서 있지만 말고……."

소년이 화단 앞 펀펀한 돌 위에 조심스레 앉았다.

"참 잘 자랐구나. 아직 더 자라야 하지만……."

"신부님이 아프셔서 어떻게 해요. 괜히 죄송해요. 우리 대신 십자
가를 지신 것 같아서요."

물기가 어린 미카엘의 눈이 햇빛을 받아 반짝거렸다. 소년은 사제
인 나와 거룩한 예수를 착각하고 있는 걸까. 나는 슬그머니 웃었다.

"미카엘! 내가 하느님의 중개자인 사제인 건 맞는데 예수님처럼

뭇사람의 죄를 보속하느라 이리 아픈 건지 그건 잘 모르겠구나. 나는 그냥 나 때문에 아픈 것이야."

"그래도요……."

미카엘이 슬그머니 고개를 숙였다. 기어이 그 애의 눈에서 눈물이 떨어졌다.

"신부님! 천국에 가실 건가요?"

눈물 젖은 얼굴을 들고 나를 빤히 보는 미카엘의 뜬금없는 질문에, 나는 잠시 대답을 못 했다.

"그 말은 나보고 곧 죽을 거냐고 묻는 거니?"

나는 웃었으나 왜 그런지 마음이 서늘해져 왔다. 어린 미카엘의 질문이 왜 섭섭해지는 걸까. 나는 애써 태연한 표정을 지었다.

"그건 나도 잘 모르겠구나. 천국에 가는 건 하느님께서 결정하시는 것이니까."

"신부님들은 다 천국에 가시는 것 아닌가요?"

소년의 표정은 단호했다.

"글쎄다. 사제도 한 사람의 인간인데 그 영혼의 순결성에 대해선 하느님께서 판단하시지 않겠니. 나 죽은 다음에 기도해 보렴. 내가 천국에 이르렀는가를……. 절실히 기도하면 그걸 알 수 있을 거란다."

"그렇다면 신부님! 저희 어머니는 천국에 이르셨을까요? 저희 어머니가 천국에 가셨는지 기도해 보시겠어요?"

미카엘은 제 어머니를 생각하다가 나 보고 천국에 갈 것이냐고 물은 모양이었다.

"물론. 천국 문이 활짝 열린다는 부활 전 사순절에 네 어머니가 떠나셨지 않니. 벌써 그곳에 이르셨을 거다. 네 어머니는 수술하러 가기 전 내게 와 고해성사를 보았다."

미카엘의 젖은 눈이 동그랗게 열렸다. 그러나 그 애는 곧 눈을 내리깔고 내 말이 이어지길 기다렸다.

"네 어머니는 비싼 주사약을 선물하며 내가 더 살기를 바랐다. 어쩌면 그래서 이 봄이 오기까지 이렇게 살고 있는지도 모르지. 내가 너희 어머니 장례미사를 집전하게 될 줄은 몰랐구나."

미카엘이 훌쩍훌쩍 울기 시작했다. 나는 그 애에게 다가가고 싶었지만, 휠체어를 움직일 힘이 없었다.

"이리 오렴. 미카엘!"

소년이 냉큼 일어나 내 무릎에 얼굴을 묻었다. 들썩이는 미카엘의 어깨에서 싱그러운 바람 냄새가 났다. 소년은 실로 인생의 봄을 맞고 있었다. 나는 병든 손을 봄의 어깨에 얹었다.

"미카엘! 어머니는 너를 위해 천국에서 기도하고 계실 거다. 너와 네 동생 베네딕도를 위해서…… 힘을 내렴."

"어머니는 너무 힘드셨어요. 아버지에게 딴 여자가 있었거든요. 이제 곧 그 여자가 집에 들어오게 된대요."

"뭐?"

울음소리에 섞여 있었으나 미카엘의 말마디는 또렷했다. 이 아이는 그 말을 털어놓고 싶어 내게 온 것일까. 나는 내 무릎에서 소년의 얼굴을 두 손으로 일으켜 세웠다.

"그게 무슨 말이니?"

"제가 언젠가 어머니 아버지가 싸우는 걸 엿들은 적이 있었어요. 아버지에게 딴 여자가 있다고…… 그런데 그건 어머니 때문이라고 아버지가 소리 질렀어요. 어머니가 아버지를 사랑하지 않기 때문이라고요."

미카엘은 조금 전보다 더 분명한 목소리로 말했다. 나를 올려다보는 소년의 눈에 증오심이 스쳤다. 나는 뭐라 이 상처받은 영혼을 위로해야 할지 몰라 잠시 눈을 감았다. 감긴 눈꺼풀 위로 환한 봄빛이 투영되었다. 그 순간, 눈가를 스쳐 가는 차갑고 보드라운 기운에 눈을 번쩍 떴다. 누군가 내 눈앞을 빠르게 지나간 것 같았다. 나는 숨을 고르며 미카엘의 머리를 쓰다듬기 시작했다. 봄기운이 역력한 소년의 몸에서 어린 남자의 냄새가 났다.

"미카엘! 아버지 곁은 어쩌면 어머니에게 맞는 자리가 아니었던지도 몰라. 그래서 어머니도 아버지도 외로우셨을 거야. 어머니는 더 이상 외롭지 않을 어머니의 자리로, 아버지도 그렇게 아버지의 자리를 찾아가시는 걸 거야. 다만 두 분이 만나 그동안 서로 외로웠던 이유는 미카엘과 베네딕도가 세상에 나와야 했기 때문이 아닐까. 이 세상이 너희 두 사람을 필요로 하기 때문이야. 어머니는 너희들을 낳고 키우고 이제 제자리로 돌아가신 거란다. 너희가 이만큼 자랐으니까."

나도 생각 안 했던 말들이 흘러나왔다. 어쩌면 조금 전 내 눈을 스치고 간 건 루이사의 영혼이었을까.

"세상이 저희를 필요로 한다는 건 무슨 말씀이세요? 저도 신부님처럼 사제가 되어야 한다는 뜻인가요?"

미카엘의 눈빛엔 설렘과 두려움이 함께 어려 있었다.

"그건 나도 모른단다. 꼭 사제가 되어야 세상에 필요한 사람이 된다고는 생각지 않는다. 이 세상엔 참으로 많은 종류의 사람이 필요하지. 세상이 만일 기관차와 같다면, 그 기관차가 제 모습을 갖추기 위해선 수많은 부속품이 필요하지 않겠니. 기관차가 움직이기 위해서 보이지 않은 곳에 많은 부품이 있어야겠지. 그래서 모든 사람은 이 세상에 다 필요한 존재란다. 철로가 시간이고 역사라면 말이다. 네가 어떤 역할을 하게 될지는 네게 달려 있는 거야."

어느새 눈물을 거둔 미카엘의 눈이 또렷이 열린 채 빛나고 있었다. 소년의 눈동자 안으로 햇살을 가로지르는 부드러운 봄바람이 휙 지나가는 듯했다. 어쩌면 루이사의 영혼이 이번엔 미카엘의 눈동자를 스치고 있는지도 몰랐다.

"저는 신부님처럼 되고 싶습니다."

휠체어 앞에 무릎을 꿇은 채 나를 올려다보는 미카엘의 얼굴이 눈에 부셨다.

"미카엘! 나는 보잘것없는 사람이란다. 왜 나처럼 되고 싶은 거니. 아직 죽어야 할 나이도 아닌데 이렇게 죽어가는 나를 말이다."

나는 어린 미카엘에게 투정하듯 말했다.

"제 어머니가 신부님께 마지막 고해성사를 청하고, 장례미사 집전을 부탁했다면 신부님은 분명 훌륭하신 분입니다."

미카엘은 내 손을 잡은 제 손에 힘을 주었다.

"미카엘! 사제의 길은 어렵고도 험한 길이란다. 겉으론 멋있어 보일지 모르지만 참으로 많은 고뇌가 있지. 그중에서도 가장 어려운 게 뭔 줄 아니?"

잠시 나를 올려다보던 미카엘은 내 손을 놓고, 다시 화단 가 돌에 앉았다. 소년은 고요히 입을 다문 채 내 말을 기다렸다.

"너는 내가 못 보던 동안 정말 남자가 되었구나. 목소리도 변하고 콧날도 우뚝해지고……. 예쁜 여학생을 보면 가슴이 두근거리지 않니."

미카엘의 귓불이 발그레해졌다.

"사제는 예쁜 여자를 사랑해서는 안 된단다. 이 세상 무엇보다도 하느님을 더 사랑해야 하니까. 너는 그것을 할 수 있겠니?"

한동안 나를 응시하고만 있던 미카엘이 가만히 고개를 숙였다.

"알고 있어요. 그래서 저는 예쁜 여학생을 보면 두근거리는 가슴과 매일 싸우고 있는걸요."

"왜 그런 네 마음과 싸워야 한다고 생각하니? 네 가슴이 두근거리는 건 몹시 당연한 것인데……."

"사제가 되고 싶기 때문이에요."

단호한 미카엘의 목소리에 나는 잠시 할 말을 잊었다. 더 높이 떠오른 햇살에 가지마다 몽올몽올 피어오른 목련꽃들이 붉은 함성을 지르는 것 같았다.

"그렇담 네 마음과 싸우지 마라!"

꽃들을 바라보며 툭 던진 내 말에 미카엘의 눈이 크게 벌어졌다.

"사제가 사랑의 비밀을 모르고 어찌 사랑을 가르치겠니. 그 두근거리는 마음이, 네 마음의 고랑을 지나 저절로 빠져나갈 때까지 기도하며 기다려야 한다. 나는 사랑을 모른 채 사제가 된 하느님의 실패작이란다. 어쩌면 사제가 되고 싶어 하는 네게 이 말을 하려고 나는 실패한 사제가 되었는지도 모르겠다."

미카엘은 잠잠히 나를 보고만 있었다.

"미카엘! 사제가 되고 싶으면 되어라. 그러나 나처럼 될 것이 아니라 나보다는 나은 사제가 되어야 한다."

소년이 다시 눈물을 뚝 떨어뜨렸다. 그것은 좀 전에 흐르던 눈물과는 다른 의미라는 걸 나는 알았다. 제 어머니에 대한 그리움도, 병든 내 모습에 대한 가엾음도 아닌, 영혼의 정수리에서 맑게 떨어져 내리는 눈물이었다.

"신부님! 사실은 한 번 찾아뵙고 이런 말씀 드리려던 참이었습니다. 오늘 신부님 말씀이 제게 큰 도움이 됐습니다."

돌 위에서 일어서는 미카엘의 얼굴에 빙긋한 미소가 어렸다. 나는 갑자기 어른스러워진 소년의 말투에 소롯이 웃음을 머금었다. 만일 이 아이가 사제가 된다면 적어도 나보다는 훨씬 나은 사제가 되리라는 걸 의심치 않았다. 내게 목례를 하고 성큼성큼 성당 마당을 걸어 나가는 그 애의 뒷모습을 바라보며 긴 안도의 숨을 내쉬었다. 봄이 이렇게 만개하기까지 내가 살아 있는 이유가 저 아이와의 대화를 위한 때문 같았다.

망연히 앉았는데 어디선가 날아온 찬바람 한줄기가 내 목덜미를 파고들었다. 갑자기 오소소 추위가 느껴졌다. 목련 꽃잎들도 바람에 가만히 떨고 있었다.

금실 아주머니는 아직 오지 않은 걸까.

나는 그녀가 돌아와 어서 휠체어를 사제관 안으로 밀어다 주었으면 싶었다.

잠시 후 사제관으로 가는 길목으로 김웅편 신부의 자동차가 들어왔다. 차에서 내린 김 신부가 한 다발의 우편물을 손에 들고 내게로 왔다.

"나간 김에 우체국에 들러 사서함의 우편물을 가져왔습니다. 여기 탁 신부님께 온 편지도 있어요."

김 신부가 항공봉투 하나를 내밀었다.

"레베카 자매님이 보낸 것이네요."

"그래?"

봉투를 받아들며 나도 모르게 자줏빛 목련꽃을 올려다보았다.

"김 신부에게 가끔 이메일을 한다면서 무슨 편지는……."

나는 반가운 표정을 감추려 일부러 중얼거렸다. 김 신부가 씩 웃으며 휠체어 뒤로 가 섰다.

"뜰에 오래 계셨어요? 이제 그만 들어가세요."

"그렇잖아도 그만 들어갔으면 싶던 참이야. 이 아주머니 시장에 가더니 오리무중이군."

김 신부의 힘에 휠체어가 구르자 내 손에 들린 레베카의 편지가 팔랑팔랑 흔들렸다.

"내가 세상에 너무 많은 빚을 지고 가네. 어찌 갚아야 하는가?"

"천국에 가시면 저희를 위해 기도해 주세요."

"천국? 가야지. 아까 미카엘이 왔었어. 얼마 전 장례미사를 지낸 루이사의 아들, 자기 어머니가 천국에 갔는지 날 보고 기도해 보라고 하더군."

김 신부가 잠시 휠체어의 속도를 늦췄다.

"정말 소문처럼 그 자매와 로맨스라도 있었나요?"

나는 슬며시 그를 돌아봤다. 깨끗이 면도한 그의 턱이 올려다보였다.

"아니라는 건 자네가 더 잘 알잖나. 그런데 루이사네는 형편도 그다지 넉넉해 보이지 않던데 주사약값을 한 원장한테 얼마나 준 거야? 죽은 여자의 유언이라기에 뿌리칠 수 없어 이제껏 주사를 맞았지만 이젠 그만둬야겠어."

김 신부가 뒤에서 긴 숨을 내쉬는 게 느껴졌다. 휠체어를 미는 일이 숨에 찬 건지, 아니면 뭔가 할 말이 있는 것도 같았다.

"신부님! 사실 그 알부민값은 한 원장님이 내주시는 거예요."

"뭐라고?"

나는 얼른 뒤를 돌아보았다. 김 신부가 멀리 어디론가 시선을 던졌다.

"처음 서너 병 값은 루이사 자매가 낸 것 같아요. 그런데 생각보다 신부님의 상태가 안정되는 걸 보고 한 원장님이 거저 주사를 놓아주고 있는 거예요."

늘 버릇없고 시끄러운 한 원장이 속이 깊다는 건 알고 있었지만 좀 놀라운 일이었다.

"자기 맘대로 내 생명을 이렇게 늘려놓다니……. 내일 아침에 오면 혼내주어야겠군."

혼자 웅얼거리는 사이 휠체어가 사제관 현관으로 굴러 들어갔다. 나는 침대에 눕기 전에 레베카가 보낸 편지를 열었다. 두 장의 백지에 써 내려간 레베카의 글씨는 그녀의 길고 가느다란 몸매와는 달리 짧고 둥글었다.

탁 신부님!
그간 안녕하세요?
산호세 숲속에도 봄이 왔답니다. 그 레드우드 나무들을 기억하세요?
숲속 기도방과 안순희 목사님과 이 레베카를 잊어버리시지는 않았겠지요.
이따금 김 신부님께 탁 신부님 소식을 묻기만 하다가 활짝 피어가는 봄기운을 견딜 수 없어 이렇게 몇 자 올립니다.
여기 뜰엔 목련이 좀 이르게 폈다가 벌써 꽃잎이 지고 있습니다.
이곳 본관 뜰에 섰던 그 나무를 기억하시는지요?
오늘 문득 떨어지는 꽃잎을 보며 신부님을 생각했습니다.
여기 머무시던 그날이 그립네요. 뵙고 싶습니다.
더 하고 싶은 많은 말들은 기도 속에 흩뿌려놓겠습니다.
신부님과 저 사이에 기도의 통로가 있다면 언제라도 제 말을 알아들으시겠지요.

많은 기억이 제게 머물고 있지만 특별했던 그 긴 외출, 라스베이거스가 떠오릅니다.

제가 너무 울었지요.

신부님을 바라보면서 제 안의 모든 슬픔이 솟구쳤습니다.

사실은 늘 그랬지요. 신부님은 마치 제 슬픔의 거울처럼 말이죠.

슬픔은 가슴 밑바닥에 숨은 것들을 떠오르게 하고,

저는 눈물로 그것들을 떠나보내며 깨끗해지곤 했죠.

요즘도 가끔 신부님을 생각하며 웁니다.

슬픔의 거울은 아무리 멀리 있어도 잘 비추어 볼 수 있으니까요.

신부님이 세상에 안 계신 시간에도 저는 슬픔의 거울이 아무렇지도 않게 효력을 발하리라는 것을 압니다.

레베카는 늘 신부님을 생각할 거랍니다.

마음이 아주 고요해지는 순간이면 반드시 신부님의 투명한 영혼에 저를 비추어 보게 되겠지요.

레베카를 기억해 주세요.

　　　　　　　　　　　　　　　　　　　　－ 산호세의 4월에 레베카 드림

나는 편지를 손에 든 채 창밖을 바라봤다. 목련 나무 그림자가 창문에 어른거렸다. 목련 같은 여인…… . 레베카의 생에 드리운 뜨거움과 슬픔의 무게가 감지돼 나도 모르게 목이 메었다.

너무 뜨거운 내면을 지녔다면, 여인들은 사람이 되지 말고 꽃으로 태어났어야 했다. 수많은 사람의 사랑 속에 여리게 피었다가 쉽게 시드는 꽃의 짧은 생을…… .

보랏빛 그 길

꽃들의 향기가 창 밑 화단에서 바람에 실려 왔다. 금실 아주머니는 젖은 수건으로 내 몸을 닦아낸 이른 아침이면, 날씨가 좋아졌다며 창문을 활짝 열어놓곤 했다.

부쩍 쇠진해진 체력에 밖을 나가지 못한 게 한 달이 가까웠다. 나는 계절의 싱그러움을 흡입하고 싶어 긴 숨을 머금어 보았다. 순간, 가슴을 짓누르는 통증이 느껴졌다. 이젠 온몸에 퍼진 암세포에 폐속으로 밀려드는 가벼운 공기조차도 힘겨워진 것이다.

어쩌면 내가 구원받지 못하리라는 두려움이 엄습해왔다. 견디기 힘든 통증에 막 침대 옆에 놓인 종을 들어 흔들 참이었다. 금실 아주머니가 허겁지겁 달려와 모르핀을 링거 호스에 찔러 넣어주기를 바라면서…….

"굿모닝! 신부님!"

작은 종에 손이 닿기도 전에 방문이 벌컥 열렸다. 한 원장이 미소를 지으며 들어서다 일그러진 내 표정에 놀란 듯 얼른 다가왔다.

"아, 또 아파? 잠깐! 잠깐만!"

그는 급히 왕진 가방을 열어 모르핀과 주삿바늘을 찾아들었다. 주사약이 핏줄 속으로 스며들자, 스르르 가라앉는 통증에 나는 휴우! 숨을 내쉬었다. 잠깐의 고통이었는데도 눈가가 축축이 젖어 있었다.

"어서 죽게 해 줘. 한 원장 당신도 힘들잖아. 공짜 왕진에 이제껏 나한테 찔러 넣은 주사약 값만도 얼마야?"

"아파서 죽겠다면서 웬 걱정? 그런 건 상관도 말어."

무뚝뚝 말을 내뱉는 한 원장의 이마에 땀방울이 맺혔다.

"혹 나 이렇게 공짜 치료해주고 그 공으로 천당 가고 싶은 건 아니겠지? 나한테 말도 없이 그렇게 오랫동안 알부민을 찔러대다니……. 생각할수록 괘씸해. 그 여자 장미숙이가 돈을 낸다고 해놓고서."

꿍얼대는 내 소리에 한 원장은 픽 실소했다.

"참 걱정도 팔자셔. 그건 내 맘이지. 그 죽은 여자 때문에 시작한 알부민 주사가 생각보다 신부님한테 좋더란 말여. 그래서 끊을 수가 없었을 뿐이여. 더 살 사람 그만 가라고 하는 것 같아서."

"갈 사람 붙드는 건 뭐 좋은 일이라고……."

"덕분에 이 5월을 바라볼 수 있는 건 좋지 않아? 신부님!"

그가 내 가슴을 헤치며 청진기를 댔다.

"글쎄, 오래전 5월에 세상을 떠난 여자가 있었어."

"5월에 떠난 여자? 신부님 애인 얘긴감?"

그는 귀에 꽂았던 청진기를 빼며 대수롭지 않은 표정을 했다. 내 잠옷을 여며주고 묵묵히 청진기를 접어 왕진 가방에 넣는 게 왠지 섭섭해 나는 그를 흘겨보았다.

"왜 신부는 애인이 있으면 안 되남?"

심통 기 가득한 내 목소리에 그가 또 픽 웃었다.

"웬 강짜여? 내가 언제 안 된다고 했어? 신부님 애인이 열 여자든

한 타스든 내가 뭔 상관이래?"

"아니, 신부가 애인 얘기하는데 눈도 깜짝 안 해?"

"뭐 그리 놀랄 일이라고? 신부는 남자 아닌 감? 지금은 나도 신부
여. 마누라 없이 산 세월이 몇 년인데…….."

"이 양반이 신부를 무슨 내시쯤으로 생각하는 것 아냐?"

빙글거리기만 하던 그가 그만 푸하하 웃음을 터트렸다.

"신부님 오늘 나한테 그 5월에 떠난 애인 얘기하고 싶은 것 아녀?
그럼 어디 얘기해봐. 내 이 5월까지 신부님을 살려놓은 이유가 있었
군. 결국, 그 얘기 들으려고 그랬남?"

"뭐여? 당신이 신부여? 내 고해성사를 듣겠다는 것이여? 참…….."

꿍얼대는 내 말을 듣는지 마는지 한 원장의 눈길은 어느새 창밖
어딘가에 던져져 있었다. 초점이 아득해진 그의 눈은 어쩌면 아무것
도 보고 있지 않은 듯도 했다.

"그만두지. 고해성사는…….."

나는 혼자 머쓱해져 중얼거렸다. 한 원장의 눈길이 창에서 스르르
거두어져 내게로 왔다.

"신부님! 어린애처럼 앙탈을 부리는 신부님을 돌보는 일이 점점
나도 모르는 즐거움이 되었소. 처음엔 사실 그저 좋은 일 좀 해보자
고 시작한 것이었는데, 시간이 갈수록 신부님을 만나러 올 때면 가
슴이 설레어. 왜 그럴까?"

"이 양반 마누라 미국으로 떠나보내 놓고 무슨 소리? 병든 신부
몸을 샅샅이 훑으며 이상한 생각 한 거 아녀?"

나는 그의 마음이 그게 아니라는 걸 알면서도 엉뚱한 소리를 했
다. 한 원장이 나를 내려다보며 큭큭 웃기 시작했다.

"신부님은 병이 들어 누웠어도 내게 주는 것이 있었소. 나도 한 번

하늘을 믿고 살아볼까 하는 생각이 들기 시작했으니 말이요."

"흥! 내가 5월까지 산 보람이 있구먼. 결국, 당신은 자신의 구원 욕구가 확실해질 때까지 날 살려두었군. 이 떼쟁이 환자한테 뭘 느꼈다고……."

나는 말을 맺지 못하고 말았다. 심통스런 말투와는 달리 울음이 울컥 치밀어 올랐기 때문이다. 물끄러미 나를 내려다보기만 하던 한 원장이 돌연 팔을 뻗어 나를 제 품으로 안아 올렸다.

"신부님! 신부님……."

그의 목덜미에서 땀 냄새가 났다. 오랜 지기처럼 마음이 편안해 왔다. 어느새 그와 나 사이에 탄탄한 인연의 다리가 놓여 있는 게 느껴졌다. 그러나 그 인연도 곧 생과 사의 이별로 나뉘어 버릴 일……. 그의 가슴에서 맹렬히 뛰고 있는 심장박동을 듣고 있다가 나도 모르게 슬퍼져, 그만 끄윽끄윽 울기 시작했다.

그가 자기 품에 찰싹 기대인 나를 조심스레 자리에 눕혔다. 그는 내 이마를 한번 쓰다듬더니 애써 태연해진 표정으로 일어섰다.

"5월에 떠난 여인에 대해선 다음에 듣기로 해."

"글쎄…… 말할 기회가 있을까. 나는 지금도 그 여자와 화해 중이라오. 어쩌면 그 영혼과 화해를 이루느라 이제껏 기다렸는지도 몰라."

"서로 원수지간이었던가 보지?"

왕진 가방을 들고 일어서는 그에게 나는 그저 헐거운 웃음을 머금었다. 주춤 내 웃음을 보고 섰던 그는 이내 손을 들어 보이고는 방을 나갔다. 적당히 살이 오른 그의 널찍한 등판을 바라보며 그를 다시 볼 수 없을 것 같은 예감에 휩싸였다. 나는 필경 한 원장에게 희림의 이야기를 들려줄 기회를 맞지 못하리라.

햇살이 창가로 밀려들었다. 모르핀이 몸 안에 퍼지고 있기 때문인지 어지럼증이 느껴졌다. 뭔가 아스라한 느낌……. 어쩌면 이대로 떠나고 있는 걸까. 나도 모를 섬뜩함에 눈을 번쩍 떴다. 눈앞이 희미해지고 있었다. 방 깊숙이까지 찾아온 5월의 햇살은 어느새 운무처럼 자욱해지고, 나는 빨리 김 신부를 불러야 한다고 생각했다.

"김 신부! 김…… 김 신부……."

생각이 내 입에서 말이 돼 나왔던 걸까. 누군가가 방 안으로 들어섰다. 검은 상의 목 부분에 하얀 줄이 어른거리는 걸 보니 로만칼라를 세운 김웅편 신부인 것 같았다. 그의 모습이 햇빛 안개 사이로 어른거렸다.

"깨어 계셨군요. 마침 제가 잘 들어왔네요. 오늘 주교님께서 이곳에 오신대요. 근처 행사에 오셨다가 아마도 탁 신부님을 뵈러 오시는 것 같아요. 저는 그 준비로 좀 나가봐야겠어요."

김 신부의 음성이 멀리서 울려오는 메아리처럼 내 귓전을 맴돌았다.

"주교님? 그래, 오늘은 꼭 병자성사를 받아야겠군. 지금 막 김 신부를 부르려고 했어. 나에게 성사를 달라고……. 왜 그런지 자신이 없네. 내일을 맞을 수 있을지……."

내가 말을 한 것인지 생각을 한 것인지 알 수 없는데, 김 신부가 내 손에 제 얼굴을 묻었다. 뜨겁고 축축한 그의 눈물이 내 손바닥을 미끄러져 내렸다.

"한숨 주무세요. 다녀올게요."

희미한 시야에서 방을 나가는 김 신부가 보였다.

나는 커다란 요람에 누워 있었다. 폭신한 이불에 싸여, 좌우로 흔들리는 요람의 진동에 미소 지었다. 주변에 형형색색의 꽃들이 피어나고, 기분 좋은 향기가 요람이 흔들릴 때마다 내 얼굴을 스쳐 갔다. 행복한 기분에 무슨 말인가를 하고 싶어 입술을 달싹였다. 결코, 말이라 할 수 없는 이상한 소리가 내 입에서 튀어 나왔다. 아기의 옹알이 같기도 하고 아닌 것도 같았다. 아무도 그 말을 이해할 수 없을 것 같아 이번엔 팔다리를 버둥거려 내 맘을 표현하고자 했다. 신기하게도 몸의 절반이 휙 접혀져 내 두 발이 가슴께에서 어른댔다. 옴지락거리는 앙증스런 발가락은 영락없이 아기의 것이었다.

어디선가 나를 지켜보는 눈길이 있을 것만 같아 두리번거렸다. 그러나 아무도 나타나지 않았다. 갑자기 혼자라는 생각에 두려움이 엄습했다. 나도 모르게 울음이 터져 나왔다. 요람은 내 버둥댐에 거칠게 흔들리고, 그 바람에 갖가지 꽃향기가 뒤섞여 날렸다.

요람이 더 심하게 흔들렸다. 내가 꼭 떨어져 버릴 것 같아 뭔가를 붙들고 싶었지만 조그만 내 주먹은 맘대로 움직여지지 않았다. 울음이 더 크게 터져 나왔다. 꽃내음이라고 생각했던 그 냄새가 너무 진해 숨이 막혀왔다.

심하게 뒤채는 내 모습을 내가 보고 있었다. 그것은 조금 전 요람에서 흔들리던 아기가 아니라 앙상하게 뼈만 남은 한 남자의 모습이었다.

"신부님! 정신 차리세요!"

금실 아주머니의 목소리가 울렸다. 눈을 번쩍 떴다. 눈앞에 금실 아주머니의 둥그런 앞섶이 보였다. 그녀가 내 양 손목을 틀어쥐고 있었다. 그녀의 가슴팍에서 고약한, 그러나 익숙한 냄새가 풍겨왔다.

"왜 그리 몸을 뒤트십니까? 침대에서 떨어질까 봐……."

그녀의 말을 듣고 나서야 나는 몸이 경련하고 있음을 알았다. 그러나 서서히 그 정도가 약해져 갔다. 맥없이 늘어지는 내 사지가 침

대 위로 착 가라앉자, 금실 아주머니가 내 양손을 놓고 이마의 땀을
닦았다.

"한 원장님이 그런 말을 하긴 했어요. 어쩌면 막 경련을 일으킬지
도 모른다고 잘 지켜보라구요."

"몇 시나 되었어요? 지금……."

말을 했다고 생각했는데 혀가 안으로 말려들었다. 금실 아주머니
가 무슨 소린지 모르겠다는 표정으로 나를 물끄러미 바라봤다. 그러
나 그녀는 곧 말뜻을 알아채고 얼른 제 손목시계를 내려다봤다.

"1시가 넘었어요. 미음이라도 드셔야 할 것 같아 방에 들어왔다
가……."

그녀는 말을 맺지 못하며 나를 외면했다.

꿈에서 본 요람이 어렴풋이 눈앞을 스쳐 갔다. 어쩌면 그렇게 갓
난아기처럼 되어야만 갈 수 있는 곳이 죽음의 길인지. 꽃이 지천이던
꿈속의 꽃밭이 생각났다. 지금쯤 창밖 5월도 그렇게 꽃이 피었을까.
4월 목련이 피었을 때 뜰에 나가보곤 바깥공기를 쏘여보지 못했다.

"아주머니! 나 좀 바깥으로 내보내 줘요."

우물우물 흘러나온 말을 알아들었는지 등을 보이고 앉았던 금실
아주머니가 벌게진 눈으로 돌아섰다. 하지만 그녀는 내 말뜻을 모르
겠다는 듯 나를 보기만 했다. 나는 온 힘을 다해 상체를 조금 일으키
며 손으로 창밖을 가리켰다. 그녀가 얼른 내 손을 잡았다.

"밖에 나가고 싶으시다구요? 괜찮을까요? 날은 좋다만……."

그녀는 잠시 기다리라며 방을 나갔다. 나는 다시 창밖을 바라봤
다. 밖으로 나가면 꿈속에서 본 요람이 나를 기다리고 있을 것만 같
았다.

누가 나를 번쩍 안아 거기 요람에 눕혀주면 이번엔 착하게 잘 놀

아보리라. 아버지 같은 주교님이 곧 찾아와 내 머리를 쓰다듬어 주시겠지.

갑자기 맘이 설레어왔다.

"신부님! 자, 나가시디요."

금실 아주머니가 우당탕 소리를 내며 휠체어를 끌고 왔다. 그녀는 힘겹게 나를 일으켜 침대 위에 앉히고, 잠옷 뒤에 스웨터를 걸쳐주었다. 가까스로 휠체어에 옮겨 앉았다. 침대 옆에 매달렸던 링거병을 휠체어에 옮겨 걸고, 금실 아주머니가 휠체어를 밀기 시작했다.

사제관 마루를 걸쳐 현관 문턱을 힘겹게 넘자, 마당엔 마치 초록 물결이 춤을 추고 있는 것 같았다. 그토록 붉게 피어올랐던 목련은 어느새 져버렸는지 담장 아래 목련 나무는 맨 가지를 실바람에 살며시 흔들고만 있었다.

"아주머니! 나를 저기 성당으로 들어오는 길목이 잘 보이는 곳에 데려다줘요. 오늘 주교님이 오신다면서요. 그분이 오시는 걸 보고 싶어요."

이번만은 용케도 그녀가 내 우물대는 말을 알아들은 것 같았다. 그녀는 나를 성당 입구가 환히 내다보이는 곳에 데려다 놓고, 휠체어가 구르지 않도록 브레이크를 걸었다.

"나 혼자 있고 싶어요. 아주머니는 들어가서 일을 보세요."

그녀가 움직이는 내 입술을 바라보며 걱정스런 표정을 지었다.

"괜찮으시겠어요?"

"내가 하고 싶은 대로 하게 해줘요."

간절한 내 목소리에 그녀가 다시 눈시울을 붉혔다. 금실 아주머니는 하는 수 없다는 듯 천천히 몸을 돌려 사제관으로 들어갔다.

볼을 스쳐 가는 여릿한 바람에 꽃향기가 묻어나왔다. 라일락인가? 나는 이 성당 뒤 담장에 몇 그루의 라일락이 심겨져 있는 걸 어렴풋이 기억했다. 내가 이곳에 살던 그때도 그 나무가 있었다는 걸……. 문득 흐드러지게 피어 있을 라일락의 보랏빛에 나를 물들이고 싶었다.

부활 전 사순절과, 성탄을 기다리는 대림절엔 보랏빛 제의를 입고 미사를 드렸다. 그것은 빛을 기다리는 극심한 고통과 고독을 상징하기도 했다. 나는 지금 보라색을 통과하는 중인지도 몰랐다. 종내에는 빛을 만나기 위해.

죽음을 기다리던 지난 1년 반……. 고독한 날들이었다. 그래도 자꾸 거부해지던 그 고독의 보랏빛 길을 잘 지키게 해준 건 희림의 영혼이었다. 그녀는 세상 너머 자신이 머무는 보랏빛 고독의 세계에서, 내게 이승의 고독을 자꾸만 일깨워 주었다. 오래전 우리가 사랑을 나누었던 짧은 시간 안에서도 그녀는 어쩌면 내게 그 고독을 가르치려 했던지도 모른다.

그녀는 빛의 열쇠를 지니지 못한 채 고독해지는 방법만을 터득한 가엾은 영혼이었다. 그리고 나는 빛의 열쇠는 가졌지만, 그 문에 도달하기 위해 극심한 고독에 이르는 길을 발견하지 못한 우매한 영혼이었다.

너와 내가 사랑했던 그 이유, 바로 이것이었을까. 서로를 구원하기 위해서…….

따스한 햇볕 속에서도 조금 시린 바람이 내 볼을 스쳐 갔다.

주교님을 만나야지. 곧 오신다는데…….

나는 어린아이처럼 목을 빼고 성당으로 들어오는 길목을 내다보았다. 먼 길을 떠나 좀처럼 돌아오지 않는 아버지를 기다리듯 목이 메었다.

고요하기만 하던 성당 뜨락으로 자동차 소음이 조금씩 가까워져 왔다. 김웅편 신부의 자동차가 성당 마당을 들어서고 있었다. 자동차가 멎었을 때 뒷좌석에 주교가 타고 있음을 알았다. 주교가 자동차에서 내려 천천히 내게로 걸어왔다.

"탁 신부! 자네를 꼭 보고 가려고 왔네."

그가 내 손을 잡았다. 주교의 눈에 묵묵한 슬픔이 어렸다.

"뵙고 싶었습니다. 주교님!"

나는 슬픈 것 같기도 하고, 기쁜 것 같기도 한 벅찬 마음을 가눌 수 없어 그만 그의 허리를 껴안고 그 품에 얼굴을 묻었다. 주교의 따뜻한 두 손이 내 어깨를 가만히 토닥였다. 형언할 수 없는 아늑함이 내 가슴을 파고들었다. 마치 '이제는 되었다!' 라고 누군가 속삭이고 있는 것처럼…….

주교의 품에 얼굴을 묻은 채 바라보는 길목엔 온통 보랏빛 꽃잎이 흩날리고 있었다. 누가 저렇게 꽃잎을 깔아놓은 것일까 생각하는데, 거기 선 한 여자가 보였다. 바람에 펄럭이는 그녀의 옷자락도 보라색이었다.

한동안 물끄러미 나를 보고만 있던 그녀가 살그머니 돌아서 천천히 보랏빛 꽃잎 위를 걷기 시작했다. 그녀가 걸어가는 긴 길 멀리엔 색깔을 명명하기 어려운 환한 빛이 모였다 흩어지길 반복했다. 멍청히 그 광경을 바라보는데, 그녀가 나를 돌아보며 빙긋 웃는 것 같았다. 그녀는 다시 몸을 돌려 걷기 시작했다. 이번엔 걸음이 조금 빨라졌다. 자꾸 내게서 멀어져 가는 그녀를 보며 가슴이 절박해져 왔다. 그녀를 놓쳐서는 안 될 것 같았다. 나는 온 힘을 다해 소리쳤다.

희림! 같이 가!

나는 풀썩 그 보랏빛 길 위로 뛰어들었다.

한 여자를 사랑하였다
– 길수의 말, 2012년

길엔 녹음이 짙었다. 2차선 도로 양옆, 우거진 숲 사이로 식당과 카페들이 이어져 있었다. 그 뒤쪽 조금 더 깊은 숲속엔 만화영화 속 환상의 성처럼 치장한 모텔 건물들도 보였다.

문득 탁 신부가 이 길을 오가며 무슨 생각을 했을까, 궁금해졌다. 세상 한가운데 살면서도 세상을 등져야 할 사제의 신분으로…….

나지막한 한숨이 쉬어졌다. 나는 왜 또 그를 찾아가고 있는 걸까.

작년 초 미국출장길에 일부러 캘리포니아 북쪽 산호세까지 그를 찾아갔던 일, 생각지 않게 그 숲속 기도원 작은 오두막에서 그와 함께 밤을 보내고 아침에 버럭 성을 내며 떠나왔던 일…….

그것으로 내 가슴 안에 똬리 틀고 앉았던 희림의 영혼을 탁 신부에게 일임했다고 생각했다. 그래도 뭔가 너무 아픈 느낌을 안고 떠나오던 그 산속 기도원……. 나는 희림을 거기 버리고 온 게 아니었다. 그녀는 그 후에도 내 일상의 생각들 안에서 수시로 튀어나왔으니. 기실 나는 탁민영 신부의 가슴 깊이 묻힌 희림의 존재를 흔들어 깨우기 위해 그 먼 길을 갔던 것인지도 모른다.

전과 달라진 게 있다면, 희림의 존재 뒤에 탁 신부의 모습이 또렷하게 떠오른다는 것이다. 전엔 막연히 상상해볼 뿐 알지 못했던 그를.

대학을 졸업한 큰아들이 엉뚱하게도 아이를 가진 미혼모와 사랑에 빠졌다고 통보해 왔던 날, 악다구니를 쓰며 자지러지던 아내를 부축하다가 나는 왜 희림과 탁 신부를 떠올렸던 것인가.

아이가 있다고는 했지만, 너무 앳되고 여려 보이기만 하던 아들의 애인, 그 커다란 눈망울엔 눈물이 그렁그렁 맺혀 있었다. 그녀는 곱게 생긴 얼굴이었지만, 유수한 대학을 졸업한 내 아들에 비하면 간신히 고등학교를 나온 가난한 집안의 딸이었다.

그녀의 갑작스런 출현으로 한바탕 소동이 벌어졌음에도, 그 사랑의 절실한 기운을 읽어버린 나는 기진한 아내를 침대에 눕혀놓고 혼자 집을 나왔다. 그들의 사랑을 허락해야 할 것 같은 예감은, 겨우 쌓아 올린 내 생의 그럴듯한 이력을 가난한 어린 시절로 되돌려놓는 듯한 허무감이 들게 했다. 내 생애 안엔 배고픔을 참던 어린 시절의 기억이 지병처럼 박혀 있었다. 이따금 꿈속에서도 배가 고팠다.

발길 닿는 대로 걷다가 마침 빈 택시가 지나가기에 손을 들어 세우고 무작정 올라탔다. 토요일 오후, 내 자동차를 몰고 어디론가 가는 건 교통체증이 심한 이 도시에서 답답함을 가중하는 일이었다.

"어디로 모실까요?"

뒤를 돌아보며 묻는 기사에게 얼른 답을 해줘야 한다는 생각에, 나도 모르게 가장 짧은 대답을 궁리했다.

"명동요."

왜 명동이라고 말한 것일까. 이제는 젊음의 거리에서 밀려났지만, 나만 한 나이의 사람들에겐 청춘의 추억이 남아 있는 곳이었다. 어쩌면 그 거리를 희림과 몇 번쯤은 걸었을 것이다. 늘 그녀에게 밥을 얻어먹고 술을 얻어 마시며…….

비교적 덜 붐비는 거리를 얼마간 달려간 택시는 나를 명동 입구에 내려주었다. 언제부턴가 이 나라에 섞여들기 시작한 이국인들이 휴일의 거리를 적잖게 점령하고 있었다. 그들에 섞여 천천히 길을 따라 걷다 보니 어느새 명동성당이 올려다보이는 언덕에 이르렀다. 고색창연한 붉은 건물은 참으로 오랜만에 보는 것이었다. 성당으로 오르는 비탈진 계단을 몇 사람인가가 오르거나 내려갔다.

검은 수단을 입은 젊은 사제 하나가 담배를 입에 문 채 내 곁을 지나갔다. 오후의 햇살이 그의 얼굴을 환히 스쳤다. 나도 모르게 그를 돌아보았다. 희림을 사랑했던 탁 신부도 저렇게 아무렇지도 않은 젊음으로 사제의 길을 시작했을 거라는 생각…….

긴 계단을 올라와 성당 건물 앞에 섰지만 들어갈 엄두가 나지 않았다. 신의 존재를 믿어본 적이 없으니……. 아내가 몸을 추스르고 일어난다면, 분명 봉투를 들고 어디론가 찾아가 마땅치 않은 며느릿감에 관해 물어볼 것이다. 아내는 어떤 의미로든 유신론자였다. 하지만 나는 무엇을 믿고 살아왔던가. 어쩌면 내 안에 희림이란 한 여자를 정화의 도구로 들여놓고 그 힘으로 살아왔던 건 아닐까. 그녀는 내가 만든, 나만의 신인지도 몰랐다.

토요일 오후의 성당 마당엔 적지 않은 사람들이 벤치에 앉아 있거나 뜰을 서성였다. 나는 하릴없이 붉은 성당 건물을 한 바퀴 돌다가 근처 벤치에 앉았다. 긴 벤치 한쪽 끝에서 젊은 처녀가 신문을 읽고 있었다.

하늘엔 점점이 흰 구름이 뜨고, 성당 앞에 놓인 갖가지 색 장미 화분들이 향기를 뿜어댔다. 5월의 마지막 주일, 아름다운 토요일이었다. 집에서의 소동만 아니었다면 모처럼 한가롭게 나만의 시간을 즐

겨볼 수도 있을 것인데……. 내 머릿속엔 눈물이 매달려 있던 아들의 애인과 악다구니를 쓰던 아내의 모습이 교차 되었다.

등을 구부려 벤치 아래로 꺾인 무릎 위에 두 팔꿈치를 기대고 양손 바닥으로 얼굴을 감쌌다. 덥지도 춥지도 않은 기분 좋은 공기 사이로 벤치 끝에 앉은 처녀가 펄럭펄럭 신문을 넘기며 바람을 일으켰다. 뭔가 재미가 없는 듯한 느낌, 그녀는 곧 신문을 벤치에 둔 채 일어섰다. 처녀가 시야에서 멀어지자 벤치를 혼자 독차지했다는 느긋함에, 구부렸던 몸을 펴 등받이에 기댔다. 그리곤 처녀가 버리고 간 신문을 잡아당겼다. 신문은 일반신문이 아니라 가톨릭 신문이었다. 지면을 언뜻 훑다가, 내겐 생소한 기사 제목들에 도로 제자리로 밀어놓으려는데 뭔가가 내 시선을 잡아당겼다. 이미 노안이 시작된 눈에 얼른 초점이 맞지 않았지만 거기 작은 사진에 눈이 갔다. 나는 사진 옆의 기사로 시선을 옮겼다.

— 충청교구 제골성당 전임 사제 탁민영 신부 선종.

나는 '탁민영'이란 이름에 공이 튀듯 벤치에서 일어섰다. 자잘한 신문 글씨들을 읽어내려고, 햇빛이 밝게 비쳐드는 방향으로 신문을 펼쳤다.

'그간 폐암으로 투병해오던 탁민영 신부가 지난 5월 20일 전임지였던 제골성당에서 숨을 거두었다. 그는 암 진단을 받고 항암치료를 포기한 채 기도에만 전념했다. 1년 6개월의 투병 끝에 마침내 평화롭게 천국에 들었다. 향년 55세.'

나는 신문을 양손에 펼쳐 잡은 채 멍하게 서 있었다. 미국 산호세 숲속 기도원에 갔던 건 치유의 이적을 바란 게 아니라 포기를 위해 갔던 것인가. 죽음을 준비하던 그에게 내가 너무 야박한 모습을 보이고 떠났던 같아 슬며시 미안해졌다. 탁 신부의 얼굴이 보이는 신문을 벤치에 펼쳐놓고 망연히 앉아 있는 동안 해가 져갔다. 내가 봤던 병중의 모습보다는 좀 젊고 다부져 보이는, 그의 사진 위로 어스름이 내려앉았다.

제골성당으로 전화를 걸었을 때, 아침 일찍 출발하면 당일 왕복이 가능할 거라고 말해준 사람은 김웅편 신부였다. 녹음이 우거진 길을 얼마간 달리니 시골 동네치고는 복잡한 거리가 나왔다. 다닥다닥 붙은 상가 간판들을 한동안 지나쳐 좀 한적한 길로 들어섰다. 아직은 도시의 기운이 못 미친 듯 논밭이 펼쳐진 사잇길 끝에 교회당 첨탑이 보였다. 자동차 두 대가 겨우 비켜 갈 만한 좁은 길은 비포장도로였다. 장마기를 앞두고 가문 탓인지 자동차 전면 유리창으로 뿌연 흙먼지가 일었다.

사잇길을 빠져나와 성당으로 들어가는 짧은 길은 콘크리트 포장이 돼 있었다. 입구로 들어서자 아담한 교회 건물 앞쪽에 자동차 두어 대가 주차할 만한 공간이 나타났다. 거기 차를 세우려는데 어디선가 한 남자가 걸어 나왔다. 그는 열댓 걸음쯤의 거리에 팔짱을 끼고 선 채, 묵묵히 내 자동차가 주차되는 걸 바라봤다.

"전화하셨던 최길수 씨십니까?"

사십대로 보이는 남자가 막 자동차 문을 열고 나오는 내게 물었다. 얼결에 고개를 끄덕이자 그는 성큼성큼 다가왔다.

"저는 김웅편 신부입니다."

그가 손을 내밀었다. 테가 없는 고급 안경을 낀 그의 모습엔 은은한 귀태가 흘렀다.

"이렇게 불쑥 찾아와 죄송합니다."

"무슨 말씀을…… 안에 들어가서 차라도 한잔하시지요."

들어올 때는 보지 못했던 단층 건물 한 채가 화단을 끼고 서 있었다. 꽃을 떨군 목련이 막 불어온 실바람에 큰 키를 휘청 흔들었다.

현관에 신발을 벗고 마루로 올라서자 깔끔히 정돈된 책장이 먼저 눈에 들어왔다. 그 앞에 놓인 앉은뱅이 탁자 양쪽엔 방석 두 개가 놓여 있었다. 참으로 고요한 공간이었다. 바로 곁 주방에서 김 신부가 찻잔을 꺼내고 물을 따르는 소리만이 들려왔다.

그가 녹차 두 잔을 쟁반에 받쳐 들고 왔다.

"우리 탁 신부님을 미국에서 만나셨다고요?"

"예! 제가 찾아갔었지요. 작년 1월이던가요."

"그 숲속 기도원 말입니까. 저도 갔었지요. 탁 신부님을 이곳으로 모시려고요."

찻잔을 들다 언뜻 마주친 그의 눈빛은 내가 누구인지 알고 있는 것 같았다.

"그랬군요."

가만히 고개를 끄덕이는 나를 그가 빤히 바라봤다.

"탁 신부님에게 그 여자를 떠맡기신 분 아닙니까."

"네?"

반문하는 내게 그가 빙긋한 웃음을 머금었다.

"들은 적이 있습니다. 탁 신부님이 오래도록 아파한 그 여자…….
최길수 씨는 그 여자분과 오누이 같은 사이였다면서요."

이번엔 내가 김웅편 신부를 빤히 바라봤다.

"오누이요? 참, 나도 그 여자를 누구보다 아파했던 사람입니다.
지금도……."

생면부지의 그에게 오래 참아오던 숨을 뿜듯 그렇게 말하고 말았다. 그는 조금 멋쩍은 웃음을 지었을 뿐 아무 말도 하지 않았다.

"탁 신부님은 편히 가셨습니까?"

"네, 마침 이곳을 방문하셨던 주교님 품에 안겨 숨을 거두셨지요. 꽃들이 곱게 피어났던 이곳 뜰에서 말입니다. 그분은……."

김 신부가 잠시 말을 끊고 창가로 고개를 돌렸다. 6월의 창밖은 그저 푸르기만 했다.

"그분은 말년에 몹시 초라한 모습이 되셨지요. 차마 보기 애처로울 정도로……. 그러나 주변을 아름답게 만드는 이상한 힘을 발휘하셨어요. 신부님을 보살피던 의사 선생님과 간병인 아주머니가 누가 시키지도 않았는데 자진해서 믿음을 가졌답니다. 그들은 비신자였거든요."

"그랬군요."

가만히 고개를 끄덕이는 내 눈앞으로 갑자기, 눈물 가득한 눈에 미소를 지으며 호텔 발코니에서 떨어져 내리던 희림의 마지막 모습이 떠올랐다.

"우리 희림이는 그렇게 비참하게 떠났는데 그분은 아름답게 가셨군요."

나도 모를 분기에 그만 목소리가 붉거져 나왔다.

"저도 들었습니다. 최길수 씨는 그 여자분의 마지막을 지키셨다고……."

김웅편 신부가 긴 숨을 들이마셨다.

"탁 신부님은 자신이 세상의 사랑 한 부분을 제대로 추스르고 떠날 것이라 하셨습니다. 그래야 원죄로 인해 뒤엉킨 이 세상 사랑의 실체를 누군가 덜 아프게 느낄 거라고요. 어쩌면 그분은 나름대로 본인의 사랑을 완성하고 떠나신 것입니다."

"사랑의 완성?"

불현듯 치오르는 질투심에 나는 그만 삐뚜름히 말하고 말았다. 김신부가 슬쩍 미소를 띠었다.

"인간의 사랑이란 신의 빛을 도입하지 않으면 몹시 추해질 수밖에 없습니다. 인간 스스로 관리를 못 하는 것이지요."

조용히 흘러나오는 그의 목소리에 나는 더 부아가 치밀었다.

"그렇담 비신자였던 희림이는 사랑을 관리하지 못했다는 얘기인가요?"

"아니, 아닙니다. 탁 신부님은 희림이란 분이 탁 신부님 자신보다 낫다고 하셨습니다. 사랑으로 인해 스스로 자라날 줄 알았다고요. 최길수 씨를 만나고 나서 그걸 깨달으셨다면서……. 아마도 탁 신부님은 한 남자로서의 자연적 사랑을 사랑이 아니라고 너무 오랜 세월 동안 부정해 오셨던 것 같아요. 그리스도의 사랑에 이르는 길은, 어쩌면 자연적인 사랑을 인정하는 데서 시작되는지도 모르는데요."

나지막이 흘러나오는 그의 목소리는 왜 그런지 나를 압도하고 있는 듯했다. 발끈했던 내 마음이 스르르 가라앉았다. 나는 조금 슬픈 기분이 들었다. 그렇담 내가 평생 희림에게 향했던 마음은 무엇이란 말인가.

"결국 나는 그 두 사람의 사랑에 뒤늦은 매체 역할을 한 것뿐이었군."

나 혼자 중얼거린 말에 김 신부가 빙긋이 웃었다.

"질투를 하시나요?"

"글쎄요."

그와 나는 마주 보고 희미한 웃음을 띠었지만 뭔가 헛헛한 바람이 서로의 가슴에 불고 있는 걸 느꼈다. 어쩌면 우리는 둘 다 희림과 탁 신부의 사랑을 질투하고 있는지도 몰랐다.

"탁 신부님은 어디에 모셨나요? 멀지 않다면 한번 찾아뵙고 싶은데요."

"그렇게 멀지는 않습니다. 인근의 가톨릭 묘지지요."

"제가 온 김에 들러 봐도 되겠습니까?"

"네, 그러시죠. 제가 동행하겠습니다."

김웅편 신부는 남은 차를 훌쩍 마시고 일어섰다. 나는 그를 따라 나와 사제관 뒤편에 서 있던 그의 자동차에 올라탔다.

"참 이럴 줄 알았으면 꽃이라도 좀 준비해 오는 건데 그랬습니다."

생각하니 빈손으로 가는 게 겸연쩍어 나는 머리를 긁적였다.

"뭘요. 꽃은 신자들이 자주 갖다 놓습니다. 시간이 지나면 그들도 뜸해지겠지만……."

천천히 성당을 나간 자동차는 먼지가 이는 비포장의 사잇길을 지나 내가 모르는 길로 달리기 시작했다. 들판을 지난 산길이었다. 산자락에 우거진 나무들은 짙은 녹색이었다. 여름이 익고 있었다. 자동차는 길을 한참 오르다 산 중턱쯤에 멈췄다.

"여기서부터는 걸어 올라가셔야 하는데요."

김 신부가 불룩 내민 내 배를 바라봤다.

"괜찮습니다. 걸어보죠 뭐."

말은 그렇게 했지만, 김 신부의 잰걸음을 따라 산비탈을 오르는 건 쉽지 않았다. 온몸으로 땀이 솟아올랐다. 묵묵히 같은 보폭으로 발을 떼는 김 신부의 발걸음을 따르다 보니 문득 산호세 숲속의 밤, 탁 신부의 발걸음을 따라 어두운 비탈을 오르던 생각이 났다.

아, 그것이 단 한 번의 만남일 줄이야.

오르는 비탈마다 계단식 무덤이 가지런했다. 숨이 차 조금 쉬었으면 싶을 즈음, 김웅편 신부가 발을 멈췄다.

"여깁니다."

아직 잔디가 성긴 무덤 앞에 반짝이는 새 비석이 세워져 있었다.

─ 사제 탁민영 1957년~2012년. 사제의 삶을 훌륭히 살고 여기 영원히 안식하다.

짧은 비문 앞에 숨이 탁 막혀왔다. 비석 앞엔 시든 꽃다발 두 개가 바람에 흔들리고 있었다. 산호세 숲속 오두막에서 병세가 완연한 얼굴에도 형형하던 그의 눈빛이 떠올랐다. 나는 마치 그 눈빛에 채근이나 당한 듯 얼른 무덤 앞에 무릎을 꿇어 두 번 절을 했다. 김 신부가 두 손을 모으고 내 옆에 선 채 고개를 숙였다.

"신부님! 최길수 씨가 왔습니다. 언젠가 제게 말씀하셨죠? 이분이 신부님을 일깨웠다고요."

재배를 마치고 김 신부와 나란히 섰다. 물기가 어리는 그의 눈에 햇살이 반짝거렸다.

"제가 그때 공연히 찾아가 탁 신부님을 괴롭혔던 것은 아닌지……."

산 중턱 바람이 내 말을 흔들어 목소리가 조금 떨려 나왔다.

"최길수 씨야말로 진정한 사랑을 할 줄 하는 분이라고 하셨습니다. 희림이란 분을 오랫동안 연모하셨다면서요?"

"아닙니다. 아닙니다."

나도 모르게 손사래를 치다 무덤 앞에 쪼그리고 앉았다. 김 신부가 나를 따라 무릎을 꺾으며 가만히 내 옆얼굴을 바라봤다.

"글쎄요. 내 감정은 사랑이 아닌 것 같아요. 여기 오고 보니 문득 그런 생각이 드네요. 희림이는 뭐랄까. 어릴 적부터의 제 습성이었습니다. 생각해야만 살 수 있는…… 그러면서도 다가갈 수는 없는……. 그래서 저는 탁 신부님보다 덜 괴로웠던지도 모릅니다."

김 신부는 그저 무덤을 바라볼 뿐 아무 말이 없었다. 무덤이 생긴 지 한 달여 지났다는 데도 봉분 위 잔디가 푸르렀다. 하긴 한창 초목이 자라는 시기인 것이다.

"최 선생님은 신의 자리에 혹 희림이란 분을 대입시켰던 건 아닌지요? 인간은 모두가 유신론자입니다. 자기가 생겨난 근원을 그리워하게 마련이죠. 우리의 생명이 온 곳을 말입니다. 그 그리움의 자리에 자신도 모르게 유년의 사랑을 채워 넣으셨군요."

멍하게 앉았다가 갑자기 들려온 김 신부의 목소리에 나는 한 대 얻어맞은 듯 화들짝 일어섰다. 김 신부가 잠시 나를 올려다보다 슬며시 바지에 묻은 흙을 털며 일어섰다.

"그건 어찌 보면 탁 신부님과는 정반대일 수도 있습니다. 탁 신부님은 하느님의 사랑에 헌신하고자 인간의 사랑을 거부했지만, 최 선생님은 인간의 사랑을 신의 자리에 놓고 신의 사랑을 거부했을 수도 있습니다."

"글쎄요……."

"하긴 신과 인간의 사랑을 완벽히 조화시키는 완전한 인간은 없습니다. 누구나 다 실수투성이로 사는 것이지요. 저 또한……."

한순간 쓸쓸한 기운이 김 신부의 얼굴에 스쳤다. 무심결에 그의 얼굴과 탁 신부의 새 무덤을 번갈아 바라보다가 나도 모르는 말을 해버렸다.

"이제 희림이를 놓아줘야겠어요. 어쩌면 내가 평생을 붙들고 있어서 그 여자는 평범한 삶을 살 수 없었던지도 몰라요. 나는 그 여자를 가슴에 움켜쥐고서 겉으론 잘 살아왔는데……. 산호세 숲속에서 희림이를 탁 신부님께 보낸다고 해놓고도 사실 그렇지 못했던 것 같아요. 오히려 탁 신부님의 존재마저 같이 움켜쥐고 때때로 아파했으니까요."

김 신부가 가만히 숨을 내뱉는 소리가 들렸다. 어쩌면 그는 내 말을 듣는 대신 다른 생각을 하는 것일까. 늘 시행착오를 일으키는 인간의 삶에 대해서…….

"두 사람이 같은 세계 안에서 만나기까지 최 선생님의 도움이 필요했는지도 모르겠습니다. 그들은 하나의 원인에서 둘로 갈라져, 무슨 이유에선지 세상에 와 서로 너무 다른 생을 살았는지도……."

말을 맺지 않는 김 신부의 목소리에 가슴이 먹먹해 왔다.

"그렇담 다시 하나가 되기에는 두 사람이 서로 너무 먼 거리에 묻혀 있는 것 아닌가요? 나는 희림이를 태평양 건너에 묻어주었는데……."

김 신부가 헛헛한 웃음을 머금었다.

"걱정하지 마세요. 그들 사이엔 거리가 없을 테니까요."

그와 내가 마주 보며 흘리는 웃음 사이로 슬픔이 흥건히 고여 들었다. 바람은 간간이 불어왔지만 땀에 젖었던 목 언저리가 따끔거렸다. 태양이 기울며 빛을 뿜고 있었다.

"그만 내려가실까요?"

김 신부가 먼저 내리막길로 접어들었다. 나는 그를 따라 내려가다 탁 신부의 무덤을 돌아보았다. 시든 꽃다발 두 개가 바람에 흔들리다 비석 모서리에 부딪혔다.

신자들은 벌써 탁 신부를 잊은 것인가.

시간이 더 지나면 시든 꽃다발조차도 보이지 않을지 모를 일이다. 누군가 다녀갔다는 흔적도 없게……. 그리고 사람들은 다 잊고 말 것이다. 그가 얼마나 아파하며 살다 갔는지.

아무도 찾아가지 않을 희림의 묘지가 생각났다. 얼마나 쓸쓸하게 누워 있을 것인가. 그러나 그것도 부질없는 생각이었다. 그녀는 내가 모르는 세계에서 지금쯤 행복할지도 모르니까.

김웅편 신부의 사제관에 다시 돌아왔을 때 하늘 한쪽이 붉어지기 시작했다. 저녁을 같이하고 가라는 그의 말을 뿌리치고 나는 자동차에 올랐다. 어느 날엔가 조금 더 여유롭게 그와 대화하고 탁 신부의 무덤도 다시 찾고 싶었다. 희림이 내게 남겨준 지상의 인연을 천천히 음미하면서…….

자동차에 시동을 거는데, 나를 배웅하고 섰던 김 신부가 뭔가 생각난 듯 잠깐 기다리라며 사제관으로 뛰어 들어갔다. 잠시 후 나온 그의 손에는 작은 봉투가 하나 들려 있었다.

"이거 탁 신부님의 육필입니다. 아마도 돌아가실 즈음 쓰신 것 같습니다. 최 선생님께 드리고 싶습니다."

그가 내미는 봉투를 받아 조수석에 놓고 차를 출발시켰다. 손을 흔드는 김웅편 신부 뒤로 불그레한 노을이 번지고 있었다.

서울로 들어섰을 땐 어둠이 짙었다. 집이 가까웠지만 잠시 혼자 있고 싶었다. 저녁을 먹지 않은 속이 헛헛해 오기도 해 근처 포장마차로 들어갔다. 우동 한 그릇과 소주 한 병을 시켜놓고 몇 잔을 거푸 마셨다. 대번에 오르는 취기 속에 탁 신부와 이런 자리에 마주 앉아 한잔할 수 있었더라면, 하는 생각을 했다. 이제 모든 게 다 끝난 것 같았다. 그들은 세상에 나만 남겨두고 저희들끼리 가버렸다.

또 술잔을 들었다. 취기가 오를수록 자꾸만 외로움이 밀려왔다. 이런 심정이 되면 버릇처럼 떠올리던 희림을 이제 완전히 놓아주리라고 김 신부에게 말하고 왔다. 그렇담 나는 이렇게 마음이 고적해질 때 누구를 떠올려야 하는가.

마시고 난 술잔을 탁자 위로 팽개치듯 내려놓았다. 작은 유리잔이 플라스틱 탁자에 부딪는 미미한 소리는 나를 더 쓸쓸하게 했다. 소주는 좀 남아 있었지만 그만 일어섰다. 계산하려고 지갑을 꺼내는데, 손을 찔러 넣은 바지 주머니 속에서 빳빳한 무엇이 감촉됐다. 나는 그때야 조수석에 놓았던 봉투를 자동차에서 내리며 거기 접어 넣었다는 게 생각났다.

포장마차를 나와 자동차를 주차해둔 곳으로 걸어가다가 가로등이 환한 곳에 멈춰 섰다. 주머니 속 봉투에서 탁 신부의 육필을 꺼내 불빛에 비췄다. 탁 신부의 필체는 한글워드의 궁서처럼 조금 구식이었다.

가로등 아래를 지나는 사람은 아무도 없었다. 밤이 깊기에는 좀 이른 초여름의 저녁, 공해 가득한 서울의 하늘은 별을 숨긴 채 검지도 못하고 푸르스름했다. 골목마다 사람들이 먹고 마시며 떠들어 대는 소리가 아득하게 들려왔다. 내가 선 가로등 밑은 시간이 멈춘 듯 적요하기만 했다. 갑자기 진공의 공간에 갇힌 것처럼 숨이 탁 막혀 왔다. 나는 급히 숨을 터트리듯 그 글을 소리 내 읽기 시작했다.

한 여자를 사랑하였다.
이제서야 고백하는 말,
이렇게 늦게야 고백하는 말,
그녀가 들을 수 없게 된 다음에야 고백하는 말,

나는 한 여자를 사랑하였다.

탁 신부는 왜 내 말을 거기 적어놓고 떠난 건가.

함부로 남의 마음을 그렇게 써놓은 게 괘씸했다. 나도 모르게 종이를 움켜쥐었다. 눈물이 주르르 볼을 타고 내렸다.

나는 천천히 가로등 아래를 벗어나 어둠을 걷기 시작했다. 터벅터벅 내딛는 걸음에 내 손에 들린 종이가 펄럭펄럭 소리를 냈다. 나는 그 여린 소리에 장단을 맞추듯 웅얼대기 시작했다.

한 여자를 사랑하였다.

그녀가 들을 수 없게 된 다음에야 고백하는 말,

사랑하였다. 사랑하였다.

에필로그
-2022년

침상 곁에서 아내가 울고 있다. 염색한 머리 뿌리에서 흰머리가 돋아 이마 부분이 허옇게 얼룩진, 늙은 여자가 눈물을 흘린다. 주름을 타고 내려온 눈물이 내 손등으로 뚝 떨어진다.

나는 이 여자를 사랑했던가. 함께 살아온 긴 세월, 아이를 낳고 키우며 때론 웃고 행복했던 시간은 고귀했다. 한 생애를 함께 해온 나의 아내. 하지만 나는 한평생 내 마음의 태양을 만들어놓고 그 빛을 쏘여야만 살 수 있었다.

그렇게 희림을 사랑했으므로 나는 이 여자의 남편으로 살 수 있었는지도 모른다. 내 맘 안의 태양이 없었다면 나는 진즉에 시들어버리고 말았을 테니까.

이제 생이 저물고 있다. 목숨이 저물고 있다. 내 몸은 그간 두 번의 수술을 거쳤지만, 이젠 더 손을 쓸 수 없다고 의사는 말했다. 그만 준비를 하라고……. 그리고 이젠 때가 된 것이다.

겨우 떠진 눈으로 물끄러미 아내를 바라본다. 한때 싱싱했던 그녀도 이젠 할머니가 다 되었다. 이 여자를 안아 아이를 만들고 낳아 키

왔다. 사랑과 삶은 다른 것일까. 어쩌면 하나가 될 수 없는 것이 사랑과 현실인지도 몰랐다. 나는 한평생 충실하게 사랑과 삶을 분리해 살아온 이중인격자인가. 그래도 죄책감은 들지 않는다.

나는 가슴에 품은 사랑에도 충실했고, 가정에도 충실했다. 어쩌면 남모르는 나만의 사랑이 있어서 아내 곁을 묵묵히 지킬 수 있었는지도 모른다. 뱃살이 늘어가는 아내의 몸매가 때론 보기 싫어도, 가끔 거칠게 내뱉는 말에 화가 치솟아도, 지나치게 쇼핑을 해 통장의 잔고를 바닥내도, 늙어가는 얼굴을 때론 외면하고 싶어질 때도 나는 잘 견딜 수가 있었다. 내 안의 태양이 나를 따사롭게 비추어 생의 모든 불만을 녹여주었으니까.

숨이 가빠온다. 이제 현실을 놓고 그만 돌아오라는 그녀의 채근이 심해지는 것 같다. 눈앞이 어두워지고 아내의 모습도 흐려진다. 막상 아내를 놓고 가려니 이제야 미안해진다.

사랑과 현실 사이엔 다리가 없었다. 나는 한 여자를 사랑했으므로 다른 한 여자 곁을 지킬 수 있었다는 이상한 논리로 살아온 걸 후회하지 않기로 했다.

눈앞이 더 어두워진다. 아무것도 보이지 않는데 거기 누군가 있다는 게 느껴진다. 나를 기다리고 있는 누군가가…… 그 이름을 부르고 싶다. 맘껏, 크게 한 번만이라도 그 이름을 불러보고 싶다. 그러나 숨이 막혀온다. 나는 아무의 이름도 부를 수가 없다.

하지만 그녀를 따라가면 내 모든 생을 용서받을 수 있을 것 같은 확신이 선다. 그녀가 이른 곳에 가면 말이다. 그곳에 도달하면 나는 온 목청을 다해 외칠 것이다.

한 여자를 사랑했었다고.

한 여자를 사랑하였다

초판 1쇄 인쇄일 • 2023년 5월 5일
초판 1쇄 발행일 • 2023년 5월 10일

지은이 • 박경숙
펴낸이 • 임성규
펴낸곳 • 문이당

등록 • 1988. 11. 5. 제 1-832호
주소 • 서울시 성북구 동소문로 65-2 삼송빌딩 5층
전화 • 928-8741~3(영) 927-4990~2(편)
팩스 • 925-5406

전자우편 munidang88@naver.com

ISBN 978-89-7456-548-0 03810

값은 뒤표지에 표시되어 있습니다.